Maldición

LAUREN KATE

Traducción de Rosa Pérez

Vintage Español

Una división de Random House, Inc.

Nueva York

LAUREN KATE

Maldición

Lauren Kate creció en Dallas, Texas. Tras licenciarse
en la Universidad de Emory, se trasladó a Nueva York y
poco después cursó un máster en escritura creativa en la
Universidad de California, Davis. Ha escrito varias novelas
juveniles, entre las cuales se encuentran *Oscuros*, *Tormento*
y *Pasión*, las primeras tres entregas de la exitosa serie
Oscuros. Actualmente vive en Los Ángeles con su esposo.

Maldición

Para Jason.
Sin tu amor, nada es posible.

Va todo lo demás a su ruina
y solo nuestro amor no desfallece…

JOHN DONNE
El aniversario

Maldición

Prólogo

La Caída

Primero fue el silencio…

En el espacio entre el Cielo y la Caída, en las profundidades de una distancia insondable, hubo un momento en el que el glorioso murmullo del Cielo cesó y dio paso a un silencio tan hondo que el alma de Daniel se esforzó por oír algún sonido.

Luego sintió que caía, sin que sus alas pudieran hacer nada para evitarlo, como si el Trono hubiera atado lunas a ellas. Apenas podía batirlas y, cuando lo lograba, eso no frenaba su caída.

¿Adónde iba? No había nada delante de él, ni tampoco detrás. Nada arriba, ni abajo. Solo una espesa oscuridad, y el contorno borroso de lo que quedaba de su alma.

En ausencia de sonido, su imaginación tomó las riendas. Le llenó la cabeza de algo que trascendía el sonido, algo ineludible: las torturantes palabras de la maldición de Lucinda.

«Ella morirá… Jamás pasará de la adolescencia, morirá una y otra vez justo en el momento en el que recuerde tu decisión.»

«Nunca estaréis verdaderamente juntos.»

Era la malévola imprecación de Lucifer, su rencoroso colofón a la sentencia que el Trono había pronunciado en la Pradera del Cielo. Ahora la muerte perseguía a su amada. ¿Podía Daniel detenerla? ¿La reconocería siquiera?

Pues ¿qué sabía un ángel de la muerte? Daniel la había visto llevarse serenamente a algunos de los mortales que integraban la nueva raza llamada humana, pero la muerte no afectaba a los ángeles.

Muerte y adolescencia: los dos pilares de la maldición de Lucifer. Ninguno de los dos significaba nada para Daniel. Él solo sabía que estar separado de Lucinda no era un castigo que pudiera soportar. Tenían que estar juntos.

—¡Lucinda! —gritó.

El mero hecho de pensar en ella tendría que haberle templado el alma, pero solo sintió el dolor de su ausencia, una carencia infinita.

Debería haber sido capaz de percibir a sus hermanos a su alrededor, a todos los que habían elegido mal o demasiado tarde; a aquellos que no se habían decidido y habían sido expulsados por vacilar. Daniel sabía que, en realidad, no estaba solo; muchos otros ángeles habían caído con él cuando el suelo de nubes se había abierto al vacío bajo sus pies.

Pero no veía ni percibía a nadie más.

Hasta entonces, jamás había estado solo. En ese momento, se sentía como el último ángel de todos los mundos.

«No pienses así. Será tu perdición.»

Trató de no olvidar… Lucinda, la votación, Lucinda, la decisión… pero, conforme caía, cada vez le costaba más recordar. ¿Cuáles eran, por ejemplo, las palabras que había dicho el Trono?

«Las Puertas del Cielo…»

«Las Puertas del Cielo están…»

No se acordaba de cómo seguía la frase. Solo recordaba vagamente que la luz radiante había parpadeado y un frío crudísimo se había apoderado de la Pradera. Los árboles del Huerto se habían derrumbado unos sobre otros y su caída había provocado violentas perturbaciones que se habían percibido en la totalidad del cosmos, olas gigantescas en el suelo de nubes que habían cegado a los ángeles y habían destruido su gloria. Había ocurrido algo más, justo antes de que la Pradera fuera destruida, un…

«Desdoblamiento.»

Un ángel audaz se había alzado por encima de los demás durante la votación, había dicho que era Daniel venido del futuro. La tristeza de sus ojos parecía tan… antigua. Ese ángel, esa versión del alma de Daniel, ¿había sufrido profundamente?

¿Lo había hecho Lucinda?

Daniel se enfureció. Encontraría a Lucifer, el ángel que vivía donde todas las ideas se tornaban estériles. Daniel no temía al traidor que había sido el Lucero del Alba. Cuando llegaran al final de aquel olvido, se vengaría de él. Pero antes encontraría a Lucinda, pues, sin ella, nada importaba. Sin su amor, nada era posible.

El suyo era un amor que hacía inconcebible elegir a Lucifer o al Trono. Él jamás podría elegir otro bando que no fuera el de Lucinda. Y ahora iba a pagar el precio de esa decisión, aunque todavía no sabía la forma que adoptaría su castigo. Solo sabía que ella no estaba donde le correspondía: junto a él.

El dolor de estar separado de su alma gemela lo atenazó de golpe, agudo e implacable. Protestó, sin palabras, con la mente nublada, y, de golpe, para su espanto, no pudo recordar por qué.

Siguió cayendo, por una oscuridad cada vez más espesa.

Ya no veía, sentía ni recordaba cómo había acabado allí, en ninguna parte, cayendo en el vacío, ¿hacia dónde? ¿Durante cuánto tiempo?

Su memoria vaciló y se nubló. Cada vez le costaba más recordar las palabras que el ángel había dicho en la blanca pradera, el ángel que tanto se parecía a…

¿A quién se parecía? ¿Y qué había dicho que era tan importante?

Daniel no lo sabía, ya no sabía nada.

Solo sabía que caía en un vacío sin fin.

Lo dominaba un deseo de encontrar algo… a alguien.

Un deseo de volver a sentirse completo…

Pero solo había oscuridad envuelta en oscuridad.

Un silencio que ahogaba sus pensamientos.

Y una nada que lo era todo.

Daniel caía.

1

El *libro de los* Vigilantes

—B uenos días.

Una mano cálida rozó la cara de Luce y le puso el pelo por detrás de la oreja.

Ella se volvió sobre un costado, bostezó y abrió los ojos. Estaba profundamente dormida, soñando con Daniel.

—Oh —exclamó mientras se tocaba la mejilla. Lo tenía allí.

Daniel estaba sentado a su lado. Llevaba un jersey negro y la misma bufanda roja que le envolvía el cuello la primera vez que Luce lo había visto en Espada & Cruz. Estaba tan guapo que parecía un sueño.

Su peso hundía un poco el borde del camastro, y Luce subió las piernas para arrimarse más a él.

—No eres un sueño —dijo.

Daniel tenía los ojos más soñolientos que de costumbre, pero, aun así, su brillo violeta fue igual de vivo que siempre cuando la miró a la cara y estudió sus facciones como si fuera la primera vez que la veía. Se inclinó y la besó en los labios.

Luce se acurrucó contra él y le pasó los brazos por el cuello, encantada de devolverle el beso. Le daba igual no haberse cepillado los dientes o estar despeinada. Le daba igual todo lo que no fuera aquel beso. Estaban juntos, y ninguno de los dos era capaz de dejar de sonreír.

Entonces, Luce lo recordó todo de golpe.

Unas garras afiladas y unos ojos enrojecidos. Un asfixiante hedor a muerte y podredumbre. Oscuridad por doquier, tan densa que, en comparación, la luz, el amor, toda la belleza del mundo, parecían gastados, rotos y marchitos.

No podía creerse que Lucifer hubiera podido ser algo más para ella (Bill, la gruñona gárgola de piedra a la que Luce había tomado por un amigo, era, en realidad, el mismísimo Lucifer). Le había permitido acercarse demasiado y entonces, como ella no había satisfecho su deseo (matar a su propia alma en el antiguo Egipto), él había decidido hacer tabla rasa.

Alterar el tiempo y borrar todo lo que había sucedido desde la Caída.

Preso de su arrebato, Lucifer iba a echar a la papelera todas las vidas, todos los amores, todos los momentos que todas las almas mortales y angelicales habían vivido, como si el universo fuera un juego de mesa y él fuera un niño llorón que se daba por vencido cuando comenzaba a perder. Aunque Luce no tenía la menor idea de qué quería ganar.

Notó calor en la piel al recordar la cólera de Lucifer. Él quería que ella la viera, que temblara en sus manos cuando la llevaba al momento de la Caída. Quería demostrarle que se trataba de un asunto personal.

Luego la había soltado y había modelado una Anunciadora en forma de red para atrapar en ella a todos los ángeles que habían caído del Cielo.

Justo cuando Daniel la cogió al vuelo en aquel vacío estrellado, Lucifer había desaparecido y provocado el reinicio de la Caída. Ahora estaba allí, con los ángeles que caían, incluido su antiguo yo. Como el resto, Lucifer caería sin poder remediarlo, al lado de sus hermanos pero aislado de ellos, juntos pero solos. Hacía milenios, los ángeles habían tardado nueve días mortales en caer del Cielo a la Tierra. Dado que la segunda Caída provocada por Lucifer seguiría la misma trayectoria, Luce, Daniel y su grupo solo tenían nueve días para detenerlo.

Si fracasaban, una vez que Lucifer y su Anunciadora llena de ángeles cayeran en la Tierra, el tiempo sufriría una convulsión que se propagaría hasta la Caída original y todo volvería a empezar. Como si los siete mil años que habían transcurrido desde entonces no hubieran existido.

Como si Luce no hubiera comenzado a entender la maldición al fin, a comprender dónde encajaba en todo aquello, a descubrir quién era y qué podía ser.

La historia y el futuro del mundo estaban en peligro, a menos que Luce, siete ángeles y dos nefilim pudieran detener a Lucifer. Disponían de nueve días y no tenían la menor idea de por dónde debían empezar.

Luce estaba tan cansada la noche anterior que no recordaba haberse tendido en aquel camastro ni haberse echado aquella fina manta azul sobre los hombros. Había telarañas en las vigas del techo, una mesa plegable llena de tazas a medio beber del chocolate que Gabbe había preparado para todos la noche anterior. Pero a Luce todo le parecía un sueño. Su descenso desde la Anunciadora hasta aquel minúsculo islote de Tybee, aquella zona segura para los ángeles, había quedado velado por su profundo agotamiento.

Luce se había dejado arrullar por la voz de Daniel y se había quedado dormida mientras los demás todavía hablaban. En ese momento, la cabaña estaba en silencio y, detrás de la silueta de Daniel, la tonalidad gris del cielo que se veía por la ventana anunciaba que pronto saldría el sol.

Luce alargó la mano para tocarle la mejilla. Él volvió la cabeza y le besó la palma. Luce cerró los ojos con fuerza para no llorar. ¿Por qué, después de todo lo que habían pasado, tenían que vencer al diablo antes de poder ser libres para amarse?

—Daniel —dijo Roland desde la entrada de la cabaña. Tenía las manos en los bolsillos de su chaquetón marinero y llevaba un gorro gris de esquí encima de las rastas. Sonrió a Luce con cansancio—. Es la hora.

—¿La hora de qué? —Luce se apoyó en los codos—. ¿Nos vamos? ¿Ya? Quería despedirme de mis padres. Probablemente están muertos de miedo.

—Pensaba llevarte a su casa ahora —dijo Daniel—, para que te despidas.

—Pero ¿cómo voy a explicar mi desaparición después de la cena de Acción de Gracias?

Luce recordó lo que Daniel le había dicho la noche anterior: aunque el tiempo que habían pasado dentro de las Anunciadoras les había parecido una eternidad, en realidad, solo habían transcurrido unas pocas horas.

De todas formas, unas horas sin su hija eran una eternidad para Harry y Doreen Price.

Daniel y Roland se miraron.

—Nos hemos ocupado de eso —dijo Roland mientras entregaba a Daniel las llaves de un coche.

—¿Cómo? —preguntó Luce—. Una vez, mi padre llamó a la policía cuando llegué media hora tarde después de clase...

—No te preocupes —respondió Roland—. Te hemos encubierto. Solo necesitas un cambio rápido de vestuario. —Señaló la mochila que estaba en la mecedora próxima a la puerta—. Gabbe ha traído tus cosas.

—Hummm, gracias —dijo Luce, desconcertada. ¿Dónde estaba Gabbe? ¿Y los demás? La noche anterior, la cabaña había estado muy concurrida, increíblemente acogedora con el brillo de las alas de los ángeles y el olor a chocolate deshecho y canela. El recuerdo de aquella sensación, combinado con la perspectiva de tener que despedirse de sus padres sin saber adónde iba, hizo que aquella mañana le pareciera vacía.

Notó la rugosidad del suelo de madera cuando lo pisó descalza. Al bajar la vista, advirtió que aún llevaba el ceñido vestido blanco de su vida en el antiguo Egipto, la última que había visitado en su viaje por las Anunciadoras. Bill le había obligado a llevarlo.

No, Bill no. ¡Lucifer! La cara se le había iluminado cuando ella, después de meterse la flecha estelar en la cinturilla, se había planteado seguir su consejo de que matara a su alma.

«Nunca, nunca, nunca.» Aún le quedaba demasiado por vivir.

Dentro de la vieja mochila verde que solía llevar al campamento de verano, encontró su pijama favorito, el de franela con rayas rojas y blancas, muy bien doblado, con las correspondientes zapatillas blancas debajo.

—Pero es de día —dijo—. ¿Para qué necesito un pijama?

Una vez más, Daniel y Roland se miraron y, en esa ocasión, trataron de no reírse.

—Tú confía en nosotros —dijo Roland.

Cuando Luce se hubo puesto el pijama, salió de la cabaña detrás de Daniel y permitió que sus anchas espaldas la protegieran del viento mientras bajaban a la orilla del agua por la playa pedregosa.

El diminuto islote de Tybee estaba a menos de dos kilómetros de la costa de Savannah. Al otro lado, Roland les había prometido que habría un coche esperando.

Daniel tenía las alas retraídas, pero debió de percibir que ella le miraba el lugar de la espalda del que surgían.

—Cuando todo esté en orden, iremos volando a donde haga falta para detener a Lucifer. Hasta entonces, es mejor que nos quedemos a ras de suelo.

—Vale —dijo Luce.

—Te echo una carrera hasta la otra orilla.

El aliento de Luce formó una nube en el aire.

—Sabes que te ganaría.

—Cierto. —Daniel le pasó un brazo por la cintura y aquello la hizo entrar en calor—. Entonces, mejor vamos en barca. Así protejo mi célebre orgullo.

Luce lo observó mientras desamarraba una pequeña barca metálica de una rampa. La suave luz que reflejaba el agua le recordó la época en la que hacían carreras a nado por el lago de Espada & Cruz. A Daniel le brillaba la piel cuando se encaramaban a la roca plana del centro para recobrar el aliento. Luego, se tumbaban en la piedra caldeada por el sol y dejaban que el calor del día los secara. Por aquel entonces, ella apenas conocía a Daniel. No sabía que era un ángel y ya estaba peligrosamente enamorada de él.

—Solíamos nadar juntos en mi vida de Tahití, ¿verdad? —le preguntó, sorprendida de recordar otra época en la que había visto cómo le brillaba el pelo cuando lo tenía mojado.

Daniel la miró y Luce supo cuánto significaba para él poder compartir con ella por fin algunos recuerdos de su pasado. Parecía tan conmovido que Luce creyó que iba a echarse a llorar.

En cambio, la besó en la frente con ternura y dijo:

—Entonces también me ganabas siempre, Lulu.

No hablaron mucho mientras Daniel remaba. Luce tuvo suficiente con ver cómo se le tensaban y flexionaban los músculos con cada remada, con oír el chapoteo de los remos al entrar y salir del agua, con respirar el olor a mar. El sol que se alzaba por detrás de ella le calentó la nuca, pero, cuando estuvieron cerca de la costa, lo que vio le produjo escalofríos.

Reconoció la ranchera Taurus blanca al instante.

—¿Qué te pasa? —Daniel reparó en su postura rígida cuando llegaron a la orilla—. Ah. Eso.

No parecía preocupado cuando saltó de la barca y le tendió la mano. La tierra estaba blanda y olía a humus. Luce se acordó de su infancia, de la época en la que corría por los bosques de Georgia en otoño y disfrutaba planeando travesuras y aventuras.

—No es lo que crees —dijo Daniel—. Cuando Sophia huyó de Espada & Cruz, después… —Luce se estremeció y esperó que Daniel no dijera «después de que asesinara a Penn»— después de que descubriéramos quién era en realidad, los ángeles le confiscamos la ranchera. —Daniel endureció las facciones—. Nos debe eso, y más.

Luce pensó en la pálida cara de Penn mientras su vida se apagaba.

—¿Dónde está Sophia ahora?

Daniel negó con la cabeza.

—No lo sé. Por desgracia, es probable que pronto lo averigüemos. Tengo la sensación de que va a interferir en nuestros planes.

—Se sacó las llaves del bolsillo y abrió la puerta del acompañante—. Pero ahora mismo eso no debería preocuparte.

Luce lo miró y se hundió en el asiento de tela gris.

—¿Y qué debería preocuparme ahora mismo?

Daniel giró la llave de contacto y la ranchera se puso en marcha con un temblor. La última vez que Luce había ocupado aquel asiento le preocupaba estar a solas con él. Fue la primera noche que se besaron, al menos que ella supiera por aquel entonces. Luce trataba en vano de abrocharse el cinturón cuando notó los dedos de Daniel sobre los suyos. «Recuerda —dijo él con dulzura mientras se inclinaba para ayudarla sin retirar la mano—. Tiene truco.»

Daniel la besó en la mejilla, puso la marcha atrás y salió como una bala del húmedo bosque para incorporarse a una estrecha carretera asfaltada de dos carriles. Eran los únicos que circulaban por ella.

—¿Daniel? —insistió Luce—. ¿Qué otra cosa debería preocuparme?

Daniel le miró el pijama.

—¿Cómo se te da hacerte la enferma?

Daniel se quedó esperando en la ranchera en el callejón de la parte trasera de la casa de los padres de Luce mientras ella pasaba sigilosamente por delante de las tres azaleas que crecían junto a la ventana de su habitación. En verano, habría tomateras brotando de aquella tierra negra, pero en invierno el patio lateral le pareció yermo, inhóspito y casi desconocido. No recordaba la última vez que había estado allí. Ya había salido a escondidas de tres internados, pero jamás lo había hecho de la casa de sus padres. Ahora iba a «entrar» a escondidas y no sabía abrir su ventana. Miró su aletargado vecindario, el periódico depositado en el borde del césped de sus padres en su bolsa de plástico mojada de rocío, la vieja canasta de baloncesto sin red del patio de los Johnson al otro lado de la calle. Nada había cambiado en su ausencia. Nada había cambiado aparte de ella. Si Bill lo conseguía, ¿desaparecería también aquel vecindario?

Dijo adiós con la mano a Daniel, que la observaba desde la ranchera, respiró hondo y metió los pulgares entre la hoja de la ventana y la desconchada pintura azul del alféizar.

La hoja se levantó a la primera. Dentro, alguien había retirado la mosquitera. Luce se quedó estupefacta cuando las cortinas blancas de gasa se separaron y apareció la cabeza, mitad rubia, mitad morena, de su ex enemiga Molly Zane.

—¿Qué tal, Pastel de Carne?

Luce se estremeció al oír el mote que le habían puesto en su primer día en Espada & Cruz. ¿Era aquello a lo que Daniel y Roland se habían referido con ocuparse de todo?

—¿Qué haces aquí, Molly?

—Vamos. No muerdo. —Molly le tendió la mano. El esmalte verde esmeralda se le había saltado en varias uñas.

Luce se agarró a su mano, se agachó y entró por la ventana, primero una pierna y luego la otra.

Su habitación le pareció pequeña y anticuada, como una cápsula del tiempo de una Luce muy anterior. Vio el póster enmarcado de la Torre Eiffel colgado de la puerta. Vio las medallas que había ganado con su equipo de natación en el colegio de Thunderbolt. Y, debajo de su edredón hawaiano verde y amarillo, vio a su mejor amiga, Callie.

Callie se levantó de la cama y corrió a echarse en sus brazos.

—No se han cansado de repetirme que no te pasaría nada, pero he pasado tanto miedo tumbada ahí que mejor ni te lo cuento. ¿Te das cuenta siquiera del susto que me di? Fue como si la tierra se te hubiera tragado literalmente...

Luce también la abrazó con fuerza. Que Callie supiera, solo llevaba ausente desde la noche anterior.

—Vale, chicas —gruñó Molly—. Ya montaréis el numerito después. No me he pasado la noche acostada en tu cama con esa peluca de poliéster barata, haciéndome pasar por ti con gastroenteritis, para que ahora os carguéis la tapadera. —Puso los ojos en blanco—. Aficionadas.

—Espera. ¿Que has hecho qué? —preguntó Luce.

—Cuando ayer... desapareciste —respondió Callie, sin aliento—, supimos que no se lo podíamos contar a tus padres. O sea, yo casi no me lo creía después de verlo con mis propios ojos. Después de que Gabbe limpiara el patio, les dijimos que te encontrabas mal y te habías acostado, y Molly se hizo pasar por ti y...

—Fue una suerte encontrar esto en tu vestidor. —Molly hizo girar una peluca de cabello negro ondulado en un dedo—. ¿Restos de un disfraz de Halloween?

—De Mujer Maravilla. —Luce se estremeció mientras lamentaba haber escogido aquel disfraz, y no por primera vez.

—Pues ha funcionado.

Era extraño ver que Molly la ayudaba cuando pertenecía al bando de Lucifer. Pero ni tan siquiera ella, al igual que Cam y Roland, quería volver a caer. De modo que allí estaban, colaborando, formando un extraño equipo.

—¿Me has cubierto? No sé qué decir. Gracias.

—Da igual. —Molly miró rápidamente a Callie: lo que fuera para desviar la gratitud de Luce—. El piquito de oro es tu amiga. Dale las gracias a ella. —Sacó una pierna por la ventana abierta y se volvió para decirles—: ¿Creéis que os las arreglaréis sin mí? Tengo mesa reservada en mi restaurante favorito.

Luce le enseñó el pulgar levantado y se acostó en la cama.

—Oh, Luce —susurró Callie—. Cuando te fuiste, todo el patio estaba cubierto de polvo gris. Y la chica rubia, Gabbe, hizo un gesto con las manos y el polvo desapareció. Después dijimos que estabas enferma, que todo el mundo se había ido a casa, y nos pusimos a fregar los platos con tus padres. Al principio, creía que esa Molly era un poco impresentable, pero, de hecho, es bastante maja. —Entrecerró los ojos—. Pero ¿adónde has ido? ¿Qué te ha pasado? Me has dado un buen susto, Luce.

—No sé ni por dónde empezar… —respondió Luce.

En ese momento alguien llamó a la puerta, que, como siempre, rechinó al abrirse.

La madre de Luce estaba en el pasillo, con su melena despeinada sujeta por un pasador amarillo y el bello rostro sin maquillar. Llevaba una bandeja de mimbre con dos vasos de zumo de naranja, dos platos de tostadas con mantequilla y una caja de antiácidos.

—Parece que estamos mejor.

Luce esperó a que su madre dejara la bandeja en la mesilla; luego, le rodeó la cintura con los brazos y enterró la cabeza en su albornoz rosa de felpa. Notó lágrimas en los ojos. Sorbió por la nariz.

—Mi niña... —dijo su madre mientras le tocaba la frente y las mejillas por si tenía fiebre. Aunque hacía siglos que no utilizaba aquella voz tan dulce con Luce, le encantó oírla.

—Te quiero, mamá.

—No me digas que está demasiado enferma para ir de compras. —El padre de Luce apareció en la puerta con una regadera verde de plástico. Sonreía, pese a que, detrás de sus gafas de montura al aire, Luce percibió preocupación en sus ojos.

—Me encuentro mejor —dijo—. Pero...

—Oh, Harry —la interrumpió la madre de Luce—. Sabes que solo iba a quedarse un día. Tiene que volver al internado. —Miró a su hija—. Daniel ha llamado hace un rato, cariño. Dice que puede pasar a recogerte para llevarte a Espada & Cruz. Le he dicho que, por supuesto, tu padre y yo estábamos encantados de llevarte, pero...

—No —se apresuró a decir Luce al recordar el plan que Daniel le había detallado en la ranchera—. Aunque yo no pueda, vosotros tendríais que ir de compras de todas formas. Es una tradición de la familia Price.

Decidieron que Luce se iría en coche con Daniel y sus padres llevarían a Callie al aeropuerto. Mientras ellas desayunaban, los padres de Luce se sentaron al borde de su cama y hablaron de la cena de Acción de Gracias («Gabbe sacó brillo a toda la porcelana. ¡Es un ángel!»). Cuando pasaron a comentarle las gangas que pensaban comprar («Lo único que siempre quiere tu padre son herramientas»), Luce se dio cuenta de que no había dicho nada aparte de muletillas huecas como «ajá» o «ah, ¿sí?».

Cuando sus padres por fin se levantaron para llevarse los platos a la cocina y Callie se puso a hacer la maleta, Luce entró en el baño y cerró la puerta.

Estaba sola por primera vez en lo que le parecían millones de años. Se sentó en la banqueta y se miró en el espejo.

Era ella, pero distinta. Sin duda, su reflejo era Lucinda Price. Pero también…

Vio a Layla en sus labios carnosos, a Lulu en su abundante cabello ondulado, a Lu Xin en sus vehementes ojos avellana, a Lucia en la chispa de su mirada. No estaba sola. Quizá ya nunca lo estaría. Allí, en el espejo, estaban todas sus encarnaciones, mirándola y preguntándose: «¿Qué va a ser de nosotras? ¿Qué pasará con nuestra historia, con nuestro amor?».

Se dio una ducha y se puso unos vaqueros limpios, sus botas negras de montar y un largo jersey blanco. Se sentó en la maleta de Callie para que su amiga pudiera cerrar la cremallera. El silencio que había entre ellas era descarnado.

—Eres mi mejor amiga, Callie —dijo por fin—. Me está pasando una cosa que no entiendo. Pero no tiene nada que ver contigo. Siento no poder ser más concreta, pero te he echado de menos. Muchísimo.

Callie tensó los hombros.

—Antes me lo contabas todo.

Sin embargo, se miraron de un modo que pareció dejar claro que ambas sabían que eso ya no era posible.

Fuera oyeron el portazo de un coche.

Por la ventana, Luce observó a Daniel mientras se acercaba a la casa. Y, aunque no había pasado ni una hora desde que la había dejado allí, Luce sintió que el corazón se le aceleraba y las mejillas se le sonrojaban al verlo. Daniel caminaba despacio, como si flotara, y el viento le levantaba la bufanda roja. Hasta Callie lo miró fijamente.

Los padres de Luce se reunieron con ellos en el recibidor. Luce les dio un largo abrazo a todos, primero a su padre, después a su madre y por último a Callie, que la estrechó con fuerza y se apresuró a susurrarle:

—Lo que vi anoche, a ti entrando en esa... esa «sombra», fue bonito. Solo quería que lo supieras.

A Luce volvieron a escocerle los ojos. Abrazó a Callie con más fuerza y murmuró:

—Gracias.

Después salió para echarse en brazos de Daniel y ponerse en manos del destino.

—Aquí estáis, tortolitos, haciendo lo propio de los tortolitos —trinó Arriane mientras asomaba la cabeza por el lado de una larga librería. Estaba sentada en una silla con las piernas cruzadas, haciendo malabarismos con una cuantas pelotitas. Llevaba un mono, botas militares y el pelo oscuro recogido en trencitas.

Luce no estaba especialmente contenta de haber vuelto a la biblioteca de Espada & Cruz. La habían restaurado después del incendio que la había destruido, pero aún olía como si allí se hubiera quemado algo grande y desagradable. Los profesores habían atribuido el incendio a un desafortunado accidente, pero había muerto una persona, Todd, un alumno callado al que Luce apenas conocía hasta la noche en que murió, y ella sabía que aquella explicación encubría un incidente más siniestro. Se culpaba de ello. La situación le recordaba demasiado a Trevor, un chico del que había estado enamorada en una ocasión, el cual también había muerto en otro inexplicable incendio.

Cuando Daniel y ella rodearon la librería para entrar en la zona de estudio, Luce vio que Arriane tenía compañía. Estaban todos: Gabbe, Roland, Cam, Molly, Annabelle, la chica zanquilarga con el pelo fucsia, incluso Miles y Shelby, que les saludaron con entusiasmo. Tenían un aspecto claramente distinto del resto de los ángeles, pero también se distinguían de los adolescentes mortales.

Miles y Shelby estaban… ¿cogidos de la mano? Pero, cuando Luce volvió a mirar, sus manos habían desaparecido bajo la mesa a la que todos estaban sentados. Miles se caló la gorra de béisbol hasta las cejas. Shelby se aclaró la garganta y se encorvó sobre un libro.

—Tu libro —dijo Luce a Daniel en cuanto vio el grueso lomo con el exceso de cola marrón en la parte inferior. En la tapa desgastada ponía *Los Vigilantes: el mito en la Europa Medieval*, «Daniel Grigori».

Luce alargó la mano de forma automática para tocar la tapa gris. Cerró los ojos, porque le recordaba a Penn, que había encontrado el libro la última noche que Luce había pasado como alumna en Espada & Cruz, y porque la fotografía pegada en el dorso de la tapa era lo primero que le había convencido de que lo que Daniel le había contado sobre ellos era posible.

Era una fotografía de otra vida, de una transcurrida en Helston, Inglaterra. Y, aunque tendría que haber sido imposible, no cabía ninguna duda: la joven de la fotografía era ella.

—¿Dónde lo habéis encontrado? —preguntó.

Su voz debió de delatarla, porque Shelby preguntó:

—¿Qué tiene de importante este libro viejo y lleno de polvo?

—Tiene un gran valor. Es nuestra única pista —respondió Gabbe—. Sophia intentó quemarlo.

—¿Sophia? —Luce se llevó una mano al corazón—. La señorita Sophia intentó... ¿El incendio de la biblioteca? ¿Fue ella? —Los ángeles asintieron—. Mató a Todd —dijo Luce, aturdida.

De manera que no había sido culpa suya. Otra muerte que echar en cara a Sophia. Luce no se sentía mejor sabiéndolo.

—Y ella casi se muere del susto la noche que se lo enseñaste —dijo Roland—. Todos nos sorprendimos, sobre todo cuando viviste para contarlo.

—Hablamos de que Daniel me había besado —recordó Luce mientras se ruborizaba—. Y de que yo había sobrevivido. ¿Fue eso lo que le sorprendió a la señorita Sophia?

—En parte —respondió Roland—. Pero en este libro hay muchas cosas que Sophia no habría querido que supieras.

—Como educadora no era gran cosa, ¿no? —intervino Cam mientras miraba a Luce con una sonrisa que decía: «¡Dichosos los ojos!».

—¿Qué no habría querido que supiera?

Todos los ángeles miraron a Daniel.

—Anoche te dijimos que ninguno de los ángeles recordaba dónde habíamos caído —explicó él.

—Sí, en cuanto eso… ¿cómo es posible? —preguntó Shelby—. Lo lógico es que una cosa así deje huella en personas con tanta memoria como vosotros.

Cam se ruborizó.

—Prueba a caer durante nueve días a través de múltiples dimensiones y billones de kilómetros, a estamparte de cara contra el suelo, a romperte las alas, a rodar por tierra durante quién sabe cuánto rato, a vagar por el desierto durante décadas buscando pistas sobre quién o qué eres o dónde estás… y luego háblame de tener buena memoria.

—De acuerdo. Tenéis problemas de aceptación —dijo Shelby con su voz de psiquiatra —. Si tuviera que diagnosticaros…

—Bueno, al menos, se acuerdan de que había un desierto —observó Miles con diplomacia, lo cual hizo reír a Shelby.

Daniel se dirigió a Luce.

—Escribí este libro después de perderte en el Tíbet… pero antes de verte en Prusia. Sé que visitaste la vida del Tíbet porque te seguí hasta allí, así que quizá entiendas cómo perderte de aquella forma me empujó a pasarme años investigando para encontrar una salida a esta maldición.

Luce apartó la mirada. Después de verla morir en el Tíbet, Daniel había saltado por un precipicio. Temía que aquello pudiera repetirse.

—Cam tiene razón —dijo Daniel—. Ninguno de nosotros recuerda dónde caímos. Vagamos por el desierto hasta que dejó de ser un desierto; vagamos por las llanuras, los valles y los mares hasta que volvieron a convertirse en un desierto. Ni tan siquiera recordábamos que éramos ángeles hasta que, poco a poco, nos encontramos unos a otros y comenzamos a reconstruir lo ocurrido.

»Pero después de nuestra Caída aparecieron reliquias, testimonios materiales de nuestra historia que los mortales encontraron y conservaron como tesoros, regalos, creen ellos, de un dios que no comprenden. Tres de las reliquias permanecieron enterradas en un templo de Jerusalén mucho tiempo, pero, durante las Cruzadas, fueron robadas y llevadas a lugares diversos. Ninguno de nosotros sabía adónde.

»Cuando realicé mi investigación hace varios siglos, me centré en la Edad Media y consulté todas las fuentes teológicas posibles para dar con las reliquias —continuó Daniel—. Lo fundamental es que, si encontramos esos tres objetos y los llevamos al monte Sinaí...

—¿Por qué el monte Sinaí? —preguntó Shelby.

—Es donde el Trono y la Tierra tienen mejores canales de comunicación —explicó Gabbe mientras se retiraba el cabello de la cara—. Allí es donde Moisés recibió los Diez Mandamientos; y por allí entran los ángeles cuando portan mensajes del Trono.

—Imagínatelo como el bar preferido de Dios —añadió Arriane, mientras mandaba una pelota demasiado alto y daba a una lámpara del techo.

—Pero, antes de que alguien lo pregunte —dijo Cam mientras miraba a Shelby para dejar claro que se refería a ella—, la Caída no fue en el monte Sinaí.

—Sería demasiado fácil —observó Annabelle.

—Si reunimos las tres reliquias en el monte Sinaí —continuó Daniel—, en teoría, podremos averiguar dónde fue la Caída.

—En teoría —dijo Cam con tono despectivo—. ¿Tengo que ser yo el que diga que existen ciertas dudas sobre la validez de la investigación de Daniel...?

Daniel tensó la mandíbula.

—¿Tienes una idea mejor?

—¿No crees —Cam alzó la voz— que tu teoría se apoya demasiado en la idea de que esas reliquias son algo más que un mero rumor? ¿Quién sabe si pueden hacer lo que se supone que hacen?

Luce escrutó al grupo de ángeles y demonios, sus únicos aliados en aquella misión para salvarlos a Daniel y a ella… y al mundo.

—Entonces, ese lugar desconocido es donde tenemos que estar dentro de nueve días.

—¡En menos de nueve días! —exclamó Daniel—. Nueve días a partir de ahora será demasiado tarde. Lucifer y la hueste de ángeles expulsados del Cielo ya habrán llegado.

—Pero, si conseguimos llegar al sitio de la Caída antes que Lucifer —dijo Luce—, entonces, ¿qué?

Daniel negó con la cabeza.

—En realidad, no lo sabemos. Nunca le hablé del libro a nadie porque, Cam tiene razón, no sabía a qué conduciría. Ni tan siquiera me enteré de que Gabbe lo había publicado hasta varios años después. Y, para entonces, la investigación ya había dejado de interesarme. Tú habías muerto otra vez, y sin ti para desempeñar tu papel…

—¿Mi papel? —preguntó Luce.

—Que todavía no sabemos…

Gabbe dio un codazo a Daniel para hacerle callar.

—Lo que quiere decir es que todo nos será revelado a su debido tiempo.

Molly se dio una palmada en la frente.

—¿En serio? ¿«Todo nos será revelado»? ¿Es lo único que sabéis? ¿En eso os basáis?

—En eso y en tu importancia —dijo Cam, dirigiéndose a Luce—. Tú eres la pieza de ajedrez por la que se pelean los buenos, los malos y todos los demás.

—¿Qué? —susurró Luce.

—Cállate. —Daniel centró su atención en Luce—. No le hagas caso.

Cam resopló, pero nadie lo respaldó. Su comentario permaneció en la biblioteca como un convidado de piedra. Ni ángeles ni demonios dijeron nada. Nadie iba a revelar nada más sobre el papel de Luce en detener la Caída.

—Entonces, toda esa información, esa búsqueda —dijo Luce—, ¿está en el libro?

—Más o menos —respondió Daniel—. Solo tengo que hojear el texto para refrescarme la memoria. Con un poco de suerte, dentro de un rato sabré por dónde empezar.

Los demás se retiraron para hacerle sitio en la mesa. Luce notó que Miles le ponía la mano en el brazo. Apenas se habían dicho nada desde que ella había regresado de su viaje por las Anunciadoras.

—¿Puedo hablar contigo? —preguntó él en voz muy baja—. ¿Luce?

Su expresión, tensa por algún motivo, recordó a Luce el momento en el patio de sus padres, cuando Miles había arrojado su reflejo.

Jamás habían hablado del beso que se habían dado en el tejado de la habitación de Luce en la Escuela de la Costa. Seguro que Miles sabía que había sido un error, pero ¿por qué tenía Luce la sensación de que le daba esperanzas cada vez que se mostraba amable con él?

—Luce... —Era Gabbe, que se había colocado al lado de Miles—. Quería comentarte... —Miró a Miles de soslayo— que si quieres ir a visitar a Penn, ahora es el momento.

—Buena idea. —Luce asintió—. Gracias.

Miró a Miles con cierto aire de disculpa, pero él se limitó a calarse la gorra de béisbol hasta las cejas y se volvió para susurrar algo a Shelby.

—Ejem... —Shelby tosió con indignación. Estaba detrás de Daniel, tratando de leer el libro por encima de su hombro—. ¿Qué pasa con Miles y conmigo?

—Vosotros volveréis a la Escuela de la Costa —respondió Gabbe, con una expresión que a Luce le recordó más que nunca a sus profesores de la Escuela de la Costa—. Necesitamos que aviséis a Steven y a Francesca. Puede que necesitemos su ayuda, y también la vuestra. Decidles —respiró hondo—, decidles que está ocurriendo. Que la partida final ya ha empezado, aunque no como esperábamos. Contádselo todo. Ellos sabrán qué hacer.

—De acuerdo —dijo Shelby, con el entrecejo fruncido—. Tú mandas.

—Eeeooo. —Arriane formó bocina con las manos—. Si... eh... Luce quiere salir, alguien va a tener que ayudarle a hacerlo por la ventana. —Tamborileó con los dedos en la mesa y pareció avergonzada—. He levantado una barricada con libros de la biblioteca cerca de la entrada por si aparecía algún fisgón.

—Un servidor. —Cam ya había entrelazado su brazo con el de Luce. Ella hizo un amago de protestar, pero ninguno de los otros ángeles pareció pensar que fuese mala idea. Daniel ni tan siquiera se había dado cuenta.

la biblioteca. Tenía más de medio metro de anchura. Mientras caminaba por ella, oyó las voces crispadas de Cam y Daniel.

—¿Y si interceptan a uno de los nuestros? —La voz de Cam era aguda y suplicante—. Sabes que juntos somos más fuertes, Daniel.

—Si no llegamos a tiempo, nuestra fuerza dará igual. ¡Nos borrarán del mapa!

Luce los imaginó al otro lado de la pared. Cam con los puños apretados y los ojos verdes encendidos; Daniel impasible y firme, cruzado de brazos.

—No me fío de que no actúes solo en tu nombre. —Cam habló con dureza—. Tu debilidad por ella es más fuerte que tu palabra.

—No hay nada que discutir. —Daniel no alteró la voz—. Separarnos es nuestra única opción.

El resto del grupo permanecía callado, pensando probablemente lo mismo que Luce. Cam y Daniel tenían una relación demasiado fraternal para que alguien se atreviera a inmiscuirse.

Cuando Luce llegó a la ventana, vio que los dos ángeles estaban encarados. Se agarró al alféizar. Sintió una pizca de orgullo, que jamás confesaría, por haber regresado a la biblioteca sin ayuda. Lo más probable era que ninguno de los ángeles se diera cuenta siquiera. Suspiró y pasó una pierna. Fue entonces cuando la ventana comenzó a vibrar.

El cristal tembló y el alféizar osciló en sus manos con tanta fuerza que casi la tiró de la cornisa. Luce se agarró más fuerte y sintió vibraciones dentro de su cuerpo, como si también le temblaran el corazón y el alma.

—Un terremoto —susurró. El pie le resbaló de la cornisa cuando ya no pudo seguir sujetándose al alféizar.

—¡Lucinda!

Daniel corrió a la ventana. Consiguió agarrarla por las manos. Cam también estaba allí, sujetándola por la espalda y la nuca. Las librerías se tambalearon y las luces de la biblioteca parpadearon cuando los dos ángeles entraron a Luce justo antes de que el cristal de la ventana se saliera del marco y se hiciera añicos contra el suelo.

Luce miró a Daniel para saber qué sucedía. Él aún la tenía agarrada por las muñecas, pero no la miraba a ella, sino al cielo, que estaba gris y tormentoso.

Peor que todo aquello era la vibración que Luce seguía sintiendo en todo el cuerpo, como si se hubiera electrocutado. El temblor se le hizo eterno, pero solo duró cinco segundos, quizá diez, tiempo suficiente para que Cam, Daniel y ella perdieran el equilibrio y se dieran un buen golpetazo contra el polvoriento suelo de madera.

Luego, el temblor cesó y se hizo un silencio sepulcral.

—¿Qué ha sido eso? —Arriane se levantó del suelo—. ¿Hemos pasado por California sin que yo me haya enterado? ¡Nadie me había dicho que hubiera una falla en Georgia!

Cam se arrancó un largo fragmento de vidrio del antebrazo. Luce contuvo un grito cuando un reguero de sangre escarlata le bajó por el codo, pero él no dio muestras de sentir ningún dolor.

—Eso no ha sido un terremoto, sino un salto en el tiempo.

—¿Un qué? —preguntó Luce.

—El primero de muchos. —Daniel miró por la ventana rota y vio un cúmulo blanco que surcaba el cielo, ya azul—. Cuanto más cerca esté Lucifer, más fuertes se volverán. —Miró a Cam, que asintió.

—Tic tac, chicos —dijo el demonio—. El tiempo vuela. Tenemos que darnos prisa.

2

Rumbos separados

Gabbe dio un paso hacia delante.

—Cam tiene razón. He oído hablar de estos temblores a la Balanza. —Se tiró de las mangas de su rebeca amarilla de cachemira como si no fuera a entrar nunca en calor—. Son saltos en el tiempo. Distorsiones de nuestra realidad.

—Y cuanto más cerca esté Lucifer —añadió Roland, con su modesta sabiduría habitual—, más cerca estaremos del final de la Caída y más frecuentes y fuertes se volverán los saltos en el tiempo. El tiempo vacila mientras se prepara para reescribirse.

—¿Igual que un ordenador se cuelga cada vez más antes de que el disco duro se fastidie y borre tu trabajo trimestral de veinte páginas? —preguntó Miles. Todos lo miraron desconcertados—. ¿Qué? —dijo—. ¿Los ángeles y los demonios no hacéis deberes?

Luce se dejó caer en una de las sillas de una mesa vacía. Se sentía vacía por dentro, como si el salto en el tiempo le hubiera soltado algún apéndice importante y lo hubiera perdido para siempre. Las voces irritadas de los ángeles le taladraban la cabeza, aunque ninguna decía nada útil. Tenían que detener a Lucifer, pero ninguno sabía cómo hacerlo.

—Venecia. Viena. Y Aviñón. —La voz cristalina de Daniel se impuso a la algarabía. Se sentó al lado de Luce y apoyó el brazo en el respaldo de su silla. Le rozó el hombro con las yemas de los dedos. Cuando alzó *El libro de los Vigilantes* para que todos lo vieran, el grupo se calló. Todos le prestaron atención.

Daniel señaló un apretado párrafo. Hasta ese momento, Luce no se había dado cuenta de que el libro estaba escrito en latín. Reconoció unas cuantas palabras gracias a sus años de latín en Dover. Daniel había subrayado y rodeado con un círculo varias palabras, y había hecho algunas acotaciones, pero, debido al uso y al paso del tiempo, las páginas resultaban casi ilegibles.

Arriane se acercó.

—Vaya galimatías.

Daniel no se desanimó. Cuando se puso a escribir nuevas notas, lo hizo con una letra firme y elegante, y Luce se sintió reconfortada al darse cuenta de que no era la primera vez que la veía. Se deleitaba con todo lo que le recordaba cuán larga y profunda era su historia de amor con Daniel, aunque fuera un detalle de poca importancia, como la letra ligada que fluía a lo largo de los siglos para dejar constancia escrita de que Daniel le pertenecía.

—La hueste celestial, los ángeles que no tomaron partido y fueron expulsados del Cielo, dejaron testimonio de los primeros días después de la Caída —dijo, despacio—. Pero se trata de una historia completamente deslavazada.

—¿Una historia? —repitió Miles—. Entonces, ¿solo tenemos que encontrar una serie de libros y leerlos para saber dónde hay que ir?

—No es tan sencillo —respondió Daniel—. Entonces no había libros tal como los concebimos ahora; aquellos eran los primeros días. Así que nuestra historia y nuestras historias se hicieron constar de otro modo.

Arriane sonrió.

—Ahora es cuando la cosa se pone difícil, ¿no?

—La historia se contó mediante reliquias, muchas reliquias, a lo largo de milenios. Pero hay tres en especial que parecen pertinentes para nuestra búsqueda, tres que quizá nos digan dónde cayeron los ángeles.

»No sabemos qué son estas reliquias, pero sabemos dónde se mencionaron por última vez: Venecia, Viena y Aviñón. Estaban en esos tres lugares en la época en la que realicé mi investigación y escribí el libro. Pero de eso hace mucho tiempo, y ni tan siquiera entonces se sabía con certeza si los objetos, sean lo que sean, seguían allí.

—Así que esto puede acabar siendo como buscar una aguja en un pajar —dijo Cam, con un suspiro—. Genial. Perderemos el tiempo buscando tres objetos misteriosos que quizá no nos digan lo que necesitamos saber en sitios en los que quizá no estén.

Daniel se encogió de hombros.

—En resumen, sí.

—Tres reliquias. Nueve días. —Annabelle pestañeó—. No es mucho tiempo.

—Daniel tenía razón. —Gabbe los miró de uno en uno—. Tenemos que separarnos.

Sobre eso discutían Cam y Daniel antes de que la biblioteca hubiera empezado a temblar. Sobre si tenían más probabilidades de encontrar todas las reliquias a tiempo si se separaban.

Gabbe esperó a que Cam asintiera, reticente, antes de añadir:

—Entonces, decidido. Daniel y Luce, vosotros quedaos con la primera ciudad. —Consultó las notas de Daniel y se esforzó por sonreír a Luce—. Venecia. Id a Venecia y encontrad la primera reliquia.

—Pero ¿cuál es la primera reliquia? ¿Tenemos alguna idea? —Luce se inclinó sobre el libro y vio un dibujo a pluma en el margen. Casi parecía una bandeja, de la clase que su madre siempre buscaba en las tiendas de antigüedades.

Daniel negó ligeramente con la cabeza mientras estudiaba la imagen que había dibujado hacía siglos.

—Esto fue todo lo que pude sacar en claro de mi estudio de los textos apócrifos, los textos sagrados que la Iglesia no consideró canónicos.

El objeto era ovalado, con un fondo de cristal que Daniel había representado hábilmente dibujando el suelo debajo de la base transparente. La bandeja, o lo que quiera que fuera la reliquia, tenía a ambos lados lo que parecían dos pequeñas asas melladas. Daniel había dibujado incluso una escala debajo y, según su esbozo, el objeto era grande, de unos ochenta centímetros por cien.

—Apenas me acuerdo de haber dibujado esto. —Daniel parecía decepcionado consigo mismo—. Tengo tan poca idea de lo que es como tú.

—Estoy segura de que, una vez allí, podréis resolverlo —intervino Gabbe, en un intento de animarlos.

—Sí —afirmó Luce—. Estoy segura.

Gabbe parpadeó, sonrió y continuó:

—Roland, Annabelle y Arriane, vosotros tres iréis a Viena. Con eso quedamos... —La boca se le crispó al darse cuenta de lo que estaba a punto de decir, pero logró poner buena cara—. Molly, Cam y yo iremos a Aviñón.

Cam echó los hombros hacia atrás y desplegó a toda prisa sus asombrosas alas áureas. Golpeó a Molly en la cara con el ala derecha y la arrojó al suelo a varios palmos de él.

—Vuelve a hacer eso y te hago picadillo —espetó Molly mientras se miraba la rozadura que la fricción con la alfombra le había hecho en el codo—. Mejor dicho… —Echó a correr hacia Cam con el puño levantado, pero Gabbe se interpuso.

Separó a Cam y a Molly con un suspiro de resignación.

—A propósito de hacer picadillo, preferiría no tener que hacer picadillo al próximo de los dos que provoque al otro —Sonrió con dulzura a sus dos compañeros demonios—, pero lo haré. Van a ser nueve días muy largos.

—Ojalá —masculló Daniel.

Luce lo miró. La Venecia que ella tenía en mente estaba sacada de una guía de viajes: bonitas fotografías de canales atestados de embarcaciones, puestas de sol sobre altos chapiteles de catedrales y chicas de pelo oscuro dando lametones a un cucurucho de helado. Aquel no era el viaje que estaban a punto de hacer. No cuando el fin del mundo los amenazaba con sus afiladas garras.

—¿Y una vez que encontremos las tres reliquias? —preguntó Luce.

—Nos reuniremos en el monte Sinaí —respondió Daniel—, juntaremos las reliquias…

—Y rezaremos para que arrojen alguna luz sobre dónde caímos —murmuró Cam con aire sombrío mientras se frotaba la frente—. Y después solo nos quedará convencer al psicópata del que depende la totalidad de nuestra existencia para que abandone su absurdo plan de dominar el universo. ¿Hay algo más fácil? Creo que tenemos motivos de sobra para ser optimistas.

Daniel echó un vistazo por la ventana rota. En aquel momento, el sol estaba justo encima del edificio de los domitorios; Luce tuvo que entrecerrar los ojos para mirar fuera.

—Tenemos que irnos lo antes posible.

—Vale —dijo Luce—. Tengo que ir a casa, hacer la maleta, coger el pasaporte... —La cabeza comenzó a darle vueltas mientras repasaba mentalmente todo lo que tenía que hacer. Sus padres pasarían como mínimo otras dos horas en el centro comercial, tiempo suficiente para que ella recogiera sus cosas.

—Qué mona. —Annabelle se rió y se acercó a ellos volando, con los pies a pocos centímetros del suelo. Las alas, musculosas y grises como un nubarrón, le sobresalían por las rasgaduras invisibles de su camiseta fucsia—. Siento entrometerme, pero... no has viajado nunca con un ángel, ¿verdad?

Claro que lo había hecho. La sensación de surcar el aire sustentada por las alas de Daniel era muy natural para ella. Puede que sus vuelos hubieran sido breves, pero habían sido inolvidables. Eran los momentos en los que se sentía más unida a él: sus brazos rodeándola por la cintura, su corazón latiendo tan cerca del suyo, sus alas blancas protegiéndola, demostrándole que su amor era enorme e incondicional.

Había volado con Daniel un sinfín de veces en sueños, pero solo tres mientras estaba despierta: una sobre el lago que había detrás de Espada & Cruz, otra por los alrededores de la Escuela la Costa y otra de las nubes a la cabaña justo la noche anterior.

—Supongo que nunca hemos llegado tan lejos —dijo por fin.

—Pues a ver si espabiláis —espetó Cam casi para su sorpresa, incapaz de contenerse.

Daniel no le hizo caso.

—En circunstancias normales, creo que disfrutarías del viaje. —El rostro de Daniel se ensombreció—. Pero, en los próximos nueve días, no habrá nada normal.

Luce notó su mano en la espalda, recogiéndole el pelo y levantándoselo. Daniel la besó en el cuello por encima del jersey y la rodeó por la cintura. Ella cerró los ojos. Sabía qué venía a continuación. El sonido más hermoso que existía, el elegante rumor del amor de su vida desplegando sus níveas alas.

Detrás de sus párpados cerrados, el mundo se oscureció un poco bajo la sombra de las alas y el corazón se le inundó de afecto. Cuando abrió los ojos, las vio, tan esplendorosas como de costumbre. Se echó un poco hacia atrás y se acomodó en el firme pecho de Daniel cuando él se volvió hacia la ventana.

—Esto solo es una separación temporal —anunció Daniel al resto—. Buena suerte y buen viaje.

Con cada largo aletazo de Daniel, ganaban trescientos metros de altura. El aire, antes fresco e impregnado de la humedad de Georgia, se tornaba frío y ralo en los pulmones de Luce conforme ascendían. El viento le azotó las orejas. Los ojos comenzaron a llorarle. El suelo se alejó y el mundo que contenía se difuminó y se encogió hasta convertirse en un vibrante lienzo verde. Espada & Cruz adquirió el tamaño de una huella dactilar. Luego desapareció.

Luce sintió vértigo al vislumbrar el mar, encantada de ver que se alejaban del sol y se dirigían hacia la oscuridad que teñía el horizonte.

Volar con Daniel siempre resultaba más emocionante, más intenso de lo que ella era capaz de recordar. Y, no obstante, algo había cambiado: le había cogido el tranquillo. Se sentía a gusto, en sintonía con Daniel, relajada en sus brazos. Tenía las piernas cruzadas a la altura de los tobillos y los tacones de sus botas rozaban las punteras de las de Daniel. Sus cuerpos se movían en total armonía, respondiendo al movimiento de sus alas, que tapaban el sol al enarcarse por encima de ellos antes de bajar para completar otro potente aletazo.

Alcanzaron la altura de las nubes y se internaron en la bruma. A su alrededor no hubo nada aparte de esponjosa blancura y la nebulosa caricia de la humedad. Daniel dio otro aletazo para seguir ganando altura. Luce no se paró a preguntarse cómo iba a respirar en los límites de la atmósfera. Estaba con Daniel. Estaba bien. Iban a salvar el mundo.

Pronto Daniel tomó una trayectoria horizontal y dejó de volar como un cohete para hacerlo como un ave con una fuerza extraordinaria. No redujeron la velocidad. Si acaso, la aumentaron, pero, al tener los cuerpos paralelos al suelo, el rugido del viento disminuyó y el mundo pareció blanco y asombrosamente silencioso, tan tranquilo como si acabara de crearse y nadie hubiera experimentado aún con el sonido.

—¿Estás bien? —La voz de Daniel la arrulló y le hizo sentirse como si el amor pudiera resolver todos los males del mundo.

Volvió la cabeza hacia la izquierda para mirarlo. Él tenía el rostro sereno y una leve sonrisa en los labios. La luz violeta que emanaba de sus ojos era tan intensa que podría haberla mantenido en el aire por sí sola.

—Estás helada —le susurró Daniel al oído. Le acarició los dedos para calentárselos y ella sintió lenguas de fuego en todo el cuerpo.

—Ahora mejor —dijo.

Se elevaron por encima del manto de nubes: fue como el momento en el que el paisaje gris uniforme que se ve por la ventanilla de un avión pasa a adquirir una gama infinita de colores. La diferencia era que la ventanilla y el avión no estaban, y no había nada entre la piel de Luce y las suaves tonalidades de color rosa de las nubes que se extendían al este, salvo el intenso azul añil del cielo a aquella altitud.

El mar de nubes se desplegó por debajo de ellos, extraño y fascinante. Como de costumbre, cogió a Luce por sorpresa. Aquel era otro mundo que solo Daniel y ella habitaban, el mundo de las alturas, las puntas de los más altos minaretes del amor.

¿Qué mortal no había soñado con aquello? ¿Cuántas veces había anhelado Luce hallarse al otro lado de la ventanilla de un avión; pasearse por una nube de lluvia acariciada por los rayos dorados del sol? En aquel momento estaba allí, conmovida por la belleza de un mundo lejano que podía sentir en la piel.

Pero Daniel y Luce no podían detenerse. No podían detenerse ni una sola vez en los siguientes nueve días, o todo se detendría.

—¿Cuánto tardaremos en llegar a Venecia? —preguntó.

—Ya debe de faltar poco —le susurró Daniel casi al oído.

—Pareces un piloto que lleva una hora sin poder aterrizar, diciendo por quinta vez a sus pasajeros que solo serán otros diez minutos —bromeó Luce.

Como Daniel no respondió, ella lo observó. Tenía el entrecejo fruncido: no había entendido la metáfora.

—Nunca has montado en avión —dijo—. ¿Qué necesidad tienes cuando puedes hacer esto? —Luce señaló sus espléndidas alas batientes—. Seguramente, te desquiciarías de tanto esperar y rodar por la pista.

—Me gustaría viajar contigo en avión. Tal vez hagamos un viaje a las Bahamas. La gente va allí en avión, ¿no?

—Sí. —Luce tragó saliva—. Ya veremos. —No pudo evitar pensar en cuántos imposibles tenían que hacerse realidad para que pudieran viajar como una pareja normal. Era demasiado difícil pensar en el futuro en ese momento, cuando había tanto en juego. El futuro estaba tan borroso y distante como el suelo, y Luce confiaba en que sería igual de hermoso.

—En serio, ¿cuánto tardaremos?

—Cuatro, quizá cinco horas a esta velocidad.

—Pero ¿no necesitas descansar? ¿Reponer fuerzas? —Luce se encogió de hombros con cierto azoramiento. Todavía no estaba segura de cómo funcionaba el organismo de Daniel—. ¿No se te cansarán los brazos?

Él soltó una risita.

—¿Qué?

—Acabo de bajar del Cielo y mira lo cansados que los tengo. —Daniel le estrujó la cintura, en broma—. La idea de que se puedan llegar a cansar de sujetarte es absurda.

Como si quisiera demostrárselo, arqueó la espalda, echó las alas hacia atrás y las batió con suavidad. Cuando sus cuerpos se alzaron elegantemente en el aire y rodearon una nube, Daniel retiró un brazo de su cintura y le mostró cómo podía sujetarla con una sola mano. Alargó el brazo libre y le rozó los labios con los dedos en espera de que se los besara. Cuando ella lo hizo, volvió a rodearla por la cintura y retiró el otro brazo mientras se ladeaba hacia la izquierda de una forma espectacular. Luce también le besó esa mano. Después, Daniel flexionó los hombros sobre los suyos y se los ciñó en un abrazo tan fuerte que pudo retirar ambos brazos de su cintura y ella siguió en el aire. La sensación fue tan placentera y desbordante, que Luce se echó a reír. Daniel trazó un amplio bucle en el aire. El pelo de Luce le cubrió la cara. No tenía miedo. Volaba.

Cuando Daniel volvió a rodearla por la cintura, ella le cogió las manos.

—Es como si estuviéramos hechos para esto —dijo.

—Sí. Más o menos.

Daniel siguió volando, sin desfallecer en ningún momento. Atravesaron bancos de nubes y tramos de cielo abierto, breves y hermosos chaparrones de los que el viento los secaba casi al instante. Adelantaron aviones transatlánticos a velocidades tan formidables que Luce imaginaba que sus pasajeros no advertían nada aparte de un inesperado destello plateado y quizá una suave turbulencia que agitaba ligeramente sus bebidas.

Las nubes se disiparon cuando comenzaron a sobrevolar el mar. Luce pudo percibir su olor a sal incluso desde aquella altura, y le pareció que era un mar de otro planeta, ni terroso como en la Escuela de la Costa ni salobre como en su hogar. De algún modo, ver la espléndida sombra de las alas de Daniel en su superficie agitada la reconfortó, aunque le costaba creer que ella misma formara parte de la imagen proyectada en el mar embravecido.

—¿Luce? —preguntó Daniel.

—¿Sí?

—¿Qué tal te ha ido con tus padres esta mañana?

Luce divisó el contorno de dos islas solitarias en la oscura planicie de agua. Se preguntó distraídamente dónde estarían, cuán lejos de casa.

—Ha sido duro —admitió—. Supongo que me he sentido como tú debes de sentirte miles de veces. Distanciada de mis seres queridos por no poder ser franca con ellos.

—Me lo temía.

—En ciertos aspectos, me resulta más fácil estar contigo y los otros ángeles que con mis padres y mi mejor amiga.

Daniel se quedó pensativo.

—No deseo eso para ti. No tendría que ser así. Lo único que siempre he querido es amarte.

—Y yo. Es lo único que quiero. —Pero, en el preciso momento en que lo dijo, mientras contemplaba el desvaído cielo oriental, Luce no pudo dejar de recordar los últimos minutos que había pasado en su casa y desear haberlo hecho de otro modo. Debería haber dado un abrazo un poco más fuerte a su padre. Debería haber escuchado, de verdad, los consejos de su madre al salir por la puerta. Debería haber pasado más tiempo preguntando a su mejor amiga por su vida en Dover. No debería haber sido tan egoísta ni haber tenido tanta prisa. Ahora, cada segundo la alejaba más de Thunderbolt, de sus padres y de Callie, y cada segundo aumentaba su sensación de que tal vez no volvería a ver a ninguno de ellos.

Luce creía con toda su alma en lo que Daniel, ella y los otros ángeles estaban haciendo. Pero aquella no era la primera vez que abandonaba a las personas a las que quería por Daniel. Pensó en el funeral que había presenciado en Prusia, en los abrigos negros de lana y los ojos llorosos y enrojecidos de sus seres queridos, apesadumbrados por su muerte prematura y repentina. Pensó en su bella madre de la Inglaterra medieval, donde había pasado el día de San Valentín; en su hermana, Helen; y en sus buenas amigas Laura y Eleanor. Aquella era la única vida que había visitado en la que no había asistido a su propia muerte, pero había visto suficiente para saber que había personas bondadosas que se quedarían destrozadas con la inevitable muerte de Lucinda. Imaginarlo le producía dolor de estómago. Y entonces pensó en Lucia, la chica que había sido en Italia, quien había perdido a su familia en la guerra, quien no tenía a nadie aparte de Daniel, cuya vida, por breve que fuera, había merecido la pena gracias a su amor.

Cuando Luce se apretó más contra su pecho, Daniel metió las manos por debajo de las mangas de su jersey y le pasó los dedos por los brazos en círculos, como si dibujara pequeñas aureolas en su piel.

—Cuéntame la mejor parte de todas tus vidas.

Luce quiso responder: «Cuando te encuentro, cada vez». Pero no era tan sencillo. Le costaba incluso pensar en ellas por separado. Sus vidas anteriores comenzaron a girar y entremezclarse como los cristalitos de un caleidoscopio. Recordó el hermoso momento de Tahití en el que Lulu le había tatuado el pecho a Daniel. Y cómo habían abandonado el campo de batalla en la antigua China porque su amor era más importante que luchar en cualquier guerra. Podría enumerar un montón de momentos robados de pasión, un montón de besos deliciosos y agridulces. Luce sabía que no eran la mejor parte.

La mejor parte era el momento presente. Eso era lo que se llevaba de sus viajes a través de los siglos; Daniel lo era todo para ella y Luce lo era todo para él. La única forma de experimentar la profundidad de su amor residía en vivir juntos cada nuevo momento, como si el tiempo estuviera hecho de nubes. Y, si era necesario durante aquellos nueve días, Luce sabía que Daniel y ella lo arriesgarían todo por su amor.

—Ha sido muy instructivo —dijo, por fin—. La primera vez que viajé sola por una Anunciadora ya estaba decidida a romper la maldición. Pero estaba desorientada y confusa, hasta que empecé a darme cuenta de que, en todas las vidas que visitaba, aprendía algo importante de mí misma.

—¿Como qué? —Volaban tan alto que la curva de la Tierra se adivinaba al filo del cielo vespertino.

—Aprendí que el mero hecho de besarte no me mataba, que eso tenía más que ver con lo que yo sentía en ese momento, con cuánto de mí misma y de mi historia era capaz de asimilar.

Notó que Daniel asentía detrás de ella.

—Ese siempre ha sido el mayor enigma para mí.

—Aprendí que mis encarnaciones anteriores no siempre eran personas agradables, pero que, de todos modos, tú amabas el alma que llevaban dentro. Y, a partir de tu ejemplo, aprendí a reconocer tu alma. Tienes… un brillo inconfundible, una luminosidad, e incluso cuando no te parecías a tu yo físico, podía entrar en una nueva vida y reconocerte. Casi veía tu alma en la cara que tenías en cada vida, fuera cual fuese. Eras a la vez tu yo egipcio desconocido y el Daniel al que yo deseaba y quería.

Daniel volvió la cabeza para besarla en la sien.

—Probablemente no te das cuenta, pero siempre has tenido la facultad de reconocer mi alma.

—No, antes no podía... no era capaz de...

—Lo eras, solo que no lo sabías. Creías que estabas loca. Veías las Anunciadoras y decías que eran sombras. Creías que llevaban toda la vida acosándote. Y cuando me conociste en Espada & Cruz, o quizá cuando te diste cuenta de que sentías algo por mí, probablemente viste otra cosa que no podías explicar, que intentaste negar.

Luce cerró los ojos e hizo memoria.

—Dejabas una estela violeta cuando pasabas por mi lado. Pero pestañeaba y desaparecía.

Daniel sonrió.

—No lo sabía.

—¿A qué te refieres? Acabas de decir...

—Imaginaba que veías algo, pero no sabía qué era. La atracción que sentías por mí, por mi alma, podía manifestarse de formas distintas, según cómo necesitaras verla. —Le sonrió—. Así es como tu alma colabora con la mía. Un resplandor violeta es bonito. Me alegro de que fuera eso.

—¿Cómo ves tú mi alma?

—No podría expresarlo con palabras, pero no hay nada más bello.

Ese era un buen modo de describir aquel vuelo por el mundo con Daniel. Las estrellas titilaban en las vastas galaxias que las rodeaban. La luna, inmensa y acribillada de cráteres, estaba parcialmente envuelta en pálidas nubes grises. Luce se sentía arropada y segura en los brazos del ángel al que amaba, un lujo que había añorado muchísimo en sus viajes por las Anunciadoras. Suspiró y cerró los ojos...

¡Y vio a Bill!

La imagen la agredió e invadió su pensamiento, aunque no era la abominable bestia furiosa en la que Bill se había convertido la última vez que lo vio. Solo era Bill, su gárgola de piedra, tendiéndole la mano para ayudarla a bajar del mástil del barco naufragado donde habían aparecido en Tahití. No sabía por qué la había asaltado aquel recuerdo mientras estaba en los brazos de Daniel. Pero aún notaba su manita de piedra en la suya. Recordó cómo la habían sorprendido su fuerza y su agilidad. Recordó que con él se había sentido segura.

Se le puso la carne de gallina y se retorció contra Daniel.

—¿Qué te pasa?

—Bill. —La palabra le supo amarga.

—Lucifer.

—Sé que es Lucifer. Lo sé. Pero durante un tiempo para mí fue otra cosa. Llegué a considerarlo un amigo. Me tortura cuánto me abrí con él. Estoy avergonzada.

—No lo estés. —Daniel la estrechó contra sí—. Hay una razón para que lo llamaran Lucero del Alba. Lucifer era hermosísimo. Algunos dicen que era el más hermoso. —A Luce le pareció percibir un atisbo de celos en el tono de Daniel—. También era el más querido, no solo por el Trono, sino por muchos de los ángeles. Piensa en la influencia que ejerce sobre los mortales. Ese poder emana de la misma fuente. —La voz le tembló antes de ponérsele tensa—. No deberías avergonzarte de haberte encariñado de él, Luce... —Se interrumpió de golpe, aunque parecía que tenía más que decir.

—Habíamos empezado a tener roces —admitió Luce—, pero nunca imaginé que pudiera convertirse en un monstruo así.

—No hay oscuridad más oscura que una luz gloriosa corrupta. Mira. —Daniel modificó la inclinación de las alas y trazó un amplio arco para rodear la imponente nube que acababan de dejar atrás. El lado bañado por los últimos rayos de sol parecía oro rosa. El otro, advirtió Luce conforme la rodeaban, era oscuro y estaba cargado de lluvia—. Luz y oscuridad juntas, ambas necesarias para que esto sea lo que es. Así es para Lucifer.

—¿Y también para Cam? —preguntó Luce cuando Daniel completó el círculo y siguió sobrevolando el mar.

—Sé que no te fías de él, pero puedes hacerlo. La oscuridad de Cam es legendaria, pero solo es una parte minúscula de su personalidad.

—Pero, entonces, ¿por qué tomó partido por Lucifer? ¿Por qué lo tomó cualquiera de los otros ángeles?

—Cam no lo hizo —respondió Daniel—. Al menos, al principio. Eran unos tiempos muy inestables. Inauditos. Inimaginables. Justo antes de la Caída, algunos ángeles tomaron partido por Lucifer de inmediato, pero hubo otros, como Cam, a los que el Trono expulsó porque vacilaron. Desde entonces, los ángeles se han ido decidiendo poco a poco y han vuelto al redil del Cielo o se han unido a las filas del Infierno. Ahora solo quedamos unos pocos ángeles caídos que no hemos tomado partido.

—¿Es ahí donde estamos ahora? —preguntó Luce, aunque sabía que a Daniel no le gustaba hablar del hecho de que aún no hubiera tomado partido.

—Antes apreciabas mucho a Cam —dijo Daniel para desviar el tema de conversación—. Durante varias vidas en la Tierra, los tres estuvimos muy unidos. Cam no tomó partido por Lucifer hasta mucho después, cuando le rompieron el corazón.

—¿Qué? ¿Quién era ella?

—A ninguno nos gusta mencionarla. No debes contarle a nadie que lo sabes —respondió Daniel—. Su decisión me molestó, pero no puedo decir que no lo entendiera. Si alguna vez te perdiera de verdad, no sé qué haría. Todo mi mundo se desmoronaría.

—Eso no va a pasar —dijo Luce, demasiado deprisa. Sabía que aquella vida era su última oportunidad. Si moría, ya no regresaría.

Tenía un millón de preguntas, sobre la mujer a la que Cam había perdido, sobre el extraño temblor en la voz de Daniel al hablar del atractivo de Lucifer, sobre dónde estaba ella cuando él cayó. Pero le pesaban los párpados y estaba cansada, sin fuerzas.

—Descansa —le susurró Daniel al oído—. Te despertaré cuando nos posemos en Venecia.

Luce no necesitó más permiso para quedarse dormida. Cerró los ojos para no ver las olas fosforescentes que rompían a miles de metros por debajo de ellos y se internó en un mundo de sueños donde «nueve días» no significaba nada, donde podía encumbrarse, cernirse y permanecer en la gloria de las nubes, donde podía volar con libertad, hacia el infinito, sin la menor posibilidad de caer.

3

El santuario hundido

Luce tenía la sensación de que Daniel ya llevaba media hora llamando a la desgastada puerta de madera en mitad de la noche. La casa veneciana de tres plantas pertenecía a un colega, un profesor universitario, y Daniel estaba seguro de que aquel hombre les dejaría dormir allí porque habían sido grandes amigos «hacía años», lo que, con Daniel, podía significar un período de tiempo bastante largo.

—Debe de tener el sueño pesado. —Luce bostezó, arrullada por el constante golpeteo de los puños de Daniel en la puerta. O eso, pensó adormecida, o el profesor estaba en algún café bohemio que no cerraba por la noche, bebiendo vino mientras leía un libro plagado de términos incomprensibles.

Eran las tres de la madrugada (cuando se habían posado en medio de la plateada telaraña de los canales de Venecia, el reloj de una torre perdida en la noche había dado la hora) y Luce estaba agotada. Abatida, se apoyó en el frío buzón de hojalata y casi lo arrancó del tornillo que lo sujetaba. Cuando el buzón se inclinó, ella se tambaleó hacia atrás y estuvo a punto de caerse al turbio canal cuyas aguas verdosas lamían el porche como una lengua negra.

Todo el exterior de la casa parecía estar pudriéndose capa por capa, desde los alféizares de madera con la pintura azul desconchada hasta los ladrillos rojos cuajados de moho verde, o el húmedo cemento del porche, que se desmenuzaba al pisarlo. Por un momento, Luce tuvo la sensación de que podía percibir cómo se hundía la ciudad.

—Tiene que estar en casa —masculló Daniel, sin dejar de aporrear la puerta.

Cuando se habían posado en el embarcadero al que normalmente solo se accedía en góndola, Daniel le había prometido a Luce una cama, una bebida caliente, un respiro del fuerte viento marino contra el que se habían pasado horas volando.

Por fin, Luce se reanimó al oír un ruido de pasos bajando lentamente por una escalera. Daniel respiró y cerró los ojos, aliviado, cuando el picaporte de latón giró. Los goznes chirriaron al abrirse la puerta.

—¿Quién demonios…? —El hombre, italiano, tenía el tieso pelo blanco despeinado y de punta, y las cejas y el bigote pobladísimos. Por el cuello de pico de su bata gris asomaba una espesa mata de vello blanco.

Luce vio que Daniel parpadeada sorprendido, como si, por un momento, pensara que se había equivocado de casa. Entonces, al hombre mayor se le iluminaron los ojos celestes. Se lanzó sobre Daniel y le dio un fuerte abrazo.

—Ya empezaba a dudar de que vinieras a visitarme antes de que estirase la pata —susurró con la voz ronca. Miró a Luce y sonrió como si no lo hubieran despertado, como si llevara meses esperándolos—. Después de todos estos años, por fin has traído a Lucinda. Qué lujo.

El profesor se apellidaba Mazotta. Daniel y él habían estudiado Historia en la universidad de Boloña en los años treinta. No le horrorizó ni le sorprendió que Daniel no hubiera envejecido: sabía lo que era. Solo pareció sentir alegría por haberse reencontrado con un viejo amigo, una alegría que se vio aumentaba por el hecho de conocer al amor de su amigo en aquella vida.

Los llevó a su despacho, cuyo estado tampoco podía ser más ruinoso. Las estanterías se combaban por el centro; el escritorio rebosaba papeles amarillentos; la alfombra estaba raída y salpicada de café. Mazotta se puso a prepararles un espeso chocolate a la taza de inmediato, una vieja mala costumbre de un viejo, le dijo a Luce al tiempo que le daba un codazo. Pero Daniel apenas tomó un sorbo antes de entregarle su libro y abrirlo por la descripción de la primera reliquia.

Mazotta se puso unas gafas de montura metálica y escrutó la página con los ojos entrecerrados mientras murmuraba en italiano. Se levantó, fue a la librería, se rascó la cabeza, regresó al escritorio, se paseó por el despacho, tomó un sorbo de chocolate y regresó a la librería para sacar un grueso tomo encuadernado en piel. Luce contuvo un bostezo. Le parecía que los párpados le pesaban un quintal. Trató de no quedarse dormida y se pellizcó la palma de la mano para mantenerse despierta. Pero tuvo la impresión de que las voces de Daniel y el profesor Mazotta se perdían en una bruma lejana mientras discutían por la imposibilidad de todo lo que decía el otro.

—Desde luego, no es una ventana de la iglesia de San Ignacio. —Mazotta se retorció las manos—. Esas son hexagonales, y esta ilustración es claramente ovalada.

—¿Qué hacemos aquí? —gritó Daniel de golpe, lo que hizo vibrar un sencillo cuadro de un velero azul colgado de la pared—. Está claro que tenemos que ir a la biblioteca de Bolonia. ¿Aún tienes llave para entrar? En tu despacho debes tener...

—Me jubilé hace trece años, Daniel. Y no vamos a conducir doscientos kilómetros de noche para mirar... —Se quedó callado—. Fíjate en Lucinda, se está quedando dormida de pie, ¡como un caballo!

Atontada, Luce hizo una mueca. Le daba miedo dormirse y empezar a soñar porque temía encontrarse con Bill. Últimamente tendía a aparecer en cuanto cerraba los ojos. Quería mantenerse despierta, mantenerse alejada de él, y también tomar parte en la conversación acerca de la reliquia que Daniel y ella tendrían que encontrar al día siguiente. Pero el sueño era insistente y no admitía un no por respuesta.

Segundos u horas después, Daniel la cogió en brazos y la subió por una escalera estrecha y oscura.

—Lo siento, Luce —le pareció que decía. Estaba demasiado adormilada para responder—. Debería haberte dejado descansar antes. Pero tengo miedo —susurró—. Tengo miedo de no llegar a tiempo.

Luce parpadeó y se echó hacia atrás, sorprendida de encontrarse en una cama, y todavía más de ver una peonía blanca en un jarroncito de cristal inclinada sobre la almohada junto a su cabeza.

Sacó la flor del jarrón y, al girarla en la palma, salpicó de agua el edredón brocado de color rosa. La cama chirrió cuando apoyó la almohada en el cabecero de latón para mirar alrededor.

Por un momento, mientras los recuerdos soñados de sus viajes por las Anunciadoras se desvanecían poco a poco y terminaba de despertarse, se sintió desorientada al ver que estaba en un lugar desconocido. Ya no tenía a Bill para que le diera pistas sobre dónde había ido a parar. Él solo se hallaba presente en sus sueños y la noche anterior había sido Lucifer, un monstruo, quien se había reído de la idea de que Daniel y ella pudieran cambiar o impedir nada.

Había un sobre blanco apoyado en el jarrón de la mesilla.

«Daniel».

Luce solo recordaba su dulce beso y sus brazos retirándose cuando la había metido en la cama la noche anterior y había cerrado la puerta.

¿Dónde había ido Daniel después de aquello?

Abrió el sobre y sacó la tarjeta blanca que contenía. Había escritas cuatro palabras:

Mira en el balcón.

Sonriendo, Luce se destapó y bajó las piernas al suelo. Caminó por la gigantesca alfombra con la peonía blanca sujeta entre dos dedos. Los estrechos ventanales de la habitación tenían casi seis metros de altura y se alzaban hasta el techo abovedado. Detrás de una de las suntuosas cortinas marrones había una puerta acristalada por la que se accedía a un balcón. Luce giró el cerrojo metálico y salió, esperando encontrar a Daniel y arrojarse a sus brazos.

Pero el balcón semicircular estaba vacío. Luce solo vio una estrecha barandilla de piedra, las aguas verdes del canal un piso por debajo y una mesita acristalada con una silla plegable de lona roja junto a ella. Hacía un día bonito. Olía a humedad, pero el aire era fresco. En el río, lustrosas y esbeltas góndolas negras se adelantaban unas a otras con la elegancia de un cisne. Un par de zorzales dorados gorjeaban en un tendedero en el piso de arriba y, en la otra orilla del canal, había varias casas estrechas pintadas en tonos pastel. Era encantadora, por supuesto, la Venecia con la que casi todo el mundo soñaba, pero Luce no estaba allí de turista. Daniel y ella habían ido a salvar su historia, y la del mundo. Y el tiempo corría. Y Daniel no estaba.

Entonces vio otro sobre blanco en la mesa del balcón, apoyado en un diminuto vaso de plástico blanco y una bolsa de papel. Una vez más, abrió el sobre y, una vez más, leyó cuatro palabras:

Por favor, espera aquí.

—Irritante, pero romántico —dijo en voz alta.

Se sentó en la silla plegable y miró en la bolsa. El puñado de minúsculos bollos rellenos de mermelada y espolvoreados con canela y azúcar que había dentro despidió un aroma embriagador. La bolsa aún estaba caliente y tenía manchitas de aceite. Luce se metió un bollo en la boca y dio un sorbo al vasito, que contenía el café más aromático y delicioso que había probado en su vida.

—¿Disfrutando de los *bombolini*? —le gritó Daniel desde abajo, con una sonrisa.

Luce se levantó de un salto y, al apoyarse en la barandilla, lo vio de pie en la popa de una góndola decorada con imágenes de ángeles.

Llevaba un sombrero de paja de ala ancha con una recia cinta roja atada alrededor de la copa, y utilizaba un ancho remo de madera para guiar lentamente la góndola hacia ella.

El corazón le dio un vuelco, como siempre hacía la primera vez que veía a Daniel en otra vida. Pero él estaba allí. Era suyo. Aquello era el presente.

—Úntalos en el café y luego dime qué se siente estando en el Cielo —dijo Daniel, con una sonrisa.

—¿Cómo bajo hasta ahí? —preguntó Luce.

Él señaló hacia una escalera de caracol, la más estrecha que Luce había visto en su vida, justo a la derecha de la barandilla. Luce cogió el vasito de café y la bolsa de bollos, se puso la peonía detrás de la oreja y se dirigió a la escalera.

Notó los ojos de Daniel clavados en ella cuando saltó la barandilla y comenzó a bajar la escalera. Cada vez que completaba un giro, veía un destello violeta de su tentadora mirada. Cuando llegó abajo, Daniel le tendió una mano para ayudarla a subir a la góndola.

Allí estaba la electricidad que Luce anhelaba sentir desde que había despertado. La chispa que saltaba entre ellos cada vez que se tocaban. Daniel la cogió por la cintura, la atrajo hacía sí y pegó su cuerpo al suyo. La besó, larga y apasionadamente, hasta que se sintió mareada.

—Una forma ideal de empezar el día. —Daniel pasó los dedos por los pétalos de la peonía que llevaba en la oreja.

De golpe, Luce notó un ligero peso en el cuello y, al llevarse la mano a él, palpó una cadenita, que siguió con los dedos hasta tocar un guardapelo de plata. Lo levantó y descubrió la rosa roja gravada en una de las caras.

¡Su guardapelo! Era el que Daniel le había dado en su última noche en Espada & Cruz. Luce lo había escondido en la tapa de *El libro de los Vigilantes* durante el breve período que había pasado sola en la cabaña, pero solo guardaba un vago recuerdo de aquellos días. Lo siguiente que recordaba era que el señor Cole la había llevado rápidamente al aeropuerto para que cogiera su avión a California. No se había acordado del guardapelo ni del libro hasta su llegada a la Escuela de la Costa y, para entonces, estaba segura de que los había perdido.

Daniel debía de habérselo puesto mientras ella dormía. Volvieron a empañársele los ojos, esa vez de felicidad.

—¿Dónde lo has...?

—Ábrelo. —Daniel sonrió.

La última vez que había abierto el guardapelo, la fotografía de Daniel y una Luce anterior la había desconcertado. Daniel había prometido que le diría cuándo se había sacado la fotografía la siguiente vez que la viera. No lo había hecho. Casi todos los ratos que habían conseguido pasar juntos en California habían sido estresantes y demasiado breves, y habían estado repletos de discusiones absurdas que ya no podía imaginar volver a tener con Daniel.

Se alegró de haber esperado, porque, cuando esa vez abrió el guardapelo y vio la diminuta fotografía detrás del cristal (Daniel con pajarita y Luce con el pelo corto), la identificó de inmediato.

—Lucia —susurró. Era la joven enfermera con la que Luce se había encontrado cuando había aparecido en el Milán de la Primera Guerra Mundial. La chica era mucho más joven cuando Luce la conoció, dulce y un poco descarada, pero tan noble que la había admirado al instante.

Sonrió al recordar la forma en la que Lucia siempre miraba su moderno corte de pelo más corto, y sus bromas sobre lo encandilados que tenía a todos los soldados. Recordó, sobre todo, que, si se hubiera quedado en aquel hospital italiano durante más tiempo y las circunstancias hubieran sido... bueno, completamente distintas, podrían haber sido grandes amigas.

Miró a Daniel con una sonrisa radiante, pero el rostro enseguida se le ensombreció. Él la miraba como si le hubieran dado un puñetazo.

—¿Qué pasa? —Luce soltó el guardapelo, se arrimó a él y le pasó los brazos por el cuello.

Daniel negó con la cabeza, aturdido.

—Es solo que no estoy acostumbrado a compartir esto contigo. Tu expresión cuando has reconocido la foto... Es lo más hermoso que he visto nunca.

Luce se ruborizó, sonrió, se quedó muda y quiso llorar, todo al mismo tiempo. Comprendía a Daniel perfectamente.

—Perdona por haberte dejado sola —dijo él—. He tenido que ir a Bolonia para consultar una cosa en uno de los libros de Mazotta. He supuesto que necesitarías descansar lo máximo posible, y estabas tan guapa dormida que no he sido capaz de despertarte.

—¿Has encontrado lo que buscabas? —preguntó Luce.

—Es posible. Mazotta me ha dado una pista sobre una *piazza* aquí, en Venecia. Él es, sobre todo, historiador del arte, pero sabe más de teología que ningún otro mortal que yo conozca.

Luce se sentó en el banco de terciopelo rojo de la góndola, que era como un confidente, con un acolchado cojín negro de piel y el alto respaldo labrado.

Daniel metió el remo en el agua y la góndola avanzó. El agua tenía un vivo color verde pastel y, conforme se deslizaban por ella, Luce vio toda la ciudad reflejada en su vítrea superficie ondulada.

—La buena noticia —dijo Daniel mientras la miraba por debajo del ala de su sombrero— es que Mazotta cree que sabe dónde está la reliquia. Me he pasado la noche discutiendo con él, pero, al final, hemos encontrado una vieja fotografía muy interesante que concuerda con mi dibujo.

—¿Y?

—Resulta —Daniel dio un golpe de muñeca y la góndola giró con elegancia por un estrecho recodo para pasar por debajo de un puente peatonal— que la bandeja es una aureola.

—¿Una aureola? Creía que solo los ángeles de las felicitaciones tenían aureola. —Luce miró a Daniel con la cabeza ladeada—. ¿La tienes tú?

Daniel sonrió como si su pregunta le pareciera encantadora.

—No el típico disco luminoso, creo. Que yo sepa, las aureolas son representaciones de nuestra luz, de una forma que los mortales puedan comprender. La luz violeta que tú veías alrededor de mí en Espada & Cruz, por ejemplo. Supongo que Gabbe nunca te ha contado que posó para Da Vinci.

—¿Que hizo qué? —Luce casi se atragantó con sus *bombolini*.

—Por supuesto, él no sabía que era un ángel, pero, según dice Gabbe, Leonardo habló de la luz que parecía irradiar de ella. Por eso la pintó con una aureola.

—Caramba. —Luce movió la cabeza, estupefacta, cuando pasaron por delante de dos enamorados con sombreros de fieltro iguales que se besaban en la esquina de un balcón.

—Leonardo no es el único. Los artistas representan a los ángeles de esa forma desde que caímos a la Tierra.

—¿Y la aureola que tenemos que encontrar hoy?

—Es la representación de otro artista. —A Daniel se le ensombreció el rostro. La música de un disco de jazz rayado que se oía por una ventana abierta pareció envolver la góndola e instrumentar su narración—. Esta es la escultura de un ángel, y mucho más antigua, del período preclásico. Tan antigua que se desconoce la identidad del artista. Es de Anatolia y, como el resto de las reliquias, fue robada durante la Segunda Cruzada.

—Entonces, ¿solo tenemos que encontrar la escultura en una iglesia, museo o lo que sea, quitarle la aureola al ángel e ir volando al monte Sinaí? —preguntó Luce.

A Daniel se le oscureció fugazmente la mirada.

—Por ahora sí, ese es el plan.

—Parece demasiado fácil —dijo Luce mientras se fijaba en la intrincada arquitectura de los edificios que les rodeaban: las cúpulas bulbiformes de uno, el lozano jardín colgante de hierbas finas de otro. Todo parecía estar hundiéndose en aquellas aguas verdes con una suerte de sereno abandono.

Daniel miró a lo lejos y el agua soleada y destellante se le reflejó en los ojos.

—Ya veremos lo fácil que es.

Entrecerró los ojos para leer un letrero de madera que había más adelante y se acercó a la orilla. La góndola se balanceó cuando Daniel la detuvo junto a una pared de ladrillo cubierta de enredaderas. Se agarró a uno de los amarres y ató la góndola a él. La embarcación crujió y tiró de sus ataduras.

—Esta es la dirección que me ha dado Mazotta. —Daniel señaló un viejo puente arqueado de piedra con un aspecto entre romántico y ruinoso—. Subiremos por estas escaleras para ir al *palazzo*. No debe de estar lejos.

Saltó al embarcadero y le tendió la mano. Luce lo imitó y, juntos, cruzaron el puente cogidos de la mano. Mientras pasaban por delante de innumerables puestos de pan y vendedores ambulantes de camisetas venecianas, Luce no pudo evitar fijarse en las otras parejas felices: parecía que allí todos se besaban y se reían. Se quitó la peonía de la oreja y la metió en el bolso. Daniel y ella estaban de misión, no de luna de miel, y no habría más encuentros románticos si fracasaban.

Apretaron el paso cuando torcieron a la izquierda por una callejuela y después a la derecha para entrar en una amplia *piazza*.

Daniel se detuvo de golpe.

—Se supone que está aquí. En la plaza. —Leyó la dirección y movió la cabeza con incredulidad.

—¿Qué pasa?

—La dirección que Mazotta me ha dado es la de esa iglesia. Eso no me lo ha dicho. —Señaló el alto templo franciscano con sus tres chapiteles y sus cuatro rosetones. Era un edificio imponente, con el exterior anaranjado y una orla blanca en las ventanas y la gran cúpula—. La escultura, la aureola, deben de estar dentro.

—Bien. —Luce dio un paso hacia la iglesia y se encogió de hombros, desconcertada—. Pues entremos a comprobarlo.

Daniel volcó el peso en la otra pierna. De golpe, estaba lívido.

—No puedo, Luce.

—¿Por qué?

Daniel se había puesto rígido y su nerviosismo resultaba palpable. Parecía que tuviera los brazos pegados a los costados y apretaba tanto la mandíbula que podría haberla tenido electrificada. Luce no estaba habituada a verlo titubear. Su inseguridad le extrañó.

—Entonces, ¿no lo sabes?

Ella negó con la cabeza y Daniel suspiró.

—Pensaba que quizá te lo habían enseñado en la Escuela de la Costa… El caso es que si un ángel caído entra en un santuario de Dios, el edificio y todas las personas que hay dentro se queman al instante.

Terminó la frase con rapidez, justo cuando se cruzaron con una fila de estudiantes alemanas con faldas plisadas que se dirigían a la iglesia para visitarla. Luce vio que algunas de ellas se volvían para mirar a Daniel, que intercambiaban susurros y risitas, y se arreglaban las trenzas por si él miraba en su dirección.

Él no despegó los ojos de Luce. Aún parecía nervioso.

—Es uno de los muchos detalles menos conocidos de nuestro castigo. Si un ángel caído quiere volver al redil, debe apelar directamente al Trono. No hay ningún atajo.

—¿Estás diciendo que nunca has pisado una iglesia? ¿Ni una sola vez en los miles de años que llevas en la Tierra?

Daniel negó con la cabeza.

—Ni un templo, una sinagoga o una mezquita. Jamás. Lo más parecido ha sido la piscina cubierta de Espada & Cruz. Cuando la desacralizaron y la transformaron en gimnasio, dejó de ser tabú. —Cerró los ojos—. Arriane lo hizo una vez, muy al principio, antes de volver con el Cielo. No lo sabía. Por cómo lo describe…

—¿Es ahí donde se hizo las heridas del cuello? —Luce se tocó el cuello de forma instintiva mientras recordaba su primera hora en

Espada & Cruz: Arriane dándole una navaja suiza robada, exigiéndole que le cortara el pelo. Luce no había podido despegar los ojos de sus extrañas cicatrices jaspeadas.

—No. —Daniel apartó la mirada, incómodo—. Eso fue otra cosa.

Un grupo de turistas posaba con su guía para una fotografía delante de la entrada. En el tiempo que llevaban hablando, diez personas habían entrado y salido de la iglesia sin apreciar, según parecía, ni la belleza del edificio ni su trascendencia, aunque Daniel, Arriane y toda la legión de ángeles no podrían entrar jamás.

Pero Luce sí.

—Iré yo. Sé cómo es la aureola por tu dibujo. Si está dentro, la encontraré y…

—Tú puedes entrar, es cierto. —Daniel asintió con brusquedad—. Es la única forma.

—No hay problema. —Luce fingió despreocupación.

—Te espero aquí. —Daniel parecía tan reticente como aliviado. Le apretó la mano, se sentó en el borde de la fuente que ocupaba el centro de la plaza y le explicó qué aspecto debería tener la aureola y el modo de extraerla.

—¡Pero ve con cuidado! ¡Tiene más de mil años de antigüedad y es delicada! —Detrás de él, un querubín escupía un interminable chorro de agua—. Si hay algún problema, Luce, si tienes la menor sospecha, sal de inmediato.

La iglesia, fresca y poco iluminada, era un alto edificio con planta de cruz latina en el que olía mucho a incienso. Luce cogió un folleto en inglés al entrar, pero cayó en la cuenta de que no sabía cómo se llamaba la escultura. Enojada consigo misma por no preguntarlo (seguro que Daniel lo sabía), caminó entre los bancos vacíos que flanqueaban la estrecha nave mientras miraba el vía crucis representado en las vidrieras de los altos ventanales.

En contraste con el bullicio de la concurrida *piazza*, en la iglesia reinaba un relativo silencio. Luce oyó el taconeo de sus botas en el suelo de mármol cuando pasó por delante de una estatua de la Virgen que ocupaba una de las capillitas laterales provistas de rejas. Sus inexpresivos ojos de mármol le parecieron demasiado grandes, los dedos de sus manos orantes, tremendamente largos y finos.

No veía la aureola por ninguna parte.

Al final de la nave, se detuvo en el centro de la iglesia, debajo de la inmensa cúpula, por cuyos altos ventanales se colaba la luz atenuada del sol. Había un hombre con un hábito gris arrodillado delante de un altar. Solo se le veían la cara y las manos, que tenía ahuecadas sobre el corazón. Cantaba en latín para sus adentros. *Dies irae, dies illa*. Luce reconoció las palabras de sus clases de latín en Dover, pero no recordaba qué significaban.

Cuando se acercó, el hombre dejó de cantar y levantó la cabeza, como si su presencia hubiera interrumpido su plegaria. Tenía la tez más blanca que Luce hubiera visto nunca y sus finos labios casi se hicieron transparentes cuando se le crisparon. Luce apartó la mirada y torció a la izquierda por el transepto, el brazo más corto de la planta de cruz latina, en un intento de no invadir su espacio…

Y se encontró ante un ángel imponente.

Era una estatua de liso mármol rosa, radicalmente distinta de los ángeles a los que Luce había llegado a conocer tan bien. Carecía por completo de la apasionada vitalidad que ella veía en Cam, de las infinitas complejidades que adoraba en Daniel. Era una estatua creada por fieles devotos para fieles devotos. A Luce, el ángel le pareció vacío. Tenía la mirada dirigida al Cielo y su cuerpo de mármol esculpido brillaba entre los suaves pliegues de la tela que le cubría el pecho y la cintura. Su rostro, vuelto hacia arriba a tres metros por encima de la cara de Luce, estaba cincelado con mano experta, desde el puente de la nariz hasta los diminutos tirabuzones que le acariciaban la oreja. Tenía las manos alzadas al cielo, como si pidiera perdón por un antiguo pecado.

—*Buon giorno.* —La voz sobresaltó a Luce. No había visto al sacerdote vestido con un largo y recio hábito negro, ni tampoco la rectoría del final del transepto por cuya puerta labrada de caoba acababa de salir el hombre.

Tenía la nariz brillante y los lóbulos de las orejas grandes. Era mucho más alto que ella y eso la incomodaba. Se obligó a sonreír y dio un paso atrás. ¿Cómo iba a robar una reliquia en un lugar público como aquel? ¿Por qué no lo había pensado antes en la *piazza?* Ni siquiera hablaba…

Entonces se acordó. Sí hablaba italiano. Lo había aprendido, más o menos, de forma instantánea cuando la Anunciadora la había transportado al frente de la batalla que se libraba cerca del río Piave.

—Es una escultura bonita —dijo al sacerdote.

Su italiano no era perfecto. Lo hablaba, más bien, como si lo hubiera dominado hacía años pero hubiera perdido la confianza. Aun así, su acento era bastante bueno y el sacerdote pareció entenderla.

—Desde luego.

—El trabajo del artista con el… cincel —dijo Luce, mientras extendía los brazos como si estuviera haciendo una crítica de la obra—, es como si hubiera liberado al ángel de la piedra. —Volvió a mirar la escultura con cara de asombro y, tratando de aparentar la mayor inocencia posible, la rodeó. En efecto, el ángel tenía la cabeza coronada por una aureola de oro con el centro de cristal. Solo que no estaba mellada en los lugares que parecía indicar el dibujo de Daniel. A lo mejor la habían restaurado.

El sacerdote asintió con aire de entendido y dijo:

—Ningún ángel fue ya libre después del pecado de la Caída. El ojo experto también ve eso.

Daniel había descrito a Luce el truco para separar la aureola de la cabeza del ángel: había que cogerla como el volante de un coche y girarla dos veces en el sentido de las agujas del reloj, con firmeza pero también con delicadeza. «Como está hecha de oro y cristal, tuvieron que acoplarla después. Por eso hay una base esculpida en la piedra en la que encaja la aureola. Solo dos vueltas, ¡fuertes pero delicadas!» Eso la aflojaría.

Luce miró la vasta estatua que se erigía por encima del sacerdote y de ella.

De acuerdo.

El sacerdote se colocó a su lado.

—Es Rafael, el sanador.

Luce no conocía a ningún ángel que se llamara Rafael. Se preguntó si era real o una invención de la Iglesia.

—He… hum… he leído en una guía que es del período preclásico. —Miró la fina barra de mármol que sujetaba la aureola a la cabeza del ángel—. ¿No trajeron esta escultura a la iglesia durante las Cruzadas?

El sacerdote se llevó los brazos al pecho y las largas mangas de su hábito se le bajaron hasta los codos.

—Tú estás pensando en la original. Esa estaba justo al sur de Dorsoduro, en la Chiesa dei Piccoli Miracoli de la isla de las Focas, y desapareció junto con la iglesia y la isla cuando ambas se hundieron en el mar hace siglos.

—No... —Luce tragó saliva—. No lo sabía.

El sacerdote clavó en ella sus redondos ojos castaños.

—Debes de llevar poco tiempo en Venecia —dijo—. Aquí todo acaba hundiéndose en el mar. No es tan malo, la verdad. ¿Cómo si no nos habríamos convertido en expertos imitadores? —Miró el ángel y pasó sus largos dedos tostados por el pedestal de mármol—. Esta reproducción se hizo por encargo y solo costó cincuenta mil liras. ¿No es asombroso?

No era asombroso; era horrible. ¿La aureola auténtica se había hundido en el mar? Ya no la encontrarían; ya no averiguarían dónde había sido la Caída; ya no podrían impedir que Lucifer los destruyera. Su viaje no había hecho más que empezar y ya parecía que todo estuviera perdido.

Luce se tambaleó hacia atrás, apenas capaz de dar las gracias al sacerdote. Se sentía pesada e inestable y casi tropezó con el pálido devoto, que frunció el entrecejo mientras ella se dirigía rápidamente a la puerta.

Luce echó a correr en cuanto salió de la iglesia. Daniel la agarró por el codo en la fuente.

—¿Qué ha pasado?

Su cara debía de haberla delatado. Se lo contó todo, más abatida con cada palabra. Cuando llegó a la parte en la que el sacerdote había alardeado de la barata reproducción, una lágrima le surcaba la mejilla.

—¿Estás segura de que ha dicho la Chiesa dei Piccoli Miracoli? —preguntó Daniel mientras se daba la vuelta para observar el final de la *piazza*—. ¿En la isla de las Focas?

—Estoy segura, Daniel. Ha desaparecido. Está hundida en el mar...

—Y vamos a encontrarla.

—¿Qué? ¿Cómo?

Daniel ya le había cogido la mano y, con una última ojeada de soslayo al interior de la iglesia, echó a correr por la plaza.

—Daniel...

—Sabes nadar.

—Eso no tiene gracia.

—No, no la tiene. —Daniel se paró, la miró y le sostuvo el mentón con la palma de la mano. Luce tenía el corazón acelerado, pero la mirada de Daniel la serenó—. No es la situación ideal, pero, si esa es la única forma de conseguir la reliquia, la conseguiremos así. Nada puede detenernos. Eso lo sabes. No podemos permitir que nada lo haga.

Momentos después, volvían a estar en la góndola y Daniel remaba hacia el mar con tanta fuerza que parecía que tripularan una lancha motora. Adelantaron a todas las otras góndolas del canal, trazaron curvas cerradas para atravesar puentes bajos y rodear angulosas esquinas de edificios, salpicaron de agua a los asombrados ocupantes de las góndolas vecinas.

—Conozco esa isla —dijo Daniel, sin nada de resuello—. Estaba a medio camino entre San Marcos y La Giudecca. Pero no hay ningún amarradero cerca. Tendremos que dejar la góndola. Tendremos que saltar por la borda y nadar.

Luce echó un vistazo a las turbias aguas verdes que pasaban velozmente por debajo de ella. Sin bañador. Hipotermia. Monstruos italianos del lago Ness en las profundidades de aquel cenagal. El banco de la góndola estaba congelado y el agua olía a barro mezclado con aguas residuales. Todo eso se le pasó por la cabeza en un instante, pero miró a Daniel a los ojos y se serenó.

Él la necesitaba. Ella estaba de su parte, sin hacer preguntas.

—De acuerdo.

Cuando llegaron al ancho canal entre islas en el que desembocaban el resto de los canales, reinaba el caos turístico: el agua estaba atestada de *vaporetti* que llevaban a turistas y sus maletas de ruedas a los hoteles, lanchas motoras alquiladas por viajeros ricos y elegantes, y aerodinámicos kayaks pilotados por mochileros estadounidenses con gafas de sol envolventes. Góndolas, barcazas y lanchas policía surcaban el agua como balas, apenas evitándose unas a otras.

Daniel maniobró sin esfuerzo y señaló a lo lejos.

—¿Ves las torres?

Luce miró más allá de las embarcaciones multicolores. El horizonte era una tenue línea donde el cielo gris azulado se encontraba con el agua, más oscura.

—No.

—Concéntrate, Luce.

Al cabo de un momento, Luce vio dos torrecitas verdosas, más lejos de lo que creía que la vista le alcanzaría sin un catalejo.

—Oh. Allí.

—Es lo único que queda de la iglesia. —Daniel remó más aprisa cuando la cantidad de embarcaciones que les rodeaban disminuyó. El agua se picó y adquirió una tonalidad verde más oscura, comenzó a oler más a mar y menos a la mugre extrañamente atractiva de Venecia. El viento azotó los cabellos de Luce y se iba haciendo más frío conforme se alejaban de tierra firme—. Esperemos que ningún equipo de excavaciones submarinas nos haya birlado la aureola.

Antes, cuando Luce había vuelto a montarse en la góndola, Daniel le había pedido que lo esperara un momento. Había desaparecido por una estrecha callejuela y había regresado después de lo que parecían segundos con una pequeña bolsa rosa de plástico. Cuando Daniel se la alargó en ese momento, Luce sacó unas gafas de buceo.

Parecían carísimas, y bastante poco prácticas: malvas y negras, con modernas alas de ángel en los bordes del cristal. No recordaba la última vez que había nadado con gafas de buceo, pero, cuando miró el agua plagada de sombras negras, se alegró de tenerlas para protegerse los ojos.

—¿Gafas pero no bañador? —preguntó.

Daniel se ruborizó.

—Supongo que ha sido una estupidez. Pero tenía prisa y solo he pensado en lo que ibas a necesitar para coger la aureola. —Volvió a sumergir los remos en el agua y avanzó con más rapidez que una fueraborda—. Puedes nadar en ropa interior, ¿verdad?

Entonces fue Luce la que se ruborizó. En circunstancias normales, la pregunta podría haber sido emocionante, haberles hecho reír. Pero no en aquellos nueve días. Luce asintió. Ocho días ya. Daniel estaba muy serio.

—Por supuesto —dijo Luce después de tragar saliva.

Los dos chapiteles verdosos aumentaron de tamaño y cobraron nitidez. Poco después, los tuvieron delante. Eran altos y cónicos, y estaban compuestos de oxidadas lamas de cobre. Los coronaban banderines de cobre que parecían ondear al viento, pero uno estaba lleno de agujeros y el otro se había separado por completo de su asta. En mar abierto, aquellos dos chapiteles asomando por encima del agua creaban una impresión extraña y hacían pensar en una inmensa catedral sumergida. Luce se preguntó cuándo se habría hundido la iglesia y a cuánta profundidad estaría.

La idea de bajar buceando hasta allí con unas ridículas gafas de buceo y en ropa interior comprada por su madre le daba escalofríos.

—La iglesia debe de ser enorme —opinó. En realidad, quería decir: «No creo que sea capaz de hacer esto. No puedo respirar debajo del agua. ¿Cómo vamos a encontrar una minúscula aureola hundida en mitad del mar?».

—Yo puedo bajarte hasta la iglesia, pero nada más. Siempre que no me sueltes la mano. —Daniel le tendió su cálida mano para ayudarla a ponerse de pie—. Respirar no será un problema. Pero la iglesia sigue santificada, así que voy a necesitarte para que encuentres la aureola y la saques.

Daniel se quitó la camiseta por la cabeza y la arrojó al banco de la góndola. Se sacó el pantalón con rapidez, sin perder el equilibrio, y después las zapatillas de tenis. Luce se quedó mirando, notando un agradable calorcillo, hasta que cayó en la cuenta de que también debería estar desnudándose. Se quitó las botas y los calcetines, y se sacó el pantalón con el mayor recato posible. Daniel la sujetaba de la mano para ayudarla a mantener el equilibrio; la miraba, pero no como

Luce esperaba. Estaba preocupado por ella, por su carne de gallina. Le frotó los brazos cuando se quitó el jersey y se quedó de pie en la góndola en su práctica ropa interior, pelada de frío en mitad de la laguna veneciana.

Luce tuvo otro escalofrío de frío y miedo, ambos mezclados de forma indisoluble. Pero su tono fue animoso cuando se puso las gafas de buceo, que le apretaban, y dijo:

—Al agua patos.

Se cogieron de la mano, igual que habían hecho la última vez que nadaron juntos en Espada & Cruz. Cuando sus pies dejaron de tocar el suelo barnizado de la góndola, Daniel la impulsó hacia arriba, mucho más alto de lo que ella habría podido saltar sola, y se zambulleron juntos.

El cuerpo de Luce rompió la superficie del mar, que no estaba tan frío como esperaba. De hecho, cuanto más cerca de Daniel nadaba, más se calentaba el agua a su alrededor.

Daniel resplandecía.

Por supuesto. Luce no había querido expresar sus temores sobre lo oscura e inaccesible que estaría la iglesia hundida, pero en ese momento comprendió que Daniel, como de costumbre, velaba por ella. Le alumbraría el camino hasta la aureola con la misma trémula incandescencia que ella había visto en muchas de sus vidas anteriores. El brillo de Daniel rielaba en el agua turbia y la envolvía en su seno, tan hermoso y sorprendente como un arcoíris que rompe la negrura de la noche.

Siguieron sumergiéndose, cogidos de la mano y bañados de luz violeta. El agua estaba sedosa, tan silenciosa como una tumba vacía. A cuatro metros de profundidad, el mar se volvió más oscuro, pero la luz de Daniel aún iluminaba el agua en varios metros a la redonda. Cuatro metros más abajo, vieron la fachada de la iglesia.

Era hermosa. El mar la había conservado y el brillo de la gloria de Daniel teñía de violeta sus viejas piedras inertes. Los dos chapiteles que asomaban por encima de la superficie partían de un tejado plano bordeado de esculturas de santos. Había mosaicos deteriorados que representaban a Jesús con algunos de los apóstoles. Todo estaba tapizado de musgo y rebosaba vida: había diminutos peces plateados que entraban y salían de huecos, anémonas de mar fijadas a representaciones de milagros, anguilas que salían de recovecos por los que habían deambulado los venecianos de la antigüedad. Daniel permaneció a su lado, siguiendo su curso caprichoso, alumbrándole el camino.

Luce rodeó el lado derecho de la iglesia y miró por las vidrieras rotas, sin perder en ningún momento de vista la distancia hasta la superficie, para subir a respirar.

Más o menos en el momento que esperaba, comenzó a quedarse sin aire. Pero aún no estaba dispuesta a subir. Acababan de llegar a una ventana por la que veían lo que parecía un altar. Apretó los dientes y aguantó un poco más.

Sin soltar la mano a Daniel, miró por una de las ventanas próximas al transepto de la iglesia. Metió la cabeza y los hombros, y Daniel se pegó a la pared todo lo posible para alumbrar el interior.

Luce no vio nada aparte de bancos podridos y un altar de piedra partido por la mitad. El resto estaba oscuro y Daniel no podía acercarse más para alumbrarlo. Luce notó que los pulmones se le tensaban y se asustó, pero, luego, sin saber cómo, se le relajaron y tuvo la sensación de que disponía de un tiempo precioso antes de que la tensión y el miedo retornaran. Era como si hubiera umbrales de respiración y ella pudiera rebasar varios de ellos antes de que la situación fuera crítica. Daniel la observó y asintió, como si supiera que podía aguantar un poco más.

Luce pasó por delante de otra ventana y atisbó un resplandor dorado en un rincón de la iglesia. Daniel también lo vio. Se colocó junto a ella, con cuidado de no entrar en el templo. Le cogió la mano y lo señaló. Solo se veía la punta de la aureola. Parecía que el suelo hubiera cedido y la estatua se hubiera hundido con él. Luce se acercó más y cuajó el agua de burbujas de aire. No estaba segura de cómo desacoplar la aureola, y ya no aguantaba más. Los pulmones iban a estallarle. Indicó a Daniel que necesitaba subir.

Él negó con la cabeza.

Cuando ella puso cara de sorpresa, él la sacó de la iglesia y la abrazó. La besó con ardor, y la sensación fue increíble…

Pero no, no solo la besaba. También le insuflaba aire en los pulmones. Luce aspiró el aire puro sin dejar de besarlo, sintió cómo fluía por su cuerpo y le llenaba los pulmones justo cuando creía que iban a estallarle. Parecía que Daniel tuviera una reserva inagotable de aire, y Luce estaba ávida de todo el que pudiera darle. Se palparon los cuerpos casi desnudos, tan arrebatados de pasión como si se besaran por puro placer. Luce no quería parar. Pero solo tenían ocho días. Cuando por fin asintió para indicarle que tenía suficiente, Daniel sonrió y se separó de ella.

Regresaron a la angosta ventana rota. Daniel nadó hasta ella y se colocó delante para que su luz alumbrara el camino a Luce. Ella se embutió en la abertura y, en cuanto estuvo dentro, sintió frío y una absurda claustrofobia. Resultaba extraño, porque la iglesia era inmensa: sus techos alcanzaban treinta metros de altura, y Luce la tenía para ella sola.

Puede que el problema fuera ese. Al otro lado de la pared, Daniel le parecía demasiado lejos de ella. Al menos veía el ángel, y el brillo de Daniel justo en la ventana. Nadó hacia la aureola dorada y la cogió. Recordó las instrucciones de Daniel y la giró como si estuviera conduciendo un autocar.

La lisa aureola no cedió.

La agarró más fuerte. La zarandeó, con todas sus fuerzas.

Con mucha lentitud, la aureola chirrió y giró unos centímetros hacia la izquierda. Luce volvió a hacer fuerza para moverla y, en su exasperación, llenó el agua de burbujas. Justo cuando comenzaba a sentirse agotada, la aureola se aflojó y giró. La cara de Daniel irradió orgullo mientras se observaban, sosteniéndose la mirada. Luce ni siquiera pensó en respirar mientras trataba de desenroscar la aureola.

La aureola por fin se desacopló. Luce gritó con satisfacción y su peso le impresionó. Pero, cuando miró a Daniel, él ya no la observaba. Miraba hacia arriba, hacia la superficie.

Un segundo después, desapareció.

4

Palos de ciego

S ola en la oscuridad, Luce se quedó petrificada.
¿Dónde estaba Daniel?

Se acercó a la parte del suelo de madera que había cedido bajo el peso del ángel, donde, hacía solo unos segundos, el brillo de Daniel estaba con ella, alumbrándole el camino.

Tenía que subir. Era su única opción.

La presión de sus pulmones aumentó rápidamente y se le extendió al resto del cuerpo hasta martillearle la cabeza. La superficie se encontraba lejos y ya no le quedaba ni una pizca del aire que Daniel le había insuflado. No podía ni distinguir la mano delante de la cara. No era capaz de pensar. No podía dejarse llevar por el pánico.

Se alejó del cráter del suelo y dio una voltereta en el agua para ponerse de cara al lugar donde creía que estaba la ventana por la que había entrado. Con las manos temblándole, palpó la pared cuajada de percebes en busca de la estrecha abertura.

Allí estaba.

Sacó las manos y notó que el agua estaba menos fría al otro lado. A oscuras, la ventana parecía incluso más estrecha e infranqueable que cuando Daniel estaba con ella, brillando, alumbrándole el camino. Pero era la única salida.

Con la pesada aureola debajo de la barbilla, se embutió en la abertura e hizo fuerza con los codos contra la pared exterior para pasar el resto del cuerpo. Primero los hombros, después la cintura, a continuación...

Notó una punzada de dolor que le irradió hasta la cadera.

Tenía el pie izquierdo trabado en algo que no alcanzaba ni veía.

Notó lágrimas en los ojos y gritó de frustración. Observó las burbujas que habían salido de su boca mientras ascendían hacia el lugar donde ella necesitaba estar, llevándose consigo más energía y oxígeno de los que le quedaban.

Con la mitad del cuerpo fuera de la ventana y la otra mitad trabada dentro, forcejeó, muerta de miedo. Si Daniel estuviera allí...

Pero Daniel no estaba.

Sujetó la aureola con una mano e introdujo la otra en la ventana, pegada al cuerpo, para tratar de alcanzarse el pie. Palpó algo frío, gomoso e irreconocible. Arrancó un trozo que se le desmenuzó entre los dedos. Se retorció de asco y tiró para sacar el pie de donde quiera que lo tuviera trabado. La vista comenzó a nublársele. Las uñas se le engancharon y se le rompieron. El tobillo le dolía cada vez más de tanto tirar. Entonces, de golpe, se soltó.

La pierna le salió disparada y Luce se dio un golpe tan fuerte en la rodilla contra la ruinosa pared que supo que se había hecho un corte. Pero no le importó. Forcejeó frenéticamente para terminar de sacar el cuerpo de la ventana.

Tenía la aureola. Estaba libre.

Pero no le quedaba suficiente aire en los pulmones para nadar hasta la superficie. Temblaba como una hoja, sus piernas apenas reaccionaban a la orden de «nadar» y veía puntitos negros y rojos ante sus ojos. Se sentía torpe y lenta, como si nadara por cemento húmedo.

Entonces ocurrió algo asombroso: un brillo trémulo iluminó el agua que la rodeaba, y el calor y la luz la envolvieron como un amanecer estival.

Apareció una mano; se alargó hacia ella.

«¡Daniel!» Luce se agarró a su palma ancha y fuerte con una mano al tiempo que sujetaba la aureola contra el pecho con la otra.

Cerró los ojos mientras volaba hacia arriba con Daniel, por un cielo submarino.

Después de lo que pareció un segundo, rompieron la superficie y salieron a la cegadora luz del sol. De forma instintiva, Luce boqueó para aspirar el máximo de aire posible y le asustó el gruñido gutural que se le escapó mientras se llevaba una mano al cuello para guiar el aire y se quitaba las gafas de buceo con la otra.

Pero resultaba extraño. Su cuerpo no parecía necesitar tanto aire como le dictaba su mente. Se sentía mareada, aturdida por la inesperada luz del sol, sin embargo, curiosamente, no estaba a punto de perder el conocimiento. ¿Había pasado menos tiempo sumergida del que creía? ¿De pronto aguantaba mucho más bajo el agua? Luce permitió que el orgullo por sus dotes deportivas se sumara a su alivio por haber sobrevivido.

Las manos de Daniel hallaron las suyas bajo el agua.

—¿Estás bien?

—¿Qué te ha pasado? —gritó ella—. Casi...

—Luce —le advirtió Daniel—. Chissst.

Daniel le palpó los dedos y, sin decir nada, le cogió la aureola. Luce no se dio cuenta de cuánto pesaba hasta que ya no la tuvo en las manos. Pero ¿por qué actuaba Daniel de aquel modo tan extraño? ¿Por qué le había cogido la aureola con tanto sigilo, como si tuviera algo que ocultar?

Le bastó con seguir su sombría mirada violeta.

Daniel y ella habían salido a la superficie en un lugar distinto al que se habían sumergido. Antes, advirtió, habían visto la iglesia por delante, solo los dos chapiteles verdosos de las torres hundidas, pero en ese momento se encontraban casi sobre el mismo centro de la iglesia, donde antes estaba la nave.

Los flanqueaban dos largas hileras de arbotantes que, en su día, debieron de sustentar las paredes ya semiderruidas de la larga nave de la iglesia. Estaban cubiertos de musgo y alcanzaban una altura muy inferior a los chapiteles de la fachada. Sus extremos arqueados asomaban por encima del agua, lo que los convertía en bancos ideales para el grupo de más de veinte Proscritos que en ese momento rodeaba a Luce y a Daniel.

Cuando Luce los reconoció, un mar de gabardinas marrones, teces pálidas, ojos vacuos, contuvo un grito.

—Hola —dijo uno.

No era Phil, el zalamero Proscrito que había salido con Shelby y luego había encabezado una batalla contra los ángeles en el patio de los padres de Luce. No vio su cara entre los Proscritos, sino únicamente a una cuadrilla de seres inexpresivos y apáticos a los que no reconocía ni tenía ganas de conocer.

Ángeles caídos que no acababan de decidirse, los Proscritos eran, en algunos aspectos, lo contrario de Daniel, que se negaba a tomar partido por nadie que no fuera Luce. Expulsados del Cielo por su indecisión, condenados por el Infierno a no ver nada aparte de la tenue llama de las almas, los Proscritos formaban un grupo repugnante. Miraban a Luce igual que la última vez, con unos escalofriantes ojos vacuos que no veían su cuerpo, pero percibían un brillo en su alma que la señalaba como «el Precio».

Luce se sintió expuesta, atrapada. Las desdeñosas expresiones de los Proscritos enfriaron el agua. Daniel se acercó y ella notó algo suave rozándole la espalda. Había desplegado las alas dentro del agua.

—Tratar de escapar sería una imprudencia —dijo fríamente un Proscrito detrás de Luce, como si hubiera percibido la vibración de las alas de Daniel bajo el agua—. Si os volvéis, os convenceréis de que os superamos en número, y solo necesitamos una de estas. —Se abrió la gabardina para enseñarles un carcaj de flechas estelares.

Encaramados a las ruinas de la isla veneciana hundida, los Proscritos les tenían rodeados. Altivos y demacrados, las gabardinas que llevaban anudadas a la cintura ocultaban sus alas sucias y finas como el papel higiénico. Tras la batalla del patio de sus padres, Luce recordaba que las Proscritas eran tan crueles y despiadadas como sus compañeros varones. Solo hacía unos días de aquello, pero a Luce le parecía que habían transcurrido años.

—Pero si preferís ponernos a prueba… —Despacio, el Proscrito colocó una flecha en su arco y Daniel no pudo evitar estremecerse.

—Silencio. —Un Proscrito se puso de pie en un arbotante. No llevaba gabardina como los demás, sino un largo hábito gris, y a Luce se le escapó un grito cuando se retiró la capucha y dejó su pálida cara al descubierto. Era el hombre que cantaba en la iglesia. La había estado vigilando desde el principio y seguramente había oído su conversación con el sacerdote. Debía de haberla seguido hasta allí. Sus pálidos labios esbozaron una sonrisa—. En fin —gruñó—. Ha encontrado la aureola.

—¡Esto no os concierne! —gritó Daniel, aunque Luce percibió desesperación en su voz.

Aún no sabía por qué, pero los Proscritos estaban empeñados en que Luce les concerniera. Creían que era una pieza clave para su redención, su retorno al Ciclo, pero su lógica seguía resultándole tan incomprensible como en el patio de sus padres.

—No nos insultes con tus mentiras —bramó el Proscrito del hábito—. Sabemos qué pretendéis, y sabes que nuestra misión es detenernos.

—Estáis ofuscados —dijo Daniel—. No veis con claridad. Ni siquiera vosotros podéis querer...

—¿Que Lucifer reescriba la historia? —El Proscrito clavó sus ojos blancos en Luce—. Oh, sí. De hecho, nos encantaría.

—¿Cómo puedes decir eso? Todo el mundo, nosotros tal como somos ahora, sería aniquilado. La totalidad del universo, de la conciencia, desaparecería.

—¿De verdad piensas que la vida que hemos tenido en estos últimos siete mil años merece conservarse? —El cabecilla del grupo entrecerró los ojos—. Mejor hacer tabla rasa. Mejor borrar esta existencia privada de visión antes de que comencemos a decaer. La próxima vez... —De nuevo, dirigió sus vacíos ojos hacia Luce. Ella los vio girar en las cuencas hasta dar con su alma. Y le quemó—. La próxima vez no provocaremos la cólera del Cielo de una forma tan absurda. El Trono volverá a acogernos en su seno. Jugaremos mejor nuestras cartas. —Sus ojos ciegos siguieron clavados en el alma de Luce—. La próxima vez tendremos... ayuda.

—No tendréis nada, igual que ahora. Apártate, Proscrito. Esta guerra es más grande que tú.

El Proscrito del hábito acarició la flecha estelar y sonrió.

—Sería tan fácil matarte ahora...

—Ya hay una hueste de ángeles luchando por Lucinda. Detendremos a Lucifer y, cuando lo hagamos y tengamos tiempo para ocuparnos de insignificancias como vosotros, los Proscritos lamentaréis este momento, junto con todo lo que habéis hecho desde la Caída.

—La próxima vez, los Proscritos nos concentraremos en la chica desde el principio. La hechizaremos, como has hecho tú. Conseguiremos que se crea todo lo que decimos, como has hecho tú. Te hemos observado. Sabemos qué hacer.

—¡Necios! —gritó Daniel—. ¿Creéis que la próxima vez seréis más listos o más valientes? ¿Creéis que recordaréis este momento, esta conversación, este plan brillante? Lo único que haréis será cometer los mismos fallos que ahora. Todos lo haremos. Solo Lucifer recordará sus errores. Y él solo está interesado en colmar sus deseos más viles. Seguro que recordáis cómo es su alma —dijo con mordacidad—, aunque no veáis nada más.

Los Proscritos se pusieron de pie en las ruinas de la iglesia hundida.

—Yo me acuerdo —oyó Luce que susurraba un Proscrito detrás de ella.

—Lucifer era el ángel más luminoso de todos —añadió otro, con un tono cargado de nostalgia—. Era tan hermoso que nos dejó ciegos. Luce comprendió que su deformidad les preocupaba.

—¡No os equivoquéis! —Una voz se impuso a las demás. El Proscrito del hábito, el cabecilla—. Los Proscritos recobraremos la visión la próxima vez. Eso nos hará sabios y la sabiduría nos abrirá las puertas del Cielo. Seremos atractivos para el Precio. Ella nos guiará.

Luce se estremeció en los brazos de Daniel.

—Todos nosotros podemos tener otra oportunidad para redimirnos. —Daniel apeló a ellos—. Si somos capaces de detener a Lucifer... no hay razón para que vosotros no podáis...

—¡No! —El Proscrito del hábito se abalanzó sobre Daniel desde el arbotante. Cuando desplegó sus deslucidas alas marrones, se oyó un chasquido, como si se hubiera quebrado una rama.

Daniel dejó de rodear a Luce por la cintura, le devolvió la aureola y salió del agua para defenderse. El cabecilla no era rival para él: Daniel se alzó rápidamente en el aire y le asestó un derechazo cruzado.

El Proscrito salió disparado hacia atrás y rebotó en la superficie del agua como una piedra. Cuando se detuvo a unos seis metros de distancia, se enderezó y regresó al arbotante. Movió su pálida mano para indicar al resto del grupo que formara un círculo en el aire.

—¡Sabéis quién es ella! —gritó Daniel—. Sabéis lo que esto significa para todos nosotros. Por una vez en vuestra vida, sed valientes, no cobardes.

—¿Cómo? —le retó el Proscrito. El bajo de su hábito chorreaba agua.

Daniel estaba respirando de forma entrecortada, mirando a Luce y la aureola dorada que brillaba bajo el agua. Por un momento, sus ojos violetas parecieron reflejar miedo. Luego, hizo lo último que Luce habría imaginado.

Miró al cabecilla a sus vacuos ojos blancos, alargó la mano con la palma vuelta hacia arriba y dijo:

—Uníos a nosotros.

El Proscrito se rió de manera amenazante durante mucho rato. Daniel no se arredró.

—Los Proscritos no nos ponemos al servicio de nadie.

—Eso lo habéis dejado claro. Nadie os pide que lo hagáis. Pero no obréis en contra de la única buena causa. Aprovechad esta oportunidad para salvarnos a todos, incluidos vosotros. Uníos a nosotros en la lucha contra Lucifer.

—¡Es un engaño! —gritó una de las Proscritas.

—Intenta engañarte para conseguir su libertad.

—¡Coged a la chica!

Luce miró con horror al cabecilla, que se cernía sobre ella. El Proscrito se acercó más, con los ojos agrandados por la avidez y las blancas manos alargadas hacia ella. Cada vez estaba más cerca. Luce chilló…

Pero nadie la oyó, porque, en ese momento, el mundo se «onduló». El aire, la luz y todas las partículas de la atmósfera parecieron duplicarse y dividirse antes de replegarse sobre sí mismos con un tronido.

Había vuelto a suceder.

Tras la pared de gabardinas marrones y sucias alas, el cielo había adquirido la misma oscura tonalidad gris que tenía en la biblioteca de Espada & Cruz cuando todo había comenzado a temblar. Otro salto en el tiempo. Lucifer se acercaba.

Una ola tremenda rompió por encima de Luce. Ella agarró la aureola con fuerza mientras braceaba y pataleaba para mantenerse a flote.

Vio la cara de Daniel justo cuando se oyó un fuerte crujido a su izquierda. Sus alas blancas volaban hacia ella, pero no a suficiente velocidad.

Lo último que Luce vio antes de hundirse bajo el agua pareció transcurrir a cámara lenta: el chapitel verdoso de la iglesia se inclinó sobre la superficie del mar y comenzó a caer muy despacio hacia ella. Su sombra fue aumentando de tamaño hasta que la golpeó en la cabeza y la hundió en la oscuridad.

Luce se despertó meciéndose en una ola: se encontraba en una cama de agua.

Las cortinas rojas de encaje estaban echadas sobre las ventanas. La luz gris que se colaba por los huecos de su intrincado bordado parecía indicar que empezaba a anochecer. A Luce le dolía la cabeza y le latía el tobillo. Se dio la vuelta en las sábanas negras de seda y se encontró frente a una chica con los ojos soñolientos y una espesa mata de pelo rubio.

La chica se quejó y, cuando pestañeó, Luce vio que llevaba los párpados embadurnados de sombra de ojos plateada. La joven estiró un brazo por encima de la cabeza, con el puño apenas cerrado.

—Oh —dijo, al parecer mucho menos sorprendida de despertarse junto a Luce de lo que ella estaba de despertarse a su lado—.

¿Cuánto duramos anoche? —preguntó en italiano, arrastrando las palabras—. Vaya locura de fiesta.

Luce se apartó con brusquedad y se cayó de la cama. La habitación era como una cueva, fría y mal ventilada. Tenía las paredes empapeladas de gris y una cama de matrimonio en el centro, colocada sobre una alfombra blanca afelpada. Luce no sabía dónde estaba, cómo había llegado allí, a quién pertenecía el albornoz que llevaba, quién era aquella chica ni a qué fiesta creía que había ido ella la noche anterior. ¿Era posible que se hubiera caído dentro de una Anunciadora? Había un taburete de rayas blancas y negras junto a la cama. Sobre él estaba la ropa que ella había dejado en la góndola, muy bien doblada: el jersey blanco que se había puesto hacía dos días en casa de sus padres, sus desgastados vaqueros, sus botas de montar, apoyadas una en la otra. El guardapelo de plata con la rosa grabada en una cara (lo había metido en una bota justo antes de que Daniel y ella se tiraran al agua) estaba en la bandeja de vidrio hilado de la mesilla.

Volvió a colocárselo alrededor del cuello y se puso los vaqueros. La chica de la cama había vuelto a quedarse dormida con la cara tapada por una almohada negra de seda. Su enmarañado cabello rubio asomaba por debajo. Luce miró por encima del alto cabecero y vio dos butacas reclinables de piel vacías delante de una chimenea encendida. Sobre ella, había un televisor de plasma fijado a la pared.

¿Dónde estaba Daniel?

Mientras se subía la cremallera de la segunda bota, oyó una voz detrás de las viejas puertas acristaladas que había enfrente de la cama.

—No lo lamentarás, Daniel.

Antes de que él pudiera responder, Luce ya tenía la mano en el picaporte. Lo encontró al otro lado, sentado en un confidente de rayas blancas y negras, enfrente del Proscrito Phil.

Daniel se levantó al verla. Phil también lo hizo y se quedó tieso junto a su silla. Daniel acarició la cara a Luce y le frotó la frente, que ella advirtió que tenía dolorida y magullada.

—¿Cómo te encuentras?

—La aureola...

—Tenemos la aureola. —Daniel señaló el enorme disco de cristal orlado de oro que había en la gran mesa de madera de la habitación contigua. Había un Proscrito sentado a la mesa tomándose un yogur y otro apoyado en la puerta, cruzado de brazos. Los dos estaban de cara a Luce, pero era imposible saber si lo sabían. Luce se sentía crispada en su fría presencia, pero se fió de la actitud calmada de Daniel.

—¿Qué le ha pasado al Proscrito con el que te estabas peleando? —preguntó mientras buscaba al pálido hombre del hábito.

—No te preocupes por él. Quien me preocupas eres tú. —Daniel le habló con la misma ternura que si hubieran estado solos.

Luce recordó el chapitel inclinándose hacia ella cuando la iglesia se había derrumbado bajo el agua. Recordó las alas de Daniel proyectando una extensa sombra al abatirse hacia ella.

—Te diste un golpe feo en la cabeza. Los Proscritos me ayudaron a sacarte del agua y nos trajeron aquí para que descansaras.

—¿Cuánto tiempo he dormido? —preguntó Luce. Estaba anocheciendo—. ¿Cuánto tiempo nos queda...?

—Siete días, Luce —respondió Daniel en voz queda.

Luce se dio cuenta de que él también era agudamente consciente de que el tiempo se les escapaba de las manos.

—Pues no deberíamos perder más tiempo aquí. —Luce miró a Phil, que estaba vertiendo un líquido rojo llamado Campari en dos copas, para Daniel y para él.

—¿No te gusta mi apartamento, Lucinda Price? —preguntó Phil, fingiendo que miraba el salón posmodernista por primera vez.

Las paredes estaban decoradas con cuadros que recordaban a Jackson Pollock, pero era a Phil a quien Luce no podía dejar de mirar. Tenía la tez más pálida que nunca y profundas ojeras. A Luce se le helaba la sangre cada vez que lo recordaba cernido sobre el patio de sus padres con su imagen reflejada sujeta entre sus fuertes brazos, dispuesto a llevársela a algún lugar siniestro y lejano.

—Por supuesto, yo no lo veo muy bien, pero me dijeron que lo decorarían de una forma que las jovencitas encontrarían atractiva. ¿Quién podía saber que iba a tomarle tanto gusto a la carne humana después de salir con tu amiga nefilim Shelby? ¿Has conocido a mi amiga, en el dormitorio? Es un encanto; todas lo son.

—Deberíamos irnos. —Luce tiró de Daniel, agarrándolo por la camisa con decisión.

Los otros dos Proscritos se pusieron firmes.

—¿Estás segura de que no puedes quedarte a tomar una copa? —preguntó Phil. Cogió la botella de líquido cereza para llenar un tercer vaso y no pudo evitar derramar unas gotas.

Daniel tapó el borde del vaso con la mano y, en cambio, lo llenó del zumo de pomelo con gas que contenía otra botella.

—Siéntate, Luce —dijo mientras se lo tendía—. Aún no estamos listos para marcharnos.

Cuando ellos se sentaron, los otros dos Proscritos siguieron su ejemplo.

—Tu novio es muy razonable —dijo Phil mientras apoyaba sus botas militares embarradas en la mesita de mármol—. Hemos acordado que los Proscritos vamos a ayudaros a detener al Lucero del Alba.

Luce se inclinó hacia Daniel.

—¿Podemos hablar a solas?

—Sí, por supuesto —respondió Phil en nombre de Daniel mientras volvía a levantarse y hacía una señal con la cabeza a los otros dos Proscritos—. Tomémonos un descanso.

Los dos chicos se colocaron detrás de Phil y salieron por la puerta batiente de madera que conducía a la cocina del apartamento.

En cuanto se quedaron solos, Daniel apoyó las manos en sus rodillas.

—Oye, sé que no son santo de tu…

—Daniel, intentaron secuestrarme.

—Sí, lo sé, pero eso fue cuando creían… —Daniel se quedó callado, le acarició el pelo y le deshizo un enredo con los dedos—, cuando creían que si te ofrecían al Trono, él les perdonaría su traición. Pero ahora el juego ha cambiado, en parte por lo que ha hecho Lucifer, y en parte porque tú estás más cerca de romper la maldición de lo que los Proscritos esperaban.

—¿Qué? —empezó a decir Luce—. ¿Crees que estoy cerca de romper la maldición?

—Solo digamos que nunca habías estado tan cerca —respondió Daniel, y Luce sintió una alegría que no terminó de entender—. Si los Proscritos nos ayudan a defendernos de nuestros enemigos, tú podrás concentrarte en lo que necesitas hacer.

—¿«Si los Proscritos nos ayudan»? Pero acaban de tendernos una emboscada.

—Phil y yo lo hemos hablado. Tenemos un acuerdo. Escucha, Luce. —Daniel le cogió el brazo y bajó la voz, aunque estaban solos en el salón—. Los Proscritos suponen una amenaza menor si están de nuestro lado que si los tenemos en contra. Son desagradables, pero también son incapaces de mentir. Con ellos, siempre sabremos a qué atenernos.

—¿Qué necesidad tenemos de atenernos a nada con ellos? —preguntó Luce, y se recostó en el cojín de rayas blancas y negras que tenía detrás.

—Tienen armas, Luce. Están mejor equipados y tienen más combatientes que cualquier otra facción a la que nos enfrentaremos. Puede que en algún momento necesitemos sus flechas estelares y a sus soldados. No hace falta que seáis grandes amigos, pero son unos guardaespaldas increíbles y no tienen piedad con sus enemigos. —Daniel se apoyó en el respaldo y miró por la ventana, como si algo desagradable acabara de pasar por delante—. Y, dado que van a participar en esto nos guste o no, más vale que estén de nuestra parte.

—¿Y si aún piensan que soy el Precio o yo qué sé qué?

Daniel la sorprendió sonriéndole con ternura.

—Estoy seguro de que aún lo piensan. Muchos otros lo hacen. Pero solo tú decides cómo vas a desempeñar tu papel en esta larga historia. ¿Lo que empezamos cuando nos besamos por primera vez en Espada & Cruz? Tu despertar solo fue el primer paso. Todas las lecciones que has aprendido en tus viajes por las Anunciadoras te han fortalecido. Los Proscritos no pueden arrebatarte eso. Nadie puede. Y, además —Sonrió con picardía—, nadie puede tocarte cuando yo estoy a tu lado.

—¿Daniel? —Luce tomó un sorbo de zumo de pomelo y notó las burbujas en la garganta—. ¿Cómo voy a desempeñar mi papel en esta larga historia?

—No tengo ni idea —respondió él—, pero me muero por saberlo.

—Y yo.

La puerta de la cocina se abrió y la cara pálida y casi hermosa de una Proscrita, con el largo cabello rubio recogido en una apretada coleta, asomó por ella.

—Los Proscritos se están cansando de esperar —dijo la chica como una autómata.

Daniel miró la Luce, que se obligó a asentir.

—Puedes decirles que entren. —Daniel hizo un gesto a la chica.

Los Proscritos entraron deprisa, de forma mecánica, y ocuparon sus anteriores posiciones, excepto Phil, que se acercó más a Luce. El Proscrito del yogur golpeó torpemente con la cuchara el borde de su recipiente de plástico vacío.

—Así que ¿también te ha convencido a ti? —le preguntó Phil mientras se sentaba en el brazo del confidente.

—Si Daniel se fía de vosotros, yo...

—Lo imaginaba —dijo Phil—. En estos tiempos, cuando los Proscritos nos aliamos con alguien, nuestra lealtad es incondicional. Sabemos lo que hay en juego cuando tomamos esta clase de... decisiones. —Recalcó la última palabra e hizo a Luce un desconcertante ademán con la cabeza—. La decisión de aliarte con un bando es muy importante, ¿no crees, Lucinda Price?

—¿De qué habla, Daniel? —preguntó Luce, aunque sospechaba que ya lo sabía.

—De lo que últimamente los tiene a todos fascinados —respondió Daniel con hastío—. El casi equilibrio entre Cielo e Infierno.

—¡Después de todos estos milenios, ya es casi completo! —Phil volvió a sentarse en el confidente enfrente de Daniel y Luce. Estaba más animado de lo que Luce lo había visto nunca—. Con casi todos los ángeles aliados con un bando, la luz o la oscuridad, solo hay uno que no ha elegido...

Un ángel que no había elegido.

Un recuerdo: viajar a Las Vegas con Shelby y Miles a través de una Anunciadora. Habían ido a conocer a Vera, la hermana de Luce en una vida anterior, y habían terminado en una cafetería de la cadena IHOP con Arriane, quien les había explicado que habría una votación. Pronto. Y que al final, todo dependería de que un ángel fundamental tomara partido.

Luce estaba segura de que el ángel indeciso era Daniel.

Él parecía molesto, impaciente por que Phil terminara de hablar.

—Y, por supuesto, quedamos los Proscritos.

—¿Qué quieres decir? —preguntó Luce—. ¿Los Proscritos no habéis tomado partido? Pensaba que estabais con Lucifer.

—Eso es solo porque no te caemos bien —dijo Phil, impasible—. No, los Proscritos no podemos elegir. —Volvió la cabeza como si mirara por la ventana y suspiró—. ¿Te imaginas qué se siente...?

—Ahórrate el sermón, Phil —lo interrumpió Daniel.

—¡Deberíamos contar! —exclamó Phil, como si hiciera un alegato—. Lo único que pedimos es contar para el equilibrio cósmico.

—No tenéis la opción de elegir —repitió Luce, al comprenderlo—. ¿Ese es el castigo por vuestra indecisión?

El Proscrito asintió con tirantez.

—Y, en consecuencia, nuestra existencia no significa nada para el equilibrio cósmico. Ni tampoco nuestra muerte. —Phil bajó la cabeza.

—Ya sabes que eso no depende de mí —dijo Daniel—. Y, desde luego, no depende de Luce. Estamos perdiendo el tiempo…

—No seas tan desdeñoso, Daniel Grigori —lo interrumpió Phil—. Todos tenemos nuestros objetivos. Lo admitas o no, nos necesitas para conseguir el tuyo. Podríamos habernos aliado con los Ancianos de Zhsmaelin. Esa tal señorita Sophia Bliss os tiene en su punto de mira. Está equivocada, por supuesto, pero ¿quién sabe?, podría triunfar donde vosotros fracasarais.

—Entonces, ¿por qué no os habéis aliado con ellos? —preguntó Luce con aspereza, saliendo en defensa de Daniel—. No tuvisteis problema para colaborar con Sophia la última vez, cuando raptasteis a mi amiga Dawn.

—Eso fue un error. En esa época no sabíamos que los Ancianos habían asesinado a la otra chica.

—Penn. —A Luce se le quebró la voz.

Las pálidas facciones de Phil se crisparon.

—Imperdonable. Los Proscritos jamás haríamos daño a un inocente. Aún menos a una persona tan buena y educada.

Luce miró a Daniel con la intención de transmitirle que tal vez se había precipitado al juzgar a los Proscritos, pero él estaba vuelto hacia Phil, con el entrecejo fruncido.

—Y, aun así, os reunisteis con la señorita Sophia ayer —dijo.

El Proscrito negó con la cabeza.

—Cam me enseñó la invitación impresa en oro —insistió Daniel—. Os reunisteis con ella en un hipódromo llamado Churchill Downs para hablar de Luce.

—Te equivocas. —Phil se levantó. Era tan alto como Daniel, pero frágil y enfermizo—. Ayer nos reunimos con Lucifer. Nadie rechaza una invitación del Lucero del Alba. La señorita Sophia y sus compinches estaban allí, supongo. Los Proscritos pudimos percibir sus turbias almas, pero no colaboramos con ellos.

—Un momento —dijo Luce—. ¿Os reunisteis con Lucifer ayer?

—Eso significaba el viernes, el día que Luce y los demás estaban en Espada & Cruz, hablando de cómo encontrar las reliquias para poder impedir que Lucifer borrara el pasado—. Pero ya habíamos vuelto de las Anunciadoras. Lucifer ya tendría que haber estado cayendo.

—No forzosamente —explicó Daniel—. Aunque la reunión se celebró después de que tú volvieras de las Anunciadoras, todavía se celebraba en el pasado de Lucifer. Cuando él te persiguió transformado en gárgola, su punto de partida fue medio día después, y estaba a cientos de kilómetros de tu punto de partida.

El razonamiento la dejó un poco perpleja, pero Luce tenía una cosa clara: no se fiaba de Phil. Lo miró.

—Entonces, ya sabíais que Lucifer tenía intención de borrar el pasado. ¿Ibais a ayudarle, igual que ahora os comprometéis a ayudarnos a nosotros?

—Nos reunimos con él porque estamos obligados a acudir cuando nos llama. Todo el mundo lo está, salvo el Trono y… —Se quedó callado y una sonrisa asomó a sus labios—, bueno, no conozco ninguna fuerza vital que pueda resistirse a una convocatoria de Lucifer. —Observó a Luce con la cabeza ladeada—. ¿Podrías tú?

—Es suficiente —dijo Daniel.

—Además —continuó Phil—, él no quería nuestra ayuda. El Lucero del Alba nos dejó al margen. Dijo… —Cerró los ojos y, por un instante, pareció un adolescente normal y corriente, casi guapo—, dijo que no podía dejar nada en manos del azar, que era hora de que se encargara personalmente de todo. La reunión se suspendió de golpe.

—Ese debió de ser el momento en el que Lucifer comenzó a perseguirte por las Anunciadoras —dijo Daniel a Luce.

Ella sintió náuseas al recordar cómo la había encontrado Bill en el túnel, tan vulnerable, tan sola. En todos esos momentos, se había alegrado de tenerlo a su lado, ayudándola en su búsqueda. Y él también parecía haber disfrutado de su compañía, al menos durante un tiempo.

Phil clavó en ella sus ojos vacuos, como si examinara un cambio en su alma. ¿Percibía lo nerviosa que se ponía siempre que pensaba en todo el tiempo que había pasado a solas con Bill? ¿Lo percibía Daniel?

Phil no terminaba de sonreírle, pero no parecía tan apagado como de costumbre.

—Los Proscritos te protegeremos. Sabemos que tus enemigos son numerosos. —Se volvió hacia Daniel—. La Balanza también se ha movilizado.

Luce miró a Daniel.

—¿La Balanza?

—Trabajan para el Cielo. Son un estorbo, no una amenaza.

Phil volvió a bajar la cabeza.

—Los Proscritos creemos que la Balanza puede haberse… desvinculado del Cielo.

—¡¿Qué?! —De pronto a Daniel pareció faltarle el aliento.

—Han empezado a corromperse, y deprisa. ¿Has dicho que tenías amigos en Viena?

—¡Arriane! —gritó Luce—. Y Annabelle y Roland. ¿Corren peligro?

—Tenemos amigos en Viena —dijo Daniel—. Y también en Aviñón.

—La Balanza se está desplegando por Viena.

Cuando Luce se volvió hacia Daniel, él ya había empezado a sacar las alas. Las desplegó de golpe y su gloria iluminó el salón. Phil permaneció impasible mientras tomaba un sorbo de licor rojo. Los otros Proscritos clavaron sus ojos en ellas con nostálgica envidia.

La puerta acristalada que comunicaba con el dormitorio se abrió y la resacosa joven italiana con la que Luce había compartido cama irrumpió en el salón, descalza y tambaleándose.

—¡Caray! ¡Cómo mola este sueño! —masculló en italiano antes de meterse en el cuarto de baño.

—Basta de cháchara —dijo Daniel—. Si tu ejército es tan grande como dices, manda a un tercio de tus soldados a Viena para que protejan a los tres ángeles caídos que han ido allí. Envía otro tercio a Aviñón, donde encontrarás a Cam y a dos ángeles caídos más.

Cuando Phil asintió, los dos Proscritos del salón desplegaron sus deslucidas alas grises y salieron volando por la ventana como moscas gigantescas.

—El tercio restante se queda a mi cargo. Os acompañaremos al monte Sinaí. Partamos ahora e iré reuniendo al resto de camino.

—Sí —se apresuró a decir Daniel—. ¿Lista, Luce?

—Adelante. —Luce se pegó a Daniel para que él pudiera envolverla con sus brazos, saltar por la ventana y elevarse en el oscuro cielo de Venecia.

5

Como un millón de besos

Se posaron en un elevado desierto de montaña justo antes de que
despuntara el alba. Por el este, el horizonte salpicado de nubes
ocres había comenzado a teñirse de hermosas tonalidades rosas y
doradas que curaban la morada magulladura de la noche.

Daniel depositó a Luce en una llana meseta rocosa, tan seca e implacable que ni siquiera la vegetación desértica más resistente crecía en
ella. El árido paisaje montañoso se extendía hasta el infinito alrededor
de ellos, salpicado de valles profundos sumidos en la oscuridad y picos
con colosales rocas anaranjadas que parecían desafiar a la fuerza de la
gravedad. Hacía frío y viento, y el aire era tan seco que dolía al tragar-
lo. Apenas había espacio para que Daniel, Luce y los cinco Proscritos
que les habían acompañado cupieran de pie en la meseta rocosa.

Cuando Daniel echó las alas hacia atrás, a Luce se le llenó el pelo
de una arena muy fina.

—Aquí estamos. —Daniel casi parecía reverente.

—¿Dónde? —Luce se subió el cuello del jersey blanco para protegerse las orejas del viento.

—En el monte Sinaí.

Luce aspiró una bocanada de aire seco y arenoso, y se dio la vuelta para contemplar el paisaje mientras, al este, una hermosa luz dorada se extendía sobre las montañas.

—¿Es aquí donde Dios entregó los Diez Mandamientos a Moisés?

—No. —Daniel señaló por encima del hombro de Luce hacia un lugar situado a unos cien metros al sur. Allí, un grupo de mochileros que parecían muñequitos ascendía en fila por un terreno más clemente. El frío y ralo aire desértico propagó sus voces. Sus débiles risas resonaron misteriosamente en las silenciosas cumbres montañosas. Uno de ellos bebió de una botella de agua de plástico azul—. Ahí es donde Moisés recibió los Diez Mandamientos. —Daniel extendió los brazos y miró el pequeño círculo de roca en el que se encontraban—. Este es el sitio desde el que lo vimos algunos ángeles. Gabbe, Arriane, Roland, Cam... —Fue señalando las partes de la meseta en las que había estado cada ángel—, y unos cuantos más.

—¿Y tú?

Daniel se puso enfrente de ella y avanzó tres pasitos hasta que sus torsos se tocaron y las puntas de sus pies se solaparon.

—Justo —la besó— aquí.

—¿Cómo fue?

Daniel apartó la vista.

—Fue el primer pacto oficial con el hombre. Hasta entonces, Dios solo había pactado con los ángeles. A algunos ángeles les pareció una traición, que alteraba el orden natural de las cosas. Otros pensaban que lo habíamos provocado nosotros, que era una evolución natural.

Por un momento, el violeta de sus ojos brilló con más intensidad.

—Los demás ya deben de estar de camino. —Se volvió hacia los Proscritos, cuyas oscuras siluetas quedaban recortadas contra el cielo cada vez más claro—. ¿Os quedaréis vigilando hasta que lleguen?

Phil asintió. Los otros cuatro Proscritos se colocaron detrás de él y el viento azotó los deslucidos bordes de sus sucias alas.

Daniel se tapó el cuerpo con el ala izquierda e introdujo la mano derecha dentro como un mago que rebusca bajo su capa.

—¿Daniel? —preguntó Luce mientras se acercaba a él—. ¿Qué pasa?

Con los dientes apretados, Daniel negó con la cabeza. Después torció el gesto y gritó de dolor, dos cosas que Luce no había presenciado jamás. Se puso tensa.

—¿Daniel?

Cuando él se relajó y bajó el ala, llevaba algo blanco y brillante en la mano.

—Tendría que haberlo hecho antes —dijo.

Parecía una tira de tela, suave como la seda, pero más tiesa. Tenía treinta centímetros de longitud y varios de anchura, y tembló cuando el frío viento la azotó. ¿Se había arrancado Daniel un trozo de ala? Luce gritó horrorizada y la cogió sin pensar. ¡Era una pluma!

Mirar las alas de Daniel, sentirse envuelta en ellas, era olvidar que estaban hechas de meras plumas. Luce siempre había supuesto que su composición era misteriosa y ultramundana, divina. Aunque, por otra parte, aquella pluma no se parecía a ninguna que hubiera visto: ancha, tupida, rebosante de la misma fuerza que corría por las venas de Daniel.

Entre sus dedos, la pluma era la cosa más suave y, no obstante, más fuerte que había tocado jamás, y la más hermosa, hasta que se fijó en la sangre que brotaba del lugar del ala del que Daniel se la había arrancado.

—¿Por qué lo has hecho? —preguntó.

Daniel le dio la pluma a Phil y él se la puso en el ojal de la solapa de la gabardina sin vacilar.

—Es una insignia —explicó Daniel mientras se miraba la parte ensangrentada del ala sin ninguna preocupación—. Si, por casualidad, los demás llegan solos, sabrán que los Proscritos son amigos. —Vio que Luce tenía los ojos como platos, clavados en la sangre de su ala—. No te preocupes por mí. Me curaré. Vamos...

—¿Adónde vamos? —preguntó Luce.

—El sol está a punto de salir —respondió Daniel mientras cogía la pequeña bolsa de cuero que llevaba Phil—. E imagino que estarás muerta de hambre.

Luce no se había dado cuenta, pero lo estaba.

—He pensado que podíamos pasar un rato a solas antes de que aparezca alguien más.

Había un sendero empinado y estrecho que conducía a un pequeño saliente rocoso. Comenzaron a bajar con cuidado, cogidos de la mano, y, cuando la pendiente fue excesiva, Daniel la salvó volando, sin apenas separarse del suelo, con las alas muy pegadas a los costados.

—No quiero alarmar a los excursionistas —explicó—. En casi todos los lugares de la Tierra, la gente no está dispuesta a permitirse ver milagros, ángeles. Si nos ve pasar volando, se convence de que los ojos le han jugado una mala pasada. Pero en un lugar así...

—La gente ve milagros. —Luce terminó la frase por él—. Quiere hacerlo.

—Exacto. Y, si ve alguna cosa, comienza a hacerse preguntas.

—Y las preguntas traen…

—Problemas. —Daniel se rió un poco.

Luce no pudo evitar sonreír, encantada de que, al menos durante un ratito, el milagro de Daniel fuera suyo y de nadie más.

Se sentaron juntos en el pequeño saliente plano. En aquel lugar remoto, protegidos del viento por una roca de granito, nadie los veía aparte de una perdiz parda que brincaba entre las piedras. La vista, cuando Luce miró a lo lejos, era impresionante: un círculo de montañas con picos en sombra y otros bañados de luz, más brillantes segundo a segundo conforme el sol ascendía sobre el horizonte rosa.

Daniel abrió la bolsa de cuero y miró en su interior. Negó con la cabeza y se rió.

—¿Qué te hace tanta gracia? ¿Qué hay en la bolsa? —preguntó Luce.

—Antes de salir de Venecia, he pedido a Phil que cogiera algo de comer. Nadie como un Proscrito ciego para preparar una comida nutritiva. —Sacó un bote de Pringles al pimentón, una bolsa roja de bolas de chocolate Maltesers, bombones Baci envueltos en papel de aluminio azul, un paquete de chicles, varios botellines de Coca-Cola *light* y unas cuantas cajitas con sobres de café en polvo.

Luce se echó a reír.

—¿Te matará esto el gusanillo? —preguntó Daniel.

Luce se acurrucó contra él y se tomó unas cuantas bolas de chocolate mientras miraba el cielo rosa, que se volvió dorado y después azul conforme el sol coronaba los picos y valles. La luz proyectaba extrañas sombras en las grietas de la montaña. Al principio Luce supuso que al menos algunas de ellas serían Anunciadoras, pero luego advirtió que no era así: eran meras sombras creadas por la luz cambiante. Cayó en la cuenta de que hacía días que no veía una Anunciadora.

Era muy raro. A lo largo de semanas, meses, habían ido apareciendo ante ella cada vez con más frecuencia, hasta que apenas podía mirar sin ver una vibrando en un rincón, llamándola. Pero parecían haberse esfumado.

—Daniel, ¿qué les ha pasado a las Anunciadoras?

Él se recostó en la roca y respiró hondo antes de decir:

—Están con Lucifer y la hueste del Cielo. Ellas también forman parte de la Caída.

—¿Qué?

—Esto no ha pasado nunca. Las Anunciadoras pertenecen a la historia. Son las sombras de acontecimientos importantes. Fueron generadas por la Caída. Por eso, cuando Lucifer la reinició, todas volvieron a ella.

Luce trató de imaginarlo: un millón de sombras temblorosas rodeando una gran esfera oscura, lamiendo la superficie del olvido como manchas solares.

—Por eso hemos tenido que venir volando en vez de utilizar una Anunciadora —dijo Luce.

Daniel asintió y se comió una patata frita, más por el hábito de convivir con mortales que por la necesidad de alimentarse.

—Las sombras desaparecieron poco después de que volviéramos del pasado. El momento en el que estamos ahora, los nueve días a partir de la intervención de Lucifer, es como estar en el limbo. Se ha desgajado del resto de la historia y, si fracasamos, dejará de existir por completo.

—¿Dónde está exactamente? Me refiero a la Caída.

—En otra dimensión, en ningún sitio que sepa describir. Estábamos más cerca cuando te cogí al vuelo, después de que Lucifer te soltara, pero seguíamos estando muy lejos.

—Nunca pensé que diría esto, pero... —Luce contempló la quietud de las sombras normales y corrientes— las echo de menos. Las Anunciadoras eran mi vínculo con mi pasado.

Daniel le cogió la mano y la miró de hito en hito.

—El pasado es importante por toda la información y sabiduría que encierra. Pero puedes perderte en él. Tienes que aprender a conservar el conocimiento del pasado mientras vives el presente.

—Pero ahora que ya no están...

—Ahora que ya no están, puedes hacerlo sola.

Luce negó con la cabeza.

—¿Cómo?

—Veamos —dijo Daniel—. ¿Ves ese río cerca del horizonte? —Señaló un hilillo azul que serpenteaba por la desértica llanura. Estaba tan lejos que Luce apenas alcanzaba a verlo.

—Sí, creo que lo veo.

—He vivido cerca de aquí en varios períodos distintos, pero, una de las veces, hace ya siglos, tuve un camello que se llamaba Oded. Era el animal más perezoso del mundo. Se dormía mientras le daba de comer, y llegar al campamento beduino más próximo a la hora del té resultaba casi imposible. Pero la primera vez que te vi en esa vida...

—Oded echó a correr —dijo Luce, sin pensar—. Yo di un grito porque creía que iba a aplastarme. Tú dijiste que nunca lo habías visto moverse así.

—Sí, bueno —observó Daniel—. Le caías bien.

Se quedaron callados, mirándose, y Daniel se echó a reír cuando a Luce se le desencajó la mandíbula.

—¡Lo he hecho! —gritó ella—. Estaba ahí, en mi memoria, una parte de mí. Como si hubiera pasado ayer. ¡Me ha venido a la cabeza sin pensar!

Era un milagro. De algún modo, todos los recuerdos de todas las vidas que se habían perdido cada vez que Lucinda moría en los brazos de Daniel estaban hallando el camino hasta ella, igual que Luce siempre hallaba el camino hasta Daniel.

No. Era ella la que estaba hallando el camino hasta sus recuerdos.

Era como si una puerta se hubiera abierto después de sus viajes por las Anunciadoras. Aquellos recuerdos se habían quedado con ella, de Moscú a Helston o Egipto. Ahora, cada vez podía acceder a más.

De golpe, supo quién era, y no solo era la Luce Price de Thunderbolt, Georgia. Era cada una de las chicas que había sido, una amalgama de experiencias, errores, logros y, sobre todo, amor.

Era Lucinda.

—Deprisa —dijo a Daniel—. ¿Podemos probar otra vez?

—Vale. ¿Qué te parece otra vida en el desierto? Vivías en el Sahara cuando te encontré. Eras alta y desgarbada, y la corredora más veloz de tu poblado. Pasé por allí un día, cuando iba a visitar a Roland, y me paré a pasar la noche en el manantial más cercano. Todos los otros hombres desconfiaron mucho de mí, pero…

—¡Pero mi padre te pagó tres pieles de cebra por la navaja que llevabas en la mochila!

Daniel sonrió.

—Sabía regatear.

—Esto es increíble —dijo Luce, casi sin aliento. ¿Cuánto más tenía en la cabeza que no sabía? ¿Hasta qué época podía remontarse? Miró a Daniel, se llevó las rodillas al pecho y se inclinó hacia él hasta que sus frentes casi se tocaron—. ¿Te acuerdas de todo lo que ha sucedido en nuestros pasados?

Daniel le sonrió con la mirada.

—A veces, el orden de las cosas se me mezcla. Admito que no recuerdo largos períodos que he pasado solo, pero me acuerdo de todas las primeras veces que he visto tu cara, de todos tus besos, de todos los recuerdos que he construido contigo.

Luce no esperó a que Daniel la besara. Pegó los labios a los suyos y se deleitó con su gemido de grata sorpresa. Quería liberarlo de todo el dolor que había sentido cada vez que la perdía.

Besar a Daniel era tan nuevo como familiar, tan fascinante e inconfundible como un recuerdo de infancia que parecía un sueño hasta que se encontraban pruebas fotográficas en una vieja caja del desván. Luce se sentía como si acabara de descubrir un hangar repleto de colosales fotografías y todos aquellos momentos olvidados hubieran sido librados de su cautiverio en lo más oculto de su alma.

Lo besaba en ese momento, pero también lo besaba en uno anterior. Casi podía palpar la historia de su amor, notar el sabor de su esencia en la lengua. Sus labios no solo reseguían los de Daniel en ese momento, sino también en otro beso que se habían dado, un beso más antiguo, un beso como aquel, con su boca justo ahí y los brazos de Daniel rodeándola por la cintura justo así. Deslizó la lengua entre los dientes de Daniel y eso también le recordó otra serie de besos, todos ellos embriagadores. Cuando Daniel le pasó la mano por la espalda, ella sintió un centenar de estremecimientos como aquel. Y cuando abrió y cerró los ojos, verlo a través de la maraña de sus pestañas le caló tan hondo como mil besos.

—Daniel. —La voz apagada de un Proscrito puso fin a la fantasía de Luce. El pálido muchacho se erguía sobre ellos en la roca donde estaban apoyados. Detrás de sus alas grises casi translúcidas, Luce vio una nube surcando el cielo.

—¿Qué pasa, Vincent? —preguntó Daniel mientras se ponía de pie. Debía de saber cómo se llamaban los Proscritos del tiempo que habían convivido en el Cielo antes de la Caída.

—Siento la interrupción —dijo el Proscrito, sin tener la habilidad social de desviar la mirada de las sonrojadas mejillas de Luce. Al menos, no podía vérselas.

Luce se levantó con rapidez, se arregló el jersey y se puso una mano fría en el rostro, sofocado.

—¿Han llegado los demás? —gritó Daniel.

El Proscrito se quedó inmóvil.

—No exactamente.

Daniel rodeó a Luce por la cintura con el brazo derecho. Batió una vez las alas y salvó la pared rocosa de quince metros como un mortal subiría el peldaño de una escalera. A Luce le dio un vuelco el estómago cuando dejaron de tocar el suelo.

Daniel la depositó en la meseta, se dio la vuelta y vio a los cinco Proscritos que les habían acompañado apiñados alrededor de un compañero. Cuando vio al sexto Proscrito, echó bruscamente las alas hacia atrás de la impresión.

El chico era menudo, de constitución delgada y pies grandes. Llevaba la cabeza rapada. Tendría unos catorce años si los Proscritos envejecieran en años mortales. Le habían dado una paliza. Tremenda.

Tenía la cara rasguñada como si lo hubieran lanzado contra una pared de ladrillo de forma reiterada. El labio le sangraba tanto que tenía los dientes cubiertos de sangre. Al principio, Luce no la identificó como sangre, porque los Proscritos no la tenían roja, sino gris claro. La del chico era gris ceniza.

El Proscrito gimoteaba y susurraba algo que Luce no entendía mientras yacía boca arriba en la roca y dejaba que sus compañeros lo atendieran.

Los Proscritos trataron de levantarlo para quitarle la sucia gabardina, que tenía varios desgarrones y una manga arrancada. Pero el chico gritó con tanta violencia que hasta Phil se ablandó y volvió a tenderlo en el suelo.

—Tiene las alas rotas —dijo Phil, y Luce advirtió que, en efecto, las sucias alas estaban extendidas en el suelo en una posición que no era natural—. No sé cómo ha conseguido llegar.

Daniel se arrodilló junto al Proscrito y le tapó el sol que le daba en la cara.

—¿Qué ha pasado, Dédalo? —Le puso una mano en el hombro y eso pareció calmarlo.

—Es una trampa —balbució Dédalo mientras escupía sangre cenicienta en la solapa de su gabardina.

—¿El qué? —preguntó Vincent.

—¿De quién? —añadió Daniel.

—De la Balanza. Quieren la reliquia. Están esperando en Viena… a tus amigos. Un gran ejército.

—¿Ejército? ¿Ahora luchan abiertamente contra los ángeles? —Daniel movió la cabeza con incredulidad—. Pero no pueden tener flechas estelares.

Dédalo abrió mucho los ojos blancos a causa del dolor.

—No pueden matarnos. Solo nos han torturado…

—¿Habéis luchado contra la Balanza? —Daniel parecía alarmado e impresionado. Luce seguía sin comprender qué era la Balanza. Se los imaginaba vagamente como siniestras prolongaciones del Cielo que se alargaban hacia el mundo—. ¿Qué ha pasado?

—Lo hemos intentado. Son más.

—¿Qué hay del resto, Dédalo? —El tono de Phil aún era impasible, pero, por primera vez, Luce percibió un velado atisbo de compasión en su voz.

—Franz y Arda… —El chico hablaba como si las meras palabras le causaran dolor— están de camino.

—¿Y Calpurnia? —preguntó Phil.

Dédalo cerró los ojos y negó con la cabeza con la máxima suavidad posible.

—¿Han capturado a los ángeles? —preguntó Daniel—. ¿Arriane, Roland, Annabelle? ¿Están a salvo?

El Proscrito parpadeó y los ojos se le cerraron. Luce jamás se había sentido tan lejos de sus amigos. Si algo le sucedía a Arriane, a Roland, a cualquiera de los ángeles…

Phil se agachó junto a Daniel, cerca de la cabeza herida del Proscrito. Daniel se apartó para hacerle sitio. Despacio, Phil se sacó una flecha estelar deslucida del interior de la gabardina.

—¡No! —gritó Luce antes de taparse rápidamente la boca—. No puedes…

—No te preocupes, Lucinda Price —dijo Phil, sin mirarla. Introdujo la mano en la bolsa de cuero negro, que Daniel ya le había devuelto, y sacó un botellín de Coca-Cola *light*. Lo abrió con los dientes. El tapón trazó un largo arco antes de rebotar en el suelo. Luego, muy despacio, introdujo la flecha estelar por el estrecho cuello del botellín.

La flecha chisporroteó y silbó al hundirse en el refresco. Phil hizo una mueca cuando el botellín humeó y se calentó en sus manos. Un olor dulzón emanó de él y Luce se quedó boquiabierta cuando el espumoso líquido marrón, la Coca-Cola *light*, comenzó a dar vueltas hasta adquirir un vivo color plateado iridiscente.

Phil sacó la flecha estelar del botellín. Se la pasó con cuidado por los labios, como si la limpiara, y volvió a guardarla en la gabardina. Los labios se le quedaron plateados hasta que se pasó la lengua por ellos.

Hizo una señal con la cabeza a una Proscrita cuya lisa coleta rubia le llegaba a media espalda. De forma automática, ella cogió a Dédalo por la nuca para levantarle la cabeza del suelo unos centímetros. Con cuidado, Phil le abrió los labios ensangrentados con una mano y le obligó a beberse el líquido plateado.

Al chico se le crispó la cara, escupió y tosió, pero luego pareció relajarse. Comenzó a beber a sorbos y luego a tragos. Cuando el botellín estuvo casi vacío, sorbió para no dejar ni una gota.

—¿Qué es? —preguntó Luce.

—Hay un compuesto químico en el refresco —le explicó Daniel—, un veneno flojo que los mortales llaman aspartamo y creen que han inventado sus científicos. Pero es una antigua sustancia celestial, un veneno que, cuando se mezcla con un antídoto que contiene la aleación de las flechas estelares, reacciona y produce una poción curativa para los ángeles. Para dolencias leves como esta.

—Ahora necesita descansar —añadió la chica rubia—. Pero se despertará como nuevo.

—Disculpad, pero tenemos que irnos —dijo Daniel al tiempo que se levantaba. Sus alas blancas se arrastraron por el suelo rocoso hasta que enderezó la espalda y las extendió. Cogió a Luce de la mano.

—Ve con tus amigos —dijo Phil—. Vincent, Olianna, Sanders y Emmet os acompañarán. Yo me reuniré con vosotros cuando Dédalo se haya recuperado.

Los cuatro Proscritos dieron un paso al frente y bajaron la cabeza ante Daniel y Luce como si aguardaran sus órdenes.

—Tomaremos la ruta oriental —les instruyó Daniel—. Iremos al norte por el mar Negro y luego al oeste cuando pasemos por Moldavia. El viento sopla con menos fuerza allí.

—¿Qué hay de Gabbe, Molly y Cam? —preguntó Luce.

Daniel miró a Phil, que levantó la vista del Proscrito dormido.

—Uno de nosotros se quedará aquí montando guardia. Si llegan vuestros amigos, os avisaremos.

—¿Tienes la insignia? —preguntó Daniel.

Phil se volvió para enseñarle la tupida pluma blanca que llevaba en el ojal de la solapa. El viento la azotó y su resplandor contrastó marcadamente con la palidez cadavérica del Proscrito.

—Espero que tengas motivos para utilizarla. —Las palabras de Daniel asustaron a Luce, porque significaban que él creía que los ángeles de Aviñón corrían tanto peligro como los de Viena.

—Nos necesitan, Daniel —dijo—. Vámonos.

Él la miró con afecto y gratitud. Luego, sin vacilar, la cogió en brazos. Con la aureola sujeta entre sus dedos entrelazados, Daniel flexionó las rodillas y alzó el vuelo.

6

Contratiempos

En Viena lloviznaba. Las cortinas de niebla que envolvían la ciudad permitieron que Daniel y los Proscritos se posaran sin ser vistos en el alero de un edificio enorme antes de que hubiera anochecido del todo.

Lo primero que Luce vio fue la espléndida cúpula verde de cobre que brillaba entre la niebla. Daniel se posó delante de ella, en una parte inclinada del tejado de cobre repleta de charcos y circundada por una corta balaustrada de mármol.

—¿Dónde estamos? —preguntó mientras miraba los adornos dorados en forma de borla de la cúpula y sus ventanales ovalados, cuyos gravados florales estaban demasiado altos para que un mortal los viera, a menos que se hallara en brazos de un ángel.

—En el palacio imperial de Hofburg. —Daniel avanzó hasta el canalón que rodeaba el tejado. Sus alas rozaron la balaustrada de mármol, desluciéndola por el contraste—. La residencia de los emperadores, luego los reyes y ahora los presidentes de Viena.

—¿Es aquí donde están Arriane y los demás?

—Lo dudo —respondió Daniel—. Pero es un sitio agradable para orientarnos antes de ponernos a buscarlos.

Una laberíntica retícula de edificios anexos se extendía por debajo de la cúpula para completar el palacio. Algunos de ellos se distribuían alrededor de patios en sombra situados diez pisos por debajo; otros eran tremendamente rectos y se perdían en la densa niebla. Diversas partes de los tejados de cobre tenían distintas tonalidades de verde; algunos eran verde ácido, otros casi azulados, como si al edificio le hubieran ido añadiendo partes nuevas a largo de los años y la lluvia hubiera oxidado sus tejados en épocas distintas.

Los Proscritos se desplegaron alrededor de la cúpula. Unos se apoyaron en las achaparradas chimeneas recubiertas de hollín que salpicaban el tejado del palacio y otros se colocaron delante del asta que se erigía en el centro y lucía la bandera rojiblanca austríaca. Luce se quedó al lado de Daniel, entre él y una estatua de mármol. La escultura representaba a un caballero que llevaba yelmo y blandía una larga lanza dorada. Siguieron su mirada dirigida a la ciudad. Todo olía a humo de leña y lluvia.

Bajo la niebla, Viena centelleaba con el brillo de un millar de lucecitas de Navidad. Las calles estaban atestadas de extraños coches y transeúntes que caminaban a buen paso, habituados a una vida urbana que Luce desconocía casi por completo. Había montañas a lo lejos y el Danubio ceñía la ciudad con su fuerte brazo. Mientras contemplaba Viena junto a Daniel, Luce tuvo la impresión de que ya había estado allí. No estaba segura de cuándo, pero su sensación de que ya lo había visto todo era cada vez más fuerte.

Se concentró en el débil bullicio de una hilera de puestos navideños instalados en la rotonda que antecedía al palacio, en cómo titilaban las velas de los faroles de vidrio rojo, en cómo los niños se perseguían entre ellos, tirando de perros de madera con ruedas. Entonces sucedió: recordó con satisfacción que, una vez, Daniel le había comprado cintas de terciopelo rojo para el pelo allí mismo. El recuerdo era sencillo, alegre, ¡y suyo!

Lucifer no podía apropiarse de él. No podía robar aquel recuerdo, ni ningún otro. No a Luce, ni al mundo rutilante, asombroso e imperfecto que se extendía a sus pies.

La invadió la determinación de vencerlo, y también la indignación de saber que, por culpa de lo que él estaba haciendo porque ella se había negado a cumplir su deseo, todo aquello podía desaparecer.

—¿Qué pasa? —Daniel le puso una mano en el hombro.

Luce no quiso decírselo. No quería que supiera que, cada vez que pensaba el Lucifer, se enfurecía consigo misma.

El viento que comenzó a soplar disipó la niebla que se cernía sobre la ciudad y les permitió atisbar una noria que se erigía en la otra orilla del río. Las personas giraban en aquel círculo como si el mundo no fuera a acabarse nunca, como si la noria fuera a seguir rodando eternamente.

—¿Tienes frío? —Daniel la rodeó con su ala blanca. De algún modo, su peso sobrenatural le pareció opresivo al recordarle que sus limitaciones mortales, y la preocupación de Daniel por ellas, los estaban retrasando.

Lo cierto era que Luce estaba congelada, hambrienta y cansada, pero no quería que Daniel la consintiera. Tenían cosas importantes que hacer.

—Estoy bien.

—Luce, si estás cansada o asustada…

—He dicho que estoy bien, Daniel —espetó ella. No pretendía ser brusca y lo lamentó de inmediato.

A través de la espesa niebla, vio carruajes de caballos que transportaban a turistas y las siluetas borrosas de personas que trazaban sus vidas. Justo lo que ella trataba de hacer.

—¿Me he quejado mucho desde que salimos de Espada & Cruz? —preguntó.

—No. Has estado increíble…

—No voy a morirme ni a desmayarme solo porque haga frío o llueva.

—Lo sé. —La franqueza de Daniel la sorprendió—. Debería haber sabido que también tú lo sabías. En general, los mortales estáis limitados por vuestras necesidades y funciones fisiológicas: alimento, descanso, calor, cobijo, oxígeno, un persistente miedo a morir, etcétera. Por esa razón, la mayoría de las personas no estarían dispuestas a emprender este viaje.

—He llegado muy lejos, Daniel. Quiero estar aquí. No habría dejado que te fueras sin mí. Esto lo hemos decidido los dos.

—Bien. Entonces, escúchame: tienes la capacidad de romper tus ataduras mortales. De librarte de ellas.

—¿Qué? ¿No tengo que preocuparme del frío?

—No.

—De acuerdo. —Luce se frotó las manos congeladas—. ¿Ni del *strudel* de manzana?

—La mente domina a la materia.

Una sonrisa reticente asomó a los labios de Luce.

—Bueno, ya hemos dejado claro que tú puedes respirar por mí.

—No te infravalores. —Daniel le sonrió de forma fugaz—. Esto tiene que ver contigo más que conmigo. Pruébalo: dite que no tienes frío, que no tienes hambre, que no estás cansada.

—De acuerdo. —Luce suspiró—. No...

Había comenzado a mascullar, incrédula, pero entonces vio la mirada de Daniel. Daniel, que la creía capaz de hacer cosas de las que ella siempre se había considerado incapaz, que creía que su fuerza de voluntad había supuesto la diferencia entre conseguir la aureola y dejarla escapar. En ese momento tenía la aureola en las manos. Ahí estaba la prueba.

Y Daniel acababa de asegurarle que solo tenía necesidades mortales porque creía tenerlas. Decidió dar una oportunidad a aquella idea descabellada. Puso la espalda recta. Dirigió las palabras a la oscuridad neblinosa.

—Yo, Lucinda Price, no tengo frío, no tengo hambre, no estoy cansada.

Sopló una ráfaga de aire y el reloj del lejano campanario dio las cinco. Y Luce se sintió aligerada, libre del peso de su agotamiento. Estaba descansada, preparada para lo que fuera que le deparara la noche, decidida a tener éxito.

—Muy original, Lucinda Price —dijo Daniel—. Has trascendido tus cinco sentidos a las cinco en punto.

Luce le cogió el ala, se envolvió en ella y se dejó arropar por su calor. Esa vez, el peso del ala la conectó con una nueva fortaleza interior.

—Puedo hacer esto.

Daniel le rozó la coronilla con los labios.

—Lo sé.

Cuando Luce se separó de él, le sorprendió descubrir que los Proscritos ya no estaban en el tejado, mirándolos con sus ojos vacuos. Se habían marchado.

—Han ido en busca de la Balanza —explicó Daniel—. Dédalo nos ha dado pistas de su paradero, pero necesito formarme una idea más precisa de dónde retienen a los ángeles para poder distraerles mientras los Proscritos los rescatan.

Se sentó en la cornisa, a horcajadas sobre la estatua dorada de un águila que oteaba la ciudad. Luce tomó asiento a su lado.

—No deberían tardar mucho, dependiendo de lo lejos que estén. Luego, necesitaré una media hora para someterme al protocolo de la Balanza —Daniel ladeó la cabeza mientras calculaba—, a menos que decidan convocar un tribunal, como hicieron la última vez que me hostigaron. Encontraré una forma de escurrir el bulto esta noche, de posponerlo para alguna otra fecha en la que no compareceré. —Le cogió la mano, concentrado—. Tendría que estar de vuelta hacia las siete, a más tardar. Eso son dos horas.

Luce tenía el cabello mojado por la niebla, pero, siguiendo el consejo de Daniel, se dijo que no le afectaba y, de golpe, dejó de notarlo.

—¿Estás preocupado por ellos?

—La Balanza no les hará daño.

—Entonces, ¿por qué se lo han hecho a Dédalo?

Luce imaginó a Arriane con los ojos hinchados y amoratados, a Roland con los dientes rotos y ensangrentados. No quería verlos como Dédalo de ninguna manera.

—Oh —dijo Daniel—. La Balanza puede ser feroz. Disfrutan infligiendo dolor, y es posible que causen un cierto malestar transitorio a nuestros amigos. Pero no les causarán ningún daño permanente. No matan. No es su estilo.

—¿Y cuál es su estilo? —Luce cruzó las piernas en el duro tejado mojado—. Aún no me has dicho quiénes son ni a qué nos enfrentamos.

—La Balanza se creó después de la Caída. Son un reducido grupo de... ángeles menores. Fueron los primeros en votar y tomaron partido por el Trono.

—¿Hubo una votación? —preguntó Luce, sin estar segura de haber oído bien. Aquello parecía más propio de unas elecciones que del Cielo.

—Después del cisma que dividió el Cielo, todos tuvimos que elegir un bando. Así pues, empezando por los ángeles con menores dominios, el Trono nos hizo llamar uno a uno para que le juráramos lealtad. —Daniel miró la niebla y dio la impresión de que volvía a verlo todo—. Se tardó una eternidad en llamar a los ángeles, de los más humildes a los más poderosos. Probablemente, el mismo tiempo que Roma tardó en nacer y caer. Pero la votación no había terminado cuando... —Daniel respiró de forma entrecortada.

—¿Cuando qué?

—Cuando sucedió una cosa que hizo que el Trono perdiera la fe en la hueste de ángeles...

Para entonces, Luce ya sabía que, cuando Daniel no terminaba las frases, no era porque no confiara en ella ni porque ella no fuera a entenderlo, sino porque, pese a todas las cosas que Luce había visto y aprendido, todavía era demasiado pronto para que supiera la verdad. Así pues, pese a sus ganas de hacerlo, no le preguntó qué había inducido al Trono a interrumpir la votación cuando sus ángeles más poderosos todavía no se habían definido. Dejó que Daniel volviera a hablar cuando estuviera listo.

—El Cielo expulsó a todos los ángeles que no se habían aliado con él. ¿Recuerdas que te dije que hubo unos cuantos ángeles que no llegaron a elegir? Eran los últimos en votar, los más poderosos. Después de la Caída, el Cielo se quedó sin la mayoría de sus arcángeles. —Daniel cerró los ojos—. La Balanza, que había tenido la suerte de poder votar, llenó ese vacío.

—Entonces, como la Balanza fue la primera en jurar lealtad al Cielo... —dijo Luce.

—Creyeron que les correspondía mayor honor que a los demás. —Daniel terminó la frase por ella—. Desde entonces, afirman que sirven al Cielo velando por el orden en la Tierra. Pero es un cargo inventado por ellos, no dispuesto por el Cielo. Con la ausencia de arcángeles después de la Caída, la Balanza se aprovechó del vacío de poder. Se arrogaron un papel, y convencieron al Trono de su importancia.

—¿Presionaron a Dios?

—Más o menos. Prometieron conseguir que los caídos volvieran al Cielo, reunir a los ángeles que se habían extraviado, devolverlos al redil. Se pasaron varios milenios animándonos a aliarnos con el bando «correcto», pero, en algún momento, dejaron de intentar convencernos. Ahora, mayormente, solo intentan controlarnos.

Su cólera se reflejó en la dureza de su mirada y Luce se preguntó qué podía ser tan malo en el Cielo para que él perseverara en su exilio voluntario. ¿No era la paz del Cielo preferible a su situación actual, con todos a la espera de que se decidiera?

Daniel se rió con amargura.

—Pero los ángeles que han regresado al Cielo no han necesitado la ayuda de la Balanza para hacerlo. Pregunta a Gabbe o a Arriane. La Balanza es una payasada. Aun así, han tenido éxito solamente una o dos veces.

—Pero ¿no contigo? —preguntó Luce—. Tú no has tomado partido. Por eso te persiguen, ¿no?

Un tranvía atestado de pasajeros entró en la rotonda y dobló por una callejuela.

—Llevan años persiguiéndome —explicó Daniel—, sembrando mentiras, inventando escándalos.

—Pero tú sigues sin jurar lealtad al Trono. ¿Por qué?

—Ya te lo he dicho. No es tan sencillo —respondió Daniel.

—Pero es evidente que no vas a aliarte con Lucifer.

—Sí, pero… No puedo explicar milenios de discusiones en unos pocos minutos. Hay factores fuera de mi control que complican la situación. —Daniel volvió a apartar los ojos. Contempló la ciudad y después se miró las manos—. Y es un insulto que te pidan que elijas, es un insulto que tu creador te exija que reduzcas la inmensidad de tu amor a un mero gesto durante una votación. —Suspiró—. No sé. Quizá soy demasiado sincero.

—No… —comenzó a decir Luce.

—En fin, la Balanza son los burócratas celestiales. Yo los imagino como directores de instituto. Rellenando impresos y castigando infracciones de poca importancia a normas en las que nadie cree o tiene interés, todo en nombre de la «moralidad».

Una vez más, Luce contempló la ciudad, que se estaba arrebujando en un mantón de oscuridad. Pensó en el director con halitosis de Dover, cuyo nombre no recordaba, quien nunca había tenido interés en su versión de la historia, quien había firmado su expulsión después del incendio que mató a Trevor.

—Ya me he encontrado con gente así.

—Tú y todos. La Balanza se obstina en hacer cumplir normas frívolas que se ha inventado y considera justas. No nos caen bien a ninguno, pero, por desgracia, el Trono les ha dado autoridad para que nos vigilen, para que nos detengan sin motivo, para que nos juzguen y nos condenen.

Luce volvió a estremecerse, y esa vez no fue de frío.

—¿Y crees que tienen a Arriane, a Roland y a Annabelle? ¿Por qué? ¿Por qué retenerlos?

Daniel suspiró.

—Sé que tienen a Arriane, a Roland y a Annabelle. Su odio no les deja ver que retrasarnos beneficia a Lucifer. —Tragó saliva—. Lo que más miedo me da es que también tengan la reliquia.

A lo lejos, cuatro pares de alas deslucidas aparecieron en la niebla. Proscritos. Cuando se acercaron al tejado del palacio, Luce y Daniel se levantaron para ir a su encuentro.

Los Proscritos se posaron al lado de Luce y sus alas crujieron como sombrillas de papel al plegarse. Tenían los rostros impasibles; nada en su actitud daba a entender que su viaje hubiera tenido éxito.

—¿Y bien? —preguntó Daniel.

—La Balanza se ha instalado junto al río —anunció Vincent al tiempo que señalaba en la dirección de la noria—. En una sección vacía de un museo. Está en obras, llena de andamios, por lo que nadie ha advertido su presencia. No hay alarmas.

—¿Estáis seguros de que es la Balanza? —se apresuró a preguntar Daniel.

Uno de los Proscritos asintió.

—Hemos percibido sus marcas, sus insignias doradas: la estrella de siete puntas por las siete santas virtudes que llevan pintada en el cuello.

—¿Qué hay de Roland, Arriane y Annabelle? —intervino Luce.

—Los tiene la Balanza. Les han atado las alas —respondió Vincent.

Luce apartó la vista y se mordió el labio. Para un ángel, debía de ser espantoso que le ataran las alas. No soportaba pensar en Arriane privada de la libertad para batir sus alas iridiscentes. No imaginaba ninguna sustancia capaz de contener la potencia de las alas jaspeadas de Roland.

—Si sabemos dónde están, vayamos a rescatarlos ya —dijo.

—¿Y la reliquia? —preguntó Daniel a Vincent en voz baja.

Luce lo miró con la boca abierta.

—Daniel, nuestros amigos están en peligro.

—¿La tienen? —insistió Daniel. Miró a Luce con el rabillo del ojo y la rodeó por la cintura—. Todo está en peligro. Los salvaremos, pero también tenemos que encontrar la reliquia.

—No sabemos nada de la reliquia. —Vincent negó con la cabeza—. El almacén está muy vigilado, Daniel Grigori. Esperan tu llegada.

Daniel les dio la espalda y escrutó el río con sus ojos violetas, como si buscara el almacén. Las alas le vibraron.

—No van a esperar mucho.

—¡No! —le suplicó Luce—. Es una trampa. ¿Y si te toman como rehén, igual que han hecho con ellos?

—Ellos deben de haber provocado su ira. Mientras me ciña al protocolo, mientras alimente su vanidad, la Balanza no me hará prisionero —dijo Daniel—. Iré solo. —Se volvió hacia los Proscritos y añadió—: Sin armas.

—Pero nuestra misión es protegerte —objetó Vincent sin alterar la voz—. Te seguiremos a distancia y...

—No. —Daniel alzó la mano para interrumpirle—. Vosotros tomaréis el tejado del almacén. ¿Habéis percibido a algún ángel de la Balanza allí?

Vincent asintió.

—A algunos. La mayoría están cerca de la entrada.

—Bien. —Daniel asintió—. Utilizaré sus métodos contra ellos. En cuanto llame a su puerta, la Balanza se entretendrá identificándome, cacheándome por si llevo algo de contrabando, cualquier cosa que puedan hacer pasar por ilegal. Mientras los distraigo cerca de la entrada, los Proscritos tomáis el tejado y liberaréis a Roland, a Arriane y a Annabelle. Y si os encontráis a un miembro de la Balanza...

De forma simultánea, los Proscritos abrieron sus gabardinas para enseñarle los carcajes de flechas estelares romas y los arcos compactos que llevaban ocultos en ellas.

—No podéis matarlos —les advirtió Daniel.

—Por favor, Daniel Grigori —le suplicó Vincent—, todos estaremos mejor sin ellos.

—No solo los llaman la Balanza por su obsesión con las normas. También son necesarios como contrapeso al ejército de Lucifer. Tenéis suficientes reflejos para esquivar sus capas. Solo necesitamos retrasarlos y, para eso, bastará con una amenaza.

—¡Pero ellos quieren retrasarte a ti! —replicó Vincent—. Tanto retraso conducirá al olvido.

Luce estaba a punto de preguntar dónde encajaba ella en aquel plan cuando Daniel la abrazó.

—Necesito que te quedes aquí para vigilar la reliquia. —Ambos miraron la aureola apoyada en la base de la estatua del caballero. Estaba perlada de lluvia—. Por favor, no protestes. No podemos dejar que la Balanza se acerque a la aureola. Tú y ella estaréis más seguras aquí. Olianna se quedará para protegerte.

Luce miró a la Proscrita, que clavó en ella sus impenetrables ojos grises.

—Está bien. Me quedaré.

—Esperemos que no tengan la segunda reliquia —dijo Daniel mientras echaba las alas hacia atrás—. En cuanto hayamos liberado a los ángeles, pensaremos en cómo encontrarla.

Luce apretó los puños, cerró los ojos y besó a Daniel mientras lo abrazaba estrechamente.

Él alzó el vuelo un segundo después y sus regias alas fueron empequeñeciéndose conforme se adentraba en la noche acompañado de los tres Proscritos. Pronto, todos parecieron meras motas de polvo entre las nubes.

Olianna no se había movido. Parecía una versión con gabardina de cualquiera de las estatuas del tejado. Estaba vuelta hacia Luce, cruzada de brazos y con el pelo rubio de la frente tan tirante por la coleta que parecía que fuera a quebrársele. Cuando introdujo la mano en la gabardina, el aire se impregnó de un penetrante olor a serrín. Cuando sacó una flecha estelar y la colocó en el arco, Luce retrocedió varios pasos.

—No tengas miedo, Lucinda Price —dijo Olianna—. Solo quiero estar preparada por si aparece un enemigo.

Luce trató de no imaginar a qué enemigos se refería la chica rubia. Volvió a sentarse en el tejado y se cobijó del viento detrás de la estatua del caballero de la lanza dorada, más por hábito que por necesidad. Cambió de postura para seguir viendo el reloj dorado del alto campanario de ladrillo marrón. Las cinco y media. Iba a contar los minutos hasta que Daniel y los Proscritos regresaran.

—¿Quieres sentarte? —preguntó a Olianna, que estaba justo detrás de ella con la flecha lista.

—Prefiero vigilar de pie…

—Sí, mejor vigilar de pie que esperar sentada —masculló Luce—. Ja, ja.

Abajo sonó una sirena, un coche patrulla que circulaba por una rotonda a toda velocidad. Cuando se alejó y el ruido cesó, Luce no supo cómo llenar el silencio.

Miró el reloj con los ojos entrecerrados, como si con eso pudiera ver a través de la niebla. ¿Había llegado Daniel ya al almacén? ¿Qué harían Arriane, Roland y Annabelle cuando vieran a los Proscritos? Cayó en la cuenta de que Daniel no les había dado una pluma como había hecho con Phil. ¿Cómo sabrían que los Proscritos eran de fiar? Estaba tan encorvada que los hombros le rozaban las orejas y tenía el cuerpo agarrotado de lo frustrada e inútil que se sentía. ¿Por qué permanecía allí sentada, esperando, haciendo bromas absurdas? Debería tener un papel más activo en aquello. Al fin y al cabo, la Balanza no la quería a ella. Debería estar ayudando a rescatar a sus amigos o a encontrar la reliquia, no allí sentada, como una damisela en apuros a la espera de que su caballero regrese.

—¿Te acuerdas de mí, Lucinda Price? —La Proscrita habló en voz tan baja que Luce apenas la oyó.

—¿Por qué, de repente, los Proscritos os dirigís a nosotros por nuestro nombre completo? —Al volverse, Luce vio que la chica tenía la cabeza inclinada hacia ella y el arco apoyado en el hombro.

—Es una muestra de respeto, Lucinda Price. Ahora sois nuestros aliados. Tú y Daniel Grigori. ¿Te acuerdas de mí?

Luce pensó un momento.

—¿Estabas con los Proscritos que lucharon contra los ángeles en el patio de mis padres?

—No.

—Lo siento. —Luce se encogió de hombros—. No recuerdo nada de mi pasado. ¿Nos conocemos?

La Proscrita alzó la cabeza solo un poco.

—Antes nos conocíamos.

—¿Cuándo?

La chica se encogió de hombros con delicadeza y Luce advirtió que era bonita.

—Solo antes. Es difícil de explicar.

—¿Hay algo que no lo sea? —Luce le dio la espalda, sin verse con ánimos para descifrar otra enigmática conversación. Metió las manos congeladas en las mangas del jersey y miró el tráfico que circulaba por las lustrosas calles, los diminutos coches aparcados muy juntos en callejones tortuosos, los transeúntes con largos abrigos negros que cruzaban puentes iluminados llevando bolsas de comestibles a casa para sus familias.

Se sintió dolorosamente sola. ¿Pensaba su familia en ella? ¿La imaginaban sus padres en su pequeña habitación de Espada & Cruz? ¿Había llegado Callie ya a Dover? ¿Estaría acurrucada en el frío banco de su ventana, esperando a que se le secaran las uñas pintadas de rojo, charlando por el móvil sobre su extraña cena de Acción de Gracias con una amiga que no era Luce?

Un nubarrón pasó por delante del reloj y lo tapó mientras daba las seis. Daniel llevaba ausente una hora que parecía un año. Luce observó las campanas de la iglesia mientras repicaban, miró las manecillas del enorme reloj, y dejó que su recuerdo la transportara a las vidas que había tenido antes de la invención del tiempo lineal, cuando el paso del tiempo se medía por las estaciones del año, por la siembra y la cosecha.

Después de la sexta campanada del reloj, se oyó otro ruido seco, más próximo, y Luce giró sobre sus talones justo a tiempo de ver a Olianna desplomándose. La Proscrita cayó en sus brazos como un peso muerto. Luce le dio la vuelta y le tocó la cara.

Olianna estaba inconsciente. El ruido que Luce había oído era el golpe que le habían asestado en la cabeza.

Ante Luce había una figura gigantesca con una capa negra. El hombre tenía la cara muy arrugada y parecía viejísimo. La piel le colgaba en fláccidas capas por debajo de los apagados ojos azules y el protuberante mentón, y tenía los dientes torcidos y cariados. En su enorme mano derecha, llevaba el asta que debía de haber utilizado como arma. La bandera austríaca pendía del extremo y ondeaba con suavidad sobre la superficie del tejado.

Luce se levantó de un salto y alzó los puños en el mismo momento en que se preguntó de qué iban servirle contra un enemigo tan descomunal.

El hombre tenía las alas de un tono azul tan pálido que casi parecía blanco. Pese a su estatura, sus alas eran pequeñas y compactas, solo un poco más largas que sus brazos.

Llevaba algo pequeño y dorado prendido de la capa: una pluma, una pluma dorada y negra. Luce sabía a quién pertenecía. Pero ¿qué razón podía tener Roland para dar una pluma suya a aquel ser? Ninguna. La pluma estaba doblada y cortada, y le faltaban varias barbas en la parte del cañón. Tenía el extremo manchado de sangre y, en lugar de estar tiesa como la brillante pluma que Daniel había dado a Phil, parecía haberse marchitado cuando aquel ángel espantoso se la había prendido de la capa.

Una trampa.

—¿Quién eres? —preguntó Luce mientras caía de rodillas—. ¿Qué quieres?

—Tenme respeto. —Al ángel se le crispó la garganta como si tuviera intención de gritarle, pero la débil voz le tembló.

—Gánate mi respeto —dijo Luce—. Y te lo tendré.

El ángel le sonrió con malevolencia, agachó la cabeza y se bajó la capa para enseñarle la nuca. Luce parpadeó en la oscuridad. En su cuello había una estrella dorada que centelleó bajo la luz de las farolas y la luna. Luce contó siete puntas.

Era un ángel de la Balanza.

—¿Me reconoces ahora?

—¿Es así como actúan los esbirros del Trono? ¿Aporreando a ángeles inocentes?

—Ningún Proscrito es inocente. De hecho, nadie lo es hasta que se demuestre lo contrario.

—Tú has demostrado que no tienes honor al atacar a una chica por la espalda.

—Insolente. —El ángel arrugó la nariz—. La insolencia no te llevará muy lejos conmigo.

—Lejos de ti es justo donde quiero estar. —Luce lanzó una mirada a la pálida mano de Olianna y a la flecha estelar que sujetaba.

—Pero no es donde vas a quedarte —dijo el ángel titubeando, como si tuviera que obligarse a seguir con sus ilógicas pullas. Luce cogió la flecha estelar cuando el ángel se abalanzó sobre ella. Pero aquel viejo era mucho más rápido y fuerte de lo que parecía. Le arrebató la flecha estelar y le asestó un bofetón. Cuando Luce se desplomó boca arriba en el tejado de piedra, le puso la punta de la flecha cerca del corazón.

«Las flechas estelares no matan a los mortales. Las flechas estelares no matan a los mortales», se repitió mentalmente Luce. Pero entonces recordó su conversación con Bill: ella poseía una parte inmortal que sí podía morir. Su alma. Y no tenía ninguna intención de separarse de ella, no después de todo lo que había pasado, no cuando el final estaba tan cerca.

Alzó la pierna, dispuesta a asestarle una patada como había visto hacer en las películas de kung-fu, cuando, de pronto, el ángel arrojó la flecha por el borde del tejado. Luce volvió la cabeza y, con la mejilla pegada a la fría piedra, la vio precipitarse hacia las parpadeantes luces navideñas de las calles vienesas.

El ángel de la Balanza se limpió las manos en la capa.

—¡Veneno! —Después, agarró a Luce por los hombros y la levantó del suelo.

Apartó a la Proscrita de una patada (Olianna gimió, pero no volvió en sí). Debajo de su delgado cuerpo envuelto en la gabardina, estaba la aureola dorada.

—Ya imaginaba que la encontraría aquí —dijo el ángel de la Balanza mientras la cogía y la guardaba debajo de la capa.

—¡No! —Luce metió las manos en el agujero negro que acababa de engullir la aureola, pero el ángel le asestó otro bofetón. Luce salió disparada hacia atrás y se quedó con el cabello colgando por el borde del tejado.

Se agarró la cara. Le sangraba la nariz.

—Eres más peligrosa de lo que ellos piensan —graznó el ángel—. Nos habían dicho que eras cobarde, no valiente. Será mejor que te ate antes de irnos.

El ángel se quitó la capa con rapidez y se la puso por la cabeza como si fuera una cortina, lo cual le impidió ver durante un angustioso momento. Después, la noche vienesa y el ángel de la Balanza volvieron a ser visibles. Luce vio que, debajo de la capa con la que acababa de envolverla, llevaba puesta otra idéntica. El ángel se agachó, tiró de un cordel y la capa se ciñó alrededor de Luce como una camisa de fuerza. Cuando ella pataleó y se retorció, la capa le apretó todavía más.

Dio un grito.

—¡Daniel!

—No te oirá. —El ángel se rió de forma desagradable mientras la cogía bajo el brazo y se dirigía al borde del tejado—. No te oiría aunque gritaras para siempre.

7

Los ángeles de los nudos

L a capa era paralizante.

Cuanto más forcejeaba Luce, más le apretaba. La áspera tela estaba atada con una extraña cuerda que se le hincaba en la carne y le impedía moverse. Cuando se retorció, la cuerda reaccionó ciñéndosele más a los hombros, apretándole las costillas hasta que apenas pudo respirar.

El ángel de la Balanza la llevaba bajo su huesudo brazo mientras surcaba ruidosamente el cielo nocturno. Luce tenía la cara enterrada en la fétida cintura de su capa regenerada y no veía nada. Solo sentía el azote del viento en su mohosa mortaja. Solo oía su aullido, interrumpido por los torpes aleteos del ángel.

¿Adónde la llevaba? ¿Cómo iba a avisar a Daniel? ¡No había tiempo para aquello!

Al cabo de un rato, el viento cesó, pero el ángel de la Balanza no se posó.

Él y Luce se quedaron cernidos en el aire.

Entonces, el ángel rugió.

—¡Un intruso! —bramó.

Luce notó que descendían en picado, pero solo vio la oscuridad de los pliegues de la capa de su captor, que amortiguaron sus gritos de horror hasta que un ruido de cristales rotos la dejó muda.

Finos y afilados añicos de cristal atravesaron la capa que la aprisionaba y la tela de sus vaqueros. Las piernas le escocieron como si se las hubiera cortado en mil sitios distintos.

Cuando el ángel se posó, Luce tembló con el impacto. El hombre la soltó sin miramientos y ella cayó al suelo sobre el hueso de la cadera y el hombro. Rodó más de medio metro y se paró. Vio que estaba cerca de una larga mesa de madera atestada de fragmentos de tela descolorida y porcelana. Se arrastró para cobijarse debajo y casi logró evitar que la capa se le ciñera todavía más. Había comenzado a comprimirle la tráquea.

Pero, al menos, podía ver.

Se encontraba en una sala fría y espaciosa, tendida sobre un suelo de mosaicos triangulares grises y rojos. Las paredes eran de lustroso mármol verde, al igual que las recias columnas cuadradas que se erigían en el centro. Luce estudió brevemente la larga hilera de claraboyas cubiertas de escarcha que se extendían en el techo a doce metros por encima de ella. Casi todas tenían el cristal roto y permitían vislumbrar la noche gris y cubierta de nubes. El ángel y ella debían de haber entrado por ahí.

Y aquella debía de ser la sección del museo que la Balanza había ocupado, el ala de la que Vincent había hablado a Daniel en el tejado de cobre. Eso significaba que Daniel debía de andar cerca, ¡y Arriane, Annabelle y Roland tenían que estar allí, en alguna parte! Se animó, pero enseguida se deprimió.

Los Proscritos habían dicho que sus amigos tenían las alas atadas. ¿Se encontraban en el mismo estado que ella? No soportaba estar allí sin poder ayudarlos, no soportaba que para salvarlos tuviera que actuar, pero que cualquier movimiento le supusiera poner su vida en peligro. No había nada peor que no poder hacer nada.

Las embarradas botas negras del ángel de la Balanza aparecieron delante de ella. Luce alzó la vista y vio su imponente figura. Cuando el ángel se agachó, con su olor a bolas de naftalina podridas, la devoró con sus ojos apagados y alargó una mano enguantada hacia ella…

Entonces, la mano se le quedó muerta, como si hubiera perdido el conocimiento. Se desplomó hacia delante, se dio contra la mesa, la empujó y dejó a Luce expuesta. La cabeza de estatua con la que parecía que lo habían golpeado rodó por el suelo de una forma sobrecogedora, se detuvo cerca de la cara de Luce y se la quedó mirando fijamente a los ojos.

Cuando Luce volvió a cobijarse bajo la mesa, vio más alas azules con el rabillo del ojo. Más ángeles de la Balanza. Cuatro de ellos volaron desordenadamente hacia una hornacina que estaba casi tan cerca del techo como del suelo… Allí Luce vio a Emmet blandiendo una larga sierra plateada.

¡Emmet debía de haber arrojado la cabeza que la había librado del ángel de la Balanza! Él era el intruso cuya entrada por el techo había enfurecido a su secuestrador. Luce jamás habría pensado que se alegraría tanto de ver a un Proscrito.

Emmet estaba rodeado de esculturas colocadas en tarimas y pedestales, algunas tapadas, otras provistas de andamios, una recién decapitada, y de cuatro ángeles de la Balanza tremendamente viejos que volaban hacia él con las capas extendidas como vampiros andrajosos. Aquellas tiesas capas negras parecían ser su única arma, su única herramienta, y Luce sabía bien cuánto daño podían hacer. Su respiración entrecortada daba fe de ello.

Contuvo un grito cuando Emmet sacó una flecha estelar de un carcaj que llevaba oculto bajo la gabardina y la sostuvo delante de él. ¡Daniel había hecho prometer a los Proscritos que no matarían a ningún ángel de la Balanza!

Los ángeles se apartaron de Emmet, exclamando «¡Veneno! ¡Veneno!» tan alto que despertaron al captor de Luce desplomado sobre la mesa. Entonces, el Proscrito actuó de un modo que asombró a todos los presentes. Se apuntó con la flecha. Luce había presenciado el suicidio de Daniel en el Tíbet y estaba familiarizada con la desesperación y el abatimiento que acompañaban a un acto tan extremo. Pero Emmet parecía tan seguro y desafiante como de costumbre cuando miró a los cuatro apergaminados ángeles a la cara.

El extraño comportamiento del Proscrito los había envalentonado. Con la flemática ferocidad de unos buitres al aproximarse al cadáver de un animal en una carretera desierta, se acercaron todavía más al delgado Proscrito hasta que Luce dejó de verlo. ¿Dónde estaban los otros Proscritos? ¿Dónde estaba Phil? ¿Los había eliminado ya la Balanza?

Por toda la sala se oyó el eco de lo que pareció una tela recia y pesada al rasgarse. Los ángeles seguían suspendidos en el aire y sus anchas capas unidas parecían las fauces de una Anunciadora que conducían a un lugar espantoso y triste. Luego, un silbido cortó el aire, seguido de otro desgarrón, y los cuatro ángeles de la Balanza se pusieron a girar como muñecos de trapo hacia Luce, con las mandíbulas desencajadas y los ojos abiertos. Bajo sus capas mutiladas y desgarradas, sus negros corazones y sus negros pulmones se contraían de forma espasmódica mientras chorreaban pálida sangre de color azul.

Daniel había pedido a los Proscritos que no utilizaran sus flechas estelares para matar a los ángeles de la Balanza, pero no les había dicho que no pudieran herirlos con ellas.

Los cuatro ángeles cayeron al suelo como marionetas a las que habían cortado los hilos. Luce los vio respirar con dificultad antes de mirar hacia la hornacina, donde Emmet estaba limpiando la sangre azul de las plumas de su flecha estelar. Luce no sabía de nadie que utilizara las flechas estelares al revés, y parecía que la Balanza tampoco.

—¿Está Lucinda aquí? —oyó gritar a Phil. Al mirar arriba, vio su cara asomada a una claraboya rota.

—¡Aquí! —chilló, incapaz de permanecer quieta, y la capa se le ciñó todavía más a la garganta. Cuando se retorció de dolor, la comprimió un poco más.

Una pierna inmensa apareció por el borde de la mesa y le asestó una patada que la alcanzó de lleno en la nariz y la hizo llorar. ¡Su captor había vuelto en sí! Eso, combinado con el fuerte dolor que casi le nublaba la vista, la impulsó a guarecerse más bajo el abrigo de la mesa. Cuando lo hizo, la capa se le ciñó tanto alrededor del cuello que le cerró la tráquea por completo. Se asustó, trató de respirar en vano, se retorció, puesto que ya daba igual que la capa siguiera comprimiéndole...

Entonces recordó que en Venecia había descubierto que podía aguantar sin respirar más tiempo del que creía posible. Y Daniel acababa de decirle que tenía la capacidad de superar sus limitaciones mortales siempre que quisiera. Así que lo hizo; se dio fuerzas para seguir con vida.

Pero eso no impidió que su captor volcara la mesa y mandara por los aires las piezas de cerámica y las extremidades cortadas de esculturas antiguas que había encima.

—Pareces... incómoda. —El ángel le enseñó los dientes ensangrentados mientras se reía y alargaba una mano enfundada en un guante negro hacia el bajo de su capa.

Pero se quedó petrificado cuando las plumas de una flecha estelar sobresalieron por el lugar donde, solo un momento antes, tenía el ojo derecho. Un chorro de sangre azul brotó de la cuenca vacía y manchó la capa de Luce. El ángel gritó y se puso a dar vueltas por la sala como un poseso, braceando, con el astil de la flecha asomando por su apergaminada cara.

Unas manos pálidas aparecieron delante de Luce, seguidas de las mangas de una gabardina marrón desgastada y una cabeza rubia rapada. Phil no dejó traslucir ninguna emoción cuando se arrodilló junto a ella.

—Aquí estás, Lucinda Price. —La levantó agarrándola por el cuello de la ceñida capa negra—. Había vuelto al palacio para ver cómo estabas.

La dejó encima de una mesa cercana. Ella se desplomó de inmediato, incapaz de sostenerse en pie. Emmet la puso derecha con tan poca emoción como su compañero.

Por fin Luce pudo echar un vistazo alrededor. Delante de ella, tres peldaños bajos conducían a una amplia sala principal. En el centro, un cordón rojo de terciopelo rodeaba la imponente estatua de un león. El animal estaba alzado sobre las patas traseras y rugía al cielo con los belfos levantados. Tenía la melena mellada y de tonos amarillentos.

El suelo de la sección del museo en obras estaba tapizado de alas de color azul grisáceo, lo que recordó a Luce un aparcamiento cubierto de langostas que había visto un verano en Georgia después de una tormenta. Los ángeles de la Balanza no estaban muertos, no se habían pulverizado, pero había tantos inconscientes que los Proscritos apenas podían caminar sin pisarles las alas. Phil y Emmet habían estado ocupados incapacitando al menos a cincuenta miembros de la Balanza. Algunos batían sus cortas alas azules de vez en cuando, pero ninguno movía el cuerpo.

Los seis Proscritos, Phil, Vincent, Emmet, Sanders, la otra Proscrita, cuyo nombre Luce desconocía, incluso Dédalo, con la cara vendada, estaban ilesos, sacudiéndose trozos de piel y huesos de sus gabardinas manchadas de azul.

La chica rubia, la que había ayudado a Dédalo a reponerse, agarró por el pelo a una componente de la Balanza que apenas respiraba. A la vieja le temblaron las mohosas alas azules cuando la Proscrita se puso a golpearle la cabeza contra una columna de mármol. La mujer chilló las cuatro o cinco primeras veces. Después, sus gritos se fueron apagando y los ojos saltones se le quedaron en blanco.

Phil trató de aflojar la camisa negra de fuerza que aprisionaba a Luce. Sus ágiles dedos compensaban su ceguera. Un ángel de la Balanza inconsciente cayó del techo y su mejilla magullada acabó entre el cuello y el hombro de Luce, que notó gotas de sangre caliente en el cuello. Cerró los ojos y se estremeció.

Phil apartó al ángel de una patada y lo mandó contra el captor de Luce, que seguía dando torpes vueltas por la sala, gimoteando.

—¿Por qué yo? —protestaba—. Yo obro con justicia.

—Tiene la aureola… —comenzó a decir Luce.

Pero Phil volvió a centrar su atención en el nauseabundo montón de alas azules, donde un ángel corpulento con la cabeza rapada se había levantado y se acercaba a Dédalo por detrás. Ya tenía una áspera capa negra suspendida sobre la cabeza del Proscrito y estaba a punto de apresarlo con ella.

—Enseguida vuelvo, Lucinda Price. —Phil dejó a Luce en la mesa y colocó una flecha en su arco. En un instante, se había interpuesto entre Dédalo y el ángel de la Balanza—. Suelta la capa, Zaban. —Phil parecía tan furibundo como la vez que apareció en el patio de los padres de Luce.

Ella se sorprendió al ver que se conocían por el nombre, pero, naturalmente, todos debían de haber convivido en el Cielo hacía tiempo. En aquel momento, costaba imaginarlo.

Zaban tenía los ojos azules llorosos y los labios azulados. Casi pareció contento cuando vio que Phil le apuntaba con una flecha estelar. Se echó la capa al hombro y se volvió hacia él, con lo que Dédalo quedó libre para coger a un ángel flaco por los pies. Le dio tres vueltas y lo arrojó por una ventana contra un alto andamio exterior.

—Me amenazas con dispararme, ¿verdad, Philip? —Zaban no despegaba los ojos de la flecha estelar—. ¿Quieres inclinar la balanza a favor de Lucifer? ¿Por qué no me sorprende?

Phil se enfureció.

—Tú no importas lo suficiente para que tu muerte incline la balanza.

—Al menos, nosotros contamos. Juntas, nuestras vidas importan para el equilibrio. La justicia siempre importa. Los Proscritos —Zaban sonrió con fingida lástima— no pintáis nada. Por eso sois seres despreciables.

Phil se hartó. No soportaba a aquel ángel de la Balanza. Con un gruñido, le lanzó la flecha al corazón.

—Al menos, pintaré más que tú —masculló, y esperó a que el viejo de alas azules se pulverizara.

Luce también esperó a que se convirtiera en polvo. Ya lo había visto en otras ocasiones. Pero la flecha rebotó en la capa de Zaban y cayó al suelo.

—¿Cómo has…? —preguntó Phil.

Zaban se rió y sacó un objeto de un bolsillo secreto de su capa. Luce se inclinó hacia delante, deseando ver cómo se había protegido, pero se pasó de la raya y cayó al suelo de bruces.

Nadie se dio cuenta. Todos tenían la vista clavada en el librito que Zaban había sacado de la capa. Luce se enderezó un poco y vio que estaba encuadernado en piel del mismo tono azul que las alas de los ángeles de la Balanza. Llevaba atado un cordón de oro. Parecía una Biblia, como las que los soldados de la guerra de Secesión solían meterse en el bolsillo de la camisa con la esperanza de que les protegiera el corazón.

El libro acababa de hacer justo eso.

Luce entrecerró los ojos para leer el título y se arrastró unos centímetros por el suelo. Seguía estando demasiado lejos.

Con un solo movimiento, Phil recuperó su flecha estelar y quitó el libro a Zaban de un manotazo. Por suerte, el libro cayó a unos palmos de Luce. Ella volvió a arrastrarse por el suelo, consciente de que no podría cogerlo, aprisionada como estaba por la capa. Aun así, tenía que saber qué contenían sus páginas. Le resultaba familiar, como si lo hubiera visto hacía muchísimo tiempo. Leyó las letras doradas del lomo:

Un registro de los caídos

Zaban corrió a cogerlo y se detuvo a unos centímetros de Luce, que yacía desprotegida en el centro de la sala. El ángel la fulminó con la mirada y se guardó el libro en el bolsillo.

—No, no —dijo—. No permitiré que tú lo veas. No permitiré que tú veas todo lo que ha logrado la Balanza. Ni lo que aún queda por hacer para alcanzar el equilibrio definitivo. No cuando has pasado todo este tiempo demasiado ocupada para prestarnos atención, para prestar atención a la justicia, enamorándote y desenamorándote sin pensar en nadie más.

Aunque Luce odiaba la Balanza, si existía un registro de los caídos, ardía en deseos de saber qué nombres aparecían en aquellas páginas, de ver si estaba el de Daniel. Eso era de lo que siempre hablaban los caídos. Del ángel que inclinaría la balanza.

Pero antes de que Zaban pudiera seguir criticándola, un par de alas níveas captó toda su atención: un ángel había entrado por el agujero más grande de las claraboyas.

Daniel se posó delante de ella y miró la capa que la inmovilizaba. Le examinó el cuello constreñido. Los músculos se le tensaron bajo la camiseta cuando trató de arrancarle la capa.

Con el rabillo del ojo, Luce vio que Phil cogía una piqueta de una mesa cercana y atacaba a Zaban con ella. El ángel se volvió con brusquedad para que no le diera en el pecho y Phil lo alcanzó en el brazo. El golpe fue tan fuerte que le segó la mano por la muñeca.

Asqueada, Luce vio cómo caía al suelo el pálido puño ya flojo. De no ser por el chorro de sangre azul que manaba de él, podría haber pertenecido a una de las deterioradas estatuas.

—Átate la mano con uno de tus nudos —se mofó Phil cuando Zaban se puso a buscar su apéndice cortado entre los cuerpos magullados e inconscientes de su secta.

—¿Te duele? —Daniel tiró de los nudos que apresaban a Luce.

—No. —Luce trató de convencerse de que era verdad. Casi lo consiguió.

Cuando la fuerza bruta no dio resultado, Daniel cambió de estrategia.

—Tenía el cabo suelto hace un momento —murmuró—. Ahora está enredado dentro de la capa. —Cuando sus dedos le palparon el cuerpo, Luce los percibió próximos y, a la vez, distantes.

Más que cualquier otra parte del cuerpo, deseó tener las manos libres para poder tocar a Daniel y calmar sus nervios. Confiaba en que él podría liberarla. Confiaba en que él podría hacerlo todo.

¿Qué podía hacer ella para ayudarlo? Cerró los ojos y se transportó a su vida de Tahití. Daniel había sido marinero. Le había enseñado montones de nudos en las tranquilas tardes que habían pasado en la playa. Hizo memoria: el nudo mariposa alpino, que formaba un lazo fijo en mitad de una cuerda, útil para cargar más peso. O el nudo de los amantes, que parecía fácil y tenía forma de corazón, pero solo se podía deshacer utilizando las dos manos a la vez: cada una tenía que pasar una hebra por una parte distinta del centro acorazonado.

La capa le apretaba tanto que no podía mover ni un solo músculo. Daniel trató de ensanchar el cuello, pero consiguió justo lo contrario. Maldijo al ver que casi la estrangulaba.

—¡No puedo! —gritó por fin—. La camisa de fuerza de la Balanza está compuesta por infinitos nudos. Solo uno la desata. ¿Quién te ha hecho esto?

Luce señaló con la cabeza al ángel de alas azules que aullaba y se tambaleaba en un rincón junto a un fauno de mármol. Aún tenía la flecha estelar clavada en el ojo. Luce quiso explicar a Daniel que su captor había dejado a Olianna sin sentido con un asta de bandera, que la había apresado con la capa y la había llevado allí.

Pero ni siquiera podía hablar. La capa le apretaba demasiado.

Para entonces, Phil ya tenía al quejumbroso ángel agarrado por el cuello de su capa empapada de sangre. Le dio tres bofetadas antes de que él dejara de gimotear y echara las alas azules hacia atrás, alarmado. Luce vio que se le había formado una gruesa costra de sangre azul seca alrededor de la cuenca atravesada por la flecha estelar.

—Desátala, Barach —ordenó Daniel, reconociéndolo de inmediato, y Luce se preguntó hasta qué punto se conocían.

—Ni hablar. —Barach se inclinó y escupió un chorro de sangre azul y un par de dientecillos afilados.

En un instante, Phil le apuntaba entre los ojos con una flecha estelar.

—Daniel Grigori te ha ordenado que la desates. Tú obedecerás.

Barach se estremeció mientras miraba la flecha estelar con desdén.

—¡Veneno! ¡Veneno!

Una sombra oscura se cernió sobre el cuerpo de Phil.

Aturdida, Luce procesó la imagen de otro ángel de la Balanza, la vieja arrugada de mohosas alas azules. Debía de haber vuelto en sí. Atacó a Phil con la misma piqueta que él había utilizado con Zaban…

Pero, acto seguido, la vieja quedó pulverizada.

Detrás de ella, a unos tres metros de distancia, estaba Vincent, con un arco vacío en la mano. Hizo un gesto afirmativo con la cabeza a Phil y se dio la vuelta para seguir vigilando la alfombra de alas azules.

Daniel miró a Phil y masculló:

—Debemos tener cuidado con cuántos eliminamos. La Balanza cuenta para el equilibrio. Un poco.

—Es una lástima —dijo Phil, con una extraña envidia en la voz—. Mataremos los menos posibles, Daniel Grigori. Pero preferiríamos eliminarlos a todos. —Alzó la voz para que Barach lo oyera—. Bienvenido al reino de las sombras. Los Proscritos somos más poderosos de lo que crees. Te mataría sin pensármelo dos veces, incluso sin pensármelo ni una sola vez. No obstante, te lo volveré a pedir: desátala.

Barach se quedó inmóvil, como si sopesara sus opciones, mientras parpadeaba con el ojo que le quedaba.

—¡Desátala! ¡No puede respirar! —rugió Daniel.

Barach gruñó y se acercó a Luce. Con sus avejentadas manos, desató una serie de nudos que ni Phil ni Daniel habían sabido encontrar. Sin embargo, Luce no notó ningún alivio en el cuello. No hasta que el ángel comenzó a susurrar para sus adentros.

Pese a estar mareada por la falta de oxígeno, las palabras se abrieron camino en su mente embotada. Eran palabras en un hebreo muy antiguo. Luce no sabía cómo conocía la lengua, pero la entendía.

Y el Cielo lloró al ver los pecados de sus hijos.

Las palabras resultaban casi ininteligibles. Daniel y Phil ni tan siquiera las oyeron. Luce no podía estar segura de haberlas oído bien, aunque, por otra parte, le resultaban muy familiares. ¿Dónde las había oído?

El recuerdo le vino a la cabeza más deprisa de lo que habría querido: un ángel de la Balanza distinto, capturando a otra encarnación de Luce con una capa más vieja que aquella. Había sucedido hacía mucho tiempo. Ella ya había pasado por aquello, ya la habían atado y liberado.

En esa vida, había caído en sus manos un objeto que no debía ver. Un libro, atado con un complicado nudo.

Un registro de los caídos.

¿Qué hacía con él? ¿Qué quería ver?

Lo mismo que quería ver en ese momento. Los nombres de los ángeles que aún no habían tomado partido. Pero, en esa ocasión, tampoco le habían dejado leer el libro.

Hacía mucho tiempo, Luce había tenido aquel libro en sus manos y, sin saber cómo, casi había desatado el nudo. Pero el ángel de la Balanza la había capturado e inmovilizado con su capa. Luce había visto cómo le temblaban las alas azules mientras ataba y reataba el libro, según él, para asegurarse de que sus dedos impuros no lo habían dañado. Luce le oyó susurrar aquellas palabras, las mismas extrañas palabras, justo antes de verlo derramar una lágrima sobre el libro.

El cordón de oro se desató como por arte de magia.

Cuando miró al ángel en ese momento, vio que una lágrima plateada se deslizaba por el laberinto de su apergaminada mejilla. Su aflicción parecía real, pero tenía un aire condescendiente, como si se apiadara de la suerte del alma de Luce. La lágrima cayó sobre la capa y los nudos se desataron misteriosamente.

Luce boqueó. Daniel terminó de arrancarle la capa. Ella levantó los brazos. Libertad.

Seguía abrazada a Daniel cuando Barach se acercó para decirle al oído:

—Jamás lo conseguirás.

—Silencio, enemigo —le ordenó Daniel.

Pero Luce quiso saber a qué se refería el ángel.

—¿Por qué no?

—¡Tú no eres la elegida! —exclamó Barach.

—¡Silencio! —gritó Daniel.

—Nunca, nunca, nunca. Ni en un millón de años —salmodió el ángel mientras restregaba su mejilla áspera como la lija contra la de Luce, justo antes de que Phil le clavara la flecha en el corazón.

8

Y el Cielo lloró

U n objeto cayó al suelo.

—¡La aureola! —gritó Luce.

Daniel se agachó y recogió la reliquia dorada. Maravillado de verla, negó con la cabeza. De algún modo, había permanecido aquí cuando el ángel de la Balanza y su extraña ropa regenerativa habían desaparecido.

—Siento haberle quitado la vida, Daniel Grigori —dijo Phil—. Pero ya no soportaba sus mentiras.

—También había empezado a sacarme de quicio a mí —respondió Daniel—. Pero ten cuidado con el resto.

—Toma —dijo Phil mientras le ofrecía la bolsa de cuero que llevaba colgada del hombro—. Escóndelo. La Balanza se muere por tenerlo. —Cuando Daniel abrió la bolsa, Luce vio su libro, *El libro de los Vigilantes.*

Phil cerró la cremallera de la bolsa y se la dio a Daniel.

—Me voy a vigilar. Los Balanzas heridos podrían volver en sí de un momento a otro.

—Habéis luchado bien contra la Balanza —dijo Daniel, impresionado—. Pero...

—Lo sé —le interrumpió Phil—. Habrá más. ¿Te has topado con muchos fuera del museo?

—Son muchísimos —respondió Daniel.

—Si nos dieras carta blanca para utilizar las flechas estelares, vuestra huida estaría asegurada...

—No. No quiero alterar el equilibrio hasta ese punto. No matéis a nadie más a menos que sea en defensa propia. Tendremos que darnos prisa y salir de aquí antes de que lleguen los refuerzos. Ahora vete, vigila las ventanas y las puertas. Yo iré enseguida.

Phil asintió, se dio la vuelta y echó a andar entre la alfombra de alas azules.

En cuanto estuvieron solos, Daniel le palpó el cuerpo a Luce.

—¿Estás herida?

Ella se miró y se restregó el cuello. Estaba sangrando. Los cristales de la claraboya le habían atravesado los vaqueros en varios sitios, pero ninguna de las heridas parecía grave. Siguió el consejo que le había dado Daniel y se dijo: «No te duele». Las heridas le escocieron menos.

—Estoy bien —se apresuró a decir—. ¿Qué te ha pasado a ti?

—Justo lo que queríamos que pasara. He tenido los ángeles de la Balanza ocupados mientras los Proscritos entraban aquí. —Cerró los ojos—. Pero no quería que te hicieran daño. Lo siento, Luce. No tendría que haberte dejado...

—Estoy bien, Daniel, y la aureola está a salvo. ¿Qué hay de nuestros amigos? ¿Cuántos Balanzas quedan?

—¡Daniel Grigori! —El grito de Phil resonó en la vasta sala.

Daniel y Luce se dirigieron rápidamente a la entrada abovedada, pisando alas azules a su paso. Cuando llegaron, Luce se quedó petrificada.

Había un hombre con un uniforme azul marino tendido boca abajo en el suelo. Tenía un charco de sangre roja alrededor de la cabeza, sangre roja mortal.

—Lo... lo he matado —tartamudeó Dédalo. Tenía un pesado yelmo de hierro en la mano y parecía asustado. La visera del yelmo estaba manchada de sangre fresca—. Ha entrado corriendo y lo he confundido con un ángel de la Balanza. Solo quería dejarlo sin sentido. Pero era un mortal.

Detrás del cadáver había una fregona y un cubo con ruedas volcado en el suelo. Habían matado a un conserje. Hasta ese momento, en ciertos aspectos, la batalla contra la Balanza no había parecido real. Era brutal y absurda y, sí, dos miembros de la Balanza habían muerto, pero estaba separada del mundo mortal. Luce sintió náuseas al ver correr la sangre por los surcos del suelo de mosaico, pero no pudo despegar los ojos de ella.

Daniel se restregó la mandíbula.

—Has cometido un error, Dédalo. Pero has hecho bien vigilando la puerta. El próximo en venir será un Balanza. —Miró alrededor—. ¿Dónde están los ángeles caídos?

—¿Qué pasa con él? —Luce miró al hombre muerto tendido en el suelo. Tenía los zapatos recién lustrados. Llevaba una fina alianza de oro—. Solo era un conserje que ha venido al oír el ruido. Ahora está muerto.

Daniel la cogió por los hombros y pegó su frente a la suya. Su aliento era caliente y entrecortado.

—Su alma ya ha hallado la paz y la felicidad. Y muchos más morirán si no encontramos a los ángeles y la reliquia y salimos de aquí. —Le dio un apretón en los hombros y la soltó demasiado pronto. Luce se contuvo de llorar por el hombre fallecido, tragó saliva y miró a Phil.

—¿Dónde están?

Phil señaló hacia arriba con un dedo pálido.

Colgadas de una recia viga transversal, cerca de las claraboyas rotas, había tres sacas de arpillera. Una de ellas se hinchó y se balanceó, como si dentro hubiera un ser tratando de venir al mundo.

—¡Arriane! —gritó Luce.

La misma saca volvió a hincharse, con más violencia esa vez.

—Nunca los liberaréis a tiempo —dijo una voz temblorosa desde el suelo. Un ángel de la Balanza con cara de pez se enderezó apoyándose en los codos—. Vienen más miembros de la Balanza. Os apresaremos a todos con las capas de los Justos y os entregaremos personalmente a Lucifer…

Un escudo de bronce arrojado por Phil como un disco volador le rebanó un trozo de cuero cabelludo y volvió a dejarlo postrado entre el montón de alas azules.

Phil miró a Daniel.

—Si necesitamos la ayuda de la Balanza para desatar a tus amigos, tendremos más suerte mientras sean pocos.

Daniel tenía los ojos violetas encendidos cuando echó a volar por la sala. Fue de un andamio a otro hasta detenerse junto a una ancha mesa blanca de mármol donde los restauradores tenían el material de trabajo. Estaba repleta de papeles y herramientas, la mayoría inservibles después de aquella noche, entre los que Daniel rebuscó con minuciosidad. Apartó una botella de agua vacía, un montón de carpetas de plástico, una vieja fotografía enmarcada. Por fin, dio con un cincel largo y recio.

—Toma —dijo a Luce mientras le ponía la pesada bolsa de Phil en el hombro. Ella se la pegó al costado y contuvo el aliento cuando Daniel echó las alas hacia atrás y remontó el vuelo.

Lo observó mientras se alzaba sin esfuerzo, como por arte de magia, y se preguntó cómo era posible que sus alas hicieran brillar todo lo que había en aquella oscura sala. Cuando Daniel llegó por fin al techo, pasó el cincel por la viga y cortó la cuerda de la que colgaban las tres sacas negras, que resbalaron a sus brazos sin hacer ruido. Daniel batió las alas una vez y las bajó al suelo sin apenas esfuerzo.

Las dejó una junto a otra en una parte despejada del suelo. Luce corrió junto a él y vio las caras de los tres ángeles asomando por la parte de arriba. Tenían el cuerpo aprisionado en la misma clase de tiesa capa negra que casi la había asfixiado a ella. Pero también los habían amordazado. Mientras los miraba, tuvo la impresión de que las mordazas de arpillera negra les apretaban cada vez más. Arriane se retorció, forcejeó, se congestionó más y pareció tan furiosa que Luce creyó que iba a estallar.

Phil miró la masa de cuerpos que se retorcían en el suelo. Cogió uno por las axilas. El ángel de la Balanza parpadeó, aturdido.

—¿Quieres que los Proscritos elijamos a un ángel de la Balanza para que te ayude a desatar a tus amigos, Daniel Grigori?

—¡Jamás revelaremos los secretos de nuestros nudos! —El ángel aún tenía fuerzas para susurrar—. Preferimos morir.

—Nosotros también preferimos que muráis —replicó Vincent mientras se acercaba al círculo con una flecha estelar en cada mano y apuntaba con una la garganta del ángel que había hablado.

—Vincent, contente —le ordenó Phil.

Daniel ya estaba arrodillado junto a la primera capa negra, la de Roland, pasando los dedos por los nudos invisibles.

—No encuentro los cabos.

—A lo mejor podemos cortar la cuerda con una flecha estelar —sugirió Phil mientras le enseñaba una flecha de plata—. Como un nudo gordiano.

—No dará resultado. Los nudos están bendecidos con un sortilegio secreto. Es posible que necesitemos a los Balanzas.

—¡Esperad! —Luce se arrodilló al lado de Roland. El ángel estaba inmóvil, pero sus ojos le transmitieron lo impotente que se sentía. Nada debería coartar a un alma como la de Roland. Debajo de aquella capa, Luce no veía ni un atisbo de la clase y la elegancia que caracterizaban al ángel caído, estuviera librando un combate de esgrima con los nefilim en la Escuela de la Costa, pinchando discos en una fiesta de Espada & Cruz o viajando por las Anunciadoras con más habilidad que nadie que ella conociera. Que la Balanza le hubiera hecho aquello a su amigo la enfurecía tanto que las lágrimas asomaron a sus ojos.

Llorar.

Eso era.

Recordó las palabras en hebreo. Gracias a sus viajes por las Anunciadoras, tenía facilidad con los idiomas. Cerró los ojos y recordó cómo se había desatado en su pasado el cordón dorado del libro. Recordó los labios cuarteados de Barach mientras susurraba las palabras con condescendencia...

Y se las dijo a Roland, deseando que pudieran ayudarle.

—Y el Cielo lloró al ver los pecados de sus hijos.

Roland abrió mucho los ojos. Los nudos se desataron. La capa resbaló al suelo, y también la mordaza.

Roland boqueó, se puso de rodillas, se levantó y desplegó las alas con una fuerza tremenda. Lo primero que hizo fue dar una palmada a Luce en el hombro.

—Gracias, Lucinda. Te debo un favor que no se paga con nada.

Roland había vuelto, pero tenía una costra de sangre en la parte del ala de la que Barach le había arrancado la falsa insignia.

Daniel cogió a Luce de la mano y la condujo hacia los otros dos ángeles atados. La había observado y había aprendido de ella. Se puso manos a la obra con Annabelle mientras Luce se arrodillaba junto a Arriane. Su amiga no podía estarse quieta. La capa le apretaba tanto que Luce apenas era capaz de mirarla.

Se miraron a los ojos. Arriane emitió un ruido que Luce interpretó como una señal de que se alegraba de verla. Los ojos se le llenaron de lágrimas al recordar su primer día en Espada & Cruz, cuando había visto a Arriane soportar las descargas eléctricas de su pulsera. Qué frágil le había parecido entonces aquella chica de apariencia tan dura. Y, aunque apenas la conocía, le habían entrado ganas de protegerla, como sucedía con un buen amigo. Aquellas ganas solo habían aumentado con el paso del tiempo.

Una lágrima caliente le resbaló por la mejilla y cayó en el mismo centro del pecho de Arriane. Luce susurró las palabras en hebreo mientras oía a Daniel recitándoselas a Annabelle. Lo miró: tenía las mejillas mojadas.

De golpe, los nudos se aflojaron hasta deshacerse por completo. Las manos de Luce y Daniel, y sus corazones, habían liberado a sus amigas.

Las increíbles alas iridiscentes de Arriane levantaron una ráfaga de aire al desplegarse, que fue seguida de otra más suave cuando Annabelle sacó sus alas plateadas. La sala estaba casi en silencio momentos antes de que sus mordazas resbalaran al suelo. Arriane también tenía la boca tapada con cinta adhesiva; probablemente ella era la razón de que sus compañeros también estuvieran amordazados. Daniel cogió la cinta por un extremo y se la arrancó de un tirón.

—¡Puñetas! ¡Qué bien sienta estar libre! —gritó Arriane mientras se restregaba el cuadrado de piel hinchada y enrojecida alrededor de la boca—. ¡Tres hurras para la maestra de los nudos, Lucinda! —Su voz reflejaba la chispa de siempre, pero tenía lágrimas en los ojos. Se dio cuenta de que Luce las había visto y se apresuró a enjugárselas.

Se paseó por el suelo sembrado de alas, poniendo una cara de burla distinta a cada uno de los ángeles inconscientes, haciendo amagos de pegarles. Tenía el mono vaquero casi destrozado, el pelo revuelto y grasiento, y un cardenal con la forma de Australia en el pómulo izquierdo. Los extremos inferiores de sus alas iridiscentes estaban doblados y se arrastraban por el sucio suelo.

—Arriane —susurró Luce—, estás herida.

—¡Bah! No te preocupes tanto. —Arriane le sonrió con la boca torcida—. ¡Aún me quedan energías para dar una paliza a unos cuantos de estos carcamales! —Miró alrededor—. Pero parece que los Proscritos se me han adelantado.

Annabelle se levantó más despacio que Arriane. Extendió sus musculosas alas plateadas, las plegó y estiró sus largas extremidades como una bailarina. Pero, cuando miró a Luce y a Arriane, sonrió y ladeó la cabeza.

—Seguro que hay alguna forma de desquitarnos.

Arriane aleteó, se elevó a unos metros del suelo y se puso a volar por la sala en amplios círculos, inspeccionando los destrozos.

—Ya se me ocurrirá algo...

—Arriane —le advirtió Roland, que estaba conversando en voz baja con Daniel.

—¿Qué pasa? —Arriane hizo un mohín—. Ya no dejas que me divierta nunca, Ro.

—No tenemos tiempo para divertirnos —le dijo Daniel.

—¡Estos fósiles se han pasado horas torturándonos! —gritó Annabelle, encaramada a la cabeza del león—. Podríamos devolverles el favor, ¿no?

—No —dijo Roland—. Los daños irreparables ya son demasiados. Deberíamos invertir todas nuestras energías en buscar la segunda reliquia.

—Al menos, dejad que nos aseguremos de que no se mueven de aquí mientras lo hacemos —insistió Annabelle.

Roland miró a Daniel, que asintió.

Con una sonrisa, Annabelle revoloteó hasta una mesa apoyada contra la pared más alejada. Abrió un grifo mientras tarareaba entre dientes. Llenó un cubo de lo que Luce supuso que era yeso o algún otro producto para hacer moldes y comenzó a añadir agua.

—Arriane —dijo, con tono fanfarrón—, ¿me echas una mano?

—Sí, señorita.

Arriane cogió el primer cubo y voló por encima de los ángeles semiinconscientes de la Balanza, con una dulce sonrisa en los labios. Despacio, comenzó a verter el yeso mojado sobre sus cabezas. El mejunje les resbaló por los costados y se encharcó en el suelo entre sus cuerpos. Unos cuantos forcejearon en la mezcla cada vez más espesa, que ya había adquirido la consistencia de unas arenas movedizas artificiales. Luce reconoció la genialidad del plan. Dentro de poco, cuando estuviera seco, el yeso se endurecería y dejaría a los ángeles inmovilizados en sus desgarbadas posturas.

—¡Esto es una insensatez! —barboteó un ángel entre el yeso mojado.

—¡Os estamos convirtiendo en monumentos a la justicia! —gritó Annabelle.

—Me encanta pringar a estos pringados. —Arriane se rió sin disimular su sed de venganza.

Las chicas siguieron vaciando cubos, uno sobre la cabeza de cada ángel que las amenazaba, hasta que el yeso apagó sus voces por completo, hasta que los Proscritos ya no necesitaron apuntarles con sus flechas estelares.

Daniel y Roland estaban apartados del grupo, discutiendo sin levantar la voz. Luce miró el cardenal de Arriane, la sangre del ala de Roland, el tajo que Annabelle tenía en el hombro.

Entonces tuvo una idea.

Metió la mano en la bolsa de cuero y sacó tres botellines de Coca-Cola *light* y un carcaj de flechas estelares. Abrió los botellines.

Deprisa, metió una flecha estelar en cada uno y esperó a que el líquido marrón hirviera y humeara hasta volverse plateado. Por último, se levantó del rincón donde se hallaba agazapada y se alegró de encontrar una bandeja de porcelana china que había sobrevivido milagrosamente a la batalla.

—Venid, chicos —dijo.

Daniel y Roland dejaron de hablar.

Arriane dejó de verter yeso mojado sobre los de la Balanza.

Annabelle volvió a posarse en la melena de la estatua del león.

Ninguno dijo nada, pero todos parecieron impresionados cuando cogieron su botellín, brindaron para celebrarlo y bebieron.

A diferencia del Proscrito Dédalo, los ángeles no tuvieron que cerrar los ojos y dormirse después de beberse la Coca-Cola transformada. Quizá porque no estaban heridos de tanta gravedad como él, o quizá porque aquella forma superior de ángeles tenía una tolerancia mayor. Aun así, el refresco los calmó.

Como colofón, Roland dio una palmada y encendió una poderosa llama entre sus manos. Mandó olas de calor hacia los ángeles de la Balanza para que el yeso se compactara y fuera más difícil escapar de él que de sus capas.

Cuando terminó, él, Arriane, Annabelle y Luce se sentaron en una de las altas mesas enfrente de Daniel.

Él cogió la bolsa de cuero, abrió la cremallera y les enseñó la aureola.

Arriane gritó de sorpresa y la tocó.

—La habéis encontrado. —Guiñó el ojo a Luce—. ¡Así se hace!

—¿Qué hay de la segunda reliquia? —preguntó Daniel—. ¿La habéis encontrado? ¿Os la ha quitado la Balanza?

Annabelle negó con la cabeza.

—No la hemos encontrado.

—No veas cómo les hemos engañado —dijo Arriane mientras fulminaba a los ángeles de la Balanza con la mirada—. Pensaban que nos la podrían quitar a golpes.

—Tu libro es demasiado impreciso —adujo Roland—. Vinimos a Viena a buscar una lista.

—La desiderata —dijo Daniel—. Lo sé.

—Pero no sabíamos nada más. En las horas de que dispusimos antes de que la Balanza nos capturara, fuimos a siete archivos municipales distintos y no encontramos nada. Fue una insensatez. Llamamos demasiado la atención.

—Es culpa mía —murmuró Daniel—. Tendría que haber revelado más información cuando escribí el libro hace siglos. En esa época era demasiado impulsivo e impaciente. Ahora no recuerdo qué me condujo hasta la desiderata, ni a qué se refiere.

Roland se encogió de hombros.

—De todas formas, seguramente habría dado igual. La ciudad era un avispero cuando llegamos. Si hubiéramos encontrado la desiderata, nos la habrían quitado. La habrían destruido, como han destruido todas estas obras de arte.

—Al menos casi todas estas obras eran falsificaciones —dijo Daniel, y Luce se sintió un poco menos culpable por lo que le habían hecho al museo—. Y, de momento, los Proscritos pueden contener a la Balanza. El resto debemos darnos prisa en encontrar la desiderata. ¿Dices que fuisteis a la biblioteca del palacio de Hofburg?

Roland asintió.

—¿Qué hay de la biblioteca universitaria?

—Hum, sí —respondió Annabelle—. Yo no me dejaría caer por allí en bastante tiempo. Arriane destruyó varios pergaminos muy valiosos de sus colecciones especiales...

—Eh —espetó Arriane, indignada—, ¡los pegué todos!

Se oyó un estruendo de pisadas en el pasillo y todos miraron hacia la entrada de la sala. Al menos otros veinte ángeles de la Balanza trataban de entrar volando, pero los Proscritos se lo impedían apuntándoles con sus flechas estelares.

Uno de ellos vio la aureola que Daniel tenía en la mano y se quedó boquiabierto.

—Han robado la primera reliquia.

—¡Y están colaborando! Ángeles, demonios y... —Miraron a Luce con los ojos entrecerrados— los que no saben cuál es su sitio, todos colaboran en una causa impura. El Trono no aprueba esto. ¡Jamás encontraréis el desiderátum!

—«Desidératum» —dijo Luce mientras recordaba vagamente una larga clase de latín en Dover—. Es... singular. —Se volvió rápidamente hacia Daniel—. Hace un momento has dicho «desiderata». Es plural.

—Cosa deseada —susurró Daniel. Los ojos violetas comenzaron a centellearle y pronto todo su ser pareció brillar. Sonrió al caer en la cuenta—. Es una sola cosa. Exacto.

Entonces, oyeron la grave campanada del reloj de una iglesia distante.

Era medianoche.

Lucifer estaba un día más cerca. Les quedaban seis días.

—¡Daniel Grigori! —gritó Phil para que las campanadas no ahogaran su voz—. No podemos retenerlos para siempre. Tú y los ángeles debéis partir.

—¡Nos vamos! —gritó Daniel—. Gracias. —Miró a sus compañeros—. Visitaremos todas las bibliotecas, todos los archivos de esta ciudad hasta...

Roland no parecía convencido.

—Debe de haber centenares de bibliotecas en Viena.

—Y tratemos de no ser tan destructivos en ellas —sugirió Annabelle mientras miraba a Arriane con la cabeza ladeada—. A los mortales también les importa su pasado.

Sí, pensó Luce, a los mortales les importaba mucho su pasado. Los recuerdos de sus vidas anteriores la asaltaban cada vez con más frecuencia. No podía pararlos ni frenarlos. Mientras los ángeles se preparaban para alzar el vuelo, ella se quedó inmóvil, debilitada por el recuerdo más vívido que había tenido hasta ese momento.

Cintas de pelo carmesís. Daniel y el mercado navideño. Caía aguanieve y ella no llevaba abrigo. La última vez que había estado en Viena... había algo más en aquella historia... otra cosa... una campanilla...

—Daniel —Luce lo agarró por el hombro—, ¿qué hay de la biblioteca a la que me llevaste? ¿Te acuerdas? —Cerró los ojos, no para pensar, sino para abrirse camino hasta un recuerdo apenas enterrado en su conciencia—. Vinimos a Viena un fin de semana... no recuerdo cuándo, pero fuimos a ver *La flauta mágica* dirigida por el propio Mozart... ¿en el Theater an der Wien? Tú querías visitar a un amigo tuyo que trabajaba en una vieja biblioteca. Se llamaba...

Se interrumpió, porque, cuando abrió los ojos, vio que el resto del grupo la miraba con incredulidad. Ninguno, Luce menos que nadie, esperaba que fuera ella la que recordara dónde encontrarían el desiderátum.

Daniel fue el primero en reaccionar. Le dirigió una extraña sonrisa que Luce supo que estaba llena de orgullo. Pero Arriane, Roland y Annabelle siguieron mirándola boquiabiertos, como si, de pronto, se hubieran enterado de que hablaba chino. Lo cual hacía, por cierto.

Arriane se hurgó en el oído con el dedo.

—¿Tengo que tomar menos alucinógenos o Lucinda Price acaba de recordar una de sus vidas anteriores de forma espontánea en el momento más decisivo de nuestra historia?

—¡Eres un genio! —exclamó Daniel antes de darle un apasionado beso.

Luce se ruborizó y se pegó a él para alargarlo un poco más, pero oyó una tos.

—En serio, chicos —interrumpió Annabelle—, ya tendréis tiempo de besuquearos si salimos de esta.

—Yo os diría que os fuerais a un hotel, pero me temo que no volveríamos a veros el pelo —añadió Arriane, lo cual les hizo reír a todos.

Cuando Luce abrió los ojos, Daniel tenía las alas totalmente extendidas. Las puntas habían apartado trozos de yeso del suelo y tapaban a los ángeles de la Balanza. Daniel llevaba al hombro la bolsa negra de cuero con la aureola.

Los Proscritos recogieron las flechas estelares y las guardaron en sus carcajes plateados.

—Buena suerte, Daniel Grigori.

—Igualmente. —Daniel se despidió de Phil con un gesto de la cabeza. Dio la vuelta a Luce para pegar la espalda de esta a su pecho y la rodeó por la cintura. Entrelazaron las manos sobre el corazón de Luce—. La biblioteca de la Fundación —dijo a sus compañeros—. Seguidme. Sé dónde está.

9

El desiderátum

La niebla envolvió a los ángeles. Volvieron a cruzar el río, cuatro pares de alas que azotaban ruidosamente el aire en cada batida. Volaban tan cerca del suelo que las débiles luces anaranjadas de las farolas de sodio parecían las balizas de una pista de aterrizaje. Pero aquel vuelo no tomaba tierra.

Daniel estaba tenso. Luce percibía la tensión en todo su cuerpo: en los brazos, con los que la rodeaba por la cintura, en sus hombros, alineados con los suyos, incluso en su modo de batir las alas. Sabía cómo se sentía; ella estaba tan impaciente por llegar a la biblioteca de la Fundación como su forma de agarrarla le indicaba que lo estaba él.

Solo unos cuantos puntos de referencia sobresalían por encima de la niebla. Vieron el imponente chapitel de la grandiosa iglesia gótica, y la noria, con las luces apagadas y las cabinas rojas vacías balanceándose en la oscuridad. Vieron la cúpula de cobre verde del palacio en la que se habían posado a su llegada a Viena.

Pero, un momento: ya habían pasado por delante del palacio. Hacía media hora, quizá. Luce había buscado a Olianna, a quien el ángel de la Balanza había dejado inconsciente. Entonces no la había visto en el tejado, ni ahora tampoco.

¿Volaban en círculos? ¿Se habían extraviado?

—¿Daniel?

Él no respondió.

Oyeron campanadas a lo lejos. Era la cuarta vez que sonaban desde que Daniel, Luce y el resto del grupo habían salido del museo por una de las claraboyas rotas. Llevaban mucho tiempo volando. ¿Era posible que ya fueran las cuatro de madrugada?

—¿Dónde está? —masculló Daniel mientras viraba a la izquierda y seguía un tramo de río antes de desviarse para sobrevolar una larga avenida bordeada de grandes almacenes a oscuras. Luce también había visto aquella calle. Volaban en círculos.

—¡Pensaba que habías dicho que sabías dónde estaba! —Arriane rompió la formación en la que volaban (Daniel y Luce delante, seguidos a poca distancia de Roland, Arriane y Annabelle) y se colocó a unos tres metros por debajo de Daniel y Luce, lo suficientemente cerca para hablar. Tenía el pelo revuelto y crespo, y sus alas iridiscentes aparecían y desaparecían en la niebla.

—Sé dónde está —dijo Daniel—. Al menos, sé dónde estaba.

—Veo que te gusta dar rodeos, Daniel.

—Arriane —Roland utilizó el tono de advertencia que reservaba para las situaciones demasiado frecuentes en las que Arriane se pasaba de la raya—, deja que se concentre.

—Sí, sí, sí. —Arriane puso los ojos en blanco—. Mejor vuelvo a mi sitio. —Aleteó como algunas chicas pestañean, hizo la señal de la paz con los dedos y se rezagó.

—Bien. Entonces, ¿dónde estaba la biblioteca? —preguntó Luce.

Daniel suspiró, echó las alas ligeramente hacia atrás y descendió unos quince metros en vertical. El frío viento azotó a Luce en la cara. El estómago le dio un vuelco mientras caían en picado y se le asentó cuando Daniel se detuvo de golpe, como si se hubiera posado en una cuerda floja invisible, sobre una calle residencial.

Estaba desierta, oscura y en silencio. La bordeaban dos largas hileras de casas adosadas que tenían los postigos cerrados. Había diminutos coches aparcados en los chaflanes, muy pegados entre sí. Jóvenes robles salpicaban las aceras adoquinadas que discurrían por delante de los patios pequeños y bien cuidados.

Los otros ángeles se quedaron suspendidos a ambos lados de Daniel y Luce, a unos seis metros del suelo.

—Estaba aquí —dijo Daniel—. Seguro. A seis manzanas del río, justo al oeste de Türkenschanzpark. Lo juro. Nada de esto —señaló con la mano las indistinguibles casas de piedra— estaba aquí.

Annabelle frunció el entrecejo y se llevó las rodillas al pecho mientras aleteaba para mantenerse suspendida en el aire. Al cruzar los tobillos, se le vieron los calcetines fucsias que llevaba debajo de los vaqueros.

—¿Crees que la destruyeron?

—Si fue así —respondió Daniel—, no tengo la menor idea de cómo recuperarla.

—¡Mierda! —espetó Arriane al tiempo que daba una patada a una nube para desahogar su frustración. Lanzó una mirada de odio a sus algodonosos jirones, que se desplazaron hacia el este, como si nada—. Nunca es tan satisfactorio como creo que será.

—¿Y si vamos a Aviñón? —sugirió Roland—. A lo mejor el grupo de Cam ha tenido más suerte.

—Necesitamos las tres reliquias —dijo Daniel.

Luce se volvió ligeramente en sus brazos para mirarlo.

—Solo es un contratiempo. Piensa en lo que tuvimos que pasar en Venecia. Pero tenemos la aureola. También encontraremos el desiderátum. Eso es lo único que en realidad importa. ¿Cuándo fue la última vez que uno de nosotros estuvo en esa biblioteca? ¿Hace doscientos años? Claro que todo ha cambiado. Eso no significa que nos demos por vencidos. Solo tendremos que… solo tendremos que…

Todos la miraban. Pero Luce no sabía qué hacer. Solo sabía que no podían darse por vencidos.

—Luce tiene razón —intervino Arriane—. No podemos darnos por vencidos…

Se interrumpió cuando las alas comenzaron a vibrarle.

Después, Annabelle gritó. Su cuerpo osciló en el aire y también le vibraron las alas. Las manos de Daniel temblaron en las de Luce cuando la neblinosa noche adquirió la peculiar tonalidad gris, el color de un aguacero en el horizonte, que Luce ya reconocía como el color de un salto en el tiempo.

¡Lucifer!

Casi oyó su voz desdeñosa, casi notó su aliento en la nuca.

Los dientes le castañetearon, pero también percibió la vibración más adentro, en el tuétano, fuerte y turbulenta, como si las entrañas se le estuvieran enrollando como una cadena.

En la calle, las casas temblaron. Las farolas se doblaron. Hasta los átomos del aire parecieron fragmentarse. Luce se preguntó cómo afectaría el temblor a los vieneses que soñaban en sus camas. ¿Lo percibían? Si no lo hacían, los envidiaba.

Trató de llamar a Daniel, pero, cuando habló, se oyó la voz distorsionada, como si estuviera bajo el agua. Cerró los ojos, pero le entraron ganas de vomitar. Los abrió y trató de enfocarlos en las sólidas casas blancas, que temblaron en los cimientos hasta convertirse en informes manchones blancos.

Entonces vio que una casa seguía inmóvil, como si fuera invulnerable a las fluctuaciones del cosmos. Era una casita de color marrón que ocupaba el centro de la oscilante calle blanca.

Hacía un momento no estaba allí. Había aparecido como si hubiera atravesado una cortina de agua, y solo fue visible un instante antes de que se deformara, fluctuara y la larga hilera unicolor de modernas casas adosadas volviera a engullirla.

Sin embargo, por un momento, la casa había estado allí, un elemento fijo en aquel caos generalizado, separado de la calle vienesa y, a la vez, parte de ella.

El salto en el tiempo cesó y el mundo se calmó alrededor de Luce y los ángeles. Jamás estaba tan calmado como en los momentos que seguían a uno de aquellos temblores.

—¿La habéis visto? —gritó alegremente Roland.

Annabelle sacudió las alas y se alisó las puntas con los dedos.

—Todavía no me había recuperado de la última vez. Los odio.

—Y yo. —Luce se estremeció—. Yo he visto algo, Roland. Una casa marrón. ¿Qué era? ¿La biblioteca de la Fundación?

—Sí. —Daniel sobrevoló el lugar en el que Luce había visto la casa y centró su atención en él.

—Puede que estos dichosos temblores sirvan para algo —dijo Arriane.

—¿Adónde ha ido la casa? —preguntó Luce.

—Sigue aquí. Solo que no está aquí —respondió Daniel.

—He oído leyendas sobre estas cosas. —Roland se pasó los dedos por sus recias rastas negras y doradas—. Pero siempre he pensado que no eran posibles.

—¿Qué cosas? —Luce entrecerró los ojos y trató de volver a ver la casa marrón. Pero las modernas casas adosadas permanecieron inmóviles. En la calle, lo único que se movió fueron las ramas peladas de los árboles mecidas por el viento.

—Se llama Pátina —respondió Daniel—. Es una forma de aislar una realidad del tiempo y el espacio…

—Es una restructuración de la realidad para esconder alguna cosa —añadió Roland mientras volaba junto a Daniel y miraba abajo como si aún viera la casa.

—Mientras esta calle existe en una realidad —Annabelle señaló las casas con la mano—, debajo hay otra realidad independiente, en la que esta calle conduce a nuestra biblioteca de la Fundación.

—Las Pátinas son el límite entre dos realidades —dijo Arriane, con los dedos pulgares metidos en los tirantes de su mono—. Un espectáculo de luces que solo ve la gente especial.

—Parece que sabéis mucho de estas cosas —observó Luce.

—Sí —se mofó Arriane, con aspecto de querer dar una patada a otra nube—. Excepto cómo atravesar una Pátina.

Daniel asintió.

—Muy pocas entidades tienen suficiente poder para generar Pátinas. Y, además, suelen vigilarlas muy bien. La biblioteca está aquí. Pero Arriane tiene razón. Tendremos que encontrar una forma de entrar.

—He oído decir que hace falta una Anunciadora —dijo Arriane.

—Una leyenda cósmica. —Annabelle negó con la cabeza—. Cada Pátina es distinta. El acceso depende por completo de su creador. Es quien programa el código.

—Una vez, en una fiesta, oí explicar a Cam cómo había entrado en una Pátina —dijo Roland—. ¿O explicó cómo había montado una fiesta en una Pátina?

—¡Luce! —dijo Daniel de golpe, sobresaltándolos a todos—. Eres tú. Siempre eras tú.

Luce se encogió de hombros.

—¿Siempre era qué?

—Tú eres la que siempre llamaba a la puerta. Tú eres la que tenía acceso a la biblioteca. Solo tienes que tocar la campanilla.

Luce miró la calle vacía, donde la niebla lo teñía todo de marrón alrededor de ellos.

—¿De qué hablas? ¿Qué campanilla?

—Cierra los ojos —dijo Daniel—. Recuérdalo. Sumérgete en el pasado y encuentra el tirador…

Luce ya se hallaba en la biblioteca, atrás en el tiempo, la última vez que había ido a Viena con Daniel. Tenía los pies en el suelo. Estaba lloviendo y el pelo se le pegaba en la cara. Sus cintas carmesís estaban empapadas, pero le daba igual. Buscaba algo. Había recorrido el corto sendero que atravesaba el patio y se encontraba en el porche a oscuras. Fuera hacía frío y dentro la lumbre estaba encendida. En la húmeda esquina próxima a la puerta, vio un cordón con peonías blancas bordadas que colgaba de una maciza campanilla de plata.

Alargó la mano en el aire y tiró del cordón.

Los ángeles sofocaron un grito. Luce abrió los ojos.

Allí, en el lado norte de la calle, la hilera de casas adosadas contemporáneas se veía interrumpida en el centro por una casita marrón. Una voluta de humo salió de su chimenea. La única luz, aparte de la emitida por las alas de los ángeles, era el débil brillo amarillo de una lámpara en el alféizar de la ventana de la fachada.

Los ángeles se posaron con suavidad en la calle vacía y Daniel dejó a Luce en el suelo. Le besó la mano.

—Te has acordado. Bien hecho.

La casita marrón solo tenía una planta, a diferencia de las casas adosadas de tres pisos que la rodeaban, de manera que permitía ver las calles paralelas que tenía detrás, bordeadas de más casas adosadas blancas modernas. La casita era una anomalía: Luce escrutó su techo de paja, la puerta con un tejado a dos aguas del jardín, plagado de malas hierbas, la puerta de la casa, arqueada y asimétrica, todo lo cual confería a la biblioteca un aspecto medieval.

Luce dio un paso hacia la casa y se encontró en una acera. Se fijó en la placa de bronce de la pared de adobe. Era una inscripción donde ponía, en grandes letras, BIBLIOTECA DE LA FUNDACIÓN, FUNDADA EN 1233.

Miró la calle, por lo demás normal y corriente. Había contenedores de reciclaje llenos de botellas de agua de plástico, pequeños coches europeos aparcados tan cerca unos de otros que los parachoques se tocaban, baches poco profundos en la calzada.

—Así que estamos en una calle real de Viena…

—Exacto —dijo Daniel—. Si fuera de día, verías a los vecinos, pero ellos no nos verían a nosotros.

—¿Hay muchas Pátinas? —preguntó Luce—. ¿Había una sobre la cabaña donde dormí en el islote de Georgia?

—Hay poquísimas. De hecho, son un tesoro. —Daniel negó con la cabeza—. La cabaña solo era el refugio más seguro que pudimos encontrar en tan poco tiempo.

—Un apaño —dijo Arriane.

—Es la casa de veraneo del señor Cole —añadió Roland.

El señor Cole, que daba clases en Espada & Cruz, era mortal, pero había sido amigo de los ángeles desde su llegada a la escuela y estaba encubriendo a Luce durante su ausencia. Gracias al señor Cole, sus padres no estaban más preocupados por ella de lo habitual.

—¿Cómo se generan? —preguntó.

Daniel negó con la cabeza.

—Nadie lo sabe aparte del artista de Pátina. Y hay muy pocos artistas. ¿Te acuerdas de mi amigo el doctor Otto?

Luce asintió. Había tenido el nombre del médico en la punta de la lengua.

—Vivió aquí durante varios siglos, y ni tan siquiera él sabía cómo llegó aquí esta Pátina. —Daniel examinó la casita—. No sé quién es el bibliotecario ahora.

—Entremos —sugirió Roland—. Si el desiderátum está aquí, tenemos que encontrarlo y salir de Viena antes de que la Balanza se reagrupe y averigüe nuestro paradero.

Abrió la puerta del jardín y la sostuvo para que los demás pasaran. En el camino de guijarros que conducía a la casita marrón, habían crecido fresias silvestres moradas y una maraña de orquídeas blancas que perfumaban el aire con su embriagadora fragancia.

El grupo llegó a la puerta de madera maciza, que era arqueada y tenía una aldaba plana de hierro. Luce cogió a Daniel de la mano cuando Annabelle llamó a la puerta.

No hubo respuesta.

Entonces, Luce levantó la vista y vio un tirador, idéntico al cordón del que había tirado en el aire. Miró a Daniel. Él asintió.

Tiró del cordón y la puerta se abrió lentamente, como si la propia casa los estuviera esperando. Se asomaron a un pasillo alumbrado por velas, tan largo que Luce no alcanzó a ver el final. La casa era mucho más grande por dentro de lo que parecía por fuera. Tenía los techos bajos y abovedados, como un túnel de ferrocarril excavado en una montaña. Todo estaba construido con ladrillos de un bonito color rosa pálido.

El resto del grupo delegó en Daniel y Luce, los únicos que ya habían estado allí. Daniel fue el primero en entrar, sin soltar la mano de Luce.

—¿Hola? —gritó.

La luz de las velas parpadeó en los ladrillos cuando los demás entraron y Roland cerró la puerta. Mientras avanzaban por el pasillo, Luce fue consciente de lo silencioso que estaba, del eco de sus pasos en el liso suelo de piedra.

Se detuvo junto a la primera puerta abierta en el lado izquierdo del pasillo cuando un recuerdo la asaltó.

—Aquí —dijo al tiempo que señalaba dentro de la habitación. Estaba a oscuras salvo por el brillo amarillo de una lámpara dejada en el alféizar, la misma luz que habían visto desde el exterior—. ¿No era este el despacho del doctor Otto?

No había suficiente luz para ver con claridad, pero Luce rememoró una alegre lumbre encendida al fondo del despacho. En su recuerdo, la chimenea estaba flanqueada por numerosas librerías llenas a rebosar de los libros encuadernados en piel del doctor Otto.

Su antigua encarnación, ¿no había apoyado los pies enfundados en medias de lana en el reposapiés próximo a la lumbre mientras leía el cuarto libro de *Los viajes de Gulliver?* Y la abundante sidra del doctor Otto, ¿no había impregnado todo el despacho de un fuerte olor a manzana, clavo y canela?

—Así es. —Daniel cogió un candelabro encendido de una hornacina del pasillo y entró con él para alumbrar mejor el despacho.

La chimenea tenía la pantalla puesta y el secreter antiguo del rincón estaba cerrado y, pese a la cálida luz de las velas, el aire parecía frío y viciado. Los estantes se combaban bajo el peso de los libros, que tenían una buena capa de polvo. La ventana, que antes daba a una calle residencial transitada, tenía las persianas verdes bajadas, lo que confería al despacho un desolado aire de abandono.

—No me extraña que no haya respondido a mis cartas —dijo Daniel—. Parece que el doctor se ha mudado.

Luce se acercó a las librerías y pasó el dedo por el polvoriento lomo de un libro.

—¿Crees que el objeto deseado que buscamos podría estar en uno de estos libros? —preguntó Luce mientras sacaba uno: *Canzoniere*, de Petrarca, escrito en letra gótica—. Estoy segura de que al doctor Otto no le importaría que echáramos un vistazo si eso pudiera ayudarnos a encontrar el desi…

Se interrumpió. Había oído algo, el suave canturreo de una mujer.

Los ángeles se miraron unos a otros. Poco después, además de la hermosa canción, oyeron el taconeo de unos zapatos y el tintineo de un carrito de ruedas. Daniel se acercó a la puerta. Luce lo siguió y se asomó con cautela al pasillo.

Una sombra se alargó hacia ellos. Las velas vacilaron en las hornacinas de ladrillo rosa del estrecho pasillo abovedado y deformaron la sombra, cuyos brazos parecieron fantasmales e interminables.

La dueña de la sombra, una mujer delgada que vestía una falda de tubo gris, una rebeca mostaza y unos zapatos negros de tacón de aguja, caminaba en su dirección empujando un bonito carrito plateado. Llevaba el cabello pelirrojo recogido en un moño y unos elegantes aros dorados en las orejas. Su modo de andar, su porte, tenían un aire familiar.

Mientras cantaba a media voz, la mujer alzó un poco la cabeza y su perfil se recortó en la pared. La curva de la nariz, la barbilla respingona, el arco superciliar ligeramente protuberante..., todo dio a Luce la impresión de que no era la primera vez que la veía. Hurgó en su pasado en busca de otras vidas en las que podía haber conocido a aquella mujer.

De pronto, se puso blanca como el papel. Ni todo el tinte del mundo podía engañarla.

La mujer que empujaba el carrito del té era la señorita Sophia Bliss.

Antes de darse cuenta, Luce había cogido el frío atizador de latón apoyado junto a la puerta del despacho. Lo empuñó como un arma, con los dientes apretados y el corazón acelerado, e irrumpió en el pasillo.

—¡Luce! —exclamó Daniel.

—¿Desi? —gritó Arriane.

—¿Sí, querida? —dijo la mujer, un segundo antes de ver a Luce cargando contra ella. Dio un respingo justo cuando Daniel rodeaba a Luce con el brazo para detenerla.

—¿Qué haces? —susurró.

—Es... es... —Luce forcejeó y el brazo de Daniel se le hundió en la cintura. Aquella mujer había asesinado a Penn. Había tratado de matarla a ella. ¿Por qué no quería matarla nadie más?

Arriane y Annabelle corrieron junto a la señorita Sophia y la abrazaron a la vez.

Luce pestañeó.

Annabelle besó a la mujer en las pálidas mejillas.

—No te veo desde la revuelta de los campesinos en Nottingham... ¿cuándo fue eso, hacia 1380?

—No puede hacer tanto tiempo, ¿no? —dijo educadamente la mujer, con el mismo tono de bibliotecaria bondadosa que al principio había empleado en Espada & Cruz para engatusar a Luce—. Una buena época.

—Yo también llevo un tiempo sin verla —espetó Luce, indignada. Se soltó de Daniel de un tirón y volvió a levantar el atizador, deseando que se tratara de un arma más mortífera—. Desde que asesinó a mi amiga...

—Vaya por Dios. —La mujer no se inmutó. Vio que Luce cargaba contra ella y se llevó un delgado dedo a los labios—. Debe de haber una confusión.

Roland se adelantó y separó a Luce de la señorita Sophia.

—Es solo que te pareces a otra persona. —Luce se tranquilizó al notar su mano en el hombro.

—¿Qué quieres decir? —preguntó la mujer.

—¡Oh, claro! —Daniel sonrió a Luce con tristeza—. Creías que era... Tendríamos que haberte dicho que los transeternos a menudo se parecen.

—¿Quieres decir que no es la señorita Sophia?

—¿Sophia Bliss? —Pareció que la mujer acabara de morder algo agrio—. ¿Esa arpía sigue viva? Estaba segura de que, a estas alturas, ya la habrían eliminado. —Arrugó la naricilla y se encogió de hombros—. Es mi hermana, de modo que solo puedo manifestar una pequeña dosis de la rabia que he ido acumulando contra esa bruja repugnante con el paso de los años.

Luce se rió con nerviosismo. El atizador le resbaló de las manos y cayó ruidosamente al suelo. Escrutó a la mujer y encontró similitudes con la señorita Sophia (una cara que parecía a la vez vieja y joven) y diferencias. Comparados con los ojos negros de Sophia, los ojillos de aquella mujer casi parecían dorados, lo cual se acentuaba por el color amarillo de su rebeca.

Luce estaba avergonzada por la escenita del atizador. Se apoyó en la pared curva de ladrillo y se dejó caer al suelo con sensación de vacío, sin estar segura de si le aliviaba no tener que volver a enfrentarse a la señorita Sophia.

—Lo siento.

—No te preocupes, cariño —dijo alegremente la mujer—. El día que vuelva a encontrarme con Sophia, cogeré el primer objeto pesado que encuentre y la aporrearé yo misma.

Arriane tendió una mano a Luce para ayudarla a ponerse de pie y tiró tan fuerte de ella que le levantó los pies del suelo.

—Desi es una vieja amiga. Y una parrandera de cuidado, añadiría. Tiene el metabolismo de un burro. Casi paró las Cruzadas la noche que sedujo a Saladino.

—¡Oh, bobadas! —exclamó Desi mientras quitaba importancia al comentario con un gesto de la mano.

—También es una cuentacuentos increíble —añadió Annabelle—. O lo era antes de que la tierra se la tragara. ¿Dónde te habías metido, señora?

La mujer respiró hondo y los ojos dorados se le humedecieron.

—De hecho, me enamoré.

—¡Oh, Desi! —canturreó Annabelle mientras le estrechaba la mano—. Qué bonito.

—De Otto Z. Otto. —La mujer sorbió por la nariz—. Que en paz descanse.

—El doctor Otto —dijo Daniel mientras se apartaba de la puerta—. ¿Conoció al doctor Otto?

—De cabo a rabo. —La misteriosa dama volvió a sorber por la nariz.

—¡Huy, vaya modales! —exclamó Arriane—. Dejad que haga las presentaciones. Daniel, Roland, creo que nunca os han presentado oficialmente a nuestra amiga Desi…

—Es un placer. Me llamo Paulina Serenity Bisenger. —La mujer sonrió, se enjugó los ojos con un pañuelo de encaje y estrechó la mano a Daniel y después a Roland.

—Señorita Bisenger —dijo el último—, ¿puedo preguntarle por qué las chicas la llaman Desi?

—Solo es un viejo mote, encanto —respondió la mujer, con la clase de enigmática sonrisa que era la especialidad de Roland. Cuando miró a Luce, los ojos dorados se le iluminaron.

—Ah, Lucinda. —En vez de tenderle la mano, Desi abrió los brazos para darle un abrazo, pero a Luce se le hizo raro aceptarlo—. Te pido perdón por el desafortunado parecido que te ha asustado tanto. Debo decir que mi hermana se parece a mí y no al revés.

Pero tú y yo nos hemos conocido tan bien en tantas vidas, durante tantos años, que se me olvida que no lo recuerdas. Fue a mí a quien confiaste tus secretos más recónditos, tu amor por Daniel, tus temores por vuestro futuro, tus desconcertantes sentimientos por Cam. —Luce se ruborizó, pero la mujer no se dio cuenta—. Y fue a ti a quien yo confié la razón de mi existencia, así como la clave para hallar todo lo que buscas. Tú eras la única alma pura que conocía en la que siempre podía confiar para que hiciera lo que había que hacer.

—Lo siento... siento no recordarlo —balbució Luce, y así era—. ¿Eres un ángel?

—Una transeterna, cariño.

—Técnicamente, son mortales —explicó Daniel—, pero pueden vivir cientos, incluso miles de años. Llevan mucho tiempo colaborando estrechamente con los ángeles.

—Todo empezó con mi bisabuelo Matusalén —dijo Desi con orgullo—. Él inventó la oración. ¡Sí!

—¿Cómo lo hizo? —preguntó Luce.

—Bueno, en la antigüedad, cuando los mortales querían alguna cosa, se limitaban a desearla sin ton ni son. Mi bisabuelo fue el primero en dirigirse directamente a Dios y, he aquí la genialidad, le pidió que le mandara un mensaje confirmando que le había escuchado. Dios respondió con un ángel, y así nació el ángel mensajero. Fue Gabbe, creo, la que modeló el espacio aéreo entre el Cielo y la Tierra para que las plegarias de los mortales pudieran fluir mejor. Mi bisabuelo quería a Gabbe, quería a los ángeles, y también enseñó a quererlos a sus descendientes. Oh, pero eso sucedió hace muchos años.

—¿Por qué vivís tanto los transeternos? —preguntó Luce.

—Porque estamos espiritualmente iluminados. Por nuestra historia familiar con los ángeles mensajeros, y por nuestra capacidad para contemplar la gloria de un ángel sin que nos destruya, como les ocurre a muchos mortales, nos han premiado con una vida más larga. Servimos de puente entre los ángeles y el resto de los mortales, para que el mundo siempre sienta que los ángeles velan por él. Pueden matarnos en cualquier momento, por supuesto, pero, a menos que lo asesinen o tenga un desafortunado accidente, un transterno vive eternamente. Los veinticuatro que quedamos somos los últimos descendientes de Matusalén que sobreviven. Antes éramos personas ejemplares, pero me avergüenza decir que estamos decayendo. ¿Has oído hablar de los Ancianos de Zhsmaelin?

Luce tuvo un escalofrío al oír nombrar el malvado clan de Sophia.

—Son todos transeternos —dijo Desi—. Al principio, los propósitos de los Ancianos eran nobles. Hubo un tiempo en el que yo misma colaboré con ellos. Naturalmente, todos los virtuosos han desertado… —Miró a Luce y frunció el entrecejo—, no mucho después de que tu amiga Penn fuera asesinada. Sophia siempre ha poseído una vena cruel. Ahora, también le puede la ambición. —Se quedó callada y sacó un pañuelo blanco para lustrar una esquina del carrito—. Vaya cosas tan lúgubres para hablarlas en nuestro reencuentro. Pero hay una cosa buena: te has acordado de cómo entrar en mi Pátina. —Le sonrió con satisfacción—. Un trabajo ejemplar.

—¿Tú has generado esta Pátina? —preguntó Arriane—. ¡No tenía ni idea de que supieras hacer eso!

Desi enarcó una ceja y una sonrisa asomó a sus labios.

—Una mujer no puede revelar todos sus secretos, no sea que se aprovechen de ella. Verdad, ¿chicas? —Se quedó callada—. Bueno, ahora que ya volvemos a ser todos amigos, ¿qué os trae a la Fundación? Estaba a punto de tomarme mi primer té de jazmín del día. Tenéis que acompañarme. Siempre preparo de más.

Se apartó para dejarles ver el carrito, donde había una alta tetera de plata, platos de porcelana con bocadillitos de pepino hechos con pan de molde sin corteza y esponjosos bollos con pasas sultanas, y un cuenco de cristal lleno a rebosar de nata montada y cerezas. A Luce le rugió el estómago al ver comida.

—Entonces, nos esperabas —dijo Annabelle mientras contaba las tazas con el dedo.

Desi sonrió, se dio la vuelta y volvió a empujar el carrito por el pasillo. Luce y los ángeles se apresuraron para seguir su taconeo cuando ella torció a la derecha y entró en una espaciosa sala cuyas paredes eran del mismo ladrillo rosa que el resto de la casa. Había una alegre lumbre encendida en la esquina, una mesa encerada de roble donde cabían hasta sesenta comensales y una enorme araña de luces hecha con un tronco de árbol petrificado decorado con cientos de candeleros de cristal.

La mesa ya estaba servida con una bonita vajilla de porcelana para más invitados de los que ellos tenían en su grupo. Desi empezó a llenar las tazas de humeante té ambarino.

—Esto es muy informal. Sentaos donde os apetezca.

Después de que Daniel le insistiera varias veces con la mirada, Arriane por fin se adelantó y tocó suavemente a Desi en la espalda mientras ella añadía fruta al montón de nata que había servido en una copa.

—De hecho, Desi, no podemos quedarnos. Tenemos un poco de prisa. ¿Sabes...?

Daniel se adelantó.

—¿Sabes ya lo de Lucifer? Intenta borrar el pasado trasladando a la hueste de ángeles del momento de la Caída al presente.

—Eso explicaría los temblores —murmuró Desi mientras servía otra taza.

—¿Tú también notas los saltos en el tiempo? —preguntó Luce. Desi asintió.

—Pero la mayoría de los mortales no lo hacen, por si te lo estabas preguntando.

—Hemos venido porque necesitamos saber dónde fue la Caída —dijo Daniel—, dónde aparecerán Lucifer y la hueste de ángeles. Tenemos que detenerlo.

Extrañamente, Desi no pareció inmutarse y siguió repartiendo los bocadillitos de pepino. Los ángeles esperaron a que respondiera. En la chimenea, un tronco se partió, crepitó y se cayó de la reja.

—Todo porque un chico amaba a una chica —dijo por fin—. Muy inquietante. Saca lo peor de todos nuestros viejos enemigos, ¿no? La Balanza se desvincula del Cielo, los Ancianos matan a inocentes. Tantos disgustos. Como si los ángeles caídos no tuvierais ya suficientes preocupaciones. Imagino que debes de estar agotada. —Sonrió a Luce con aire tranquilizador y volvió a indicarles que tomaran asiento.

Roland sacó una silla para que Desi se sentara a la cabecera de la mesa y tomó asiento a su izquierda.

—A lo mejor puedes ayudarnos. —Hizo un gesto a los demás para que tomaran asiento.

Annabelle y Arriane se sentaron a su lado, y Luce y Daniel enfrente. Luce puso la mano sobre la de Daniel y entrelazó los dedos con los suyos.

Desi repartió las tazas de té. Después de un estrépito de tazas, platitos y cucharillas, Luce se aclaró la garganta.

—Vamos a detener a Lucifer, Desi.

—Eso espero.

Daniel apretó los dedos a Luce.

—En este momento, estamos buscando tres objetos que cuentan el principio de la historia de los caídos. Al juntarlos, tendrían que revelarnos dónde fue la Caída.

Desi tomó un sorbo de té.

—Muy hábil. ¿Habéis tenido suerte?

Daniel sacó la bolsa de cuero, abrió la cremallera y le enseñó la aureola de oro y cristal. Había transcurrido una eternidad desde que Luce había entrado en la iglesia hundida para desencajarla de la cabeza de la estatua.

Desi arrugó la frente.

—Sí, me acuerdo de ella. Es obra del ángel Semihazah, ¿no? Incluso en la prehistoria, siempre tuvo una estética mordaz. Sin textos escritos para satirizar, creó la aureola como una especie de comentario sobre las formas absurdas en las que los artistas mortales intentan representar el brillo angelical. Gracioso, ¿no? Imaginaos llevar una horrenda… canasta de baloncesto en la cabeza. Dos puntos por tiro, y eso.

—Desi. —Arriane metió la mano en la bolsa y sacó el libro de Daniel. Pasó las páginas hasta encontrar la acotación sobre el desiderátum—. Hemos venido a Viena en busca de esto —Se lo señaló—, el objeto deseado. Pero el tiempo corre y aún no sabemos qué es ni dónde encontrarlo.

—Magnífico. Habéis venido al lugar indicado.

—¡Lo sabía! —graznó Arriane. Se recostó en la silla y dio una palmada en la espalda a Annabelle, que estaba mordisqueando educadamente un bollo—. En cuanto te he visto, he sabido que todo iría bien. Tú tienes el desiderátum, ¿no?

—No, cariño. —Desi negó con la cabeza.

—Entonces…, ¿qué? —preguntó Daniel.

—Yo soy el desiderátum. —Desi sonrió con satisfacción—. Llevo muchísimo tiempo esperando esto.

10

Polvo de ángel

—¿Tú eres el desiderátum? —A Luce se le resbaló el bocadillo de los dedos, rebotó en el borde de su taza y manchó de mayonesa el mantel de encaje.

Desi sonrió satisfecha. Había una chispa pícara en sus ojos dorados, más propia de una adolescente que de una mujer de cientos de años. Mientras volvía a sujetarse un mechón pelirrojo que se le había soltado del moño y servía más té a todos, costaba imaginar que aquella mujer elegante y animada también fuera, de hecho, un objeto.

—De ahí viene tu mote, Desi, ¿no? —preguntó Luce.

—Sí. —Desi parecía complacida. Guiñó el ojo a Roland.

—Entonces, ¿sabes dónde fue la Caída?

La pregunta despertó el interés de todos. Annabelle puso la espalda recta y alargó su cuello de cisne. Arriane hizo justo lo contrario. Se encorvó más en la silla, puso los codos en la mesa y apoyó el mentón en las manos. Roland se inclinó hacia delante y se apartó las rastas de la cara. Daniel estrujó la mano a Luce. ¿Era Desi la respuesta a todas las preguntas que tenían?

Desi negó con la cabeza.

—Pero puedo ayudaros a descubrirlo. —Dejó la taza en el platillo—. La respuesta está dentro de mí, pero carezco de la capacidad para expresarla de una forma que vosotros o yo entendamos. No hasta que todas las piezas estén en su sitio.

—¿A qué te refieres con «en su sitio»? —preguntó Luce—. ¿Cómo sabremos cuándo ha llegado el momento?

Desi se acercó a la chimenea y utilizó el atizador para volver a meter el tronco caído en el fuego.

—Lo sabréis. Todos lo sabremos.

—Pero ¿sabes al menos dónde está el tercer objeto? —Roland pasó un plato de rodajas de limón después de meter una en su té.

—Por supuesto.

—Nuestros amigos —dijo Roland—, Cam, Gabbe y Molly, han ido a buscarlo a Aviñón. Si pudieras ayudarnos a encontrarlo…

—Sabes tan bien como yo que los ángeles deben encontrar los tres objetos solos, Sparks.

—Imaginaba que dirías eso. —Roland volvió a recostarse en la silla y la observó—. Por favor, llámame Roland.

—Y yo imaginaba que me lo pedirías. —Desi sonrió—. Me alegro de que lo hayas hecho. Así siento que confías en que puedo ayudaros a vencer a Lucifer. —Miró a Luce con la cabeza ladeada—. Confiar es importante, ¿no crees, Lucinda?

Luce miró a los ángeles caídos que había conocido en Espada & Cruz, en otra época.

—Sí.

En una ocasión, Luce había mantenido una conversación muy distinta con la señorita Sophia, quien le había dicho que confiar era una actividad inútil, «una buena forma de que te maten». Resultaba inquietante que las dos tuvieran un parecido físico tan grande cuando las palabras que pronunciaban sus distintas almas diferían de una forma tan completa.

Desi se dispuso a coger la aureola del centro de la mesa.

—¿Me permitís?

Daniel le dio la aureola, que Luce sabía por experiencia que era muy pesada. En manos de Desi, parecía no pesar nada.

Sus esbeltos brazos apenas alcanzaban a rodearla por completo, pero la acunaba como si fuera un niño. Su tenue reflejo en el cristal le devolvió la mirada.

—Otro reencuentro —explicó con dulzura, para sus adentros. Cuando alzó la vista, Luce no supo si parecía contenta o triste—. Será maravilloso cuando el tercer objeto esté en vuestras manos.

—Que Dios te oiga —dijo Arriane mientras vertía en su té un chorro del contenido de una rechoncha petaca plateada.

—¡Eso decía mi bisabuelo! —exclamó Desi con una sonrisa.

Todos se rieron, un poco nerviosos.

—A propósito del tercer objeto —Desi consultó un delgado reloj de oro enterrado entre su maraña de brazaletes de perlas—, ¿no ha dicho alguien que teníais bastante prisa?

Con un estrépito infernal, los ángeles dejaron las tazas en sus platillos, corrieron las sillas y desplegaron las alas alrededor de la mesa. De pronto, el espacioso comedor pareció más pequeño y luminoso, y Luce sintió un familiar cosquilleo en todo el cuerpo al ver las grandes alas de Daniel desplegadas.

Desi se dio cuenta.

—Es hermoso, ¿verdad?

En lugar de ruborizarse al verse descubierta mirando así a Daniel, Luce sonrió porque sabía que Desi la entendía.

—Todas las veces.

—¿Dónde, capitán? —preguntó Arriane a Daniel mientras se llenaba los bolsillos de bollos.

—Al monte Sinaí, ¿no? —dijo Luce—. ¿No es ahí donde Cam, Gabbe y Molly deben reunirse con nosotros?

Daniel miró la puerta con nerviosismo. Tenía la frente arrugada.

—De hecho, no quería mencionar esto hasta que hubiéramos encontrado el segundo objeto, pero...

—Vamos, Grigori —dijo Roland—, desembucha.

—Antes de irnos del museo —respondió Daniel—, Phil me ha dicho que había recibido un mensaje de uno de los Proscritos que había enviado a Aviñón. Han interceptado al grupo de Cam...

—¿La Balanza? —preguntó Desi—. ¿Siguen creyéndose importantes para el equilibrio cósmico?

—No podemos estar seguros —respondió Daniel—, aunque parece probable. Pondremos rumbo al Pont Saint Bénézet de Aviñón.

—Miró a Annabelle, que se puso como un tomate.

—¡¿Qué?! —gritó—. ¿Por qué allí?

—Mis acotaciones de *El libro de los Vigilantes* parecen indicar que el tercer objeto está allí. Esa tendría que haber sido la primera parada de Cam, Gabbe y Molly.

Annabelle apartó la mirada y no dijo nada más. Caminaba muy seria cuando salieron en fila del comedor. Luce estaba tensa de preocupación por Cam, Gabbe y Molly, y los imaginaba aprisionados en capas negras de la Balanza y colgados del techo como Arriane, Annabelle y Roland.

Las alas de los ángeles rozaron las paredes de ladrillo cuando recorrieron el interminable y estrecho pasillo. Cuando llegaron a la puerta de la casa, Desi bajó el círculo de hierro que cubría la mirilla y miró fuera.

—Hummm. —Dejó que la mirilla se cerrara.

—¿Qué pasa? —preguntó Luce, pero Desi ya había abierto la puerta y les estaba indicando que salieran de la peculiar casita marrón, cuya alma era mucho más rica de lo que parecía por fuera.

Luce fue la primera en salir y se quedó esperando en el porche, que, de hecho, solo era un montón de paja cubierta de escarcha. Los ángeles salieron uno a uno. Daniel echó las alas blancas hacia atrás y sacó pecho, Annabelle pegó sus musculosas alas plateadas a los costados, Roland se tapó el cuerpo con sus alas jaspeadas como si fueran un escudo invencible y Arriane salió sin fijarse y soltó un taco cuando una vela de la entrada le chamuscó la punta de un ala.

Después, todos los ángeles se reunieron en el jardín y recogieron las alas, encantados de estar otra vez al aire libre.

Luce se fijó en la oscuridad. Estaba segura de que, al entrar en la Fundación, ya casi había despuntado el alba. Las campanas habían sonado otra vez para anunciar que eran las cuatro de la madrugada y el cielo ya había comenzado a teñirse del hermoso color dorado del amanecer.

¿Solo habían pasado una hora con Desi dentro de la casa? ¿Por qué estaba oscuro el cielo, tan negro como en plena noche?

Las luces de las casas blancas estaban encendidas. Había personas pasando por detrás de las ventanas, friendo huevos, sirviendo tazas de café. Hombres con maletines y mujeres con trajes elegantes salían de sus casas y, sin mirar ni una sola vez a los ángeles congregados en el centro de la calle, subían a coches y se marchaban hacia lo que Luce suponía que eran sus trabajos.

Recordó que Daniel había explicado que los vieneses no podían verlos cuando estaban dentro de la Pátina. Para ellos, la casita marrón era invisible. Luce vio que una mujer con un albornoz negro de felpa y un gorro de plástico para la lluvia se acercaba a ellos medio dormida con su perrito peludo. Su casa colindaba con el camino casi cubierto de vegetación que conducía a la puerta de la Fundación. La mujer y el perrito pisaron el camino.

Y desaparecieron.

Luce contuvo un grito, pero Daniel señaló detrás de ella, hacia el otro lado del jardín de la Fundación. Luce giró sobre sus talones. A doce metros de allí, donde terminaba el camino y seguía la acera moderna, la mujer y su perro reaparecieron. El perro se puso a ladrar como loco, pero la mujer siguió andando como si nada hubiera alterado su rutina matinal.

Era extraño, pensó Luce, que la misión de los ángeles fuera precisamente conseguir que la vida de aquella mujer no cambiara, que no sucediera nada que borrara su mundo, que ella ni tan siquiera se enterara de cuánto peligro había corrido.

Pero, aunque la gente de la calle no había advertido la presencia de los ángeles y Luce, sí se había fijado en el aspecto del cielo. La mujer del perro lo miraba continuamente con cara de preocupación y la mayoría de las personas que salían de sus casas llevaban impermeables y paraguas.

—¿Va a llover? —Luce había pasado por zonas de lluvia con Daniel, cálidos chaparrones que los dejaban refrescados y tonificados… pero aquel cielo casi negro resultaba amenazador.

—No —respondió Desi—. No va a llover. Es la Balanza.

—¿Qué? —Luce alzó la cabeza con brusquedad. Miró el cielo con los ojos entrecerrados, horrorizada cuando lo vio cambiar y fluctuar. Los nubarrones no se movían así.

—Son sus alas lo que oscurece el cielo. —Arriane se estremeció—. Y sus capas.

«¡No!»

Luce miró el cielo hasta que comenzó a cobrar sentido. Con una sensación semejante al vértigo, distinguió una ondulante masa de alas azul grisáceo. Emborronaban el cielo, tan tupidas como una capa de pintura, y tapaban el sol naciente. Eran cortas y toscas, y zumbaban como un enjambre de avispones. Se le encogió el corazón mientras trataba de contarlas. Era imposible. ¿Cuántos centenares de ángeles de la Balanza se cernían sobre ellos?

—Estamos sitiados —dijo Daniel.

—Los tenemos casi encima —añadió Luce. Se estremeció cuando el cielo se enturbió como el mar—. ¿Nos ven?

—No exactamente, pero saben que estamos aquí —respondió Desi con despreocupación cuando unos cuantos ángeles de la Balanza se abatieron tanto que pudieron ver sus feroces caras arrugadas. Sus fríos ojos recorrieron el espacio donde Luce y el resto estaban reunidos, pero, en lo que se refería a la Pátina, los ángeles de la Balanza parecían tan ciegos como los Proscritos—. Mi Pátina nos envuelve igual que una funda de tetera y forma una barrera protectora. La Balanza no la ve ni puede entrar en ella. —Desi sonrió a Luce a duras penas—. Solo reacciona a la llamada de una determinada clase de alma, un alma pura que desconoce su potencial.

Las alas de Daniel vibraron junto a Desi.

—Cada vez son más. Tenemos que encontrar una forma de salir de aquí, y tenemos que darnos prisa.

—No pienso dejarme apresar por uno de sus burkas rompe-cuellos —afirmó Desi—. ¡Nadie me captura en mi propia casa!

—Me gusta cómo habla —dijo Annabelle al lado de Luce.

—¡Seguidme! —gritó Desi mientras echaba a correr por un callejón.

Corrieron tras ella cuando atravesó un inesperado calabazar, rodeó un cenador ornamentado y ruinoso, y entró en un espacioso patio trasero rebosante de vegetación.

Roland miró el cielo. Estaba más oscuro, más atestado de alas.

—¿Cuál es el plan?

—Bueno, para empezar —Desi se dirigió al roble que ocupaba el centro del jardín—, hay que destruir mi biblioteca.

Luce sofocó un grito.

—¿Por qué?

—Pura mecánica. Esta Pátina siempre ha abarcado la biblioteca, de modo que con la biblioteca debe quedarse. Para esquivar a la Balanza, tendremos que abrir la Pátina y, por tanto, exponer la Fundación, y no tengo ninguna intención de dejarla a merced de sus alas mohosas. —Acarició el rostro afligido de Luce—. No te preocupes, cariño. Ya he donado los volúmenes valiosos de la colección, la mayoría al Vaticano, aunque algunos están en Huntington, y en una pequeña ciudad de Arkansas que no sospecha nada. Nadie echará de menos este sitio. Yo soy la última bibliotecaria y, francamente, no planeo volver después de esta misión.

—Sigo sin saber cómo vamos a esquivarlos. —Daniel no despegaba los ojos del cielo revuelto, casi negro.

—Para hacerlo sin correr peligro, tendré que generar otra Pátina que envuelva únicamente nuestros cuerpos. Luego, abriré esta y dejaré que la Balanza entre.

—Creo que ya sé qué tramas —dijo Arriane mientras se encaramaba como un mono a una rama del roble y se sentaba en ella.

—La Fundación será sacrificada —Desi frunció el entrecejo—, pero, al menos, la Balanza arderá con ella.

—Un momento, ¿cómo vas a destruir la biblioteca? —Roland se cruzó de brazos y miró a Desi.

—Esperaba que tú pudieras echarme una mano con eso, Roland —respondió ella, con los ojos brillantes—. Los incendios se te dan bastante bien, ¿no?

Roland enarcó las cejas, pero Desi ya se había dado la vuelta. Se detuvo delante del roble, cogió un nudo de la corteza del tronco y tiró de él como si fuera un pomo secreto. Detrás había un compartimento con las paredes pulimentadas tan grande como una taquilla. Desi metió el brazo y sacó una larga llave dorada.

—¿Así se abre la Pátina? —preguntó Luce, sorprendida de que hiciera falta una llave de verdad.

—Bueno, así es como yo la abro para poder manipularla a mi antojo.

—Cuando la abras, si hay un incendio —Luce recordó cómo había desaparecido la mujer del perro mientras atravesaba el jardín de la Fundación—, ¿qué les pasará a las casas, a la gente de la calle?

—La Pátina tiene una cosa curiosa —respondió Desi mientras se arrodillaba y rebuscaba entre la hierba—. Como está en la frontera entre una realidad pasada y una actual, podemos estar aquí, en el presente, y también en otra parte, en una dimensión donde todo lo que imaginamos sobre el tiempo y el espacio se junta materialmente. —Levantó las frondas de un gigantesco helecho y escarbó en el suelo—. Fuera de la Pátina, ningún mortal se verá afectado, pero, si los ángeles de la Balanza son tan voraces como todos sabemos que son, en cuanto se abra esta Pátina, se abatirán de inmediato sobre nosotros. Por un momento, se unirán a nosotros en la realidad en la que la biblioteca de la Fundación estaba en esta calle.

—Y nosotros nos iremos, envueltos en la segunda Pátina —dedujo Daniel.

—Exacto —corroboró Desi—. Luego, solo tendremos que cerrar esta Pátina con ellos dentro. De igual forma que ahora no pueden entrar, tampoco podrán salir. Y, mientras nosotros nos dirigimos a la hermosa ciudad medieval de Aviñón, la biblioteca se convertirá en cenizas, con la Balanza atrapada dentro.

—Es brillante —dijo Daniel—. Técnicamente, la Balanza seguirá viva, con lo que nuestro acto no inclinará la balanza celestial, pero ellos serán...

—Huellas quemadas del pasado, ya no serán un estorbo. Bien. ¿Todos a bordo? —A Desi se le iluminó la cara—. Ah, ¡aquí está!

Rodeada de los ángeles y Luce, Desi limpió la tierra del agujero anillado que acababa de desenterrar. Cerró los ojos, sostuvo la llave cerca del corazón y susurró una bendición:

—Luz, rodéanos, amor, envuélvenos, Pátina, cobíjanos del mal que está por venir.

Con cuidado, insertó la llave en la cerradura. La muñeca le tembló de la fuerza que tuvo que hacer, pero, por fin, la llave giró un cuarto de vuelta hacia la derecha. Desi resopló, se levantó y se sacudió la falda.

—Allá vamos.

Desi alzó las manos al cielo y después, muy despacio, con mucha determinación, se las llevó al corazón. Luce esperó a que la tierra temblara, a que algo sucediera, pero, por un instante, nada pareció haber cambiado.

Después, mientras todo se quedaba en silencio a su alrededor, Luce oyó un sonido casi imperceptible, como si alguien se frotara las manos. El aire pareció deformarse ligeramente, y todo, la casita marrón, las casas adosadas vienesas que la rodeaban, incluso las alas azules de los ángeles de la Balanza, comenzó a vibrar. Los colores se difuminaron, se mezclaron. Era como estar dentro de los vapores que despide un surtidor de gasolina.

Como antes, Luce veía la Pátina y dejaba de verla. Su amorfo límite tan pronto era visible, con la transparencia tornasolada de una burbuja de jabón, como desaparecía. Pero sí la percibía moldeándose a su alrededor en el jardín, emanando calor y procurándole la sensación de estar envuelta en algo poderosamente protector.

Ninguno de los presentes habló. El milagro de Desi los había dejado mudos a todos.

Luce escrutó a la mujer, que tarareaba tan intensamente que casi gritaba. Se sorprendió cuando percibió que la Pátina interna había terminado de formarse. Algo que hacía un momento no parecía completo ya lo estaba. Desi asintió, con las manos en el corazón, como si rezara.

—Estamos en una Pátina dentro de otra Pátina. No corremos peligro alguno. Cuando abra la Pátina externa para que entre la Balanza, confiad en que estamos seguros y mantened la calma. Nadie puede haceros daño.

Desi volvió a susurrar las palabras, «Luz, rodéanos, amor, envuélvenos, Pátina, cobíjanos del mal que está por venir», y Luce se descubrió murmurándolas con ella. La voz de Daniel se sumó a las suyas. Entonces se abrió un agujero en la Pátina externa y fue como si una ráfaga de aire frío hubiera entrado en una habitación caldeada. Se apiñaron más, solaparon las alas, con Luce en el centro. Observaron el cielo, cambiante.

Oyeron un feroz chillido por encima de ellos, al que se sumaron millares más. La Balanza podía verlos.

Volaron en tropel hacia el agujero.

Luce no veía la abertura, pero debía de estar justo encima de la chimenea de la casita marrón. Allí era hacia donde se dirigía la Balanza, como hormigas aladas abalanzándose sobre una gota de mermelada derramada. Se posaron ruidosamente en el tejado, en la hierba, en los aleros de la casa. Las capas se les ondularon por la fuerza del impacto. Sus ojos inspeccionaron la propiedad, percibiendo y dejando de percibir a Luce, a Desi y a los ángeles.

Luce contuvo la respiración, no emitió ningún ruido.

Los ángeles de la Balanza siguieron llegando. Pronto, el patio estuvo repleto de sus tiesas alas azules. Rodearon la Pátina interna y lanzaron voraces miradas lupinas al lugar donde se escondían las presas que perseguían. Pero no podían ver a los ángeles, a la chica y a la transeterna protegidos dentro de la Pátina.

—¿Dónde se han metido? —gruñó un ángel, cuya capa se enredó en el mar de alas azules cuando se abrió paso entre sus hermanos—. Están por aquí.

—Preparaos para volar a Aviñón como balas —susurró Desi. Se puso tensa cuando un ángel de la Balanza con una marca de nacimiento en la cara se acercó al límite de su Pátina y husmeó como un cerdo en busca de comida.

A Arriane empezaron a temblarle las alas y Luce supo que había recordado lo que la Balanza le había hecho. Le cogió la mano.

—Roland, ¿qué hay de ese gran incendio? —dijo Daniel con los labios apretados.

—Ya va. —Roland entrelazó los dedos, arrugó la frente y clavó los ojos en la casita marrón.

Se oyó una gran explosión, como si hubiera estallado una bomba, y la biblioteca de la Fundación saltó por los aires. Los ángeles de la Balanza chillaron y salieron despedidos, con las capas devoradas por llamas que parecían dedos.

Roland movió la mano y el agujero donde antes se erigía la biblioteca se convirtió en un volcán que escupió llamas y ríos de lava al jardín. El roble empezó a arder. Las llamas se propagaron por sus ramas como si fueran las cerillas de una caja. Luce estaba mareada y sudando por el calor que penetraba a través de la Pátina, pero, aunque la onda expansiva mandó por los aires a los ángeles de la Balanza, el grupo protegido por la pequeña Pátina interna no se quemó.

Desi gritó «¡A volar!» justo cuando un tornado de aire en llamas barrió el jardín. Engulló a centenares de ángeles de la Balanza, los succionó hasta su ardiente núcleo y los escupió al césped.

—¿Lista, Luce? —Daniel la envolvió en sus brazos justo cuando Roland rodeaba a Desi con los suyos.

El humo no atravesaba las paredes de la Pátina, pero Luce tenía el cuello tan dolorido y magullado que le costaba respirar.

Daniel la levantó del suelo y ascendieron en línea recta. De refilón, Luce vio las alas jaspeadas de Roland a la derecha y las de Annabelle y Arriane a la izquierda. Todos los ángeles batían las alas con tanta fuerza y velocidad que, en su ascenso vertical desde el fuego hacia el cielo azul, emitían un brillo tan puro como cegador.

Pero la Pátina seguía abierta. Los ángeles de la Balanza que todavía podían volar presintieron que los habían engañado, que habían caído en una trampa. Trataron de alzar el vuelo para huir del fuego, pero Roland los derribó con otra llamarada y la tierra en llamas les quemó la arrugada piel hasta que fueron meros esqueletos con alas.

—Un momentito... —Desi manipuló los límites de la Pátina con las yemas de los dedos y la mirada.

Luce la observó y después centró su atención en la masa de ángeles de la Balanza en llamas. Imaginó que la Pátina se cerraba por la parte superior como una capa alrededor de un cuello y los asfixiaba al dejarlos encerrados dentro.

—¡Ya está! —gritó Desi cuando Roland la elevó más en el aire.

Luce vio que el suelo se alejaba a toda velocidad por debajo de sus pies y los de Daniel. Vio que el incendio parpadeaba, temblaba y luego desaparecía, engullido por una humeante dimensión oculta. La calle que dejaban abajo era blanca y moderna, y estaba repleta de personas que no se habían enterado de nada.

El suelo estaba a kilómetros de ellos cuando Luce dejó de imaginar alas azules devoradas por llamas rojas. Mirar atrás no servía de nada. Solo podía mirar hacia delante, pensar en la siguiente reliquia, en Cam, Gabbe y Molly, en Aviñón.

Entre los huecos de las finas capas de nubes, el terreno se tornó rocoso, gris oscuro y montañoso. El aire invernal se enfrió y el incesante aleteo de los ángeles pulverizó el silencio en los confines de la atmósfera.

Cuando llevaban volando alrededor de una hora, las alas jaspeadas de Roland aparecieron a unos metros por debajo de Luce y Daniel. El ángel transportaba a Desi como Daniel llevaba a Luce: con los hombros alineados con los suyos y rodeándola por el pecho con un brazo y por la cintura con el otro. Al igual que Luce, Desi tenía las piernas cruzadas en los tobillos y parecía a punto de perder los zapatos de tacón de aguja. La pareja casi parecía cómica por el contraste entre Roland, joven y musculoso, y Desi, madura y frágil. Pero el brillo de la mirada ilusionada de la mujer le hacía parecer mucho más joven de lo que era. El cabello pelirrojo le azotaba la cara, y su olor, a crema facial y rosas, perfumaba el aire a su paso.

—Bueno, creo que no hay moros en la costa —dijo Desi.

Luce percibió una vibración en el aire. Se puso tensa y se preparó para otro salto en el tiempo. Pero esa vez el temblor no lo causó la Caída de Lucifer, sino Desi al retirar la segunda Pátina. Un límite borroso se acercó a la piel de Luce y le produjo un escalofrío de indescriptible placer cuando pasó a través de ella. Después, se replegó hasta convertirse en una minúscula esfera de luz alrededor de Desi. Ella cerró los ojos y, al cabo de un momento, su cuerpo absorbió la Pátina. El proceso resultó casi imperceptible, pero fue una de las cosas más hermosas que Luce había visto nunca.

Desi sonrió y le hizo una señal con la mano para que se acercara. Los dos ángeles que las transportaban levantaron más las alas para que las señoras pudieran conversar.

Desi se puso la mano ahuecada en la boca y gritó a Luce:

—Dime, cariño, ¿cómo os conocisteis?

Luce sabía que Daniel se había reído por cómo le había temblado el hombro. Era una pregunta normal para hacerla a dos personas felizmente enamoradas; ¿por qué la entristecía a ella?

Porque la respuesta era innecesariamente complicada.

Pero ni tan siquiera sabía la respuesta.

Puso la mano sobre el guardapelo que llevaba alrededor del cuello. Le rebotó contra el pecho cuando Daniel batió las alas.

—Bueno, estudiábamos en el mismo centro y...

—¡Oh, Lucinda! —Desi se echó a reír—. Te estaba tomando el pelo. Solo me preguntaba si ya conocías la historia de vuestro primer encuentro.

—No, Desi —dijo Daniel con firmeza—. Eso aún no lo ha descubierto...

—Se lo he preguntado, pero él no quiere contármelo. —Luce miró la vertiginosa caída hasta el suelo y se sintió tan alejada de la verdad de aquel primer encuentro como lo estaba de las ciudades que sobrevolaban—. No saberlo me desquicia.

—Todo a su tiempo, cariño —dijo Desi con calma, con la vista clavada en el curvo horizonte—. Deduzco que al menos ya conoces algunas de tus vidas anteriores.

Luce asintió.

—Genial. Me conformaré con la historia del primer romance que recuerdas. Vamos, cariño. Hazme feliz. Nos ayudará a pasar el rato hasta que lleguemos a Aviñón, como los peregrinos de Canterbury.

Un recuerdo pasó ante los ojos de Luce: la tumba fría y húmeda en la que había estado encerrada con Daniel en Egipto, la forma en la que él la había besado, sus cuerpos pegados, como si solo quedaran ellos dos en el mundo...

Pero no habían estado solos. Bill también estaba allí. Esperando, observando, deseando que el alma de Luce muriera dentro de una tumba egipcia húmeda y oscura.

Luce abrió los ojos de golpe para regresar al presente, donde los ojos enrojecidos de Bill no podían encontrarla.

—Estoy cansada —observó.

—Descansa un rato —dijo Daniel con dulzura.

—No, estoy cansada de que me castiguen solo porque te amo, Daniel. No quiero tener nada que ver con Lucifer, la Balanza, los Proscritos ni ningún otro bando. No soy un peón. Soy una persona. Y ya estoy harta.

Daniel le cogió la mano y se la apretó.

Tanto Desi como Roland dieron la impresión de querer alargar la mano para hacer lo mismo.

—Has cambiado, cariño —dijo Desi.

—¿Desde cuándo?

—Desde antes. Nunca te había oído hablar así. ¿Y tú, Daniel?

Daniel guardó silencio un momento. Por fin, entre el aullido del viento y los chasquidos de las alas de los ángeles, respondió:

—No, pero me alegra que ahora pueda.

—¿Y por qué no? Lo que vosotros dos habéis pasado es una tragedia transdimensional. Pero Luce es una chica tenaz, una chica fuerte, una chica que una vez me dijo que jamás se cortaría el pelo, aunque la hubieran maldecido, las palabras son tuyas, cariño, con enredos y nudos, con un imán para las zarzas, porque ese pelo era parte de ella, estaba ligado de forma indeleble a su alma.

Luce miró a Desi.

—¿De qué estás hablando?

Desi volvió la cabeza hacia Luce y frunció sus labios carnosos. Luce la miró con atención. Observó sus ojos dorados y su bonito cabello pelirrojo, se fijó en su delicado modo de tararear mientras volaban. Y cayó en la cuenta.

—¡Me acuerdo de ti!

—Estupendo —dijo Desi—. ¡Yo también me acuerdo de ti!

—¿No vivías en una cabaña en una pradera?

Desi asintió.

—¡Claro que hablamos de mi pelo! Me… me había metido en un campo de ortigas mientras perseguía un animal… ¿era un zorro?

—Eras bastante chicazo. Más atrevida que algunos de los hombres de la pradera, de hecho.

—Y tú —prosiguió Luce—, tú te pasaste horas sacándomelas del pelo.

—Yo era tu tía favorita, en sentido figurado. Decías que el diablo te había maldecido con tanto pelo. Un poquito exagerada, pero solo tenías dieciséis años, y no estabas lejos de la verdad, como solo se puede estar a esa edad.

—Tú decías que una maldición solo era una maldición si yo dejaba que me afectara. Decías… que estaba en mi mano librarme de cualquier maldición, que una maldición era el preludio de una bendición…

Desi le guiñó el ojo.

—Entonces me dijiste que me lo cortara. El pelo.

—Así es. Pero tú no quisiste.

—No. —Luce cerró los ojos cuando el fresco vaho de una nube la envolvió y le hizo cosquillas en la piel—. No quise. No estaba lista para hacerlo.

—¡Pues me encanta el corte de pelo que llevas desde que has entrado en razón! —exclamó Desi.

—Mirad. —Daniel señaló hacia el lugar donde el manto de nubes terminaba como el borde de un precipicio—. Hemos llegado.

Sobrevolaron Aviñón. El cielo estaba despejado sobre la ciudad, sin nubes que les taparan el panorama. Las alas de los ángeles proyectaron sombras en el reducido casco medieval formado por casas de piedra rodeadas de verdes pastos. Había vacas tumbadas en ellos. Un tractor se abría paso entre los campos.

Viraron a la izquierda y sobrevolaron una caballeriza que olía a heno y estiércol. Se abatieron sobre la catedral construida con la misma piedra marrón claro que la mayoría de los edificios de la ciudad. Había turistas tomando café en animados locales. El sol de mediodía bañaba la ciudad con un brillo dorado.

La sorpresa de Luce por haber llegado tan deprisa se combinó con la sensación de que el tiempo se les escapaba de las manos. Llevaban cuatro días y medio buscando las reliquias. Ya había pasado la mitad del tiempo que faltaba para que la Caída de Lucifer tuviera lugar.

—Vamos allí. —Daniel señaló un puente de las afueras que no llegaba a la otra orilla del reluciente río que serpenteaba por la ciudad. Medio puente parecía haberse derrumbado—. Pont Saint Bénézet.

—¿Qué le pasó? —preguntó Luce.

Daniel miró atrás.

—¿Te acuerdas de lo callada que se ha quedado Annabelle cuando hemos mencionado que veníamos aquí? Ella inspiró al chico que construyó el puente en la Edad Media, en la época en la que los pa-

pas vivían aquí y no en Roma. Un día la vio cruzar el Ródano volando cuando ella creía que no la veía nadie. Construyó el puente para seguirla a la otra orilla.

—¿Cuándo se derrumbó?

—Despacio, con el tiempo. Primero, un arco cayó al río. Luego cayó otro. Arriane dice que el chico, que se llamaba Bénézet, tenía vista para los ángeles, pero no para la arquitectura. Annabelle lo amaba. Se quedó en Aviñón como su musa hasta que él murió. Él nunca se casó, no se relacionó con los habitantes de Aviñón. La ciudad creía que estaba loco.

Luce trató de no comparar su relación con Daniel y la que Annabelle había tenido con Bénézet, pero era difícil no hacerlo. ¿Qué clase de relación podían tener un ángel y un mortal? Cuando todo aquello hubiera terminado, si vencían a Lucifer... entonces, ¿qué? ¿Volverían Daniel y ella a Georgia y serían como cualquier otra pareja? ¿Irían a tomarse un helado los viernes a la salida del cine, o pensaría toda la ciudad que ella estaba loca, como Bénézet?

¿Era su historia imposible? ¿Qué sería de ellos al final? ¿Desaparecería su amor como los arcos de un puente medieval?

La locura era pensar que podía tener una vida normal con un ángel. Luce lo presentía en todos los momentos en los que volaba con Daniel. Y, no obstante, cada día le quería más.

Se posaron en la orilla del río a la sombra de un sauce llorón y asustaron a una bandada de patos, que corrió a meterse en el agua. A plena luz del día, los ángeles recogieron las alas. Luce se quedó detrás de Daniel para observar el complicado proceso cuando las suyas se retrajeron. Comenzaron a hacerlo por la parte central, con suaves chasquidos conforme capas de musculatura envolvían las plumas. Lo último fueron las finas puntas casi translúcidas, que brillaron al desaparecer bajo la piel de Daniel sin dejar ningún rastro en su camiseta.

Se dirigieron al puente vacío como cualquier otro grupo de turistas interesados en su arquitectura. Annabelle tenía el cuerpo mucho más tenso que de costumbre y Luce vio que Arriane le cogía la mano. Hacía sol y olía a lavanda y a agua de río. El puente, construido con grandes piedras blancas, se sustentaba en amplios arcos. Cerca de la entrada, había una capillita lateral de piedra con una única torre. Tenía un cartel donde ponía CAPILLA DE SAN NICOLÁS. Luce se preguntó dónde estarían los verdaderos turistas.

La capilla estaba cubierta por una fina capa de polvo plateado.

Caminaron por el puente en silencio, pero Luce advirtió que Annabelle no era la única que parecía contrariada. Daniel y Ronald estaban temblando, y evitaban acercarse a la entrada de la capilla; Luce recordó que tenían prohibido entrar en un santuario de Dios.

Desi pasó los dedos por la estrecha barandilla de bronce y suspiró hondo.

—Hemos llegado demasiado tarde.

—Esto no es… —Luce tocó el polvo. Era fino y ligero, con un brillo plateado, como el polvo que había cubierto el patio de sus padres—. Quieres decir…

—Aquí han muerto ángeles. —Roland habló con un tono monocorde mientras miraba fijamente el río.

—P-pero —tartamudeó Luce—, ni siquiera sabemos si Gabbe, Cam y Molly consiguieron llegar hasta aquí.

—Este lugar era precioso —dijo Annabelle—. Ahora lo han estropeado para siempre. *Je m'excuse, Bénézet.*

Fue entonces cuando Arriane les enseñó una trémula pluma plateada.

—Es de Gabbe. Está intacta, así que debió de arrancársela ella. Quizá para dársela a un Proscrito como insignia... —Apartó la mirada, con la pluma contra su pecho.

—Pero creía que la Balanza no mataba a ángeles —dijo Luce.

—No lo hacen. —Daniel se agachó y apartó parte del polvo amontonado a sus pies como si fuera nieve.

Había algo enterrado debajo.

Daniel sacó una flecha estelar de plata. La limpió frotándosela contra la camiseta y Luce temblaba cada vez que sus dedos se acercaban a la mortífera punta roma. Por fin, Daniel se la enseñó al resto. Estaba marcada con una recargada letra «Z».

—Los Ancianos —susurró Arriane.

—Ellos no tienen ningún problema en matar ángeles —dijo Daniel en voz baja—. De hecho, no hay nada que les guste más.

Oyeron un fuerte crujido.

Luce giró sobre sus talones, esperando... no sabía qué. ¿A la Balanza? ¿Los Ancianos?

Desi agitó el puño y se frotó los nudillos enrojecidos con la otra mano. Luce vio que la puerta de madera de la capilla estaba partida por la mitad. Desi debía de haberle dado un puñetazo. A nadie más le pareció extraordinario que una mujer tan menuda pudiera causar aquel destrozo.

—¿Estás bien, Desi? —gritó Arriane.

—Esto no es asunto de Sophia. —La voz le tembló de rabia—. Lo que Lucifer está haciendo no compete a los Ancianos. Y, no obstante, ella podría echarlo todo por tierra. Podría matarla.

—¿Lo prometes? —preguntó Roland.

Daniel metió la flecha estelar en la bolsa de cuero y cerró la cremallera.

—Acabara como acabara, esta batalla debió de empezarla la tercera reliquia. Alguien la ha encontrado.

—Una guerra por los recursos —añadió Desi.

Luce se estremeció.

—Y alguien ha muerto por ella.

—No sabemos qué ha pasado, Luce —replicó Daniel—. Y no lo sabremos hasta que nos enfrentemos a los Ancianos. Tenemos que encontrarlos.

—¿Cómo? —preguntó Roland.

—Puede que hayan ido al Sinaí para vigilarnos —dijo Annabelle.

Daniel negó con la cabeza y se puso a andar de un lado al otro.

—No saben que hay que ir al Sinaí, a menos que uno de nuestros ángeles se lo haya dicho bajo tortura. —Se detuvo y miró al infinito.

—No —dijo Desi mientras los miraba a todos—. Los Ancianos tienen sus prioridades. Son ambiciosos. Quieren tener más peso en todo esto. Quieren ser recordados, como sus antepasados. Si mueren, quieren hacerlo como mártires. —Se quedó callada—. ¿Y cuál es el mejor lugar para disfrutar organizando tu propio martirio?

Los ángeles cambiaron de postura. Daniel oteó el pálido cielo rosa de poniente. Annabelle se pasó los largos dedos por el pelo. A falta de un comentario sarcástico, Arriane se abrazó el cuerpo y se puso a mirar el suelo. Luce parecía ser la única que no sabía de qué hablaba Desi. Por fin, la voz de Roland resonó aciagamente en el puente semiderruido:

—El Calvario. El monte de las calaveras.

11

La Vía Dolorosa

M ientras los ángeles sobrevolaban lo que parecía la costa me-
ridional de Francia, Luce observó las oscuras olas del mar
que lamían el litoral. Realizó una serie de cálculos mentales.

A medianoche, sería martes, primero de diciembre. Habían
transcurrido cinco días desde su regreso de las Anunciadoras, lo cual
significaba que ya habían rebasado la mitad del período de nueve
días que había durado la Caída. Lucifer y todos los yoes anteriores
de los ángeles ya habían recorrido más de la mitad de la distancia
hasta la Tierra.

Tenían dos de las tres reliquias, pero desconocían el paradero de
la tercera y no sabían cómo interpretarlas cuando las reunieran todas. Aún peor, mientras buscaban las reliquias, se habían granjeado
más enemigos. Y parecía que habían perdido a sus amigos.

Luce tenía polvo del Pont Saint Bénézet bajo las uñas. ¿Y si era
de Cam? En unos pocos días, había pasado de no querer que parti-
cipara en la misión a sentirse angustiada por su posible pérdida. Cam
era vehemente, siniestro, imprevisible e intimidante, y no estaba he-

cho para ella, pero eso no significaba que no lo apreciara, que no lo quisiera de una determinada manera.

Y Gabbe. La belleza sureña que siempre sabía qué decir y qué hacer. Desde el momento en el que Luce la conoció en Espada & Cruz, Gabbe no había hecho otra cosa que no fuera cuidar de ella. Ahora, Luce quería cuidar de Gabbe.

Molly Zane también había ido a Aviñón con Cam y Gabbe. Luce la había temido y después odiado, hasta la otra mañana en casa de sus padres, cuando, al entrar en su habitación por la ventana, la había encontrado encubriéndola. Era un favor tremendo. Hasta Callie había disfrutado estando con Molly. ¿Había cambiado el demonio? ¿Lo había hecho Luce?

El rítmico aleteo de Daniel en el cielo cuajado de estrellas la había sumido en un estado de relajación profunda, pero no quería quedarse dormida. Quería concentrarse en lo que podía aguardarles a su llegada al monte Calvario, estar preparada para lo que se avecinaba.

—¿En qué piensas? —preguntó Daniel. Pese al aullido del viento, su tono fue quedo e íntimo. Annabelle y Arriane volaban delante de ellos y algo por debajo. Sus alas, plateadas e iridiscentes, se extendían por encima de la verde bota de Italia.

Luce tocó el guardapelo que llevaba colgado del cuello.

—Tengo miedo.

Daniel la abrazó más fuerte.

—Eres muy valiente, Luce.

—Me siento más fuerte que nunca, y estoy orgullosa de todos los recuerdos a los que puedo acceder yo sola, sobre todo si nos ayudan a detener a Lucifer. —Guardó silencio y se miró el polvo de las uñas—. Pero aún me asusta lo que nos espera.

—No dejaré que Sophia se acerque a ti.

—No es lo que pueda hacerme a mí, Daniel. Es lo que puede haberles hecho a personas a las que aprecio. Ese puente, el polvo...

—Deseo tanto como tú que Cam, Gabbe y Molly estén ilesos.

—Daniel batió las alas con fuerza y Luce notó que su cuerpo se elevaba por encima de una nube cargada de lluvia—. Pero los ángeles podemos morir, Lucinda.

—Lo sé, Daniel.

—Claro que lo sabes. Y sabes lo peligroso que es esto. Todo ángel que se une a nosotros para detener a Lucifer lo sabe. Al hacerlo, reconoce que nuestra misión es más importante que cualquier alma de un único ángel.

Luce cerró los ojos. «El alma de un único ángel.»

Allí estaba de nuevo. La idea de la que Arriane le había hablado por primera vez en Las Vegas, en la cafetería de la cadena IHOP. Un único ángel poderoso que inclinaría la balanza. Una decisión que determinaría el resultado de una batalla que había durado milenios.

Cuando abrió los ojos, la luna estaba bañada de una tenue luz blanca y se alzaba sobre el paisaje sumido en la oscuridad.

—Los ejércitos del Cielo y del Infierno —comenzó a decir—, ¿están equilibrados en este momento?

Daniel guardó silencio. Luce sintió su pecho palpitante en la espalda. Batió las alas un poco más rápido, pero no respondió.

—¿Lo sabes? —insistió Luce—. ¿El mismo número de demonios en un bando y el mismo número de ángeles en el otro?

El viento la azotó.

—Sí, aunque no es tan sencillo —dijo Daniel por fin—. No se trata de mil de aquí contra mil de allá. Algunos jugadores son más importantes que otros. Los Proscritos no influyen. Ya has oído a Phil lamentarse de eso. La Balanza es casi insignificante, aunque nadie lo diría por su forma de darse importancia. —Se quedó callado—. ¿Uno de los arcángeles? Vale por mil ángeles menores.

—¿Aún es cierto que hay un ángel importante que todavía no ha tomado partido?

Un silencio.

—Sí, eso aún es cierto.

Luce ya le había suplicado que se decidiera de una vez, en el tejado de la Escuela de la Costa. Estaban en mitad de una discusión y no había sido el momento oportuno. Pero su vínculo se había fortalecido desde entonces. Si Daniel supiera que contaba con su apoyo, que lo respaldaría y lo amaría pasara lo que pasase, seguro que eso le ayudaría a decidirse.

—¿Y si dieras el paso y... te decidieras?

—No...

—Pero, Daniel, ¡podrías parar esto! Podrías inclinar la balanza, y no tendría que morir nadie más, y...

—Me refiero a que no es tan sencillo. —Luce lo oyó suspirar y supo, incluso sin mirarlo, con qué matiz exacto estarían brillándole los ojos en ese momento: un violeta intenso, feroz y lupino—. Ya no es tan sencillo —repitió.

—¿Por qué no?

—Porque este presente ya no importa. Estamos en un intervalo de tiempo que puede dejar de existir. Así que decidirme ahora no significaría nada, no hasta que este error se repare. Aún tenemos que detener a Lucifer. O él se sale con la suya y borra estos cinco o seis milenios y todos volvemos a empezar...

—O lo vencemos —concluyó Luce de forma automática.

—Si eso pasa —continuó Daniel—, volveremos a hacer números para determinar si hay equilibrio.

A seis metros por debajo de ellos, Arriane trazaba lentos bucles en el aire como si eso la entretuviera. Annabelle atravesó uno de los aguaceros que los ángeles solían evitar. Salió con las alas húmedas y el pelo fucsia pegado a la cara, con aspecto de no haberse dado cuenta siquiera. Roland estaba algo rezagado, probablemente absorto en sus pensamientos mientras llevaba a Desi en sus brazos. Todos parecían cansados, distraídos.

—Pero, cuando le venzamos, ¿no podrías…?

—¿Elegir el Cielo? —preguntó Daniel—. No. Tomé mi decisión hace mucho tiempo, casi al principio de los tiempos.

—Pero creía…

—Te elegí a ti, Lucinda.

Luce puso la mano sobre la de Daniel cuando, por debajo de ellos, un mar negro como la brea lamió una franja de desierto. Se hallaban a mucha altitud, pero el paisaje le recordó al Sinaí: peñascos rocosos con algún que otro árbol disperso. No entendía por qué Daniel tenía que elegir entre el Cielo y el amor.

Lo único que ella siempre había querido era su amor, pero ¿a qué precio? ¿Justificaba su amor que el mundo y toda su historia hubieran de borrarse? ¿Podría Daniel haber impedido aquella amenaza si hubiera elegido el Cielo mucho antes?

¿Y habría regresado al Cielo, a su hogar, si su amor por Luce no lo hubiera apartado del camino?

Como si le leyera el pensamiento, Daniel dijo:

—Nosotros depositamos nuestra fe en el amor.

Roland los alcanzó. Ladeó las alas y giró el cuerpo para volverse hacia ellos. En sus brazos, Desi tenía el cabello pelirrojo ondeando al viento y las mejillas encendidas. Les indicó que se acercaran. De un solo aletazo, Daniel atravesó ágilmente la nube que les separaba de ellos. Roland silbó y Arriane y Annabelle dieron media vuelta y trazaron un círculo iridiscente completo en el cielo nocturno.

—Son casi las cuatro de la madrugada en Jerusalén —dijo Desi—. Eso significa que casi todos los mortales estarán durmiendo o no nos molestarán durante al menos otra hora. Si Sophia tiene a vuestros amigos, lo más probable es que planee... Bueno, deberíamos darnos prisa, chicos.

—¿Sabes dónde están? —preguntó Daniel.

Desi pensó un momento.

—Cuando estaba con los Ancianos, el plan siempre era reunirse en la basílica del Santo Sepulcro. Fue construida en la ladera del monte Calvario, en el barrio cristiano de la Ciudad Vieja.

El grupo planeó hacia el santuario formando una brillante columna de alas. El cielo azul marino estaba cuajado de estrellas y, por debajo de él, las piedras blancas de los edificios distantes brillaban con una misteriosa tonalidad azul. Aunque la tierra parecía seca y polvorienta por naturaleza, se hallaba salpicada de palmeras tupidas y olivares.

Sobrevolaron el cementerio más grande que Luce había visto nunca, construido en una pendiente escalonada orientada hacia la Ciudad Vieja de Jerusalén.

La ciudad estaba a oscuras y en silencio, bañada por la luz de la luna y circundada por un alto muro de piedra. La impresionante cúpula dorada de la mezquita de la Roca se erigía en lo alto de una colina y brillaba incluso en la oscuridad. Estaba a cierta distancia del resto de la apiñada ciudad, bordeada por largas escaleras de piedra y altas verjas en todas las entradas. Detrás de las viejas murallas, unos cuantos edificios modernos se recortaban contra el cielo, pero, dentro de la Ciudad Vieja, las casas eran mucho más viejas y pequeñas, y formaban un laberinto de estrechos callejones adoquinados que era mejor recorrer a pie.

Se posaron en el parapeto de una puerta alta que señalaba la entrada a la ciudad.

—Es la Puerta Nueva —explicó Desi—. Es la entrada más cercana al barrio cristiano, donde está la basílica.

Cuando terminaron de bajar las desgastadas escaleras que partían del parapeto, los ángeles ya habían retraído las alas. La calle adoquinada se estrechó mientras Desi los conducía a la basílica alumbrándose con una linternita roja de plástico. Casi todos los escaparates estaban provistos de puertas metálicas que se subían y bajaban como la puerta del garaje de los padres de Luce. En ese momento, todas estaban cerradas con candado a lo largo de la calle por la que Luce caminaba al lado de Daniel, cogida de su mano y esperando que todo saliera bien.

Cuanto más se adentraban en la ciudad, más parecían estrecharse las calles. Pasaron por debajo de los toldos listados de mercados árabes vacíos, por largos arcos de piedra y oscuros pasadizos. Olieron a cordero asado, después a incienso, después a jabón para la ropa. Las azaleas trepaban por las paredes en busca de agua.

El barrio estaba en silencio salvo por los pasos de los ángeles y los aullidos de los coyotes en las colinas. Pasaron por delante de una lavandería cerrada con el cartel escrito en árabe y, justo después, por delante de una floristería que tenía pegatinas en hebreo adheridas al escaparate.

Allá donde mirara, Luce veía estrechos pasajes que partían de la calle, algunos por puertas de madera abiertas, otros por tramos de escaleras. Desi parecía ir contando los portales por los que pasaban con el dedo. En un determinado momento, chasqueó los dedos, se agachó para pasar por debajo de un arco de madera cuarteado, dobló una esquina y desapareció. Luce y los ángeles se miraron rápidamente y la siguieron: bajaron unas escaleras, doblaron por una húmeda callejuela, subieron otras escaleras y, de golpe, se hallaban en el tejado de un edificio que daba a otra estrecha callejuela.

—Ahí está. —Desi asintió con gravedad.

La basílica dominaba sobre todos los edificios colindantes. Estaba construida con una piedra pálida y lisa, y tenía al menos cinco pisos, más altura en sus dos esbeltas torres. En el centro, una enorme cúpula azul parecía un manto de noche envuelto alrededor de una piedra. Gigantescos ladrillos formaban amplios arcos a lo largo de la fachada, cerrados por enormes puertas de madera en la primera planta y vidrieras en las siguientes. Había una escalera apoyada en una cornisa de ladrillo junto a una vidriera de la tercera planta que no parecía conducir a ninguna parte.

Partes de la fachada estaban deterioradas y ennegrecidas por el paso del tiempo, mientras que otras parecían restauradas hacía poco. Los edificios de piedra construidos a ambos lados de la basílica delimitaban una plaza llana adoquinada. Justo detrás de la iglesia, un alto minarete blanco rozaba el cielo.

—Caray —se oyó decir Luce mientras descendía con los ángeles por otro sorprendente tramo de escaleras para entrar en la plaza.

Los ángeles se dirigieron a las pesadas puertas, de al menos doce metros de altura. Estaban pintadas de verde y flanqueadas por tres columnas lisas de piedra. Luce se fijó en el recargado friso que separaba las puertas de los arcos que las coronaban y, más arriba, en la reluciente cruz dorada que rozaba el cielo. El edificio estaba silencioso, melancólico, rebosante de electricidad espiritual.

—Entremos —dijo Desi.

—No podemos entrar ahí —objetó Roland mientras daba un paso atrás.

—Ah, ya —dijo Desi—, el asunto de los incendios. Creéis que no podéis entrar porque es un santuario de Dios...

—Es el santuario de Dios —puntualizó Roland—. No quiero ser el tío que se carga este sitio.

—Solo que no es un santuario de Dios —se limitó a decir Desi—. Todo lo contrario. Este es el lugar donde Jesús sufrió y murió. Por tanto, jamás ha sido un santuario para el Trono, y esa es la única opinión que importa. Un santuario es un lugar seguro, un refugio de todo mal. Los mortales entran aquí para rezar, por morboso que sea, pero, en lo que respecta a vuestra maldición, no os afectará. —Se quedó callada—. Una suerte, porque Sophia y vuestros amigos están dentro.

—¿Cómo lo sabes? —preguntó Luce.

En ese momento, oyó pasos en la zona este de la plaza. Desi miró hacia allí con los ojos entrecerrados.

Daniel agarró a Luce por la cintura tan rápido que ella cayó contra él. Dos viejas monjas acababan de entrar en la plaza después de pasar por debajo de un cartel donde ponía VÍA DOLOROSA. Iban cargadas con una pesada cruz de madera. Llevaban sencillos hábitos de color azul marino, sandalias sencillas y cómodas, y rosarios en el cuello.

Luce se relajó al ver a las religiosas, cuya media de edad parecía ser de ochenta y cinco años. Hizo además de acercarse a ellas, guiada por un instinto de ayudar a los ancianos con una carga pesada, pero Daniel no la soltó y las monjas continuaron dirigiéndose a las grandes puertas de la basílica con una lentitud exasperante. Parecía imposible que no hubieran visto a los ángeles reunidos a seis metros de ellas (eran los otros únicos ocupantes de la plaza), pero las apuradas hermanas ni tan siquiera miraron en su dirección.

—Un poco temprano para que las hermanas hagan el vía crucis, ¿no? —susurró Roland a Daniel.

Desi se alisó la falda y se pasó un rebelde mechón pelirrojo por detrás de la oreja.

—Esperaba no llegar a esto, pero no vamos a tener más remedio que matarlas.

—¿Qué? —Luce miró a una de las enclenques mujeres. Sus ojos grises parecían guijarros entre los profundos pliegues de su rostro curtido por el sol—. ¿Quieres matar a esas monjas?

Desi frunció el entrecejo.

—No son monjas, cariño. Son Ancianas y hay que acabar con ellas o ellas acabarán con nosotros.

—Pues a mí me parecen acabadísimas. —Arriane volcó el peso sobre la otra pierna—. Veo que en Jerusalén reciclan.

Puede que las dos monjas se asustaran al oír la voz de Arriane, o puede que solo estuvieran esperando a llegar al lugar correcto, pero, en ese mismo momento, de detuvieron delante de las puertas de la basílica y se dieron la vuelta de tal modo que el pie de su cruz apuntó como un cañón hacia el otro extremo de la plaza, justo donde estaban los ángeles.

—No perdamos más tiempo, ángeles —dijo Desi, que apretó los labios.

La monja de los ojos como guijarros enseñó sus encías desnudas a los ángeles y manipuló algo en la base del pie de la cruz. Daniel dio la bolsa de cuero a Luce y la colocó detrás de Desi. La mujer no la tapaba del todo (su coronilla solo le llegaba al mentón), pero Luce captó la idea y se agachó. Los ángeles sacaron las alas a una velocidad de vértigo y se desplegaron, Arriane y Annabelle hacia la izquierda, Roland y Daniel hacia la derecha.

La gigantesca cruz no era la penitencia de un peregrino. Era una ballesta gigantesca, repleta de flechas estelares destinadas a matarlos a todos.

Luce no tuvo tiempo de asimilarlo. Una de las monjas lanzó la primera flecha; el arma cortó el aire, dirigida a la cara de Luce. Ella la vio aumentar de tamaño conforme se acercaba girando en el aire.

Entonces Desi saltó.

La minúscula mujer puso los brazos en cruz. La punta roma de la flecha le alcanzó en el centro del pecho. Desi gruñó cuando la flecha, inocua para los mortales, Luce lo sabía, rebotó en su menudo cuerpo, cayó al suelo y la dejó dolorida pero incólume.

—¡Qué necia eres, Presidia! —gritó Desi a la monja mientras empujaba la flecha hacia atrás con el tacón. Luce se agachó para recogerla y la metió en la bolsa de cuero—. ¡Sabes que eso no me hará daño! Ahora has irritado a mis amigos. —Señaló con la mano a los ángeles, que ya habían alzado el vuelo para desarmar a las Ancianas disfrazadas.

—¡Apártate, desertora! —respondió Presidia—. ¡Queremos a la chica! Entréganosla y…

Pero Presidia no terminó la frase. Arriane ya estaba detrás de ella, arrancándole el velo y agarrándola por los blancos cabellos.

—Como respeto a mis mayores —bufó Arriane con los dientes apretados—, me siento en la obligación de impedir que los pongan en ridículo. —Dicho eso, alzó el vuelo, sin soltar a Presidia.

La Anciana pataleó en el aire como si pedaleara en una bicicleta invisible. Arriane giró y la estampó contra la cornisa de la fachada de la basílica con tanta fuerza que la anciana dejó una marca cuando cayó al suelo, donde se quedó hecha un fardo, con las manos y las piernas en una postura repugnante.

La otra Anciana de incógnito soltó la cruz-cañón y trató de escapar, corriendo con todas sus fuerzas hacia una callejuela que partía del otro extremo de la plaza. Annabelle cogió la cruz y se convirtió en una lanzadora de jabalina. Se arqueó hacia atrás como un muelle al tensarse y saltó para lanzar la pesada «T» de madera.

La cruz trazó un arco en el aire y se hincó en la encorvada columna de la Anciana. La mujer cayó de bruces y se retorció en el suelo, atravesada por una réplica de un antiguo instrumento de ejecución.

La plaza se quedó en silencio. De forma instintiva, todos se volvieron para mirar a Luce.

—¡Está bien! —gritó Desi mientras le levantaba la mano como si las dos acabaran de ganar una carrera de relevos.

—¡Daniel! —Luce señaló a un viejo monje vestido de blanco que pasó corriendo por detrás de Daniel y entró en la basílica. Cuando las puertas se cerraron despacio, lo oyeron subir por una escalera.

—¡Seguidlo! —gritó Desi mientras pasaba por encima del cadáver aplastado de Presidia.

Luce y Desi echaron a correr para alcanzar a los ángeles. Cuando entraron en la basílica, estaba oscura y en silencio. Roland señaló unos escalones de piedra en un rincón. Conducían a un corto pasadizo abovedado del que partía una escalera más larga. No había suficiente espacio para que los ángeles desplegaran las alas, de modo que subieron la escalera lo más rápido posible.

—El Anciano nos llevará hasta Sophia —susurró Daniel cuando entraron en el pasadizo abovedado del que partía la oscura escalera—. Si tiene a nuestros ángeles, si tiene la reliquia...

Desi le puso una mano en el brazo con firmeza.

—Sophia no debe saber que Luce está aquí. Tenéis que impedir que el Anciano la avise.

Daniel miró a Luce y luego a Roland, que se apresuró a asentir antes de subir la escalera como un cohete, como si llevara toda la vida corriendo por viejas iglesias de piedra.

Apenas dos minutos después, los estaba esperando al final de la estrecha escalera. El Anciano yacía muerto en el suelo, con los labios azules y los ojos húmedos y vidriosos. Detrás de Roland, otro pasadizo abovedado torcía bruscamente a la izquierda. En aquella planta, había alguien cantando lo que parecía un himno.

Luce se estremeció.

Daniel les indicó que no se movieran y se asomó al pasadizo. Desde su posición, con la espalda pegada contra la pared de piedra, Luce veía una porción de la capilla que había al final. Tenía intrincados frescos en las paredes y estaba alumbrada por montones de lamparitas de estaño colgadas del techo abovedado. Había una salita con un mosaico de la crucifixión que ocupaba toda una pared. Justo detrás, una hilera de columnas recargadas de varios palmos de anchura delimitaba una segunda capilla más grande que Luce apenas veía. Entre las dos capillas, estaba el sepulcro dorado de la Virgen María, cubierto de ramos de flores y cirios a medio quemar.

Daniel alargó el cuello. Un manchón rojo se entrevió entre las columnas.

Una mujer con la larga túnica escarlata.

La mujer se inclinó sobre un altar de mármol cubierto con un mantel blanco de encaje. Había algo encima del altar, pero Luce no alcanzaba a verlo.

La mujer era frágil pero atractiva, con el pelo cano cortado en una moderna media melena. Llevaba la túnica ceñida a la cintura con un colorido cinturón de hilo. Encendió un cirio delante del altar. Cuando se arrodilló, las anchas mangas de la túnica le resbalaron por los brazos y se le vieron las muñecas, en las que llevaba montones de brazaletes de perlas.

La señorita Sophia.

Luce empujó a Daniel para subir otro escalón, desesperada por tener una perspectiva mejor. Las anchas columnas tapaban la mayor parte de la capilla, pero, cuando Daniel la ayudó a subirlo, vio más. No había un altar, sino tres. No había una mujer, sino tres, vestidas con túnicas escarlatas y encendiendo cirios a su alrededor con aire ritual. Luce no reconoció a las otras dos.

Sophia parecía avejentada, más cansada que detrás de su mesa de bibliotecaria. Luce se preguntó fugazmente si no se debería a que había pasado de rodearse de adolescentes a codearse con seres que no lo eran desde hacía varios siglos. Esa noche iba maquillada, con los labios rojos como la sangre. Su túnica tenía polvo y cercos de sudor. Era su voz la que había cantado antes. Cuando volvió a empezar en un idioma que parecía latín pero no lo era, Luce se puso rígida. Se acordaba.

Aquel era el ritual que la señorita Sophia había oficiado con ella la última noche de Espada & Cruz. Estaba a punto de asesinarla cuando Daniel entró por el techo.

—Pásame la cuerda, Vivina —dijo la señorita Sophia. Estaban tan absortas en su siniestro ritual que no percibieron la presencia de los ángeles agazapados en la escalera—. Gabrielle parece demasiado cómoda. Me gustaría atarle el cuello.

¡Gabbe!

—Ya no queda —respondió Vivina—. He tenido que atar a Cambriel dos veces. Se estaba retorciendo. Uf, aún lo hace.

—Dios mío… —susurró Luce. Cam y Gabbe estaban allí. Supuso que la presencia de la tercera mujer significaba que también estaba Molly.

—Dios no tiene nada que ver con esto —dijo Desi entre dientes—. Y Sophia está demasiado loca para saberlo.

—¿Por qué están tan quietos los caídos? —susurró Luce—. ¿Por qué no se resisten?

—No deben de haberse dado cuenta de que este lugar no es un santuario de Dios —respondió Daniel—. Deben de estar conmocionados. Yo sé que lo estaría. Y Sophia se está aprovechando. Sabe que les preocupa incendiar la basílica si hacen o dicen algo.

—Sé cómo se sienten —susurró Luce—. Tenemos que detenerla.

—Se dirigió a la puerta, envalentonada por el reciente recuerdo de las Ancianas a las que habían aniquilado fuera, por el poder de los ángeles que tenía detrás, por el amor de Daniel, por el hecho de que ya hubieran encontrado dos de las reliquias. Pero una mano la agarró por el hombro y la obligó a retroceder.

—Quedaos aquí —susurró Desi mientras los miraba uno a uno para asegurarse de que la entendían—. Si os ven, sabrán que Luce está con vosotros. Esperad aquí. —Señaló las columnas, tan recias que podían ocultar a tres ángeles—. Sé cómo manejar a mi hermana.

Sin decir nada más, Desi entró en la capilla con paso decidido y sus zapatos de tacón resonaron en las baldosas blanquinegras.

—Yo creo que ya te han dado cuerda suficiente, Sophia —dijo.

—¿Quién anda ahí? —gritó Vivina, sorprendida en mitad de una genuflexión.

Desi se cruzó de brazos mientras rodeaba los altares y chasqueaba la lengua, como si desaprobara la labor de las Ancianas.

—Una indumentaria muy burda. Nadie como Sophia para traer sus modelitos a un sacrificio con consecuencias cósmicas y eternas.

Luce estaba deseando ver qué cara ponía Sophia, pero Daniel la retuvo. Oyó pasos, seguidos de un melodramático grito de sorpresa y una cruel carcajada.

—Vaya —dijo la señorita Sophia—. Mi hermana vagabunda ha vuelto, justo a tiempo de verme en mi mejor momento. ¡Esto superará tu sobrevalorado recital de piano!

—Eres una necia.

—¿Porque no soy de tu cuerda? —bufó Sophia.

—Olvida la cuerda, lerda —dijo Desi—. Eres necia en montones de cosas, entre ellas creer que puedes salirte con la tuya.

—¡No la trates con condescendencia! —espetó la tercera Anciana.

—Es imposible no hacerlo —respondió Desi al instante.

—Gracias, Lyrica, pero puedo arreglármelas con Paulina —dijo Sophia sin despegar los ojos de Desi—. ¿O cómo te haces llamar ahora? ¿Pauli?

—Sabes perfectamente que es Desi. Solo que te gustaría saber por qué.

—Ah, sí, Desi. ¡Qué desi-lusión! Bueno, disfrutemos de nuestra breve reunión lo mejor que podamos.

—Deja que se vayan, Sophia.

—¿Que deje que se vayan? —Sophia soltó una carcajada—. Pero si los quiero muertos. —Había alzado la voz y Luce la imaginó pasando la mano por encima de los ángeles atados a los altares—. ¡Sobre todo, la quiero muerta a ella!

A Luce se le cortó la respiración. Sabía a quién se refería la bibliotecaria.

—Eso no impedirá que Lucifer borre tu existencia. —La voz de Desi pareció casi triste.

—Ya sabes lo que siempre decía papá: «Al final, todos iremos al Infierno». Así que más nos vale intentar conseguir lo que queremos aquí en la Tierra. ¿Dónde está, Desi? —espetó Sophia—. ¿Dónde está la llorona de Lucinda?

—No lo sé. —Desi no alteró la voz—. Pero he venido para impedir que lo averigües.

Daniel y Luce se acercaron un poco más a la entrada de la capilla.

—¡Te odio! —gritó Sophia mientras se abalanzaba sobre Desi.

Roland miró a Daniel y le preguntó con la mirada si debía intervenir. Daniel parecía confiar en las capacidades del desiderátum. Negó con la cabeza.

Desde sus altares, las otras dos Ancianas observaron mientras las hermanas rodaban por el suelo. Luce las vio aparecer y desaparecer por detrás de las columnas: Desi arriba, luego Sophia, luego otra vez Desi.

Desi agarró a Sophia por el cuello y apretó. A la ex bibliotecaria de Espada & Cruz se le congestionó la cara mientras trataba de quitarse a Desi de encima y se esforzaba por seguir respirando.

Despacio, subió la rodilla hasta tenerla clavada en el abdomen de su hermana y empujó para apartarla. Desi estiró los brazos al máximo para seguir agarrando a Sophia por el cuello. Miró su cara crispada por la rabia, sus ojos cargados de odio.

—El corazón se te volvió negro, Sophia —dijo, con un deje de nostalgia—. Fue como si una luz se apagara. Nadie pudo volver a encenderla. Solo pudimos intentar impedir que nos atropellaras en la oscuridad. —Entonces, soltó a su hermana y le permitió llenarse los pulmones de aire.

—Me traicionaste —jadeó Sophia cuando Desi la agarró por el cuello de la túnica, cerró los ojos y se dispuso a aplastarle el cráneo contra el suelo de mosaico.

Pero, en cambio, se oyó un largo grito mientras Desi volaba por los aires. Sophia le había propinado una patada con una fuerza que Luce había olvidado que poseía. La Anciana se levantó de un salto. Sudaba y tenía la cara enrojecida, el cabello revuelto, cuando corrió junto a Desi, que estaba tendida en el suelo a varios metros de distancia. Luce se puso de puntillas y se estremeció al ver que tenía los ojos cerrados.

—¡Ja! —Sophia regresó a los altares y metió la mano debajo del altar al que Cam estaba atado. Sacó un carcaj de flechas estelares.

En la escalera, Roland volvió a mirar a Daniel. Esa vez, él asintió.

En un instante, Arriane, Annabelle y Roland irrumpieron volando en la capilla. Roland se abalanzó sobre la señorita Sophia, pero, en el último momento, ella se agachó y lo eludió. Las alas de Roland la alcanzaron en la cara, pero logró escabullirse.

Al ver las alas de los ángeles, las otras dos Ancianas se acobardaron y se agazaparon, muertas de miedo. Annabelle las retuvo mientras Arriane abría la navaja suiza que llevaba en el bolsillo (la rosa, la misma que Luce había utilizado para cortarle el pelo hacía unos meses) y cortaba las cuerdas que ataban a Gabbe al altar.

—¡Parad o lo mato! —les gritó Sophia mientras cogía varias flechas estelares en una mano y se abalanzaba sobre Cam. Se puso a horcajadas sobre él y alzó las flechas de plata por encima de su cabeza.

Cam tenía el pelo oscuro enredado y grasiento. Sus manos estaban pálidas y le temblaban. La señorita Sophia observó aquellos detalles con una sonrisa de desprecio.

—Me encanta ver morir a un ángel. —Soltó una risotada mientras sostenía las flechas estelares en alto—. Y aún más si es arrogante. —Miró otra vez a Cam—. Su muerte será un regalo para la vista.

—Adelante. —Cam habló por primera vez, sin subir ni alterar la voz. Luce casi gritó cuando le oyó mascullar—: Nunca he pedido un final feliz.

Luce había visto a Sophia matar a Penn con sus propias manos y sin remordimientos. Eso no volvería a suceder.

—¡No! —gritó mientras trataba de soltarse y arrastraba a Daniel al interior de la capilla.

Despacio, la señorita Sophia volvió la cabeza hacia Luce y Daniel, con las flechas estelares aún en la mano. Tenía un brillo plateado en los ojos y una sonrisa abominable en los labios cuando Luce arrastró otra vez a Daniel, que se negaba a soltarla.

—¡Tenemos que impedírselo, Daniel!

—No, Luce. Es demasiado peligroso.

—Oh, ahí estás, cariño. —La señorita Sophia sonrió satisfecha—. ¡Y Daniel Grigori! Qué bien. Os estaba esperando. —Les guiñó el ojo y arrojó las flechas estelares contra ellos en un compacto montón.

12

Agua sin bendecir

Sucedió en una milésima de segundo: Roland se abalanzó rápidamente sobre la señorita Sophia y la derribó. Pero ya era demasiado tarde.

Cinco flechas estelares de plata surcaron la capilla en silencio. Se separaron un poco conforme avanzaban y parecieron quedarse suspendidas en el aire un momento en su trayectoria hacia Luce y Daniel.

«¡Daniel!»

Luce pegó la espalda al pecho de Daniel. Él tuvo el reflejo contrario: la rodeó con los brazos y se arrojó al suelo con ella.

Dos magníficos pares de alas aparecieron delante de Luce, irrumpiendo desde ambos lados. Unas eran de un radiante color cobrizo, las otras, de un blanco plateado purísimo. Llenaron el espacio delante de Daniel y ella como enormes pantallas de plumas y al momento desaparecieron.

Un objeto pasó silbando junto a la oreja izquierda de Luce. Ella se volvió y vio cómo una sola flecha estelar rebotaba en la pared gris de piedra y caía al suelo. Las otras flechas estelares habían desaparecido.

Una fina arenilla iridiscente impregnó la capilla.

Luce entrecerró los ojos para ver a través del polvo: Daniel estaba agazapado a su lado. Desi había vuelto en sí y se hallaba encima de de la señorita Sophia, forcejeando con ella. Annabelle se erguía sobre las otras Ancianas, que yacían muertas en el suelo. A Arriane le temblaban las manos, en las que tenía un trozo de cuerda y su navaja suiza. Cam seguía atado al altar, aturdido.

Gabbe y Molly, a las que Arriane acababa de liberar... habían desaparecido.

Y Daniel y ella estaban cubiertos de una película de polvo.

«¡No!»

—Gabbe... Molly... —Luce se levantó del suelo. Alargó las manos y se las examinó como si no supiera lo que eran. La vacilante luz de los cirios le bañó la piel y confirió al polvo un suave matiz dorado, que adquirió un fuerte brillo plateado cuando volvió las manos para mirarse las palmas—. No, no, no, no, no, no, no, no...

Luce se dio la vuelta y se tropezó con la mirada de Daniel. Él estaba demudado y sus ojos tenían un color violeta tan concentrado que le costó sostenerle la mirada.

Eso le resultó incluso más difícil cuando las lágrimas le empañaron la vista.

—¿Por qué han...?

Por un instante, reinó un silencio absoluto.

Entonces, un rugido animal atravesó la capilla.

Cam rompió la cuerda que le aprisionaba la pierna izquierda y se dejó el tobillo en carne viva. Forcejeó para soltarse las muñecas y rugió cuando, al levantar la mano derecha, se desgarró el ala, que tenía clavada al altar con un poste de hierro, y se dislocó el hombro. El brazo le colgó como muerto y casi parecía que se lo hubiera arrancado.

Saltó sobre Sophia desde el altar y apartó a Desi. El impacto los derribó a los tres. Cam se abalanzó sobre Sophia y se sentó a horcajadas sobre ella, tratando de aplastarla con su peso. La Anciana aulló de dolor y alzó débilmente los brazos para protegerse la cara cuando Cam la agarró por el cuello.

—Estrangular a una persona es la forma de matarla más íntima que existe —dijo Cam, como si impartiera un curso básico sobre violencia—. Y ahora, regalémonos la vista con tu muerte.

Pero la señorita Sophia se defendió con uñas y dientes. Barboteó y gruñó. Cam apretó con más fuerza, le golpeó brutalmente la cabeza contra el suelo, una y otra vez. A la Anciana comenzó a salirle sangre por la boca, más oscura que su lápiz de labios.

Daniel cogió a Luce por el mentón y le volvió la cabeza hacia él. Ella lo agarró por los hombros. Se miraron a los ojos para tratar de no oír los gruñidos flemosos de Sophia.

—Gabbe y Molly sabían lo que hacían —susurró Daniel.

—¿Sabían que iban a morir? —preguntó Luce.

Detrás de ellos, Sophia gimoteó y casi pareció que había aceptado que así era como iba a morir.

—Sabían que detener a Lucifer era más importante que la vida de un solo individuo —respondió Daniel—. Más que nada de lo que haya pasado, que esto te convenza de lo urgente que es nuestra labor.

El silencio que los envolvía era palpable. Las toses sanguinolentas de la señorita Sophia habían cesado. A Luce no le hizo falta mirar para saber qué había sucedido.

Un brazo la rodeó por la cintura. Una conocida melena negra se apoyó en su hombro.

—Vamos —dijo Arriane—. Hay que limpiarte.

Daniel dejó a Luce en manos de Arriane y Annabelle.

—Adelante, chicas.

Luce las siguió, aturdida. Ellas la condujeron al fondo de la capilla y abrieron varios armarios antes de encontrar lo que buscaban: una portezuela lacada de color negro por la que se accedía a una habitación circular sin ventanas.

Annabelle encendió el candelabro de la mesa de azulejos próxima a la puerta y, después, el que ocupaba una hornacina. La habitación, con las dimensiones de una despensa espaciosa, tenía en el centro una pila bautismal de forma octogonal tan grande como una bañera. Por dentro, la pila estaba revestida de mosaicos verdes y azules; por fuera, era de mármol y tenía esculpida una escena de ángeles que descendían a la Tierra.

Luce se sentía desgraciada y muerta por dentro. Hasta la pila bautismal parecía mofarse de ella. Allí estaba, la chica cuya alma maldecida era importante por alguna razón y se hallaba a disposición de cualquiera porque no la habían bautizado de pequeña, a punto de lavarse para quitarse el polvo de dos ángeles que ya no existían. ¿Estaba justificado que Gabbe y Molly hubieran muerto por salvarlos a Daniel y a ella? ¿Cómo era posible? Aquel «bautismo» le rompía un poco más el corazón.

—No te preocupes —dijo Arriane, leyéndole el pensamiento—. Esto no cuenta.

Annabelle encontró un lavamanos en un rincón de la habitación, detrás de la pila bautismal. Vació varios cubos de agua caliente en la bañera. Arriane se quedó junto a Luce, sin mirarla, solo cogiéndole la mano. Cuando la pila estuvo llena y sus azulejos tiñeron el agua de un fuerte brillo azul verdoso, Annabelle y Arriane cogieron a Luce en brazos para colocarla sobre la superficie del agua. Ella aún llevaba el jersey y los vaqueros. No tenían intención de desvestirla, pero repararon en sus botas.

—Huy —susurró Annabelle mientras se las desabrochaba y las arrojaba al suelo.

Arriane le sacó el guardapelo por la cabeza y lo metió dentro de una bota. Con las alas desplegadas, se separaron del suelo para sumergir a Luce en la pila.

Ella cerró los ojos, metió la cabeza bajo el agua y se quedó un rato así. Si derramaba una lágrima, no lo notaría si seguía sumergida. No quería sentir nada. Era como si Penn hubiera vuelto a morir: el dolor que sentía había revivido aquel dolor más antiguo que para ella todavía era reciente.

Después de lo que le pareció mucho tiempo, notó que unas manos la agarraban por las axilas para ponerla derecha. La superficie tenía una fina película de polvo gris. Ya no relucía.

Luce no despegó los ojos de ella hasta que Annabelle comenzó a sacarle el jersey por la cabeza. Notó que la prenda se despegaba de ella, seguida de la camiseta. Se desabrochó los vaqueros con torpeza. ¿Cuántos días hacía que llevaba aquella ropa? Era extraño estar sin ella, como despojarse de una capa de piel y verla arrojada en el suelo.

Se pasó una mano por el pelo mojado para apartárselo de la cara. No se había dado cuenta de lo sucio que lo tenía. Luego se sentó en el banco que la pila tenía en la parte posterior, se apoyó en la pared lateral y comenzó a tiritar. Annabelle añadió más agua caliente, pero Luce continuó temblando.

—Si me hubiera quedado en la escalera tal como Desi decía...

—Entonces Cam estaría muerto —dijo Arriane—. O algún otro. De una forma u otra, Sophia y su clan iban a liarla esta noche. Los demás lo sabíamos, pero tú no. —Suspiró—. Así que hay que tener agallas para intentar salvar a Cam, Luce.

—Pero Gabbe...

—Sabía lo que hacía.

—Es lo que ha dicho Daniel. Pero ¿por qué se ha sacrificado para salvar...?

—Porque confía en que Daniel, tú y los demás lo consigamos. —Arriane apoyó el mentón en el brazo al borde de la pila. Metió un dedo en el agua y retiró el polvo—. Pero saberlo no lo hace más fácil. Todos las queríamos mucho.

—No puede haberse ido.

—Ya no está. Ya no está en el altar más elevado de la creación.

—¿Qué? —Eso no era lo que Luce había querido decir. Ella se refería a que Gabbe era su amiga. Arriane arrugó la frente.

—Gabbe era el primer arcángel. ¿No lo sabías? Su alma valía... ni tan siquiera sé cuántas otras almas. Valía mucho.

Luce nunca había considerado la posición que sus amigos ocupaban en el Cielo, pero en ese momento pensó en las veces que Gabbe había cuidado de ella, la había protegido, le había dado comida, ropa o consejo. Había sido su bondadosa madre celestial.

—¿Qué significa su muerte?

—Hace mucho tiempo, el primer arcángel era Lucifer —respondió Annabelle. Tras una pausa, miró a Luce y reparó en su sorpresa—. Lucifer estaba ahí, en medio de todo. Luego se rebeló y Gabbe subió de categoría.

—Aunque ser la mano derecha del Trono tiene sus inconvenientes —murmuró Arriane—. Pregúntaselo a tu colega Bill.

Luce quiso preguntar quién iba detrás de Gabbe, pero algo se lo impidió. Quizá habría sido Daniel, pero su posición en el Cielo peligraba porque seguía decidido a no tomar partido por nadie que no fuera ella.

—¿Qué hay de Molly? —preguntó por fin—. Su muerte... ¿anula la de Gabbe en lo que respecta al equilibro entre el Cielo y el Infierno? —Se sentía cruel hablando de sus amigas como objetos, pero también sabía que la respuesta era relevante.

—Molly también era importante, aunque no tenía tanta categoría —respondió Annabelle—. Eso fue antes de la Caída, por supuesto, cuando se alió con Lucifer. Sé que no hay que hablar mal de los muertos, pero Molly me sacaba de quicio. Tanta negatividad...

Luce asintió con aire culpable.

—Pero recientemente había cambiado. Es como si hubiera despertado. —Annabelle miró a Luce—. Respondiendo a tu pregunta, el equilibrio entre el Cielo y el Infierno se mantiene. Habrá que ver cómo evoluciona la situación. Muchas de las cosas que ahora importan dejarán de hacerlo si Lucifer se sale con la suya.

Luce miró a Arriane, que estaba metida en un armario y había estornudado tres veces seguidas.

—¡Hola, bolas de naftalina! —Cuando salió, llevaba una toalla blanca y un albornoz de cuadros gigantesco—. De momento nos las tendremos que apañar con esto. Te encontraremos una muda de ropa antes de irnos de Jerusalén.

Como Luce no se movió, Arriane chasqueó la lengua como si engatusara a un caballo para que saliera de la cuadra, y sostuvo la toalla en alto. Luce se levantó y se sintió como una niña cuando Arriane la envolvió en ella y la secó. La toalla era delgada y áspera, pero el albornoz que vino después era grueso y abrigado.

—Tenemos que esfumarnos antes de que llegue la marabunta de turistas —dijo Arriane mientras cogía las botas de Luce.

Cuando salieron de la sala bautismal, ya había amanecido y el sol se colaba por la colorida vidriera que representaba la Ascensión.

Debajo de la vidriera estaban los cadáveres de la señorita Sophia y las otras dos Ancianas, atados juntos.

Cuando las chicas cruzaron por delante de la capilla, vieron a Cam, a Roland y a Daniel sentados en el altar central, susurrando. Cam estaba bebiéndose el último botellín de Coca-Cola que quedaba en la bolsa negra de Phil. De hecho, Luce vio cómo le cicatrizaba el tobillo ensangrentado y la costra comenzaba a caérsele. Cam apuró el botellín y rotó el hombro dislocado, que hizo un ruido seco al encajarse.

Los chicos alzaron la vista y vieron a Luce entre Annabelle y Arriane. Los tres saltaron al suelo, pero Cam fue el primero en ir a su encuentro.

Luce se quedó muy quieta mientras él se acercaba. Tenía el corazón acelerado.

Cam estaba tan pálido que sus ojos verdes parecían esmeraldas. Tenía el nacimiento del pelo perlado de sudor y un pequeño arañazo cerca del ojo izquierdo. Las puntas de las alas habían dejado de sangrarle y las llevaba vendadas con una fina tela de gasa.

Le sonrió. Le cogió las manos. Él las tenía calientes y rebosantes de vida. Por un momento, Luce había creído que ya no lo vería nunca más, que ya no veía el brillo de sus ojos ni sus áureas alas desplegadas, que ya no le oiría alzar la voz para hacer un chiste irónico... y aunque amaba a Daniel más que a nadie, más de lo que creía posible, no soportaría perder a Cam. Por eso había irrumpido en la capilla.

—Gracias —dijo él.

Luce notó que los labios le temblaban y los ojos le escocían. Antes de darse cuenta de lo que hacía, se arrojó a los brazos de Cam. Sintió sus manos en la espalda. Cuando él apoyó el mentón en su coronilla, se echó a llorar.

Él dejó que lo hiciera. Siguió abrazándola.

—Eres muy valiente —susurró.

Luego, levantó los brazos y se separó de ella con suavidad. Por un instante, Luce notó frío y se sintió desprotegida, pero después otro pecho, otro par de brazos sustituyeron a los de Cam. Y ella supo, sin abrir los ojos, que era Daniel. Ningún otro cuerpo del universo encajaba tan bien con el suyo.

—¿Puedo interrumpir? —preguntó él con dulzura.

—Daniel... —Luce cerró los puños y lo estrechó contra su pecho para paliar el dolor.

—Chist. —Daniel la tuvo abrazada durante lo que le parecieron horas, meciéndola con suavidad, acunándola en sus alas hasta que ella dejó de llorar y el peso del corazón se le aligeró lo suficiente para poder respirar sin sollozar.

—Cuando un ángel muere —dijo Luce, con la boca pegada al hombro de Daniel—, ¿va al Cielo?

—No —respondió él—. Para un ángel, no existe nada después de la muerte.

—¿Cómo es posible?

—El Trono no contaba con que ningún ángel se rebelara, y aún menos con que el ángel caído Azazel se pasara siglos en una cueva de Grecia desarrollando un arma para matar ángeles.

A Luce volvió a palpitarle el pecho.

—Pero...

—Chist —volvió a susurrar Daniel—. La pena puede asfixiarte. Es peligrosa, otra cosa que tienes que vencer.

Luce respiró hondo y se separó de él, solo lo suficiente para verle la cara. Se le notaban los ojos hinchados y cansados, y Daniel tenía la camiseta empapada de sus lágrimas, como si ella lo hubiera bautizado con su dolor.

Detrás de Daniel, en el altar al que había estado atada Gabbe, había un reluciente objeto plateado. Era una copa enorme, tan grande como una ponchera, pero con forma oblonga y hecha de plata repujada.

—¿Es esa? —¿Era aquella la reliquia por la que habían muerto las amigas de Luce?

Cam se dirigió al altar y cogió la copa.

—La encontramos justo antes de que los Ancianos nos atacaran. Estaba enterrada en la base del Pont Saint Bénézet. —Negó con la cabeza—. Espero que esta escupidera justifique todo esto.

—¿Dónde está Desi? —Luce miró alrededor en busca de la persona con más probabilidades de conocer la importancia de la reliquia.

—Está abajo —explicó Daniel—. La basílica ha abierto al público hace un rato y ha bajado para generar una Pátina que oculte los cadáveres de las Ancianas. Ahora está al pie de la escalera con un cartel donde dice que esta «ala» está cerrada por obras.

—¿Y ha dado resultado? —preguntó Arriane, impresionada.

—De momento, no ha pasado nadie. Los turistas religiosos no son como los hinchas de fútbol —dijo Cam con una sonrisa satisfecha—. ¡No van a liarse a cojinazos!

—¿Cómo puedes bromear en un momento como este? —preguntó Luce.

—¿Y por qué no? —replicó Cam de mal humor—. ¿Prefieres que llore?

Oyeron un golpeteo en la ventana de la pared de enfrente. Los ángeles se pusieron en tensión cuando Cam fue a abrir la hoja contigua a la vidriera. Apretó los dientes.

—¡Preparad las flechas estelares!

—¡Cam, espera! —gritó Daniel—. No dispares.

Cam se quedó quieto. Al cabo de un momento, un chico con gabardina marrón entró por la ventana abierta. En cuanto tuvo los pies en el suelo, Phil alzó la cabeza rubia rapada y clavó sus vacuos ojos blancos en Cam.

—Date por muerto, Proscrito —gruñó él.

—Ahora están de nuestra parte, Cam. —Daniel señaló la pluma de su ala que Phil llevaba en la solapa.

Cam tragó saliva y se cruzó de brazos.

—Lo siento. No lo sabía. —Se aclaró la garganta y añadió—: Eso explica por qué los Proscritos que vimos en el puente de Aviñón a nuestra llegada estaban luchando contra los Ancianos. No tuvieron ocasión de explicarse antes de que todos…

—Murieran —dijo Phil—. Sí. Los Proscritos se sacrificaron por vuestra misión.

—El universo es misión de todos —afirmó Daniel, y Phil asintió con brusquedad.

Luce se quedó cabizbaja. Todo aquel polvo del puente. No se le había ocurrido pensar que podía ser de los Proscritos. Había estado demasiado preocupada por Gabbe, Molly y Cam.

—Estos últimos días han asestado un duro golpe a los Proscritos —dijo Phil. Su voz reveló una cierta tristeza—. La Balanza capturó a muchos en Viena. Y muchos más han muerto a manos de los Ancianos en Aviñón. Solo quedamos cuatro. ¿Les hago pasar?

—Por supuesto —respondió Daniel.

Phil extendió una mano hacia la ventana y otros tres Proscritos entraron por la hoja abierta: una chica a la que Luce no reconoció y que Phil les presentó como Phresia; Vincent, uno de los Proscritos que había montado guardia para Luce y Daniel en el monte Sinaí, y Olianna, la pálida chica del tejado del palacio vienés. Luce le dirigió una sonrisa que sabía que ella no vería. Pero esperaba que la percibiera, porque se alegraba de verla recuperada. Todos los Proscritos parecían hermanos, modestos y atractivos, alarmantemente pálidos.

Phil señaló a las Ancianas muertas bajo la ventana.

—Parece que necesitáis ayuda para deshaceros de estos cadáveres. ¿Queréis que los Proscritos nos ocupemos de ellos?

A Daniel se le escapó una carcajada de sorpresa.

—Si sois tan amables.

—Solo aseguraos de que estas carcamales no tienen un entierro digno —añadió Cam.

—Phresia. —Phil hizo un gesto con la cabeza a la chica, que se arrodilló delante de los cadáveres, se los cargó a la espalda, desplegó sus alas marrones y salió volando por la ventana.

Luce la observó mientras surcaba el cielo cargada con lo último que Luce veía de la señorita Sophia.

—¿Qué hay en la bolsa? —Cam señaló la bolsa azul marino de lona que Vincent llevaba colgada del hombro.

Phil indicó al Proscrito que dejara la pesada bolsa en el altar central.

—En Venecia, Daniel Grigori me preguntó si tenía comida para Lucinda Price. Me supo mal no tener nada que ofrecerle aparte de chucherías, que son lo que prefieren mis amigas italianas modelos. Esta vez, he preguntado a una chica israelí qué le gusta comer. Me ha llevado a lo que llaman un puesto de falafeles. —Phil se encogió de hombros mientras daba una entonación interrogativa a la frase.

—¿Estás diciendo que has traído un kilo de falafeles? —Roland enarcó la ceja mientras miraba la bolsa de Vincent con incredulidad.

—Oh, no —respondió Vincent—. Los Proscritos también hemos comprado hummus, pan de pita, pepinillos en vinagre, una ración de una cosa que se llama tabulé, ensalada de pepino y zumo de granada natural. ¿Tienes hambre, Lucinda Price?

Era una cantidad absurda de suculenta comida. Por alguna razón, les pareció mal comer en los altares, así que organizaron un bufé en el suelo y todos, Proscritos, ángeles y mortal, se pusieron a comer con apetito. El ambiente era sombrío, pero la comida llenaba, estaba caliente y parecía ser justo lo que todos necesitaban. Luce enseñó a Olianna y a Vincent a prepararse un bocadillo de falafel; Cam incluso pidió a Phil que le pasara el hummus. En algún momento, Arriane salió volando por la ventana para buscar ropa nueva para Luce. Volvió con unos vaqueros descoloridos, una camiseta blanca con el cuello de pico y un chaleco antibalas del ejército israelí muy molón con un parche que representaba una llama naranja y amarilla.

—He tenido que besar a un soldado por él —dijo, pero su voz carecía de la rimbombancia que habría tenido si también hubiera actuado para Gabbe y Molly.

Cuando ninguno pudo comer nada más, Desi apareció en la puerta. Saludó a los Proscritos con educación y le puso a Daniel una mano en el hombro.

—¿Tienes la reliquia, cariño?

Antes de que Daniel pudiera responder, los ojos de Desi localizaron la copa. La levantó y la giró en las manos para examinarla por todos los costados.

—La Copa de Plata —susurró—. Hola, vieja amiga.

—Deduzco que sabe qué hacer con eso —dijo Cam.

—Lo sabe —respondió Luce.

Desi señaló una placa soldada a uno de los lados anchos del interior de la copa y dijo algo entre dientes, como si leyera. Pasó los dedos por la imagen repujada representada en la placa. Luce se acercó para ver mejor. Parecían las alas de un ángel en caída libre.

Por fin, Desi alzó la vista y los miró con una expresión extraña.

—Bueno, ahora todo cobra sentido.

—¿El qué? —preguntó Luce.

—Mi vida. Mi utilidad. Adónde necesitamos ir. Qué necesitamos hacer. Es la hora.

—¿La hora de qué? —preguntó Luce. Habían reunido todos los objetos, pero no tenía la menor idea de qué les quedaba por hacer.

—La hora de mi último acto, cariño —respondió Desi, con efusividad—. Yo os guiaré, paso a paso.

—¿Al monte Sinaí? —Daniel se levantó del suelo y ayudó a Luce a ponerse de pie.

—Cerca de allí. —Desi cerró los ojos y respiró hondo, como si quisiera arrancarse el recuerdo de los pulmones—. Hay un par de árboles en las montañas, a menos de dos kilómetros del monasterio de Santa Catalina. Me gustaría que nos reuniéramos allí. Se llama el Qayom Malak.

—Qayom Malak... Qayom Malak —repitió Daniel. Está en mi libro. —Abrió la bolsa y pasó unas cuantas páginas mientras murmuraba en voz baja. Por fin, se lo enseñó a Desi.

Luce se acercó a echar un vistazo. Más o menos en la página cien, Daniel tenía el dedo junto a una acotación casi borrada escrita al final en un idioma que Luce no reconoció. Junto a la nota, Daniel había escrito el mismo grupo de letras tres veces: QYWM' ML'K'. QYWM' ML'K'. QYWM' ML'K'.

—Bien hecho, Daniel. —Desi sonrió—. Lo sabías desde el principio. Aunque, para las lenguas modernas, Qayom Malak es mucho más fácil de pronunciar que... —Articuló una serie de complicados sonidos guturales que Luce no habría podido repetir.

—Nunca supe qué significaba —dijo Daniel.

Desi se volvió hacia la ventana abierta y contempló el cielo vespertino de la ciudad santa.

—Pronto lo sabrás, hijo. Muy pronto.

13

La excavación

Un batir de alas por encima de su cabeza.

Jirones de nubes acariciándole la piel.

Luce surcaba la oscuridad, sumergida en el hipnótico túnel de otro vuelo. Era ligera como el viento.

Una sola estrella brillaba en el centro de un cielo azul marino, a kilómetros por encima de la iridiscente franja de luz próxima al horizonte.

Las luces que titilaban en la tierra oscura parecían estar a una distancia increíble. Luce estaba en otro mundo, ascendiendo al infinito, alumbrada por el brillo de unas resplandecientes alas plateadas.

Otro batir de alas, primero hacia delante, después hacia atrás, transportándola más alto… más alto…

El mundo se hallaba en silencio a aquella altura, como si ella lo tuviera todo para sí.

Más alto… más alto…

Por mucho que ascendiera, siempre se veía cubierta por la cálida luz plateada de aquellas alas.

Fue a coger a Daniel, como si quisiera compartir con él aquella paz, acariciar su mano donde siempre la tenía, ceñida a su cintura.

Su mano tocó su propia piel. La mano de Daniel no estaba.

Daniel no estaba.

Solo estaban ella, el horizonte cada vez más oscuro y una única estrella distante.

Luce se despertó de golpe. En el aire, volvió a hallar las manos de Daniel, una agarrándola por la cintura, la otra más arriba, ciñéndole el pecho. Donde siempre estaban.

Atardecía, pero aún no era de noche. Daniel, el resto del grupo y ella ascendían por una escalera de nubes blancas y algodonosas que tapaban las estrellas.

Solo había sido un sueño.

Un sueño en el que ella volaba. Todo el mundo tenía aquellos sueños. Supuestamente, la gente se despertaba justo antes de darse contra el suelo. Pero Luce, que volaba en la vida real todos los días, se había despertado al advertir que volaba sola. ¿Por qué no había mirado hacia arriba en ese momento para ver cómo eran sus alas, para ver si eran gloriosas y dignas?

Cerró los ojos y quiso regresar a aquel cielo más sencillo en el que Lucifer no les pisaba los talones, en el que Gabbe y Molly aún existían.

—No sé si puedo hacer esto —dijo Daniel.

Luce abrió los ojos de golpe, de vuelta a la realidad. Debajo, los rojos picos graníticos de la península del Sinaí eran tan aserrados que parecían hechos de cristales rotos.

—¿Qué es lo que no puedes hacer? —preguntó—. ¿Averiguar dónde fue la Caída? Desi va a ayudarnos, Daniel. Creo que ella sabe exactamente cómo averiguarlo.

—Claro —dijo Daniel, poco convencido—. Desi es estupenda. Tenemos suerte de contar con ella. Pero, aunque averigüemos dónde fue la Caída, no sé cómo vamos a detener a Lucifer. Y, si no podemos... —Le palpitó el pecho—, no soportaré perderte durante otros siete milenios.

En todas sus vidas, Luce había visto a Daniel melancólico, frustrado, preocupado, apasionado, de nuevo melancólico, tierno, inseguro, desconsolado. Pero jamás le había parecido derrotado. El tono abatido de renuncia que percibió en su voz la desgarró en lo más hondo, como una flecha estelar al atravesar la carne angelical.

—No tendrás que hacerlo.

—No puedo dejar de pensar en lo que pasará si Lucifer se sale con la suya. —Daniel se separó un poco de la formación en la que volaban: Cam y Desi en cabeza, Arriane, Roland y Annabelle justo detrás, los Proscritos desplegados alrededor de todos ellos—. Es demasiado, Luce. Por eso toman partido los ángeles, por eso forma equipos la gente. El precio de no hacerlo es demasiado alto; pesa demasiado para sobrellevarlo solo.

En otro tiempo, Luce se habría retraído de forma instintiva, se habría sentido insegura ante la vacilación de Daniel, como si fuera una muestra de que su relación no era sólida. Pero en aquel momento tenía la experiencia de sus vidas pasadas. Conocía, cuando Daniel estaba demasiado hastiado para acordarse, la magnitud de su amor.

—No quiero pasar otra vez por todo esto. Tanto tiempo sin ti, esperando, confiando como un idiota en que un día sería distinto...

—¡Tu confianza estaba justificada! Mírame. ¡Míranos! Esto es distinto. Sé que lo es, Daniel. Nos he visto en Helston, en el Tíbet, en Tahití. Estábamos enamorados, desde luego, pero lo que tenemos ahora es muy diferente.

Se rezagaron todavía más para que nadie les oyera. Fueron únicamente Luce y Daniel, dos enamorados conversando en el cielo.

—Sigo aquí —dijo Luce—. Sigo aquí porque tú creíste en nosotros. Creíste en mí.

—Sí, creí en ti. Y sigo haciéndolo.

—Yo también creo en ti. —Luce lo dijo con una sonrisa—. Siempre lo he hecho.

No iban a fracasar.

Se abatieron para adentrarse en una tormenta de arena.

Esta se cernía sobre el desierto como un enorme edredón, como si unas manos gigantescas hubieran arrojado el Sahara entero al aire.

Dentro de la espesa nube de arena, los ángeles y su entorno se volvieron indistintos: torbellinos de arena cubrieron el suelo; palpitantes cortinas marrones borraron el horizonte. Todo parecía granulado, impregnado de electricidad estática e interferencias, un augurio de lo que sucedería si Lucifer se salía con la suya.

A Luce se le metió arena en la nariz y en la boca. Se le coló por debajo de la ropa y le arañó la piel. Era mucho más áspera que el polvo aterciopelado dejado por las muertes de Gabbe y Molly, un triste recuerdo de algo más bello y doloroso.

Luce perdió por completo la noción del espacio. No supo lo cerca que estaban del suelo hasta que rozó con los pies el suelo invisible y rocoso. Presentía que había rocas grandes, quizá montañas, a su izquierda, pero solo veía lo que estaba a unos pocos palmos de ella.

El brillo de las alas de sus compañeros, atenuado por cortinas de viento y arena, era lo único que le indicaba dónde se encontraban.

Cuando Daniel la depositó en el suelo irregular, Luce se subió el chaleco antibalas del ejército israelí hasta las orejas para protegerse la cara de la arena. Se habían posado formando un círculo en la falda de una montaña, en un camino pedregoso alumbrado por el halo de luz generado por las alas de los ángeles: Phil y los tres Proscritos que quedaban, Arriane, Annabelle, Cam y Roland, Luce y Daniel, y Desi en el centro, tan tranquila como una guía que enseña un museo a su grupo.

—No os preocupéis. ¡A menudo es así por las tardes! —gritó Desi para imponerse al viento, que era tan fuerte que sacudía las alas de los ángeles. Se llevó la mano a la frente para utilizarla como visera—. ¡Enseguida pasará! En cuanto encontremos el Qayom Malak, juntaremos las tres reliquias. Ellas nos contarán la verdadera historia de la Caída.

—¿Dónde está exactamente el Qayom Malak? —gritó Daniel.

—Vamos a tener que escalar hasta allí. —Desi señaló el promontorio apenas visible a cuyo pie se habían posado. Lo poco que Luce veía de la escarpada montaña le pareció impracticable.

—Te refieres a volar, ¿verdad? —Arriane juntó los talones de sus zapatillas negras de lona—. Nunca se me ha dado bien escalar.

Desi negó con la cabeza. Cogió la bolsa de lona que Phil llevaba, la abrió y sacó un par de recias botas de montaña marrones.

—Me alegro de que los demás ya llevéis un calzado adecuado. —Se quitó los puntiagudos zapatos de tacón, los metió en la bolsa y comenzó a atarse las botas—. La ascensión no es nada fácil, pero, con este tiempo, la mejor forma de subir al Qayom Malak es a pie. Podéis utilizar las alas para que el viento no os desequilibre.

—¿Por qué no esperamos a que pase la tormenta de arena? —sugirió Luce con los ojos llorosos.

—No, cariño. —Desi volvió a colgar la bolsa azul marino del delgado hombro de Phil—. No hay tiempo. Debemos hacerlo ahora.

Todos formaron una fila detrás de Desi, confiando en que ella volviera a guiarlos. Daniel halló la mano de Luce. Aún parecía taciturno después de su conversación, pero no dejó de apretarle la mano en ningún momento.

—Bueno, ¡me ha encantado conoceros! —bromeó Arriane mientras el grupo empezaba a subir.

—Si me buscas, pregunta al viento —dijo Cam a modo de respuesta.

La ruta de Desi los condujo hacia las montañas por un sendero que se tornó cada vez más estrecho y escarpado. Estaba sembrado de piedras puntiagudas que Luce no veía hasta que tropezaba con ellas. El sol poniente parecía la luna, su luz atenuada y pálida por la espesa cortina de arena.

Luce tosió, se atragantó con la arena: aún tenía la tráquea dolorida tras la batalla de Viena. Avanzó dando tumbos, sin ver adónde iba, solo percibiendo vagamente que siempre era hacia arriba. Se concentró en la rebeca amarilla de Desi, que ondeaba como una bandera detrás de su cuerpecillo. No soltó la mano a Daniel en ningún momento.

De vez en cuando, la tormenta de arena rodeaba una roca y les permitía ver brevemente los alrededores. En uno de esos momentos, Luce divisó una motita verde a lo lejos. Estaba junto a un sendero a cientos de metros por encima de ellos y a la misma distancia a la derecha. Aquella apagada pincelada de color era lo único que interrumpía la monotonía del árido paisaje sepia en kilómetros a la redonda. Luce la miró como si fuera un espejismo hasta que notó la mano de Desi en el hombro.

—Ese es nuestro destino, cariño. Es bueno no perder de vista el objetivo.

En ese momento, la tormenta terminó de rodear la roca, la arena se arremolinó y la mota verde desapareció. El mundo volvió a convertirse en una masa de proyectiles granulosos.

La arena pareció formar imágenes de Bill al arremolinarse: su forma de reírse en su primer encuentro, cuando se transformó en Daniel y luego en sapo; su expresión inescrutable cuando Luce había visto a Shakespeare en el Globe. Aquellos recuerdos la ayudaban a levantarse cuando tropezaba. No se detendría hasta vencer al diablo.

Las imágenes de Gabbe y Molly también la empujaban a avanzar. Los destellos de sus alas desplegadas en dos gloriosos arcos, uno dorado y otro plateado, volvieron a pasar ante sus ojos.

«No estás cansada —se dijo—. No tienes hambre.»

Por fin, rodearon a tientas una alta roca con forma de punta de flecha. Desi les indicó que se apiñaran en la parte de atrás y allí, por fin, el viento amainó.

Estaba anocheciendo. Un mantón plateado cada vez más oscuro envolvía las montañas. Se encontraban en una meseta redonda con unas dimensiones parecidas al salón de la casa de los padres de Luce. Aparte del estrecho hueco por el que habían accedido, estaba circundada por riscos curvos y rojizos que la convertían en un anfiteatro natural. No solo estaban protegidos del viento: incluso en ausencia de una tormenta de arena, la mayor parte de la meseta habría quedado oculta por la roca con forma de punta de flecha y los riscos a su alrededor.

Allí, nadie que subiera por el sendero podría verlos. Si la Balanza los perseguía, era muy probable que pasara de largo. Aquella apartada meseta era una especie de santuario.

—Esto es como tocar el cielo —dijo Cam.

—Sin dejar de tocar el suelo —añadió Roland.

Antiguos ríos habían dejado tortuosas venas en el suelo cubierto de polvo. A la izquierda de la roca con forma de punta de flecha, había una pared rocosa en cuya base se abría la entrada desigual de una cueva.

Al final de la meseta, ligeramente a la derecha de donde ellos se encontraban, otra pared rocosa casi vertical había detenido un desprendimiento rocoso. El montículo estaba formado por rocas de tamaños diversos, algunas tan pequeñas como copos de nieve y otras tan grandes como frigoríficos. En los huecos entre las rocas, habían crecido líquenes que parecían mantenerlas unidas.

Un olivo con las hojas de color verde claro y una higuera enana se esforzaban por crecer en diagonal entre el montículo de rocas. Aquella debía de ser la mota verde que Luce había visto desde abajo. Desi le había dicho que era su destino, pero a ella le parecía increíble que hubieran recorrido tanta distancia entre la tormenta de arena.

Las alas de todos parecían alas de Proscrito, marrones y deslucidas, sin apenas brillo. Las de los propios Proscritos tenían un aspecto incluso más frágil de lo habitual y asemejaban telarañas. Desi utilizó la manga estirada por el viento de su rebeca para limpiarse la arena de la cara. Se pasó las uñas pintadas por el revuelto cabello pelirrojo. De algún modo, conservaba su elegancia. Luce no quiso pensar en qué aspecto tendría ella.

—¡No hay tiempo que perder! —Desi ya había entrado en la cueva antes de terminar la frase.

El grupo entró detrás de ella y se detuvo a unos pocos metros de la entrada, donde la luz del atardecer daba paso a la oscuridad. Luce se apoyó en una fría pared rojiza de roca arenisca al lado de Daniel. Él casi rozaba el techo con la cabeza. Todos los ángeles tuvieron que plegar las alas para caber en la angosta cueva.

Luce oyó un ruido en el suelo de la cueva y, después, la sombra de Desi se proyectó en la parte iluminada próxima a la entrada. Empujaba un voluminoso baúl de madera hacia ellos con la puntera de su bota de montaña.

Cam y Roland corrieron a ayudarla y el atenuado brillo ambarino de sus alas cubiertas de polvo aclaró la oscuridad. Cogieron un extremo del baúl cada uno y lo llevaron a una concavidad de la cueva que Desi les indicó. Cuando ella asintió, lo dejaron en el suelo, apoyado en la pared.

—Gracias, caballeros. —Desi pasó los dedos por el borde metálico del baúl—. Parece que fue ayer cuando hice que lo subieran hasta aquí. Aunque deben de haber pasado casi doscientos años. —Arrugó las facciones y su expresión reflejó cierta nostalgia—. En fin, la vida es corta. Gabbe me ayudó, aunque, por culpa de las tormentas de arena, nunca se acordaba del sitio exacto. Ella sí que era un ángel previsor. Sabía que este día llegaría.

Desi sacó una bonita llave de plata del bolsillo de su rebeca y la insertó en la cerradura del baúl. Cuando la vieja tapa se abrió, Luce se acercó esperando ver algo mágico, o al menos de importancia histórica. Pero Desi solo sacó seis cantimploras del ejército, tres faroles de bronce, un pesado montón de mantas y toallas, y un puñado de palancas, picos y palas.

—Bebeos toda el agua si os hace falta. Primero Lucinda. —Repartió las cantimploras, que estaban llenas de una deliciosa agua fría.

Luce se acabó la suya y se enjugó la boca con el dorso de la mano. Cuando se lamió los labios, los tenía cubiertos de arena seca.

—Mejor así, ¿no? —Desi sonrió. Abrió una caja de cerillas y encendió las velas de los faroles. La luz vaciló en las paredes y generó sombras espectaculares cuando los ángeles se agacharon, se dieron la vuelta y se limpiaron la arena unos a otros.

Arriane y Annabelle se frotaron las alas con toallas secas. Daniel, Roland y Cam prefirieron sacudirse la arena de las suyas. Las golpearon contra las paredes hasta que el suave murmullo de la arena al caer al suelo cesó. A los Proscritos no pareció importarles seguir sucios. Pronto, la cueva estuvo bañada de resplandeciente luz angelical, como si hubieran encendido una fogata.

—¿Y ahora qué? —preguntó Roland mientras vaciaba la arena de una de sus botas de piel.

Desi se hallaba en la entrada de la cueva, de espaldas a ellos. Salió a la meseta y esperó a que ellos la siguieran.

Se reunieron en un pequeño semicírculo, delante del montículo de rocas, el olivo y la higuera.

—Tenemos que entrar —dijo Desi.

—¿Entrar dónde? —Luce miró alrededor. Que ella viera, la cueva de la que acababan de salir era el único lugar en el que se podía entrar. Allí fuera solo estaban la llana meseta y el montículo de rocas desprendidas.

—Los santuarios se construyen encima de santuarios construidos encima de santuarios —dijo Desi—. El primer santuario de la Tierra estaba justo aquí, debajo de este desprendimiento de rocas. Alberga la pieza que falta para conocer la historia primitiva de los caídos. Se trata del Qayom Malak. Cuando el primer santuario fue destruido, otros lo sustituyeron, pero el Qayom Malak siempre ha permanecido dentro de ellos.

—¿Te refieres a que los mortales también han utilizado el Qayom Malak? —preguntó Luce.

—Sin mucha idea ni conocimiento. Con el paso de los años, cada nuevo grupo que construyó su templo aquí fue alejándose más de la verdad. Para muchos, este lugar trae mala suerte —Desi miró a Arriane, que volcó el peso de su cuerpo en la otra pierna—, pero eso no es culpa de nadie. Ocurrió hace mucho tiempo. Esta noche, desenterraremos lo que un día se perdió.

—¿Te refieres a saber dónde caímos? —Roland recorrió el perímetro del montículo de rocas—. ¿Es eso lo que el Qayom Malak nos dirá?

Desi sonrió de forma enigmática.

—Las palabras son arameas. Significan… Bueno, es mejor que lo veáis con vuestros propios ojos.

Junto a ellos, Arriane se mordisqueaba ruidosamente un mechón de pelo. Tenía las manos en los bolsillos del mono y las alas tensas e inmóviles. No despegaba los ojos del olivo y la higuera, como si estuviera en trance.

En ese momento, Luce advirtió cuál era la peculiaridad de los árboles. El motivo de que parecieran crecer en diagonal a las rocas era que sus troncos estaban enterrados bajo el montículo.

—Los árboles —dijo.

—Sí, antes estaban completamente al descubierto. —Desi se agachó para acariciar las hojas marchitas de la pequeña higuera—. Igual que el Qayom Malak. —Se enderezó y dio una palmada al montículo de rocas—. Esta meseta fue mucho más grande una vez. Un lugar hermoso y rebosante de vida en ocasiones, aunque ahora cueste imaginarlo.

—¿Qué le pasó? —preguntó Luce—. ¿Cómo se destruyó el santuario?

—El más reciente quedó sepultado por este desprendimiento de rocas. Ocurrió hace alrededor de setecientos años, después de un terremoto especialmente fuerte. Pero, incluso antes de eso, la lista de catástrofes ocurridas aquí es inaudita: inundaciones, incendios, asesinatos, guerras, explosiones. —Desi se quedó callada y miró las rocas amontonadas como si fueran bolas de cristal—. Aun así, la única parte que importa perdura. Al menos eso espero. Por eso tenemos que entrar.

Cam se acercó a una de las rocas más grandes y se apoyó en ella con los brazos cruzados en el pecho.

—Se me dan bien muchas cosas, Desi. Pero atravesar paredes no es lo mío.

Desi dio una palmada.

—Por eso hice traer las palas hace tantos años. Tendremos que apartar las rocas —dijo—. Buscamos lo que hay detrás.

—¿Vamos a tener que excavar el Qayom Malak? —preguntó Annabelle mientras se mordía las uñas pintadas de rosa.

Desi tocó una parte cubierta de musgo del centro del antiguo desprendimiento de rocas.

—¡Yo de vosotros empezaría por aquí!

Cuando comprendieron que Desi hablaba en serio, Roland repartió las herramientas que ella había sacado del baúl de madera. El grupo se puso manos a la obra.

—Conforme vayáis sacando rocas, aseguraos de dejar esta zona libre. —Desi señaló el espacio entre el montículo de rocas y el sendero por el que habían accedido a la meseta. Delimitó una superficie de aproximadamente un metro cuadrado—. Vamos a necesitarla.

Luce cogió un pico y golpeó el montículo de rocas con aire vacilante.

—¿Sabes cómo es? —preguntó a Daniel, cuya palanca estaba trabada en una roca detrás de la higuera—. ¿Cómo reconoceremos el Qayom Malak cuando lo encontremos?

—En mi libro no hay ninguna ilustración de él. —Daniel partió la roca sin esfuerzo con un golpe de muñeca. Los musculosos brazos le temblaron cuando levantó las dos mitades, ambas tan grandes como maletones. Las lanzó detrás de él, con cuidado de evitar la zona que Desi había delimitado—. Vamos a tener que confiar en que Desi se acuerde.

Luce se metió en el hueco dejado por la roca que Daniel acababa de sacar. El olivo y la higuera ya estaban al descubierto hasta la misma base del tronco. Las toneladas de roca casi los habían aplastado. Contempló el gigantesco montículo de rocas que tenían que apartar. Medía unos seis metros de altura. ¿Era posible que algo hubiera sobrevivido a la fuerza de aquel desprendimiento?

—¡No te preocupes! —gritó Desi, como si le hubiera leído el pensamiento—. Está ahí debajo, tan a buen recaudo como el primer recuerdo de tu amor.

Los Proscritos habían volado hasta la cima del desprendimiento. Phil indicaba a sus compañeros dónde arrojar las rocas que ya habían sacado y ellos las lanzaban pendiente abajo para que la roca compactada se fracturara y se desprendiera por los lados.

—¡Eh! Veo unos ladrillos amarillos muy viejos. —Annabelle se cernía sobre el punto más alto del montículo, donde las rocas se apoyaban en las paredes verticales de los riscos circundantes. Apartó la rocalla con la pala—. Creo que podría ser la pared de un santuario.

—¿Una pared, cariño? Muy bien —dijo Desi—. Tendría que haber otras tres, como a menudo ocurre con las paredes. Sigue cavando.

Estaba distraída, paseándose por la superficie cuadrada que había delimitado cerca del sendero, sin prestar atención al avance de la excavación. Parecía que contara alguna cosa. No despegaba los ojos del suelo. Luce la observó un momento y advirtió que contaba sus pasos, como si estuviera decidiendo dónde colocar a los actores en un escenario.

Desi alzó la vista y se topó con su mirada.

—Ven conmigo.

Luce miró a Daniel. Tenía la piel perlada de sudor y estaba tratando de mover una roca voluminosa. Se dio la vuelta y siguió a Desi hasta la entrada de la cueva.

El farol de Desi vaciló en la oscuridad como una luz estroboscópica. La cueva estaba infinitamente más oscura y fría sin el brillo de las alas de los ángeles. Desi rebuscó en el baúl.

—¿Dónde está la dichosa escoba? —preguntó.

Luce se agachó junto a ella y se alumbró con el farol que llevaba. Metió la mano dentro del enorme baúl y palpó la áspera paja de una escoba.

—Aquí está.

—Estupendo. Siempre está en el último sitio donde miras, sobre todo si no ves nada. —Desi se puso la escoba al hombro—. Quiero enseñarte una cosa mientras el resto sigue excavando.

Al salir de la cueva, las recibió el eco del metal al golpear la piedra. Desi se detuvo al borde del montículo de rocas, delante del espacio cuadrado que había delimitado. Comenzó a pasar la escoba con enérgicos movimientos transversales. Luce creía que todo el suelo de la meseta era de la misma roca roja, pero, conforme Desi barría, advirtió que debajo había una losa de mármol. Y empezó a ver un dibujo: incrustaciones de piedra amarilla se alternaban con otras de piedra blanca en un intrincado mosaico.

Al final, Luce reconoció un símbolo: una larga línea de piedra amarilla, flanqueada por líneas blancas diagonales descendentes cada vez más cortas.

Se acuclilló para pasar los dedos por el mosaico. El dibujo parecía la punta de una flecha que señalaba en la dirección opuesta a la cima de la montaña, hacia el lugar por el que habían entrado en la meseta.

—Esta es la Losa de la Flecha —dijo Desi—. Cuando todo esté listo, la utilizaremos como una especie de escenario. Cam hizo este mosaico hace muchos años, aunque dudo que se acuerde. Le han pasado muchas cosas desde entonces. Un corazón roto tiende a olvidar.

—¿Sabes quién fue la mujer que se lo rompió? —susurró Luce, sin olvidar que Daniel le había dicho que jamás sacara el tema a relucir.

Desi frunció el entrecejo, asintió y señaló la flecha amarilla de la losa de mármol.

—¿Qué te parece este dibujo?

—Me parece bonito —respondió Luce.

—A mí también —dijo Desi—. Tengo uno igual tatuado sobre el corazón.

Con una sonrisa, se desabrochó los dos primeros botones de la rebeca. Debajo, llevaba una camiseta amarilla. Se bajó el cuello y le enseñó la pálida piel del pecho. Por último, le señaló el tatuaje negro que tenía encima de un seno. Era idéntico a las líneas del suelo.

—¿Qué significa? —preguntó Luce.

Desi se acarició el tatuaje y volvió a subirse la camiseta.

—Estoy deseando decírtelo. —Sonrió y contempló el montículo de rocas—. Pero lo primero es lo primero. ¡Mira cuánto han avanzado!

Los ángeles y los Proscritos ya habían despejado buena parte de las rocas. Dos viejas paredes de ladrillo se alzaban en ángulo recto por encima de la rocalla. Estaban muy deterioradas y tenían agujeros que parecían ventanas. El tejado se había desplomado. Algunos de los ladrillos estaban ennegrecidos por un incendio muy antiguo. Otros parecían enmohecidos, como si se hubieran visto expuestos a una inundación prehistórica. Pero la forma rectangular del templo comenzaba a verse con claridad.

—¡Desi! —gritó Roland mientras le indicaba que se acercara a la pared norte para inspeccionar su avance.

Luce regresó al lado de Daniel. En el tiempo que había estado con Desi, él había apartado un montón de rocas, que había apilado a la derecha del montículo. Lamentó no haberle ayudado apenas. Volvió a coger el pico.

Trabajaron durante horas. Para cuando hubieron apartado la mitad de las rocas, ya era mucho después de medianoche. Los faroles de Desi iluminaban la meseta, pero a Luce le gustaba quedarse cerca de Daniel y alumbrarse con el singular brillo de sus alas. Le dolía la mandíbula de tanto apretar los dientes. Tenía los hombros doloridos y le escocían los ojos. Pero no paró. No se quejó.

Siguió picando. Golpeó un cuadrado de piedra rosa que Daniel había dejado al descubierto al apartar su última roca. Esperaba que el pico rebotara en piedra maciza; sin embargo, se clavó en algo blando. Lo dejó en el suelo y escarbó con las manos en aquel pedazo de roca sorprendentemente dúctil. Había topado con una capa de arenisca tan quebradiza que se desmenuzaba con apenas tocarla. Acercó el farol para alumbrarse mientras arrancaba pedazos más grandes. A varios centímetros de profundidad, palpó un objeto liso y duro.

—¡He encontrado algo!

El grupo la rodeó mientras ella se sacudía las manos en los vaqueros y las utilizaba para limpiar un azulejo cuadrado de casi medio metro de anchura. Antiguamente, debía de estar pintado en su totalidad, pero lo único que había sobrevivido era la delgada silueta de un hombre con una aureola alrededor de la cabeza.

—¿Es esto? —preguntó, emocionada.

Desi le rozó el hombro con el suyo. Tocó el azulejo con el dedo pulgar.

—Me temo que no, cariño. Esto solo es una representación de nuestro amigo Jesús. Tenemos que remontarnos a un tiempo anterior a él.

—¿A un tiempo anterior? —preguntó Luce.

—Más adentro. —Desi dio unos golpecitos en el azulejo—. Esta es la fachada del santuario más reciente, un monasterio medieval para monjes particularmente insociables. Tenemos que excavar hasta el edificio original, derribar esta pared.

Desi reparó en que Luce vacilaba.

—No tengas miedo de destruir iconografía antigua —dijo—. Hay que hacerlo para acceder a lo que es verdaderamente viejo.

—Miró el cielo, como si buscara el sol, pero ya hacía rato que el astro rey se había puesto por detrás de ellos en el llano horizonte. Habían salido las estrellas—. Dios mío. El tiempo vuela, ¿no? ¡Seguid! ¡Lo estáis haciendo muy bien!

Finalmente, Phil se adelantó con su palanca, golpeó el azulejo de Jesús y lo agujereó. El espacio que había detrás estaba hueco y oscuro, y olía a cerrado y a humedad.

Los Proscritos saltaron sobre el azulejo para agrandar el agujero y seguir adentrándose en el montículo. Eran trabajadores tenaces, eficaces en su destrucción. Descubrieron que, sin un tejado sobre el santuario, las rocas lo habían rellenado por dentro. Se turnaron para derribar la pared y apartar las rocas que caían al exterior.

Arriane estaba separada del grupo, en un rincón de la meseta apenas iluminado, dando patadas a un montón de rocas como si tratara de poner en marcha una cortadora de césped. Luce se acercó a ella.

—Oye —dijo—, ¿estás bien?

Arriane la miró y manoseó los tirantes de su mono. Le sonrió de un modo extraño.

—¿Te acuerdas de cuando nos castigaron con limpiar el cementerio de Espada & Cruz? ¿Y nos tocó juntas y limpiamos aquel ángel?

—Pues claro. —Luce lo había pasado mal ese día: había recibido una bronca de Molly, estaba angustiada y colada por Daniel y, de hecho, no tenía claro si Arriane la apreciaba o solo le tenía lástima.

—Fue divertido, ¿verdad? —La voz de Arriane sonaba ausente—. Nunca lo olvidaré.

—Arriane —dijo Luce—, ahora mismo no estás pensando en eso, ¿verdad? ¿Qué tiene este sitio para que te escondas aquí?

Arriane se subió a la pala y se balanceó en ella. Observó a los Proscritos y a sus compañeros mientras apartaban las rocas que cubrían una alta columna interior.

Por fin, cerró los ojos y dijo, de golpe:

—Yo soy la razón de que este santuario ya no exista. Yo soy la razón de su mala suerte.

—Pero… Desi ha dicho que no fue culpa de nadie. ¿Qué pasó?

—Después de la Caída —explicó Arriane—, yo estaba reponiéndome, buscando un refugio, una forma de reparar mis alas. Aún no había tomado partido por el Trono. Ni tan siquiera sabía cómo hacerlo. No recordaba lo que era. Estaba sola, vi este sitio y…

—Entraste en el santuario que había aquí —dijo Luce, recordando qué le había explicado Daniel sobre la razón por la que los ángeles caídos no se acercaban a las iglesias. Todos habían estado crispados en la basílica del Santo Sepulcro. Y se habían mantenido alejados de la capilla del Pont Saint Bénézet.

—¡No lo sabía! —A Arriane le palpitó el pecho cuando respiró.

—Claro que no lo sabías. —Luce la rodeó con el brazo. Era piel, huesos y alas. Arriane apoyó la cabeza en su hombro—. ¿Explotó?

Ella asintió.

—Como tú haces… No —se corrigió—, como tú hacías en tus otras vidas. Puf. Fue devorado por el fuego. Solo que no fue, perdona por decir esto, hermosamente trágico ni romántico. Fue sórdido, siniestro, ¡rotundo! Como si me hubieran cerrado la puerta en las narices. Fue entonces cuando supe realmente que me habían expulsado del Cielo. —Miró a Luce, con más inocencia de la que ella recordaba haber visto nunca en sus ojos azules—. Yo no quería irme. Fue una casualidad, muchos de nosotros fuimos arrastrados a... una guerra que no era la nuestra.

Se encogió de hombros y torció la boca con aire pícaro.

—A lo mejor estoy demasiado acostumbrada a ser una marginada. Aunque me pega, ¿no crees? —Formó una pistola con los dedos y la disparó en la dirección de Cam—. Supongo que no me importa andar con esta panda de forajidos. —De golpe, le cambió la cara por completo. Con expresión seria, agarró a Luce por los hombros y susurró—: Ahí está.

—¿Qué? —Luce giró sobre sus talones.

Los ángeles y los Proscritos habían retirado varias toneladas de roca. En ese momento, se encontraban en la parte de la meseta que había estado cubierta por el desprendimiento de rocas. Pronto amanecería. Alrededor de ellos, se erigía el santuario interior que Desi había prometido que encontrarían. La elegante mujer siempre cumplía su palabra.

Solo quedaban dos frágiles paredes en ángulo recto, pero el límite de las baldosas grises del suelo hacía pensar en una planta original de unos dos metros cuadrados. Grandes ladrillos de mármol componían la base de las paredes, donde ladrillos deteriorados y más pequeños de roca arenisca habían sustentado un tejado ya derruido. Frisos agrietados decoraban partes del edificio: seres alados tan viejos y desgastados que casi se confundían con la piedra. Un incendio había chamuscado algunas partes de las cornisas decorativas que coronaban las paredes.

La higuera y el olivo, ya completamente desenterrados, señalaban la barrera entre la Losa de la Flecha que Desi había barrido y el santuario excavado. Las dos paredes que faltaban dejaban el resto del edificio expuesto a la imaginación de Luce, quien visualizó peregrinos de la antigüedad arrodillándose para orar. Estaba claro dónde se arrodillarían.

Cuatro columnas jónicas de mármol con el fuste acanalado y chapiteles de volutas se erigían alrededor de una plataforma elevada que ocupaba el centro del suelo embaldosado. Y sobre la plataforma había un gigantesco altar rectangular de piedra ocre.

Pese a resultarle familiar, no se parecía a nada de lo que Luce hubiera visto. Estaba cubierto de polvo y rocalla, pero distinguió los contornos de la escultura que lo decoraba: dos ángeles encarados, del tamaño de muñecos grandes. Parecía que, originalmente, hubieran estado cubiertos con pan de oro, pero apenas quedaban motas de su antiguo lustre. Los ángeles estaban arrodillados, rezando, con la cabeza baja. Carecían de aureola y tenían las hermosas alas arqueadas hacia delante y unidas por las puntas superiores.

—Sí. —Desi respiró hondo—. Ahí está. El Qayom Malak. Significa «el guardián de los ángeles». O, como a mí me gusta llamarlo, «el asistente de los ángeles». Encierra un secreto que ningún alma ha descifrado nunca: la clave para saber dónde cayeron los ángeles en la Tierra. ¿Lo recuerdas, Arriane?

—Creo que sí. —Arriane parecía nerviosa cuando se acercó a la escultura. Al llegar a la plataforma, se quedó mucho rato parada delante de los ángeles arrodillados. Después, se arrodilló ella. Tocó las puntas de sus alas, por donde estaban unidos. Se estremeció—. Los vi un segundo antes de…

—Sí —dijo Desi—, antes de que la explosión te arrojara fuera del santuario y provocara el primer desprendimiento que enterró el Qayom Malak. Pero la higuera y el olivo siguieron visibles, una señal para los santuarios que se construyeron en los años siguientes. Los cristianos estuvieron aquí, los griegos, los judíos, los moros. Sus santuarios también cayeron, víctimas de desprendimientos, incendios, escándalos o miedos, y eso creó un muro impenetrable alrededor del Qayom Malak. Me necesitabais para volver a encontrarlo. Y no podíais encontrarme hasta que me necesitarais de verdad.

—Y ahora, ¿qué? —preguntó Cam—. No me digas que tenemos que rezar.

Desi no despegó los ojos del Qayom Malak, ni tan siquiera cuando le lanzó a Cam la toalla que llevaba al hombro.

—Oh, es mucho peor, Cam. Ahora os toca limpiar. Limpiad los ángeles, sobre todo las alas. Limpiadlos hasta que brillen. Vamos a necesitar que la luna incida en ellos en un ángulo determinado.

14

En el aire

¡B um!

Pareció un trueno, un amenazador tornado que se avecinaba. Luce se despertó sobresaltada dentro de la cueva, donde se había quedado dormida apoyada en el hombro de Daniel. No había querido hacerlo, pero Desi había insistido en descansar antes de explicar la utilidad del Qayom Malak. Ahora que había despertado, Luce tenía la sensación de que habían perdido un tiempo precioso. Sudaba en su saco de dormir de franela. Notaba el guardapelo de plata caliente contra la piel del pecho.

Daniel estaba muy quieto, con los ojos clavados en la entrada de la cueva. El ruido cesó.

Luce se apoyó en los codos y vio a Desi enfrente de ella, dormida en posición fetal, moviéndose un poco en sueños, con el cabello pelirrojo suelto y despeinado. A su izquierda, vio los sacos vacíos de los Proscritos; aquellos extraños seres estaban despiertos, apiñados en el fondo de la cueva, con las alas deslucidas y solapadas. A su derecha, Annabelle y Arriane dormían, o al menos descansaban, con las alas entrelazadas con naturalidad, como hermanas.

La cueva estaba tranquila. Luce debía de haber soñado con el trueno. Seguía cansada.

Cuando se dio la vuelta y pegó la espalda al pecho de Daniel para cobijarse bajo su ala derecha, los ojos se le cerraron. Pero volvió a abrirlos de golpe.

Tenía a Cam enfrente de ella.

Cam estaba a pocos centímetros de distancia, tumbado sobre un costado, con la cabeza apoyada en la mano y los ojos verdes clavados fijamente en los de Luce como si estuviera en trance. Abrió la boca para hablar...

¡BUUUM!

La cueva tembló como una hoja. Por un momento, el aire pareció adquirir una extraña transparencia. Cam se desdibujó, como si estuviera allí y a la vez no lo estuviera, y su misma existencia pareció vacilar.

—Un salto en el tiempo —dijo Daniel.

—Y gordo —convino Cam.

Luce se incorporó y, boquiabierta, miró su cuerpo envuelto en el saco de dormir, la mano de Daniel en su rodilla, a Arriane, que dijo «No he sido yo» con voz soñolienta antes de que Annabelle la despertara de un aletazo. Todos parpadeaban ante los ojos de todos. Tan pronto estaban plenamente presentes como se volvían tan insustanciales como fantasmas.

El salto en el tiempo había desgajado una dimensión en la que ni siquiera estaban presentes.

La cueva tembló a su alrededor. Se desprendió tierra de las paredes. Pero, a diferencia de las propiedades físicas de Luce y sus amigos, la roca roja permaneció inalterada, como si quisiera demostrar que solo las personas, las almas, corrían peligro de desaparecer.

—¡El Qayom Malak! —exclamó Phil—. Si hay otro desprendimiento, volverá a quedar sepultado.

Mareada, Luce vio cómo sus pálidas alas titilaban mientras corría frenéticamente hacia la entrada de la cueva.

—¡Es un salto en el tiempo, Phillip, no un terremoto! —gritó Desi para detenerlo. Pareció que alguien le estuviera subiendo y bajando el volumen—. Agradezco tu preocupación, pero vamos a tener que esperar a que pase.

Oyeron un último trueno, un largo retumbo durante el cual Luce no vio a ninguno de sus compañeros. Después, estaban todos de vuelta, volvían a ser palpables, reales. De golpe, reinó un silencio tan sepulcral que Luce se oyó el corazón palpitándole en el pecho.

—Ya está —dijo Desi—. Ya ha pasado lo peor.

—¿Estáis todos bien? —preguntó Daniel.

—Sí, cariño, estamos bien —respondió Desi—. Aunque ha sido muy desagradable. —Se levantó y echó a andar mientras hablaba—. Al menos, ha sido uno de los últimos saltos en el tiempo que el mundo va a tener que sufrir.

Los demás se miraron unos a otros y la siguieron afuera.

—¿A qué te refieres? —preguntó Luce—. ¿Tan cerca está ya Lucifer? —Trató de contar los días y las noches, pero se le entremezclaron en un delirante flujo ininterrumpido de prisas, pánico y alas surcando el cielo.

Era por la mañana cuando se había quedado dormida…

Se detuvieron delante del Qayom Malak. Luce se colocó en la Losa de la Flecha, de cara a la escultura de los dos ángeles. Roland y

Cam alzaron el vuelo y se quedaron suspendidos a unos quince metros del suelo. Otearon el horizonte y se acercaron para hablar en voz baja. Sus grandes alas taparon el sol, que ya estaba a punto de ponerse, advirtió Luce con preocupación.

—Esta noche habrán pasado seis días desde que Lucifer inició su Caída en solitario —dijo Desi en voz baja.

—¿Hemos dormido todo el día? —preguntó Luce, horrorizada—. Hemos perdido mucho tiempo…

—No lo hemos perdido —objetó Desi—. Va a ser una noche ajetreada para mí. De hecho, va a serlo para todos nosotros. Pronto os alegraréis de haber descansado.

—Terminemos con esto antes de que haya otro salto en el tiempo, antes de que la Balanza nos ataque —dijo Cam cuando Roland y él volvieron a posarse en el suelo. Lo hicieron con tanta brusquedad que sus alas se entrechocaron.

—Cam tiene razón. No hay tiempo que perder. —Daniel fue a buscar la bolsa de cuero con la aureola que Luce había robado de la iglesia veneciana hundida. Luego, se echó al hombro la abultada bolsa de lona donde había metido la Copa de Plata. Dejó las dos bolsas abiertas delante de Desi para que las tres reliquias estuvieran juntas y en fila.

Desi no se movió.

—¿Desi? —preguntó Daniel—. ¿Qué tenemos que hacer?

Ella no respondió.

Roland se adelantó y le tocó la espalda.

—Cam y yo hemos visto señales de más miembros de la Balanza en el horizonte. Aún no saben dónde estamos, pero no están lejos. Será mejor que nos demos prisa.

Desi frunció el entrecejo.

—Lo siento, pero es imposible.

—Pero has dicho… —Luce se interrumpió cuando Desi la miró con serenidad—. El tatuaje. El símbolo del suelo…

—Estaré encantada de explicároslo —dijo Desi—, pero es imposible adelantarlo.

Miró el círculo formado por los ángeles, los Proscritos y Luce. Cuando estuvo segura de captar toda su atención, comenzó a hablar.

—Como ya sabemos, la historia primitiva de los caídos jamás se puso por escrito. Aunque quizá no lo recordéis con mucha claridad —Desi miró a los ángeles—, dejasteis constancia de vuestros primeros días en la Tierra en una serie de «cosas». Hasta el día de hoy, los elementos fundamentales de vuestra prehistoria están cifrados en una serie de objetos. Objetos que, a simple vista, parecen una cosa completamente distinta.

Desi cogió la aureola y la puso a contraluz.

—¿Veis? —Pasó los dedos por una serie de grietas del cristal que Luce no había visto—. Esta aureola también es una lente. —La alzó para que miraran a través de ella. Detrás, su cara quedó ligeramente deformada por la curvatura convexa del cristal y sus ojos dorados parecieron descomunales.

Dejó la aureola y sacó la copa de la bolsa de lona. Los últimos rayos de sol se reflejaron en ella cuando Desi pasó suavemente la mano por su interior.

—Y esta copa —dijo señalando la ilustración repujada, las alas que Luce había visto en Jerusalén— cuenta el éxodo desde el lugar de la Caída, la primera diáspora de los ángeles. Para volver a vuestro primer hogar en la Tierra, primero tenéis que llenarla. —Se quedó callada y miró el interior de la copa—. Cuando esté llena, la vaciaremos en el mosaico de la Losa de la Flecha, que representa la Tierra primigenia.

—¿Cuándo esté llena? —repitió Luce—. ¿Llena de qué?

—Lo primero es lo primero. —Desi se acercó a la losa de mármol y limpió la poca tierra que había vuelto a cubrirla. Luego se agachó y dejó la copa justo encima de la punta de la flecha amarilla—. Creo que va aquí.

Atenta junto a Daniel, Luce la observó mientras se paseaba lentamente por la losa. Por fin, cogió la aureola y la llevó hasta el Qayom Malak. En algún momento se había quitado las botas de montaña y volvía a calzar sus zapatos de tacón de aguja, que repiquetearon en el mármol. El cabello, despeinado, le llegaba a la cintura. Respiró hondo, con voluptuosidad, y soltó el aire.

Con ambas manos, alzó la aureola por encima de su cabeza, susurró una oración y después, con mucho cuidado, la colocó en el hueco circular formado por los bordes de las alas de los dos ángeles orantes. Encajó como anillo al dedo.

—No me lo esperaba —masculló Arriane a Luce.

Tampoco ella, aunque estaba segura de que se trataba de un poderoso rito sagrado.

Cuando se volvió hacia Luce y los ángeles, Desi parecía a punto de decir algo. En cambio, se hincó de rodillas y se tumbó boca arriba al pie del Qayom Malak. Daniel hizo ademán de acercarse para ayudarle, pero ella le indicó que se quedara donde estaba. Tenía las puntas de los zapatos apoyadas en la base del Qayom Malak; alargó los esbeltos brazos por encima de la cabeza y rozó la Copa de Plata con las yemas de los dedos. Su cuerpo abarcaba exactamente la distancia.

Cerró los ojos y se quedó varios minutos tumbada.

Justo cuando Luce comenzaba a preguntarse si no se habría quedado dormida, Desi observó:

—Es una suerte que dejara de crecer hace dos mil años.

Se levantó del suelo con la ayuda de Roland y se sacudió el polvo.

—Todo está en orden. Cuando la luna incida aquí. —Señaló el cielo oriental, justo por encima de los riscos que rodeaban la meseta.

—¿La luna? —Cam miró a Daniel.

—Sí, la luna. Tiene que incidir aquí. —Desi tocó el cristal de la aureola, en cuyo centro había una grieta irregular que era más visible que unos minutos atrás—. Si conozco la luna, y la conozco: después de tantos años uno desarrolla una relación íntima con sus compañeros, debería incidir donde necesitamos que lo haga cuando den las doce. De hecho, es muy oportuno, dado que la medianoche es mi hora preferida del día. La hora de las brujas...

—¿Qué pasará entonces? —preguntó Luce—. ¿A medianoche, cuando la luna esté donde necesitamos?

Desi aflojó el paso y le puso la mano ahuecada en la mejilla.

—Todo, cariño.

—¿Y qué hacemos entretanto? —preguntó Daniel.

Desi metió la mano en el bolsillo de la rebeca y sacó un voluminoso reloj de oro.

—Aún quedan varias cosas por hacer.

Siguieron sus instrucciones al pie de la letra. Varios pares de manos lo barrieron, lustraron y desempolvaron todo. Ya hacía tiempo que había anochecido cuando Luce pudo visualizar lo que Desi tenía en mente para la ceremonia.

—Otros dos faroles, por favor —instruyó la mujer—. Con eso serán tres, uno para cada reliquia. —Era extraño que se refiriera a las reliquias como si ella no fuera una de las tres. Aún lo era más su forma de trajinar por la meseta, como una anfitriona que prepara una cena y se asegura de que todo está perfecto.

El cuarteto de Proscritos encendió los faroles con solemnidad y sus cabezas rapadas orbitaron alrededor de la meseta como planetas. El primer farol alumbró el Qayom Malak.

El segundo iluminó la Copa de Plata, que seguía donde Desi la había dejado, justo encima de la flecha amarilla de la Losa, a una distancia del Qayom Malak que equivalía exactamente a su estatura (un metro cincuenta escaso). Antes, los ángeles habían dispuesto un semicírculo de piedras planas a ambos lados de la Losa para sentarse en ellas como si estuvieran alrededor de un escenario. Con ello, la meseta aún tuvo más aspecto de anfiteatro mientras Annabelle limpiaba las piedras como un acomodador que prepara las butacas antes de que entren los espectadores.

—¿Qué hará Desi con todo esto? —le susurró Luce a Daniel.

Por la expresión de sus ojos violetas, Luce supo que había algo que no podía contar, pero, antes de que pudiera suplicarle que lo intentara, Desi le puso las manos en los hombros.

—Por favor, poneos estas ropas. Opino que las vestiduras ceremoniales ayudan a mantener la concentración. Daniel, creo que esta es de tu talla. —Le puso una pesada capa marrón en los brazos—. Y aquí hay una para la grácil Arriane. —Se la pasó—. Quedas tú, Luce. Hay túnicas más pequeñas en el fondo de mi baúl. Toma mi farol y entra a elegir una. —Luce cogió el farol y echó a andar con Daniel hacia la cueva en la que habían dormido el día anterior, pero Desi lo agarró del brazo.

—¿Podemos hablar?

Daniel le hizo un gesto con la cabeza para que fuera sola y Luce lo hizo, preguntándose qué era lo que Desi no quería decir delante de ella. Se colgó el farol del antebrazo y su luz osciló en el suelo mientras ella se dirigía a la entrada de la cueva.

Abrió la chirriante tapa del baúl y metió la mano. Dentro, solo había una larga túnica marrón. La cogió. Era de lana, tan recia como un chaquetón de marinero, y olía a tabaco húmedo. Cuando la sujetó a la altura del cuello, le pareció que casi medía dos metros. Aquello aumentó todavía más su curiosidad por saber por qué Desi la había mandado a la cueva. Dejó el farol en el suelo y se puso torpemente la túnica por la cabeza.

—¿Necesitas ayuda?

Cam entró en la cueva sin hacer ningún ruido. Se detuvo detrás de Luce, le levantó el faldón de la túnica y se lo metió por debajo del cinturón, que ató para que el bajo le quedara justo a la altura de los tobillos, como si la túnica fuera de su talla.

Luce se volvió hacia él. La trémula luz del farol le bañaba el rostro. Estaba muy quieto, como solo él podía estarlo.

Luce metió el dedo pulgar en el cinturón que él acababa de atar.

—Gracias —dijo mientras se disponía a salir.

—Luce, espera…

Ella se detuvo. Cam se miró la puntera de la bota y dio una patada al lado del baúl. Luce también la miró. ¿Cómo no lo había oído entrar en la cueva? ¿Cómo habían terminado solos?

—Todavía desconfías de mí.

—Ahora no importa, Cam. —Luce notó un nudo tremendo en la garganta.

—Escucha. —Cam avanzó un paso hasta quedarse a unos centímetros de ella. Luce creyó que iba a cogerla, pero no lo hizo. Ni siquiera trató de tocarla; solo se quedó muy quieto y muy cerca—. Antes todo era distinto. Mírame. —Ella lo hizo, nerviosa—. Ahora quizá lleve el oro de Lucifer en las alas, pero no siempre fue así. Tú me conociste antes de que tomara ese camino, Lucinda, y éramos amigos.

—Bueno, como tú has dicho, las cosas cambian.

Cam gruñó de frustración.

—Es imposible pedir perdón a una chica que solo se acuerda de lo que le conviene. A ver si lo adivino: mientras tomas conciencia de quién eres, estás desenterrando montones de espléndidos recuerdos en los que Daniel y tú os enamoráis, y Daniel dice esa frase bonita, y Daniel se vuelve y mira con melancolía las siluetas aterciopeladas que acarician las estrellas en el horizonte…

—¿Y por qué no? Estamos hechos el uno para el otro. Y tú eres…

—¿Qué dice él de mí? —Cam entrecerró los ojos.

Luce se hizo crujir los nudillos y recordó la forma en la que Daniel le había cogido las manos poco después de que ella llegara a Espada & Cruz para poner freno a aquella costumbre absurda. El tacto de su piel le había resultado familiar desde el principio.

—Dice que se fía de ti.

Se hizo un silencio que Luce se negó a romper. Quería irse. ¿Y si Daniel miraba hacia allí y la veía con Cam en aquella cueva casi a oscuras? Estaban discutiendo, pero Daniel no lo sabría desde tan lejos. ¿Qué parecían Cam y ella? Cuando lo miró a sus límpidos ojos verdes, percibió una honda tristeza en ellos.

—¿Te fías tú? —le preguntó.

—¿Por qué importa eso ahora mismo…?

Cam abrió mucho los ojos, vehemente y nervioso.

—¡Ahora mismo importa todo! El gran espectáculo para el que hemos estado preparándonos está a punto de empezar. Y, para hacer lo que tienes que hacer, no puedes verme como al enemigo. No tienes ni idea de dónde te has metido.

—¿De qué estás hablando?

—Luce. —Era la voz de Desi. Daniel y ella estaban en la entrada de la cueva. Desi era la única que sonreía—. ¡Estamos listos para ti!

—¿Para mí?

—Sí.

De pronto Luce tuvo miedo.

—¿Qué tengo que hacer?

—¿Por qué no sales a verlo?

Desi le tendió la mano, pero Luce descubrió que apenas podía moverse. Miró a Cam, pero él tenía la vista clavada en Daniel, que seguía mirándola, con la misma pasión que cuando estaba a punto de estrecharla entre sus brazos y besarla con ardor. Pero Daniel no se movió y eso convirtió los tres metros que les separaban en tres mil kilómetros.

—¿He hecho algo mal? —preguntó.

—Estás a punto de hacer algo maravilloso —respondió Desi, con la mano aún tendida hacia ella—. No perdamos un tiempo que no tenemos.

Luce cogió su mano y la notó tan fría que se asustó. La observó: Desi estaba más pálida y parecía más frágil y vieja que en la biblioteca de Viena, aunque, de algún modo, bajo su piel arrugada y sus huesos prominentes, su interior seguía brillante y rebosante de vitalidad.

—¿Tengo buen aspecto, cariño? No me quitas ojo.

—Sí, claro —respondió Luce—. Es solo…

—¿Mi alma? Brilla, ¿no?

Luce asintió.

—Bien.

Cam y Daniel no hablaron cuando se rozaron al pasar. Cam salió afuera, donde se había levantado viento, y Daniel se colocó detrás de Luce para llevar el farol.

—¿Desi? —Luce se volvió hacia la mujer, cuya mano helada trataba de calentar con la suya—. No quiero salir. Tengo miedo y no sé por qué.

—Es como debe ser. Pero vas a tener que pasar por este trago amargo.

—¿Puede alguien decirme qué pasa?

—Sí —respondió Desi, mientras tiraba de ella con firmeza para animarla a salir—. En cuanto estemos fuera.

Cuando rodearon la roca con forma de punta de flecha que protegía parcialmente la entrada de la pequeña cueva, el frío viento les azotó sin piedad. Luce se tambaleó y se llevó la mano libre a la cara para protegérsela de la súbita lluvia de arena. Desi y Daniel la instaron a continuar para rebasar el final del sendero por el que habían subido la noche anterior, donde el viento soplaba con más fuerza.

Luce descubrió que el resto de la meseta estaba protegido de los remolinos de arena por los picos circundantes, lo cual le permitió volver a ver y oír. Aunque la tormenta de arena seguía aullando detrás de la meseta, de pronto, entre aquellas paredes curvas de roca, todo le pareció demasiado tranquilo y despejado.

Había dos faroles encendidos en la losa de mármol, uno delante del Qayom Malak, otro detrás de la Copa de Plata. Ambos atraían nubes de mosquitos que rebotaban en el cristal, lo cual le infundía una extraña calma. Al menos, seguía en un mundo en el que la luz atraía a los insectos. Seguía en un mundo que conocía.

El farol iluminaba a los dos ángeles orantes. Su luz acariciaba los bordes de la pesada aureola rajada, que Desi había devuelto a su justo lugar, acunada por las alas de los ángeles.

En los picos que rodeaban la meseta, los cuatro pálidos Proscritos montaban guardia encaramados a salientes rocosos, cada uno vuelto hacia un punto cardinal distinto. Las alas, que mantenían plegadas en la espalda, apenas se les veían, pero el farol de Daniel alcanzaba a alumbrar sus arcos cargados con flechas estelares, como si esperaran la llegada de la Balanza en cualquier momento.

Los cuatro ángeles caídos a los que Luce más conocía ocupaban las piedras planas que circundaban las reliquias dispuestas ceremonialmente. Arriane y Annabelle estaban sentadas en un lado, con la espalda recta y las alas escondidas. Enfrente estaban Cam y Roland, con un asiento vacío entre los dos.

¿Era para Daniel o para Luce?

—Bien. Ya estamos todos, aparte de la luna. —Desi miró el cielo oriental—. Faltan cinco minutos. Daniel, ¿te sientas?

Daniel le dio el farol a Desi y cruzó la losa de mármol. Se detuvo delante del Qayom Malak. Luce quiso ir con él, pero, antes incluso de que se inclinara en su dirección, Desi le apretó la mano con más fuerza—. Quédate conmigo, cielo.

Daniel tomó asiento entre Roland y Cam, y miró a Luce de forma inexpresiva.

—Dejad que os lo explique. —La voz clara y serena de Desi resonó en las paredes de roca roja y todos los ángeles se enderezaron—. Como os he dicho antes, necesitamos que la luna haga acto de presencia y ahora, dentro de un momento, va a asomar por encima de este pico. Nos sonreirá a través de la lente de la aureola. Tenemos suerte de que esta noche el cielo esté despejado, sin nada que tape las sombras de sus hermosos cráteres cuando se unan a las grietas del cristal de la aureola.

»Juntos, estos elementos proyectarán siluetas de continentes y fronteras de países, que, en conjunción con el dibujo esculpido en la Losa, formarán el mapa de la Tierra primigenia. Aquí mismo. —Señaló el espacio vacío de la Losa en el que se había tendido hacía un rato, entre el Qayom Malak y la Copa de Plata—. Veréis una representación de cómo era el mundo cuando los ángeles caísteis a la Tierra. Sí —respiró—, solo otro momento. Ahí está.

La luna asomó por encima del peñasco que se erigía detrás del Qayom Malak. Y, aunque su resplandor era débil y estaba en fase menguante, el cielo brilló como si hubiera amanecido. Los ángeles, los Proscritos, Luce y Desi se quedaron varios minutos en silencio, observando cómo ascendía la luna, viéndola proyectar cada vez más luz a través del cristal traslúcido de la aureola. Detrás, la losa de mármol comenzó a sombrearse y, de golpe, apareció un dibujo claro, enfocado, real. La luna había proyectado líneas, intersecciones, ¡continentes!, fronteras, tierras y mares.

El dibujo parecía a medio completar. Algunas líneas se interrumpían; algunas fronteras no llegaban a cerrarse. Pero estaba claro que era un mapa de la Tierra, pensó Luce, tal como debió de ser cuando Daniel cayó del Cielo. Se le despertó un recuerdo enterrado en las profundidades de su memoria. Le resultaba familiar.

—¿Ves el azulejo amarillo del centro? —preguntó Desi.

Luce entrecerró los ojos y vio un azulejo ligeramente más oscuro que el azulejo donde estaba colocada la copa.

—Somos nosotros, justo en el centro de todo.

—Como una flecha que indica «Usted está aquí» —dijo Luce.

—Exacto, cariño. —Desi la miró—. Y ahora, mi querida Lucinda, ¿has deducido ya cuál es tu papel en esta ceremonia?

Luce se retorció con nerviosismo. ¿Qué querían de ella? Aquella era la historia de los ángeles, no la suya. Después de tanto lío, ella solo era una chica normal y corriente, arrastrada por la promesa del amor. Daniel la había encontrado en la Tierra después de caer del Cielo; alguien tendría que preguntarle a él qué estaba ocurriendo.

—Lo siento. No lo sé.

—Te daré una pista —dijo Desi—. ¿Ves señalado en el mapa el sitio donde cayeron los ángeles?

Luce suspiró, impaciente por ir al grano.

—No.

—Hace muchos milenios se dispuso que, en este mapa, ese lugar solo podría revelarlo la sangre. La sangre que nos corre por las venas sabe mucho más que nosotros. Mira con más atención. ¿Ves los surcos del mármol? Son las líneas que delimitarán las fronteras de la Tierra anterior a la Caída. Se tornarán diáfanas una vez que se vierta sangre en ellas. La sangre se encharcará en un lugar de vital importancia. El conocimiento, cariño, reside en la sangre.

—El lugar de la Caída —dijo uno de los ángeles con reverencia.

Luce no supo si había sido Arriane o Annabelle.

—De forma parecida a un mapa del tesoro en un cuento de aventuras, el punto del impacto, es decir, el lugar de la Caída, quedará señalado por una estrella de cinco puntas. Ahora...

Desi siguió hablando, pero Luce ya no pudo oír lo que decía. Así que era aquello lo que había que hacer para detener a Lucifer. A eso se refería Cam. Por eso no la miraba Daniel. Le pareció que le habían taponado la garganta con algodón. Cuando abrió la boca, la voz le sonó como si hablara bajo el agua.

—Necesitáis —tragó saliva— mi sangre.

Desi contuvo la risa y le puso una fría mano en la mejilla.

—Dios santo, ¡no, niña! Tú vas a conservar la tuya. Yo os daré la mía.

—¿Qué?

—Así es. Mientras yo abandono este mundo, tú llenarás la Copa de Plata con mi sangre. La vaciarás en este hueco justo al este de la flecha indicadora —Desi señaló una muesca a la izquierda de la copa y abarcó el mapa con un gesto teatral de las manos— y la verás avanzar por los surcos hasta que forme la estrella. Entonces sabréis dónde esperar a Lucifer para frustrar su plan.

Luce se hizo crujir los nudillos. ¿Cómo podía Desi hablar de su propia muerte con tanto desenfado?

—¿Por qué harías eso?

—¡Porque es para lo que fui creada! Los ángeles fueron creados para adorar a Dios, y yo también tengo una utilidad. —Sacó un largo puñal plateado del bolsillo de su capa marrón.

—Pero es…

El puñal con el que la señorita Sophia había matado a Penn. El puñal que tenía en Jerusalén cuando había atado a los ángeles caídos a los altares.

—Sí. Me lo llevé de la basílica del Santo Sepulcro —explicó Desi mientras admiraba la hechura de su hoja. Brillaba como si acabaran de afilarla—. Una historia siniestra, la de este puñal. Es hora de utilizarlo para una buena causa, querida. —Le ofreció el puñal, con el filo apoyado en la palma y la empuñadura vuelta hacia ella—. Significaría mucho para mí si fueras tú la que derramaras mi sangre, cariño. No solo porque te aprecio, sino también porque debes ser tú.

—¿Yo?

—Sí, tú. Tú debes matarme, Lucinda.

15

El regalo

—¡**N**o puedo!

—Sí que puedes —dijo Desi—. Y lo harás. Nadie más puede hacerlo.

—¿Por qué?

Desi volvió la cabeza en la dirección de Daniel. Él seguía sentado, mirando a Luce, pero parecía que no la viera. Ninguno de los ángeles se levantó para ayudarla.

Desi habló en un susurro.

—Si, como dices, estás resuelta a romper tu maldición...

—¡Sabes que lo estoy!

—Debes utilizar mi sangre para romperla.

No.

¿Cómo podía su maldición estar vinculada a la sangre de otra persona? Desi les había llevado hasta el Qayom Malak para revelar el lugar de la Caída. Esa era su función como desiderátum. No tenía nada que ver con la maldición de Luce.

¿O sí?

«Romper la maldición.» Claro que quería hacerlo; era lo único que deseaba.

¿Podía romperla, entonces, allí? ¿Cómo podría vivir con su conciencia si la mataba? Miró a Desi, que le cogió las manos.

—¿No quieres saber la verdad de tu primera vida?

—Claro que sí. Pero ¿por qué matarte va a revelar mi pasado?

—Revelará toda clase de cosas.

—No lo comprendo.

—Oh, cariño. —Desi suspiró y miró al resto del grupo—. Estos ángeles han sabido protegerte, pero también te han consentido. Es hora de que despiertes, Lucinda, y, para hacerlo, debes actuar.

Luce apartó la vista. La expresión de sus ojos dorados era demasiado suplicante, demasiado intensa.

—Ya he visto suficientes muertes.

Un solo ángel se levantó del círculo que habían formado alrededor del Qayom Malak.

—Si no puede, no puede.

—¡Cállate, Cam! —exclamó Arriane—. Siéntate.

Cam se adelantó y se acercó a Luce. Su cuerpo esbelto proyectó su sombra en la Losa.

—Hemos llegado hasta aquí. No se puede decir que no lo hayamos intentado todo. —Miró a los ángeles—. Pero es posible que, simplemente, no sea capaz. Toda persona tiene un límite. Ella no sería el primer caballo favorito que pierde una carrera. ¿Qué importancia tiene si resulta que es el último?

Su tono no se correspondía ni con sus palabras ni con sus ojos, que transmitieron a Luce, con desesperada sinceridad, «Puedes hacerlo. Tienes que hacerlo».

Luce sopesó el puñal. Había visto cómo arrebataba la vida a Penn. Su filo le había atravesado su propia piel cuando Sophia trató de asesinarla en la capilla de Espada & Cruz. La única razón de que no estuviera muerta era que Daniel había acudido en su rescate. La única razón de que no le hubiera quedado cicatriz era que Gabbe le había curado la herida. Le habían salvado la vida para aquel momento. Para que ella pudiera arrebatársela a otra persona.

Desi comprendió lo profundo que era su temor. Hizo un gesto a Cam para que se sentara.

—Tal vez sería mejor, cariño, si no vieras esto como quitarme la vida. Me estarás haciendo el mayor regalo de todos, Lucinda. ¿No ves que estoy lista para seguir adelante? —Le sonrió—. Sé que cuesta entenderlo, pero hay un momento en el que un cuerpo mortal desea llegar al final de su viaje y morir del modo más provechoso posible. Antes lo llamaban «tener una buena muerte». Es hora de que me vaya y, si tú me haces el regalo de esta muerte tan provechosa, te prometo que no lo lamentarás.

Con lágrimas en los ojos, Luce miró detrás de Desi.

—Dan…

—No puedo ayudarte, Luce. —Daniel la interrumpió antes de que ella terminara de decir su nombre—. Debes hacerlo sola.

Roland se levantó y examinó el mapa. Miró la luna.

—Si darle fin ya fuera el fin, más valdría darle fin pronto.

—No queda mucho tiempo —añadió Desi mientras ponía su frágil mano en el hombro de Luce.

Luce tenía las manos tan trémulas y sudorosas que le costaba agarrar la empuñadura del pesado puñal. Detrás de Desi, vio la Losa con el mapa inacabado y, detrás del mapa, el Qayom Malak, al que estaba acoplada la aureola de cristal. La Copa de Plata se hallaba a los pies de Desi.

Luce ya había vivido un sacrificio: en Chichén Itzá, cuando se había fusionado con su antigua encarnación Ix Cuat. El ritual no tenía ningún sentido para ella. ¿Por qué debían morir unos para que otros vivieran? Quienquiera que dictara aquellas reglas, ¿no pensaba que merecían una explicación? Era como pedir a Abraham que sacrificara a Isaac. ¿Había creado Dios el amor para que el dolor fuera incluso peor?

—¿Harás esto por mí? —preguntó Desi.

«Romper la maldición.»

—¿Lo harás por ti?

Luce sostuvo el puñal en las palmas abiertas.

—¿Qué tengo que hacer?

—Yo te guiaré. —Con la mano izquierda, Desi envolvió la mano derecha de Luce, que se cerró alrededor del puñal. La empuñadura estaba resbaladiza por el sudor de sus palmas.

Con la mano derecha, Desi se desató la capa y se la quitó. Se quedó delante de Luce vestida con una larga túnica blanca. La prenda era muy escotada y le dejaba al descubierto la flecha que llevaba tatuada en el pecho.

Luce gimoteó al verla.

—Por favor, no te preocupes, cariño. Pertenezco a una raza especial y este momento siempre ha sido mi destino. Una rápida puñalada en el corazón debería liberarme.

Era lo que Luce necesitaba oír. El puñal le tembló cuando Desi lo guió hacia la flecha tatuada. Pero el desiderátum solo podía acompañar a Luce hasta un determinado momento; ella sabía que pronto tendría que seguir sola.

—Vas bien.

—¡Espera! —gritó Luce cuando el puñal le rozó la carne. Un punto rojo de sangre floreció en su piel, justo por encima del escote de la túnica—. ¿Qué te pasará cuando mueras?

Desi sonrió con tanta serenidad que a Luce no le cupo ninguna duda de que sería beneficioso para ella.

—Pues, cariño, que pasaré a formar parte de la obra maestra.

—Irás al Cielo, ¿no?

—Lucinda, no hablemos de...

—Por favor. No puedo quitarte esta vida a menos que sepa cómo va a ser la siguiente. ¿Volveré a verte? ¿Te irás sin más, como hacen los ángeles?

—Oh, no, mi muerte será una vida secreta, como el sueño —respondió Desi—. Mejor que el sueño, de hecho, porque, por una vez, podré soñar. En vida, los transeternos no soñamos jamás. Soñaré con el doctor Otto. Hace tanto tiempo que no veo a mi amor, Lucinda. Seguro que lo comprendes.

Luce quiso llorar. Lo comprendía. Claro que lo comprendía.

Temblando incluso más, volvió a colocar el puñal sobre el tatuaje de Desi. La mujer le dio un suavísimo apretón en las manos.

—Que Dios te bendiga, hija. En abundancia. Ahora, date prisa.

—Miró el cielo con preocupación y guiñó el ojo a la luna—. Adelante.

Luce gimió cuando le hincó el puñal en el pecho. El filo atravesó su carne, sus músculos, sus huesos, y por fin se clavó en su hermoso corazón, hasta la empuñadura. Sus caras casi se tocaron. El vaho de sus respiraciones se mezcló en el aire.

Desi apretó los dientes y se agarró a la mano de Luce cuando ella giró bruscamente el puñal hacia la izquierda. Los ojos dorados se le agrandaron antes de que el dolor, o el asombro, los petrificara. Luce quiso apartar la mirada, pero no pudo. Trató de dar voz al grito que llevaba dentro.

—Saca el puñal —susurró Desi—. Vierte mi sangre en la Copa de Plata.

Con una mueca, Luce le arrancó el puñal. Sintió que algo se desgarraba en las entrañas de Desi. La herida era un negro abismo. La sangre afloró a su superficie. Fue aterrador ver cómo los ojos dorados de Desi se nublaban antes de que se desplomara en la meseta alumbrada por la luna.

A lo lejos, se oyó el chillido de un miembro de la Balanza. Todos los ángeles miraron el cielo.

—Luce, necesitamos que te des prisa —le dijo Daniel, y su calma forzada la alarmó más que si le hubiera manifestado su miedo.

Luce aún tenía el puñal en la mano. Estaba impregnado de la sangre de la transeterna. Lo arrojó al suelo, donde cayó con un débil sonido metálico que la enfureció porque era más propio de un juguete que de la poderosa arma blanca que había matado a dos almas a las que quería.

Se limpió las manos ensangrentadas en la túnica. Jadeó. Habría caído de rodillas si Daniel no la hubiera sujetado.

—Lo siento, Luce. —La besó y sus ojos irradiaron la ternura de siempre.

—¿Por qué?

—Por no haber podido ayudarte a hacerlo.

—¿Por qué no podías ayudarme?

—Has hecho lo que ninguno de nosotros podía hacer. Y lo has hecho sola. —La cogió por los hombros y le dio la vuelta para que viera lo que ella no quería ver.

—No. Por favor, no me obligues a...

—Mira —dijo Daniel.

Desi se había incorporado y acunaba la Copa de Plata, cuyo borde estaba apoyado contra su tórax. La sangre le brotaba del corazón a borbotones, impulsada por cada nuevo latido, como si no fuera sangre, sino un elemento mágico y extraño de otro mundo. Luce supuso que lo era. Desi tenía los ojos cerrados, pero tenía el rostro radiante, dirigido hacia la luna. No parecía que sintiese dolor.

Cuando la copa estuvo llena, Luce se adelantó y se agachó para cogerla y volver a dejarla encima de la flecha amarilla de la Losa. Cuando se la arrebató de los brazos, Desi trató de ponerse en pie apoyando las manos ensangrentadas en el suelo. Las rodillas le flaquearon cuando consiguió levantarse sobre un pie y después sobre el otro. Se encorvó y sufrió una ligera convulsión mientras cogía la capa marrón. Luce comprendió que trataba de echársela sobre los hombros para tapar la herida. Arriane se adelantó para ayudarla, pero no sirvió de nada. La sangre le empapó la capa.

Los ojos dorados de Desi estaban apagados, su piel, casi translúcida. Todo en ella parecía atenuado, suavizado, como si ya estuviera en alguna otra parte. Luce volvió a sollozar cuando Desi dio un paso vacilante hacia ella.

—¡Desi! —Luce salvó la distancia que las separaba y abrió los brazos para sostener a la mujer moribunda. Su cuerpo le pareció un mero fragmento de lo que había sido antes de que Luce le clavara el puñal.

—Chist —susurró Desi—. Solamente quería darte las gracias, cariño. Y hacerte este regalito de despedida. —Metió la mano bajo la capa. Cuando la sacó, tenía el pulgar ensangrentado—. El regalo del autoconocimiento. Debes recordar cómo soñar lo que ya sabes. Ha llegado la hora de que yo duerma y tú despiertes.

La miró a la cara y Luce tuvo la sensación de que Desi veía todo lo que había que ver acerca de ella, todo su pasado y todo su futuro. Por fin, le untó la frente con la sangre del pulgar.

—Disfrútalo, cariño.

Luego se desplomó.

—¡Desi! —Luce fue a cogerla, pero estaba muerta—. ¡No!

Detrás de ella, Daniel la agarró por los hombros para darle fuerzas. No fueron suficientes. No podían devolverle a Desi ni cambiar el hecho de que la hubiera matado. Nada podía hacerlo.

Las lágrimas le empañaron los ojos. Se levantó un viento de poniente que silbó al rodear los curvos peñascos y trajo consigo otro chillido de la Balanza. Parecía que el mundo entero fuera un caos y nada fuera a volver nunca a la normalidad. Luce se llevó la mano a la frente y se tocó la huella dactilar ensangrentada…

La envolvió una luz blanca. Le ardieron las entrañas. Se tambaleó, alargó las manos y se bamboleó mientras el cuerpo se le llenaba de…

Luz.

—¿Luce? —La voz de Daniel le pareció distante.

¿Estaba muriéndose?

De golpe, se sintió electrizada, como si la huella dactilar de la frente fuera un interruptor de arranque y Desi hubiera lanzado su alma al espacio.

—¿Es otro salto en el tiempo? —preguntó, aunque el cielo no estaba gris, sino blanco y luminoso. Tan luminoso que no veía a Daniel ni a ninguno de los otros ángeles que le rodeaban.

—No. —La voz de Roland—. Es ella.

—Eres tú, Luce. —A Daniel le tembló la voz.

Luce rozó la Losa con los pies antes de elevarse en el aire como una ingrávida esfera de luz. Por un momento, un acorde glorioso lo llenó todo.

«Es hora de que tú despiertes.»

Ante Luce, el aire pareció chisporrotear y dejó de ser blanco para tornarse gris. Entonces, a lo lejos, vio la cara de Bill, riéndose a carcajadas. Sus alas negras eran más vastas que el cielo, más vastas que mil galaxias, y le llenaron la cabeza, llenaron todas las hendiduras del universo, la envolvieron en su cólera infinita.

«Esta vez venceré.»

Su voz le arañó la piel como añicos de cristal.

¿Cuán cerca estaba ya?

Luce cayó de pie sobre el suelo de la meseta. La luz había desaparecido.

Se hincó de rodillas, al lado de Desi, que estaba tumbada sobre un costado, con la cabeza apoyada en un brazo y el largo cabello pelirrojo desparramado como si fuera sangre. Tenía los ojos cerrados, el rostro sereno, tan distinto de la cara que había perseguido a Luce durante aquella última semana. Luce trató de levantarse, pero se notó torpe.

Daniel se arrodilló a su lado. Se sentó junto a ella en la Losa y la abrazó. El olor de su pelo y el tacto de sus manos la tranquilizaron.

—Estoy aquí, Luce —le susurró—. Tranquila.

Ella no quería decirle que seguía viendo a Bill. Quería que la luz regresara. Se tocó la huella dactilar de la frente y no sucedió nada. La sangre de Desi se había secado.

Daniel la miraba, con los labios apretados. Le apartó el pelo de los ojos y le puso la palma en la frente.

—Estás ardiendo.

—Estoy bien. —Luce tenía fiebre, pero no había tiempo para preocuparse de eso. Se puso de pie con dificultad y miró la luna.

Estaba justo encima de ellos, en el centro del cielo. Aquel era el momento que Desi les había dicho que debían esperar, el momento en el que su muerte cobraría sentido.

—Luce. Daniel. —Era la voz de Roland—. Será mejor que veáis esto.

Tenía la copa inclinada y ya casi había acabado de verter la sangre de Desi en el hueco de la base del mapa. Cuando Luce y Daniel se unieron al resto del grupo, la sangre ya había fluido por la mayoría de los surcos del mármol. Aunque Desi había dicho que la Tierra era distinta en los tiempos de la Caída, el mapa cada vez se parecía más a un mapa de la Tierra actual.

América del Sur estaba más cerca de África y el extremo nordeste de América del Norte se hallaba más próximo a Europa, pero, en su mayor parte, el mapa era igual. Vieron la misma franja de agua donde el golfo de Suez separaba el Egipto continental de la península del Sinaí y, en el centro de la península, la piedra amarilla que señalaba la meseta donde se encontraban ellos. Al norte se extendía el Mediterráneo, salpicado de un millar de islas diminutas, y al otro lado de su estrecho cinturón, en el lugar donde Asia colindaba con Europa, había un charquito de sangre que había empezado a formar una estrella.

Luce oyó que Daniel tragaba saliva a su lado. Los ángeles observaron estupefactos cuando la sangre de Desi rellenó las puntas de la estrella y marcó la Turquía moderna, y más concretamente...

—Troya —dijo por fin Daniel, moviendo la cabeza con asombro—. ¿Quién habría imaginado...?

—Otra vez —dijo Roland, con un tono que sugirió una historia atormentada con la ciudad.

—Siempre he tenido la sensación de que estaba maldita. —Arriane se estremeció—. Pero...

—Nunca has sabido por qué. —Annabelle terminó la frase en su lugar.

—¿Cam? —dijo Daniel, y todos apartaron los ojos del mapa para mirar al demonio.

—Iré —afirmó—. No me importa.

—Bien —contestó Daniel, como si no se lo pudiera creer—. ¡Phillip! —gritó, al tiempo que alzaba la vista.

Phil y los otros tres Proscritos se pusieron de pie en los picos desde los que montaban guardia.

—Avisa a los otros.

«¿Qué otros? ¿Quién queda?», pensó Luce.

—¿Qué les digo? —preguntó Phil.

—Diles que sabemos dónde fue la Caída, que vamos a Troya.

—No. —La voz de Luce detuvo a los Proscritos—. No podemos irnos todavía. ¿Qué pasa con Desi?

Al final, nadie se sorprendió de que Desi se hubiera ocupado de todo, incluidos los pormenores de su funeral. Annabelle los encontró guardados en la tapa del chirriante baúl de madera, el cual, como explicaba su carta, se convertía en catafalco si se le daba la vuelta. El sol casi se había puesto cuando comenzaron a oficiar su funeral. Era el final del séptimo día; la carta de Desi les aseguraba que aquello no sería una pérdida de tiempo.

Roland, Cam y Daniel llevaron el catafalco al centro de la Losa. Taparon la totalidad del mapa para que, cuando la Balanza se posara en la meseta, viera un funeral, no el lugar de la Caída.

Annabelle y Arriane llevaron el cuerpo de Desi hasta allí. La tendieron con cuidado en el centro del catafalco, de forma que su corazón estuviera justo encima de la estrella formada por su sangre. Luce recordó que Desi había dicho que los santuarios se construían sobre otros santuarios. Su cadáver sería un santuario para el mapa que ocultaba.

Cam la tapó con su capa, pero le dejó el rostro descubierto. En su última morada, Desi, la desiderátum, parecía menuda pero poderosa. Y parecía en paz. Luce quería creer que estaba paseando con el doctor Otto por un mundo de sueños.

—Quiere que sea Luce quien la bendiga —leyó Annabelle en la carta.

Daniel apretó la mano a Luce, como diciendo: «¿Estás bien?».

Luce jamás había hecho nada semejante. Pensaba que iba a sentirse incómoda, culpable por hablar en el funeral de una persona que había muerto a sus manos, pero, en cambio, solo sintió un hondo honor y respeto.

Se acercó al catafalco. Se concedió un momento para ordenar sus pensamientos.

—Desi era nuestro desiderátum —comenzó a decir—. Pero era más que una cosa deseada.

Respiró hondo y comprendió que no solo estaba bendiciendo a Desi, sino también a Gabbe y a Molly, cuyos cuerpos se habían desintegrado, y a Penn, a cuyo funeral no había podido asistir. Eran demasiadas cosas. La vista se le empañó, se quedó sin palabras y solo fue consciente de que Desi le había untado la frente con la sangre de su sacrificio.

Ese había sido su regalo.

«Debes recordar cómo soñar lo que ya sabes.»

Comenzaron a palpitarle las sienes. Tenía la cabeza y el corazón en llamas, las manos heladas cuando las entrelazó con las de Desi.

—Algo está pasando. —Se llevó las manos a la cara y el pelo le cayó sobre ella. Cerró los ojos y solo vio una brillante luz blanca.

—Luce…

Cuando abrió los ojos, los ángeles se habían quitado las capas y tenían las alas desplegadas. La meseta estaba bañada de luz. Por encima de ella, oyó los gritos del ejército de la Balanza.

—¿Qué pasa? —Se protegió los ojos.

—¡Tenemos que darnos prisa, Daniel! —gritó Roland desde el aire. ¿Ya habían alzado el vuelo los otros ángeles? ¿Qué irradiaba aquella luz?

Daniel la rodeó por la cintura con ambos brazos. La sujetó con fuerza. Luce se sintió mejor, pero aún tenía miedo.

—Estoy aquí contigo, Lucinda. Te amo, pase lo que pase.

Luce sabía que sus pies se habían separado del suelo, que su cuerpo había emprendido el vuelo. Sabía que estaba con Daniel. Pero apenas fue consciente de su tránsito por el cielo en llamas, apenas fue consciente de nada que no fuera la extraña nueva vibración de su alma.

16

Apocalipsis

E n algún momento del trayecto comenzó a llover. Las gotas de lluvia chapotearon en las alas de Daniel. Los truenos retumbaron en el cielo por delante de ellos. Los relámpagos atravesaron la noche. Luce se había quedado dormida, o sumida en un letargo similar al sueño, porque, cuando la tormenta se desató, se despertó, aunque solo a medias.

El viento en contra era brutal e incesante, y la pegaba contra el cuerpo de Daniel. Los ángeles volaban a una velocidad tremenda y, de un solo aletazo, cubrían ciudades, cordilleras enteras. Sobrevolaban nubes que parecían icebergs gigantescos y las dejaban atrás en un abrir y cerrar de ojos.

Luce no sabía dónde estaban ni cuántas horas llevaban volando. No le apetecía preguntarlo.

Volvía a ser de noche. ¿Cuánto tiempo quedaba? No lo recordaba. Contar le parecía imposible, aunque antes le encantaba resolver problemas complejos de cálculo. Casi se rió de la noción de estar sentada en un pupitre de madera en clase de Cálculo, mordisqueando una goma junto a otros veinte niños mortales. ¿De verdad le había sucedido aquello?

La temperatura descendió. La lluvia arreció cuando los ángeles se adentraron en una tempestad cuyo final Luce no alcanzaba a ver. Las gotas que acribillaban las alas a Daniel parecían granizo cayendo en nieve helada.

El viento era lateral y ascendente. Luce estaba empapada. Tan pronto tenía calor como se congelaba. Cuando el vello de los brazos se le erizaba, Daniel se los frotaba para que entrara en calor. Las punteras de sus botas negras chorreaban agua, que ella veía caer hacia el suelo, a miles de metros por debajo.

Comenzó a tener visiones en la oscuridad. Vio a Desi, con el cabello pelirrojo suelto arremolinándosele alrededor del cuerpo mientras le susurraba: «Rompe la maldición». Sus cabellos se convirtieron en zarcillos ensangrentados que la envolvieron como el vendaje de una momia y, después, como el capullo de una oruga… hasta que su cuerpo se convirtió en una vasta columna de espesa sangre goteante.

A través de la niebla, una luz dorada brilló con más intensidad. Las alas de Cam cobraron nitidez entre los pies de Luce y la mota de tierra que había estado mirando.

—¿Es ahí? —gritó Cam entre el aullido del viento.

—No lo sé —respondió Daniel.

—¿Cómo lo sabremos?

—Simplemente, lo sabremos.

—Daniel. El tiempo…

—No me metas prisa. Tenemos que llevarla al sitio correcto.

—¿Está dormida?

—Tiene fiebre. No lo sé. Chis.

Tras soltar un gruñido de frustración, Cam volvió a perderse en la niebla.

A Luce le temblaban los párpados. ¿Estaba dormida? Lo parecía, por las pesadillas que la acosaban. En aquel momento, vio a la señorita Sophia, con los ojos brillantes por la luz que reflejaban las gotas de lluvia. Levantó el puñal y sus brazaletes de perlas tintinearon cuando lo acercó al corazón de Luce. Sus palabras, «confiar es una actividad inútil», le resonaron en la cabeza hasta que le entraron ganas de gritar. Después, la imagen de la señorita Sophia parpadeó y se arremolinó hasta transformarse en la gárgola en la que Luce había confiado de una forma tan despreocupada.

El pequeño Bill, quien se había hecho pasar por su amigo mientras le ocultaba un secreto enorme y aterrador. Quizá la amistad fuera eso para el diablo: amor teñido siempre de maldad. El cuerpo de la gárgola era un cascarón para poderosas fuerzas del mal.

En su visión, Bill le enseñó los cariados colmillos y exhaló nubes de orín. Rugió, pero calladamente, y su silencio fue peor que nada de lo que hubiera podido decir, porque la imaginación de Luce llenó el vacío. Bill ocupó su campo visual transformado en Lucifer, en el Mal, en el Final.

Abrió los ojos de golpe. Se agarró a los brazos de Daniel, que seguían rodeándola mientras atravesaban la interminable tormenta.

«No tienes miedo», se juró bajo la lluvia. Era la cosa más difícil de la que había tenido que convencerse en aquel viaje.

«Cuando vuelvas a enfrentarte con él, no tendrás miedo.»

—Chicos —dijo Arriane después de aparecer a la derecha de Daniel—, mirad.

Las nubes se dispersaron conforme avanzaban. Divisaron un valle, una ancha franja de campos rocosos que colindaba al oeste con un estrecho tramo de mar. Un enorme caballo de madera se erigía ridículamente en el árido paisaje, un monumento a un pasado envuelto en sombras. Luce divisó ruinas cerca del caballo, un teatro romano, un aparcamiento contemporáneo.

Los ángeles siguieron avanzando. El valle se extendió por debajo de ellos, sumido en la oscuridad salvo por una luz distante: una lámpara eléctrica que brillaba en la ventana de una cabañita construida a media ladera.

—¡Volad hacia la casa! —gritó Daniel al resto del grupo.

Luce estaba observando un grupo de cabras que se había reunido en un campo de albaricoqueros después de deambular por las encharcadas tierras de labranza. El estómago le dio un vuelco cuando Daniel se abatió con brusquedad. Luce y los ángeles se posaron a unos quinientos metros de la cabaña blanca.

—Entremos. —Daniel le cogió la mano—. Nos esperan.

Luce caminó bajo la lluvia al lado de Daniel, con el cabello oscuro en la cara y su ropa empapada de lo que le parecieron quinientos kilos de gotas de lluvia.

Mientras ascendían por un tortuoso sendero lleno de barro, un goterón de agua se le adhirió a las pestañas y se le metió en el ojo. Cuando se lo frotó y parpadeó, el paisaje se había transformado completamente.

Una imagen apareció ante sus ojos, un antiguo recuerdo olvidado que volvía a cobrar vida.

Bajo sus pies, el suelo ya no era verde ni estaba mojado, sino negro calcinado en una parte y cubierto de ceniza gris en otra. El valle que les rodeaba estaba acribillado de hondos cráteres humeantes. Luce olió a muerte, a carne quemada y a descomposición. El olor era tan fuerte y penetrante que le escaldó los orificios nasales y se le adhirió al paladar. Los cráteres crepitaron y silbaron como serpientes de cascabel cuando pasó por su lado. Había polvo, polvo de ángel, por doquier. Impregnaba el aire, cubría el suelo y las piedras, le caía en la cara como copos de nieve.

Con el rabillo del ojo, vio unos destellos plateados. Parecía un espejo hecho añicos, pero era fosforescente y rielaba, casi como si estuviera vivo. Soltó la mano a Daniel, se arrodilló y gateó por el suelo enfangado hacia el cristal plateado roto.

No sabía por qué lo hacía. Solo sabía que tenía que tocarlo.

Cogió un pedazo grande con un gemido por el esfuerzo. Lo tenía firmemente asido en la mano…

Y entonces parpadeó y vio que solo era un puñado de barro.

Miró a Daniel, con lágrimas en los ojos.

—¿Qué está pasando?

Daniel miró a Arriane.

—Llévala adentro.

Luce notó que unos brazos la levantaban.

—Te pondrás bien, chiquilla —dijo Arriane—. Te lo prometo.

La puerta de madera oscura de la cabaña se abrió y una cálida luz iluminó el umbral. Los ángeles empapados se encontraron con el sereno rostro de Steven Filmore, el profesor de la Escuela de la Costa preferido de Luce.

—Me alegro de que lo hayáis conseguido —dijo Daniel.

—Lo mismo digo. —El tono de Steven era firme y magistral, tal como Luce lo recordaba. Por algún motivo, eso la tranquilizó—. ¿Se encuentra bien? —preguntó.

No. Luce estaba perdiendo el juicio.

—Sí. —La seguridad de Daniel la cogió por sorpresa.

—¿Qué le ha pasado en el cuello?

—Nos tropezamos con algunos Balanzas en Viena.

Luce tenía alucinaciones. No estaba bien. Temblando, miró a Steven a los ojos. Su serenidad la reconfortó.

«Estás bien. Tienes que estarlo. Por Daniel.»

Steven mantuvo la puerta abierta y les hizo pasar. La cabañita tenía el suelo de tierra y el techo de paja, un montón de mantas y alfombras en un rincón, una tosca cocina cerca de la chimenea y cuatro mecedoras en el centro.

Delante de las mecedoras estaba Francesca, la mujer de Steven y la otra profesora nefilim de la Escuela de la Costa. Phil y los otros tres Proscritos se mantenían firmes en la pared de enfrente. Annabelle, Roland, Arriane, Daniel y Luce entraron en la acogedora cabaña alumbrada por el fuego del hogar.

—¿Y ahora qué, Daniel? —preguntó Francesca, sin ambages.

—Nada —se apresuró a contestar Daniel—. Nada todavía.

¿Por qué no? Ya estaban en Troya, cerca del lugar donde Lucifer debía caer. Habían corrido a detenerlo. ¿Se habían dado tanta prisa durante esa semana solo para quedarse esperando en una cabaña?

—Daniel —dijo Luce—, me vendría bien una explicación.

Pero Daniel se limitó a mirar a Steven.

—Por favor, siéntate. —El profesor condujo a Luce a una de las mecedoras. Ella se hundió en la silla y le dio las gracias con un gesto

de la cabeza cuando él le ofreció un vaso metálico lleno de un especiado té turco de manzana. Steven señaló la cabaña con la mano—.
No es gran cosa, pero protege de la lluvia y del viento, más o menos, y ya sabéis lo que dicen…

—El sitio lo es todo. —Roland terminó la frase mientras se apoyaba en el brazo de la mecedora en la que Arriane se había ovillado enfrente de Luce.

Annabelle observó la lluvia que aporreaba la ventana, y después la concurrida cabaña.

—Entonces, ¿la Caída fue aquí? Es decir, noto alguna cosa, pero no sé si es por lo mucho que me empeño. Esto es muy raro.

Steven acabó de limpiarse las gafas en su jersey de lana. Se las puso y volvió a adoptar un tono magistral.

—La Caída abarcó una superficie muy extensa, Annabelle. Piensa en cuánto espacio hace falta para que ciento cincuenta millones ochocientos veintisiete mil ochocientos sesenta y un…

—Quieres decir ciento cincuenta millones ochocientos veintisiete mil setecientos cuarenta y seis… —lo interrumpió Francesca.

—Por supuesto, hay discrepancias. —Steven siempre complacía a su hermosa y beligerante mujer—. El caso es que cayeron muchos ángeles, así que la superficie de impacto es muy extensa. —Echó una brevísima mirada a Luce—. Pero, sí, estás sentada en una parte de la superficie en la que los ángeles cayeron en la Tierra.

—Nos hemos basado en un mapa antiguo de la Tierra —dijo Cam mientras atizaba el fuego. Solo quedaban rescoldos, pero él lo reavivó—. Aunque sigo sin entender cómo podemos saber con seguridad que es aquí. No nos queda mucho tiempo. ¿Cómo podemos saberlo?

«¡Porque he empezado a tener visiones de la Caída! —gritó mentalmente Luce—. Porque, de algún modo, yo estaba presente.»

—Me alegro de que lo hayas preguntado. —Francesca desenrolló un pergamino en el suelo entre las cuatro mecedoras—. La biblioteca nefilim de la Escuela de la Costa tiene un mapa del lugar de la Caída. Está dibujado a una escala tan pequeña que, hasta que alguien lo ubicara geográficamente, podría haber representado cualquier parte del mundo.

—Hasta podría haber sido un terrario para hormigas —añadió Steven—. Hemos estado esperando la señal de Daniel desde que Luce volvió de su viaje por las Anunciadoras, siguiendo vuestros progresos, intentando estar cerca para cuando nos necesitarais.

—Los Proscritos nos han encontrado en nuestra residencia de invierno en El Cairo justo después de medianoche. —Francesca se encogió, como si tratara de no tiritar—. Por suerte, este tenía tu pluma. Si no, podríamos haber…

—Se llama Phillip. Ahora los Proscritos están de nuestra parte —dijo Daniel.

Resultaba extraño que Phil se hubiera hecho pasar por un alumno de la Escuela de la Costa durante meses y Francesca no lo reconociera. Pero, por otra parte, la pedante profesora solo prestaba atención a los alumnos «aventajados».

—Confiaba en que llegarais a tiempo —dijo Daniel—. ¿Cómo estaban las cosas en la Escuela de la Costa cuando os fuisteis?

—Nada bien —respondió Francesca—. Para vosotros ha sido peor, estoy segura, pero, aun así, nada bien. La Balanza se presentó en la Escuela de la Costa el lunes.

Daniel tensó la mandíbula.

—No.

—Miles y Shelby —exclamó Luce—. ¿Están bien?

—Vuestros amigos están bien. La Balanza no encontró nada de qué acusarnos…

—Así es —se enorgulleció Steven—. Mi mujer dirige la escuela con mano de hierro. De un modo irreprochable.

—Aun así —dijo Francesca—, los alumnos se alarmaron mucho. Algunos de nuestros mejores benefactores han sacado a sus hijos de la escuela. —Se quedó callada—. Espero que esto merezca la pena.

Arriane se puso en pie de un salto.

—¿Qué te apuestas?

Roland se levantó con rapidez y tiró de ella para que volviera a sentarse. Steven cogió a Francesca del brazo y la condujo a la ventana. Pronto todos susurraban y Luce no tuvo fuerzas para oír nada aparte del alto comentario de Arriane:

—Yo le daré donativos.

Al otro lado de la ventana, una finísima banda de luz rojiza envolvió las montañas. Luce la observó con un nudo en el estómago, sabiendo que señalaba el amanecer del octavo día, el último día completo antes de…

Notó la mano de Daniel en el hombro, cálida y fuerte.

—¿Cómo estás?

—Bien. —Luce se enderezó en la mecedora, fingiéndose espabilada—. ¿Qué hay que hacer ahora?

—Dormir.

Luce puso la espalda recta.

—No, no estoy cansada. Está amaneciendo, y Lucifer…

Daniel se apoyó en la mecedora y le besó la frente.

—Irá mejor si estás descansada.

Francesca interrumpió su conversación con Steven y los miró.

—¿Crees que es buena idea?

—Si está cansada, tiene que dormir. Unas horas no le vendrán mal. Ya estamos aquí.

—Pero no estoy cansada —protestó Luce, aunque era evidente que mentía.

Francesca tragó saliva.

—Supongo que tienes razón. O pasa o no pasa.

—¿A qué se refiere? —preguntó Luce a Daniel.

—A nada —respondió él con dulzura. Luego miró a Francesca y añadió, en voz muy baja—: Pasará. —Levantó a Luce lo suficiente para poder sentarse a su lado en la mecedora. La rodeó por la cintura. Lo último de lo que ella tuvo conciencia fue de su beso en la sien y su susurro al oído—: Dejémosla dormir una vez más.

—¿Preparada?

Luce se hallaba al lado de Daniel en un campo baldío próximo a la cabaña blanca. El suelo despedía vaho y el cielo tenía el vivo color azul que sucede a una fuerte tormenta. Había nieve en las colinas que se alzaban al este, pero en el valle hacía un calor casi primaveral. Los márgenes del campo estaban cuajados de flores. Había mariposas por doquier, blancas, rosas y doradas.

—Sí.

Luce llevaba un instante despierta cuando había sentido que Daniel la levantaba de la mecedora y la sacaba de la cabaña vacía. Debía de haberse quedado dormida en sus brazos.

—Un momento —dijo—. ¿Preparada para qué?

Los demás la observaban. Estaban reunidos en un círculo, como si la hubieran estado esperando, los ángeles y los Proscritos con las alas desplegadas.

Una bandada de cigüeñas surcó el cielo con las alas blanquinegras extendidas como hojas de palmera. Tapó momentáneamente el sol y proyectó sombras en las alas de los ángeles a su paso.

—Dime quién soy —dijo Daniel, sin rodeos.

Era el único ángel con las alas ocultas bajo la ropa. Se separó de ella, echó los hombros hacia atrás, cerró los ojos y las sacó.

Las alas se desplegaron enseguida, con suprema elegancia. Le brotaron de los omóplatos y levantaron una ráfaga de aire que meció las ramas de los albaricoqueros.

Las alas eran más altas que él, radiantes y maravillosas, increíblemente bellas. Daniel brillaba como un sol, no solo sus alas, sino todo su cuerpo, e incluso más que eso. Irradiaba su gloria angelical. Luce no podía despegar los ojos de él.

—Eres un ángel.

Daniel abrió sus ojos violetas.

—Sigue.

—Eres… eres Daniel Grigori —continuó Luce—. Eres el ángel que me ama desde hace miles de años. Eres el chico que amo desde el momento en que te vi, no, desde cada momento en que te veo por primera vez. —Luce vio el reflejo del sol en la blancura de sus alas y anheló estar envuelta en ellas—. Eres mi alma gemela.

—Bien —dijo Daniel—. Ahora dime quién eres tú.

—Pues… soy Lucinda Price. Soy la chica de la que tú te enamoras.

Reinaba una tensa quietud a su alrededor. Todos los ángeles parecían contener la respiración.

Los ojos violetas de Daniel se llenaron de lágrimas.

—Sigue —susurró.

—¿No es suficiente?

Él negó con la cabeza.

—¿Daniel?

—Lucinda.

Su forma de decir su nombre, con tanta seriedad, le encogió el estómago. ¿Qué quería de ella?

Luce parpadeó y le pareció oír un trueno. Y la llanura troyana se tornó tan negra como a su llegada. Tortuosas fisuras surcaban el suelo. Donde antes estaba el campo, había cráteres humeantes. El polvo, la ceniza y la muerte lo impregnaban todo. Los árboles ardían en llamas a lo largo del horizonte y el aire olía a descomposición. Era como si su alma hubiera retrocedido muchos milenios en el tiempo. No había nieve en las montañas, ni ninguna pulcra cabañita blanca delante de ella, ningún círculo de ángeles con cara de preocupación.

Pero Daniel seguía allí.

Sus alas brillaban entre el polvo que impregnaba el aire. Su piel era perfecta, rosada, nueva. Sus ojos tenían el mismo embriagador brillo violeta, pero no la miraba a ella. No parecía saber que estaba a su lado.

Antes de que Luce pudiera seguir su mirada, el mundo comenzó a rodar. El hedor a descomposición dio paso a un olor a polvo. Volvía a estar en Egipto, en la oscura tumba donde la habían encerrado y casi había perdido el alma. La escena pasó ante sus ojos: la flecha estelar que llevaba bajo el vestido, el pánico palpable en el rostro de su antigua encarnación, el beso de Daniel, y Bill, revoloteando alrededor del sarcófago del faraón, urdiendo ya su plan más ambicioso. Su ronca risa le resonó en los oídos.

Entonces la risa cesó. La visión de Egipto se transformó en otra: una Lucinda de un pasado incluso anterior estaba tendida en un campo de altas flores. Llevaba un vestido de gamuza y sostenía una margarita en alto, a la que arrancaba los pétalos de uno en uno. Cuando el viento se llevó el último, pensó: «Me quiere». El sol era cegador hasta que algo lo tapó. El rostro de Daniel, con los ojos rebosantes de amor violeta, el pelo rubio rodeado de una aureola de sol.

Daniel sonrió.

Entonces su rostro desapareció. Una nueva visión, otra vida: el calor de una fogata en la piel de Luce, el deseo bulléndole en el pecho. Estaba rodeada de una música extraña y fuerte; de personas que se reían, de amigos y familiares. Se vio junto a Daniel, bailando con desenfreno alrededor de las llamas. Percibió los ritmos tribales en sus entrañas, incluso cuando la música dejó de oírse y las llamas rojas que lamían el cielo dieron paso a una suavidad plateada...

Una cascada. Un exuberante salto de agua helada en una alta pared de roca caliza. Luce estaba al pie de la cascada, separando una nube de nenúfares con sus brazadas. El largo cabello mojado se le pegó a los hombros cuando sacó medio cuerpo del agua y se sumergió. Salió en el otro extremo del torrente, en una laguna. Y allí estaba Daniel, esperándola como si llevara toda la vida haciéndolo.

Saltó al agua desde una roca y le salpicó al romper la superficie de la laguna. Nadó hacia ella y la cogió, pasándole un brazo por la espalda y el otro por debajo de las rodillas. Ella se colgó de su cuello y dejó que la besara. Cerró los ojos...

¡Pum!

De nuevo el trueno. Luce volvía a encontrarse en la humeante llanura troyana. Pero esa vez estaba atrapada en uno de los cráteres, inmovilizada por una roca. Forcejeó y gritó mientras veía puntos rojos y los fragmentos de un objeto que parecía un espejo roto. La cabeza le daba vueltas. Jamás había sentido un dolor tan intenso como aquel.

—¡Socorro!

Y entonces vio a Daniel erguido sobre ella, escrutándola con sus ojos violetas, horrorizado.

—¿Qué te ha pasado?

Luce no sabía la respuesta, no sabía dónde estaba ni cómo había llegado allí. La Lucinda de su recuerdo ni tan siquiera reconocía a Daniel. Pero ella sí lo hacía.

De golpe, comprendió que aquella era la primera vez que Daniel y ella se habían visto en la Tierra. Aquel era el momento que ella ansiaba conocer, el momento del que Daniel siempre se negaba a hablarle.

Ninguno de los dos se reconocía, pero ya estaban enamorados, de forma instantánea.

¿Cómo podía ser aquel el lugar de su primer encuentro? Aquel oscuro paisaje asolado hedía a mugre y a muerte. Su antigua encarnación estaba magullada, ensangrentada, como si se hubiera estrellado contra el suelo.

Como si hubiera caído de una altura inconcebible.

Luce miró el cielo. Lo vio cuajado de chispas infinitesimales, como si el Cielo hubiera sufrido una electrocución y se hubiera quedado electrificado para siempre.

Salvo que las chispas se acercaban. Formas oscuras circundadas de luz caían del infinito. Debía de haber un millón de ellas, reunidas en una franja caótica y amorfa de cielo, oscuras y luminosas, suspendidas y cayendo al mismo tiempo, como si la gravedad no les afectara.

¿Había estado Luce allí arriba? Casi tenía la certeza de que sí.

Entonces comprendió una cosa: ¡eran los ángeles! ¡Era la Caída!

El recuerdo de presenciar la Caída a la Tierra la atormentó. Era como ver caer todas las estrellas del cielo nocturno.

Cuanto más caían, más se dispersaba su desordenada formación. Luce comenzó a distinguir entes concretos, autónomos. No podía imaginarse a ninguno de sus ángeles, sus amigos, con aquel aspecto: más perdidos y fuera de control que el mortal más desgraciado el peor día de su vida. ¿Estaba Arriane entre ellos? ¿Lo estaba Cam?

Se fijó en una esfera de luz que caía en su dirección, cada vez más grande y luminosa conforme se acercaba.

Daniel también levantó la vista. Luce comprendió que tampoco reconocía las formas que caían del cielo. Se había dado un golpe tan fuerte contra el suelo que la impresión le había borrado el recuerdo de quién era, de cuál era su procedencia, de lo glorioso que había sido. Observaba el cielo con puro terror.

Luce vio a un puñado de ángeles a centenares de metros del suelo. Al cabo de un momento, los tuvo tan cerca que pudo distinguir sus extraños cuerpos oscuros envueltos en capullos de luz. Los cuerpos no se movían, pero era innegable que estaban vivos.

El puñado de ángeles continuó cayendo sobre Luce hasta que ella gritó. La enorme masa de oscuridad y luz se estrelló contra el suelo a su lado.

La explosión de fuego y humo negro mandó a Daniel por los aires y Luce dejó de verlo. Aún faltaban ángeles por caer. Más de un millón. Aporrearían la Tierra y harían picadillo a todo ser vivo. Luce se agazapó, se tapó los ojos y abrió la boca para volver a gritar.

Pero el sonido que articuló no fue un grito...

Porque su memoria la había transportado a una época incluso anterior. ¿Anterior a la Caída?

Luce ya no se encontraba en el campo de cráteres humeantes y ángeles meteóricos.

Estaba en un paisaje de pura luz. El terror que habría transmitido su voz no tenía cabida allí, no podía existir en aquel lugar que Luce conocía y no conocía. Tenía una idea de dónde estaba, pero no podía ser real.

Su alma emitía un acorde sonoro y armónico tan bello que lo volvía todo blanco a su alrededor. El cráter había desaparecido. La Tierra había desaparecido. Su cuerpo era...

No lo sabía. No lo veía. No veía nada aparte de aquel magnífico resplandor blanco con matices argénteos. El brillo se desplegó como una alfombra hasta que Luce divisó una vasta pradera blanca extendida ante ella. La bordeaban dos espléndidas arboledas blancas.

A lo lejos, había un altar plateado. Luce presintió que era importante. Luego vio que había otros siete. Los altares trazaban un imponente arco en el aire alrededor de algo tan luminoso que Luce no podía mirarlo.

Se concentró en el altar, el tercero de la izquierda. No podía dejar de mirarlo. ¿Por qué?

Porque... Su memoria se remontó aún más en el tiempo... Porque...

Aquel altar era el suyo.

Mucho antes, ella solía sentarse allí, junto a… ¿quién? El dato parecía importante.

Su visión se arremolinó y se desdibujó, y el altar argénteo se disolvió. La blancura que quedó se enfocó, se separó en formas, en… Caras. Cuerpos. Alas. Sobre un cielo azul.

Aquello no era un recuerdo. Había regresado al presente, a la vida real. Estaba rodeada de sus profesores, Francesca y Steven; de sus aliados los Proscritos; de sus amigos Roland, Arriane, Annabelle y Cam. Y de su amor, Daniel. Los miró uno a uno y le parecieron hermosísimos. Ellos la miraban con muda felicidad. Y lloraban.

«El regalo del autoconocimiento —le había dicho Desi—. Debes recordar cómo soñar lo que ya sabes.»

Aquellos recuerdos habían estado con ella desde el principio, en todos los instantes de todas sus vidas. Pero solo entonces se sentía despierta de un modo que jamás habría creído posible. Cuando una suave brisa le acarició la piel, pudo «palpar» el lejano mar Mediterráneo que la impregnaba y le indicaba que seguía en Troya. También veía con más claridad que nunca. Distinguió los brillantes puntos de pigmento que conformaban las alas de una mariposa dorada que pasó volando. Respiró y se llenó los pulmones de aire frío, percibió el zinc del suelo margoso que lo haría fértil en primavera.

—Estuve allí —susurró—. Estuve en…

¡El Cielo!

Pero no podía decirlo. Sabía demasiado para negarlo, pero no lo suficiente para expresarlo en voz alta. Daniel. Él la ayudaría.

«Adelante», le suplicaron sus ojos.

¿Por dónde empezaba? Tocó el guardapelo con la fotografía que Daniel y ella se habían sacado en Milán.

—Cuando visité mi vida de Helston —comenzó a decir—, supe que nuestro amor trascendía quiénes éramos en cada una de nuestras vidas...

—Sí —corroboró Daniel—. Nuestro amor lo trasciende todo.

—Y... cuando visité el Tíbet, supe que tocarnos o besarnos no era el desencadenante de mi maldición.

—No era tocaros. —La voz de Roland. Estaba sonriente, al lado de Daniel con las manos entrelazadas en la espalda—. No era tocaros, sino ser consciente de quién eras. Un nivel para el que no estabas preparada... hasta ahora.

—Sí. —Luce se tocó la frente. Había más. Mucho más—. Versalles. —Comenzó a hablar más deprisa—. Estaba condenada a casarme con un hombre al que no amaba. Tu beso me liberó, y mi muerte fue gloriosa porque volveríamos a vernos. Siempre.

—Juntos para siempre, pase lo que pase —observó Arriane mientras se enjugaba los ojos en la manga de Roland.

Para entonces, Luce tenía un nudo en la garganta que apenas le dejaba hablar. Pero ya no le dolía.

—Hasta Londres no comprendí que tu maldición era mucho peor que la mía —dijo a Daniel—. Todo lo que tenías que pasar, perdiéndome...

—Nunca le importó —murmuró Annabelle. Las alas le zumbaban tanto que tenía los pies a varios palmos del suelo—. Siempre te esperaba.

—Chichén Itzá. —Luce cerró los ojos—. Supe que la gloria de un ángel podía ser letal para los mortales.

—Sí —dijo Steven—. Pero tú aún estás aquí.

—Sigue, Luce. —Francesca nunca le había hablado con un tono tan alentador.

—La antigua China. —Luce se quedó callada. Aquella vida tuvo una importancia distinta a las otras—. Me demostraste que nuestro amor importaba más que cualquier guerra arbitraria.

Nadie habló. Daniel asintió de forma casi imperceptible.

Y fue en ese momento cuando Luce no solo comprendió quién era, sino el significado de todo. Había otra vida de su viaje por las Anunciadoras que creía que debía mencionar. Respiró hondo.

«No pienses en Bill —se dijo—. No tienes miedo.»

—Cuando estuve encerrada en la tumba de Egipto, supe de forma definitiva que siempre elegiría tu amor.

Fue entonces cuando los ángeles hincaron una rodilla en el suelo y la miraron con expectación, todos salvo Daniel. Los ojos violetas le brillaban con más intensidad que nunca. Fue a cogerle las manos, pero, antes de que pudiera hacerlo:

—¡Aaay! —Luce gritó al notar unas extrañas punzadas en la espalda. Se retorció de dolor. Le lloraron los ojos. Le zumbaron los oídos. Creyó que iba a vomitar. Pero, poco a poco, el dolor se localizó. Las punzadas que notaba en toda la espalda quedaron circunscritas a dos puntos de la parte superior de sus omóplatos.

¿Estaba sangrando? Se tocó la espalda, por encima del hombro. La herida estaba abierta, y parecía que algo brotaba de ella. No era doloroso, pero sí desconcertante. Asustada, volvió la cabeza, pero no vio nada. Solo oyó el sonido de su piel al separarse y estirarse, como si la musculatura se le estuviera transformando.

De golpe, tuvo una sensación de pesadez, como si le hubieran sujetado pesas a los hombros.

Y luego, con el rabillo del ojo, vio una vasta blancura hinchiéndose a sendos lados de su cuerpo mientras los ángeles gritaban asombrados.

—Oh, Lucinda —susurró Daniel mientras se tapaba la boca con la mano.

Fue así de fácil: Luce desplegó las alas.

Eran luminosas, livianas, casi ingrávidas. Y estaban hechas de la materia celestial más hermosa y reflejante. Debían de medir unos nueve metros de punta a punta, pero a ella le parecieron inmensas, interminables. Ya no sentía dolor. Cuando echó la mano hacia atrás para cogérselas, descubrió que eran afelpadas y tenían varios centímetros de espesor. Eran plateadas y no lo eran, como la superficie de un espejo. Eran inconcebibles; eran inevitables.

¡Eran sus alas!

Contenían toda la fortaleza y el poder que había acumulado en los milenios que había vivido. Y, sin apenas pensarlo, comenzó a batirlas.

Lo primero que pensó fue: «Ahora puedo hacer cualquier cosa».

Sin palabras, Daniel y ella se cogieron de las manos. Echaron las puntas superiores de las alas hacia delante en una suerte de beso, como las alas de los ángeles del Qayom Malak. Lloraron, rieron, se besaron.

—¿Y bien? —preguntó él.

Luce estaba aturdida y asombrada, y más feliz que nunca. Era imposible que aquello fuera real, pensó, a menos que dijera la verdad en voz alta, con Daniel y el resto de los ángeles caídos como testigos.

—Soy Lucinda —dijo—. Soy tu ángel.

17

La invención del amor

Volar era como nadar, y a Luce se le daban bien ambas cosas. Sus pies se separaron del suelo. No tuvo que pensar ni prepararse. Batió las alas por mera intuición. El viento zumbó contra las fibras de sus alas mientras ascendía al vaporoso cielo rosado. En el aire, sintió el peso del cuerpo, sobre todo en los pies, pero la sensación nueva e inimaginable de que flotaba casi le hizo olvidarlo. Voló a ras de estratos de nubes bajas sin apenas alterarlos, como una brisa que pasa a través de un carillón.

Se miró las alas de punta a punta y observó con atención su lustre perlado, asombrada de lo mucho que había cambiado. Era como si, en ese momento, todo su cuerpo hubiera delegado en sus alas. Ellas reaccionaban a sus menores deseos, con elegantes movimientos que generaban una velocidad formidable. Se aplanaban como las alas de un avión para planear sostenidas únicamente por el viento y se echaban hacia atrás en forma de corazón para encumbrarse en el cielo.

Su primer vuelo.

Salvo que… no lo era. Ahora, Luce sabía, con la misma certeza que sus alas sabían volar, que había existido un «antes» monumental. Antes de Lucinda Price, antes de que su alma hubiera visto la Tierra curva. Pese a todas las vidas en la Tierra que había presenciado en las Anunciadoras, pese a todos los cuerpos que había habitado, Luce apenas había arañado la superficie de quién era, de quién había sido. Existía otra historia previa a la historia en la que ella había batido aquellas alas.

Vio al resto del grupo observándola desde el suelo. Daniel tenía lágrimas en la cara. Él lo había sabido desde el principio. La había esperado. Quiso bajar en su busca, deseó que él alzara el vuelo para volar junto a ella, pero, de pronto, dejó de verlo.

La luz dio paso a la completa oscuridad…

De otro recuerdo que ocupó su pensamiento.

Cerró los ojos y se abandonó a él, dejó que la transportara a una época anterior. Por alguna razón, supo que aquel era su primer recuerdo, el momento enterrado en lo más recóndito de su alma. Lucinda había estado desde el mismo principio.

La Biblia había omitido aquella parte.

Antes de crear la luz, Dios creó a los ángeles. Primero hubo oscuridad y, al instante, la agradable sensación de abandonar la inexistencia al amparo de una mano dulce y gloriosa.

Dios creó la hueste celestial de ángeles, los trescientos dieciocho millones, en un momento de genialidad. Lucinda fue uno de ellos, y Daniel, y Roland, Annabelle, Arriane y Cam, y millones más, todos perfectos, todos gloriosos, todos concebidos para adorar a su Creador.

Sus cuerpos estaban hechos de la misma sustancia que el firmamento. No eran de carne y hueso, sino de materia divina, de luz.

Eran fuertes, indestructibles, bellos. Al cobrar vida, sus relucientes hombros, brazos y piernas presagiaron las formas que adoptarían los mortales en su propia creación. Todos los ángeles descubrieron sus alas a la vez, cada par ligeramente distinto, un reflejo del alma de su dueño.

Ya en la génesis de los ángeles, las alas de Lucinda tenían el lustroso color plateado de la luz emitida por las estrellas. Habían brillado en su singular gloria desde el principio de los tiempos.

La creación aconteció a la velocidad que Dios determinó, pero se desplegó en la memoria de Luce como un cuento, otra de las primeras creaciones de Dios, un producto del tiempo. Primero no había nada y, al instante, el Cielo estaba atestado de ángeles. En aquella época, el Cielo era ilimitado y tenía un suelo de suaves nubes blancas que cubrían los pies y las puntas de las alas de los ángeles cuando caminaban por él.

Había infinitos niveles en el Cielo, cada uno repleto de huecos y serpenteantes caminos que se abrían en abanico bajo un firmamento color miel. El aire olía al néctar de delicadas flores blancas que brotaban en hermosas arboledas. Salpicaban todos los rincones del Cielo y parecían, en cierto modo, las antecesoras de las peonías blancas.

Campos de árboles plateados daban el mejor fruto imaginable. Los ángeles se alimentaban de ellos y daban las gracias por su primer y único hogar. Alababan juntos a su Creador y su coro de voces formaba un sonido que en las gargantas de los humanos recibiría el nombre de armonía.

Dios creó una pradera que dividió el huerto por la mitad. Y, cuando todo estuvo completo en el Cielo, colocó un imponente Trono al principio de la pradera que emitía vibrante luz divina.

—Venid ante mí —ordenó mientras se arrellanaba en él con merecida satisfacción.

Los ángeles se congregaron en la Pradera del Cielo y se acercaron al Trono con regocijo. Formaron una fila espontánea que determinó su rango para siempre. Cuando estuvieron casi al principio de la Pradera, Lucinda recordó que no había podido ver el Trono con claridad. Su brillo era excesivo para los ojos de los ángeles. También recordó que había sido el tercer ángel de la fila, el tercero más próximo a Dios.

Uno, dos, tres.

Estiró y ahuecó las alas al recordar aquel honor.

Suspendido sobre el Trono había un semicírculo de ocho altares argénteos, como un toldo que protegía el Trono. Dios llamó a los ocho primeros ángeles de la fila para que ocuparan aquellos altares y se convirtieran en sus arcángeles. Lucinda tomó asiento en el tercer altar de la izquierda. Su cuerpo encajó en él a la perfección, pues había sido creado para ella. Aquel era su sitio. Su alma rebosó adoración por Dios.

Era perfecto.

No duró.

Dios tenía más planes para el universo. Lucinda se estremeció cuando la asaltó otro recuerdo.

Dios abandonó a los ángeles.

Todos eran felices en la Pradera, pero un día el Trono se quedó vacío. Dios cruzó las puertas del Cielo, se marchó para crear las estrellas, la Tierra y la Luna.

El hombre y la mujer estaban a punto de ser creados.

El Cielo se oscureció cuando Dios se fue. Lucinda tuvo frío y se sintió inútil. Fue entonces, recordó, cuando los ángeles comenzaron a ver que eran distintos, a advertir los diversos colores de sus alas. Algunos empezaron a extender el rumor de que Dios se había cansado de ellos y sus armoniosas plegarias. Otros dijeron que los humanos pronto ocuparían el lugar de los ángeles.

Lucinda recordó que, al recostarse en su altar argénteo próximo al Trono, había reparado en lo simple y apagado que parecía sin la estimulante presencia de Dios. Trató de adorar a su Creador a distancia, pero aquello no alivió su soledad. Había sido concebida para adorar a Dios en su presencia y lo único que sentía era un vacío. ¿Qué podía hacer?

Miró la Pradera desde su altar y vio a un ángel deambulando por el suelo de nubes. Parecía aletargado, melancólico. Alzó la vista, como si hubiera percibido su mirada. Cuando sus ojos se encontraron, él sonrió. Luce recordó lo bello que era antes de que Dios se marchara...

No pensaron. Se tendieron la mano. Sus almas se entrelazaron.

«Daniel», pensó Luce. Pero no podía saberlo con certeza. La Pradera estaba casi a oscuras, y el recuerdo era vago...

¿Era aquel el momento de su primer contacto?

¡Paf!

La Pradera volvía a brillar. El tiempo había pasado; Dios había regresado. El Trono resplandecía con una gloria sublime. Lucinda ya no ocupaba su altar argénteo junto al Trono. Estaba apiñada en la Pradera con toda la hueste de ángeles, y tenía que elegir.

La votación. Lucinda también había estado presente. Por supuesto. Se sintió acalorada y nerviosa sin saber por qué. El cuerpo se le calentó como les ocurría a sus antiguas encarnaciones poco antes de morir. No podía parar el temblor de sus alas.

Ella había elegido...

Le dio un vuelco el estómago. Le faltó la respiración. Estaba... cayendo. Parpadeó, vio el sol perfilando las montañas y supo que estaba otra vez en el presente, en Troya. Y cayendo del cielo, seis metros... doce. Braceó, como si volviera a ser una simple chica, como si no supiera volar.

Extendió las alas, pero ya era demasiado tarde.

Cayó en los brazos de Daniel, sin apenas notar el golpe. Sus amigos la rodeaban en el prado. Todo estaba igual que antes: los cedros de copa plana alrededor de los embarrados campos baldíos; la cabaña abandonada; las colinas moradas; las mariposas. Las caras de los ángeles caídos, observándola con preocupación.

—¿Estás bien? —preguntó Daniel.

Luce aún tenía el corazón acelerado. ¿Por qué no recordaba qué había sucedido en la votación? Puede que no les ayudara a detener a Lucifer, pero estaba deseando saberlo.

—Me ha faltado muy poco —dijo—. Casi he comprendido qué pasó.

Daniel la depositó en el suelo con suavidad y la besó.

—Lo comprenderás, Luce. Sé que lo harás.

Anochecía en el octavo día de su viaje. Cuando el sol se escondió por detrás de los Dardanelos y bañó los campos baldíos de luz dorada, Luce deseó que hubiera un modo de hacerlo volver.

¿Y si un día no era tiempo suficiente?

Echó los hombros hacia delante y hacia atrás. No estaba habituada al peso de sus alas, livianas como pétalos de rosa en el cielo, pero pesadas como cortinas de plomo en tierra.

La primera vez que las había desplegado, le habían roto la camiseta y el chaleco militar caqui. Ambas prendas estaban en el suelo hechas jirones, una extraña prueba de su transformación. Annabelle había ido rápidamente a la cabaña para llevarle otra camiseta. Era de color azul eléctrico, con una serigrafía de Marlene Dietrich en la pechera y sutiles rasgaduras para las alas en la espalda.

—En vez de pensar en todo lo que aún no recuerdas —dijo Francesca—, reconoce lo que ya sabes.

—Bien. —Luce empezó a pasearse por el prado mientras sentía la nueva sensación de sus alas oscilando detrás de ella—. Sé que la maldición me impedía conocer mi verdadera naturaleza angelical, que me hacía morir siempre que me acercaba a un recuerdo de mi pasado. Por eso ninguno de vosotros podía decirme quién soy.

—Tenías que recorrer ese camino sola —dijo Cam.

—Y la razón de que no lo hayas hecho hasta esta vida también forma parte de tu maldición —añadió Daniel.

—Esta vez me han educado sin una religión específica, sin un conjunto de reglas que determine mi destino, lo que me permite —Luce se quedó callada y recordó la votación— decidir por mí misma.

—No todos tienen ese lujo. —Phil habló desde la hilera de Proscritos.

—¿Por eso me queríais los Proscritos? —preguntó Luce, sabiendo de golpe que así era—. Pero ¿no he elegido ya a Daniel? Antes no lo recordaba, aunque, cuando Desi me ha hecho el regalo del auto conocimiento, me ha parecido que —Cogió la mano a Daniel— la decisión siempre había estado ahí, dentro de mí.

—Ahora sabes quién eres, Luce —dijo Daniel—. Sabes lo que te importa. Nada debería estar fuera de tu alcance.

Las palabras de Daniel le calaron hondo. Eso era lo que ella era, lo que siempre había sido.

Miró a los Proscritos, que se hallaban a cierta distancia del grupo. Se preguntó si habrían podido ver su transformación, si sus ojos ciegos podían percibir la metamorfosis de un alma. Buscó alguna señal en Olianna, la Proscrita que la había protegido en el tejado de Viena. Pero, al mirarla, se dio cuenta de que ella también había... cambiado.

—Me acuerdo de ti —dijo mientras se acercaba a la delgada chica rubia de ojos hundidos. La conocía, del Cielo—. Olianna, tú eras uno de los doce ángeles del zodíaco. Regías sobre Leo.

Olianna se estremeció y respiró hondo.

—Sí.

—Y tú, Phresia. Tú eras una Lumbrera. —Luce cerró los ojos y recordó—. ¿No fuiste tú una de las Cuatro que emanó de la Voluntad Divina? Recuerdo tus alas. Eran —se interrumpió mientras la cara se le ensombrecía al contemplar las deslucidas alas marrones de la chica— extraordinarias.

Phresia puso la espalda recta y alzó la cara pálida y demacrada.

—Hacía siglos que nadie me veía de verdad.

Vincent se adelantó.

—¿Y a mí, Lucinda Price? ¿Me recuerdas?

Luce le puso la mano en el hombro e hizo memoria.

—Tú eres Vincent, el ángel del viento del norte.

Al Proscrito se le nublaron los ojos, como si su alma quisiera llorar pero su cuerpo se negara.

—Phil —dijo Luce, mirando, por último, al Proscrito al que tanto había temido cuando fue a buscarla al patio de sus padres. Phil tenía los labios tensos y blancos. Estaba nervioso—. Tú eras uno de los ángeles del lunes, ¿verdad? Poseedor de los poderes de la luna.

—Gracias, Lucinda Price. —Phil se inclinó con vacilación, pero de forma cortés—. Los Proscritos admitimos que nos equivocamos al intentar apartarte de tu alma gemela y tus obligaciones. Pero sabíamos, como acabas de demostrar, que solo tú podrías vernos como lo que fuimos. Y que solo tú podrías devolvernos nuestra gloria.

—Sí —dijo Luce—. Os veo.

—Los Proscritos también te vemos —añadió él—. Eres radiante.

—Sí, lo es.

Daniel.

Luce lo miró. Su pelo rubio y sus ojos violetas, sus espaldas anchas, los labios carnosos que tantas veces la habían revivido. Se habían amado incluso durante más tiempo del que ella creía. Su amor era profundo desde los primeros tiempos del Cielo. Su relación abarcaba toda la historia de la existencia. Luce sabía cuál había sido su primer encuentro en la Tierra: allí mismo, en los campos quemados de Troya mientras los ángeles caían. Pero había una historia anterior. Un principio distinto para su amor.

¿Cuándo? ¿Cómo había sucedido?

Buscó la respuesta en los ojos de Daniel, pero sabía que no la encontraría allí. Tenía que volver a mirar en su propia alma. Cerró los ojos.

Ya le costaba menos recordar, como si, al desplegar las alas, hubiera resquebrajado el muro entre la Lucinda humana y el ángel que había sido. Lo que fuera que la separaba de su pasado era frágil, tan fino y quebradizo como una cáscara de huevo.

¡Paf!

Volvía a estar en la Pradera, sentada en su altar argénteo, anhelando el regreso de Dios. Miraba al ángel de pelo claro a quien ya había recordado tratándolo de alcanzar. Recordó sus pasos lentos y abatidos por el suelo de nubes. Su coronilla antes de que mirase hacia arriba. El Cielo se había quedado en silencio. Por una vez, Luce y el ángel estaban solos, lejos de la armonía de sus compañeros.

Él se volvió y levantó la vista para mirarla. Tenía la cara cuadrada, el pelo ambarino y ondulado, y los ojos azules, tan claros como el hielo. Los entrecerró al sonreírle. Luce no lo reconoció.

No, no era eso... lo reconocía, lo conocía. Hacía mucho tiempo, Lucinda había amado a aquel ángel.

¡Pero no era Daniel!

Sin saber por qué, Luce quiso borrar aquel recuerdo, fingir que no lo había visto, parpadear y estar con Daniel en los rocosos prados de Troya. Pero su alma estaba soldada a la escena. No podía dejar de mirar a aquel ángel que no era Daniel.

Él se acercó a ella. Sus alas se entrelazaron. Él le susurró al oído:

—Nuestro amor es infinito. No puede haber nada más.

¡No!

Por fin Luce logró apartar el recuerdo. Estaba otra vez en Troya. Sin aliento. Sus ojos debían de haberla delatado. Se notaba nerviosa, confusa.

—¿Qué has visto? —susurró Annabelle.

Luce abrió la boca, pero no pudo articular palabra.

«Lo traicioné. Quienquiera que fuera. Hubo alguien antes de Daniel y...»

—Todavía no ha terminado. —Por fin logró hablar—. La maldición. Aunque sé quién soy y sé que elegí a Daniel, hay algo más, ¿no? Alguien más. Él es quien me echó la maldición.

Daniel le pasó los dedos por el brillante contorno de las alas con mucha suavidad. Luce se estremeció, porque cualquier roce en ellas le despertaba la misma pasión que un beso y la encendía por dentro. Por fin sabía cuánto placer sentía Daniel cuando ella pasaba las manos por las suyas.

—Has llegado muy lejos, Lucinda. Pero aún te queda un trecho de camino por recorrer. Indaga en tu pasado. Ya sabes lo que buscas. Encuéntralo.

Luce cerró los ojos y volvió a buscar entre milenios de angustiosos recuerdos.

La Tierra desapareció bajo sus pies. Un laberinto de colores se entremezcló alrededor de ella, el corazón le palpitó en el pecho y todo se tornó blanco.

De nuevo el Cielo.

Brillaba con el regreso de Dios al Trono. El firmamento relucía como un ópalo. El suelo de nubes tenía mucho espesor ese día y los jirones blancos casi cubrían a los ángeles hasta la cintura. Las imponentes torres blancas de la derecha eran los árboles del Bosque de la Vida; los árboles de la izquierda, cargados de flores plateadas, pronto darían fruto en el Huerto del Conocimiento. Habían crecido. Habían tenido tiempo de hacerlo desde el último recuerdo de Luce.

Ella volvía a estar en la Pradera, en el centro de un gran cúmulo de luz parpadeante. Los ángeles del Cielo se encontraban reunidos ante el Trono, cuyo brillo volvía a ser tan intenso que Luce no podía mirarlo siquiera.

El Trono había trasladado el altar argénteo de Lucifer al otro extremo de la Pradera, donde lo había colocado a un nivel insultantemente bajo. Entre Lucifer y el Trono, el resto de los ángeles formaban un único grupo, pero pronto, comprendió Lucinda, se dividirían para unirse a uno u otro bando.

Volvía a estar en la votación. Esa vez se obligaría a recordar cómo había transcurrido.

Todos los hijos del Cielo iban a tener que elegir un bando. Dios o Lucifer. El bien o... no, él no era malvado.

El mal ni siquiera existía.

Apiñados de aquella forma, todos los ángeles eran asombrosos, distintos entre sí pero, de algún modo, indistinguibles. Daniel estaba en el centro, irradiando el brillo más puro que ella jamás conocería. En su recuerdo, Lucinda avanzaba hacia él.

¿Desde dónde?

La voz de Daniel le resonó en los oídos. «Indaga en tu pasado.»

Luce todavía no había mirado a Lucifer. No quería hacerlo.

«Mira donde no quieres mirar.»

Cuando se volvió hacia el otro extremo de la Pradera, vio la luz que envolvía a Lucifer. Era espléndida y ostentosa, como si él quisiera competir con todo lo que había en la Pradera: el Huerto, el murmullo celestial, el propio Trono. Lucinda tuvo que concentrarse para verlo con claridad.

Era... bellísimo. El cabello ambarino le caía sobre los hombros en lustrosas ondas. Tenía un cuerpo glorioso, definido por una musculatura que ningún mortal podría desarrollar jamás. Sus fríos ojos azules eran fascinantes.

Lucinda no podía dejar de mirarlo. Entonces, entre compases del murmullo celestial, oyó la canción. Aunque no recordaba haberla aprendido, conocía la letra y la conocería siempre, como los mortales recordaban las canciones de cuna durante el resto de su vida.

De todas las parejas que Dios creó
ninguna ha sido tan divina
como Lucifer, el lucero del alba,
y Lucinda, su luz vespertina

Los versos le resonaron en la cabeza y le ayudaron a hacer memoria. Le llovieron recuerdos con cada palabra.

«¿Lucinda, su luz vespertina?»

Se le encogió el alma cuando lo recordó. Lucifer había compuesto aquella canción. Formaba parte de su plan.

Ella era… ¿había sido la enamorada de Lucifer?

En cuanto se preguntó si aquel horror era posible, supo que era la verdad más vieja y cruda. Había estado equivocada en todo. Su primer amor había sido Lucifer, y el de Lucifer había sido el suyo. Incluso sus nombres formaban pareja. Habían sido almas gemelas. Se sintió perversa, otra, como si, al despertarse, hubiera descubierto que había matado a alguien mientras dormía.

Desde cada extremo de la Pradera, Lucinda y Lucifer se miraron durante la votación. Ella agrandó los ojos con incredulidad mientras él arrugaba los suyos y le sonreía de forma inescrutable.

¡Paf!

Un recuerdo desencadenado por otro recuerdo. Luce se adentró todavía más en la oscuridad para ir al lugar en el que más odiaba estar.

Lucifer la estrechaba entre sus brazos, le acariciaba las alas con las suyas y le procuraba un placer inconfesable, a la vista de todos, en su altar argénteo próximo al Trono vacío.

«Nuestro amor es infinito. No puede haber nada más.»

Cuando él la besó, Lucinda y Lucifer se convirtieron en los dos primeros seres que experimentaron con el afecto no dirigido a Dios. Los besos eran extraños y maravillosos, y Lucinda quería más, pero temía la opinión de los otros ángeles. Le preocupaba que los besos de Lucifer fueran como una marca en sus labios. Sobre todo, temía que Dios se enterara cuando regresara y volviera a ocupar el Trono.

—Di que me adoras —le suplicó Lucifer.

—La adoración es para Dios —respondió Lucinda.

—No forzosamente —susurró Lucifer—. Imagina lo fuertes que seríamos si declaráramos abiertamente nuestro amor ante el Trono, si tú me adoraras a mí y yo te adorara a ti. El Trono solo es uno; unidos por el amor, nosotros podríamos ser más grandes que él.

—¿Qué diferencia hay entre amor y adoración? —preguntó Lucinda.

—Amor es adorar a un igual como adoras a Dios.

—Pero yo no quiero ser más grande que Dios.

La expresión de Lucifer se ensombreció al oír sus palabras. Se apartó de ella con brusquedad y la cólera arraigó en su alma. Lucinda percibió un extraño cambio en él, pero era tan impropio de ella que no lo reconoció. Comenzó a temerlo. Lucifer no parecía temer nada, salvo que ella lo abandonara. Le enseñó la canción sobre la grandeza de su unión. Le obligaba a cantarla constantemente, hasta que ella se vio como su luz vespertina. Lucifer le decía que el amor era eso.

Luce se retorció de dolor mientras lo recordaba. Lucifer perseveró en su actitud. Con cada interacción, cada caricia de sus alas, se tornó más posesivo, más envidioso de su adoración a Dios. Le decía que, si lo amara de verdad, tendría suficiente con él.

Había un día especial que Luce recordaba de aquel período aciago: estaba en el suelo de nubes de la Pradera, cubierta de jirones hasta el cuello, llorando y deseando alejarse de todo. La sombra de un ángel se cernió sobre ella.

—¡Déjame en paz! —gritó.

Pero el ala que la cubrió hizo todo lo contrario. La acunó. El ángel parecía saber qué necesitaba mejor que ella misma. Despacio, Lucinda alzó la cabeza. El ángel tenía los ojos violetas.

—Daniel. —Ella lo conocía como el sexto arcángel, encargado de velar por las almas perdidas—. ¿Por qué has venido?

—Porque he estado observándote. —Daniel la miró con atención y Luce supo que, hasta ese momento, nadie había visto llorar a un ángel. Sus lágrimas eran las primeras—. ¿Qué te pasa?

Lucinda tardó mucho en hallar las palabras.

—Siento que estoy perdiendo mi luz.

Se lo contó todo y Daniel no la interrumpió. Hacía mucho tiempo que nadie la escuchaba.

Cuando terminó, Daniel tenía lágrimas en los ojos.

—Lo que tú llamas amor no parece muy hermoso —dijo despacio—. Piensa en cómo adoramos al Trono. Esa adoración nos hace mejores. Nos anima a superarnos, no a dejar de ser lo que somos. Si yo fuera tuyo y tú fueras mía, querría que fueras tal como eres. Jamás te eclipsaría con mis deseos.

Lucinda cogió su mano cálida y fuerte. Lucifer quizá había descubierto el amor, pero aquel ángel parecía saber cómo convertirlo en algo hermoso.

De pronto, Lucinda estaba besando a Daniel, enseñándole cómo se hacía, necesitando, por primera vez, entregarse por completo a otro. Se abrazaron y sus almas brillaron más, dos mitades mejoradas al unirse en un todo.

¡Paf!

Por supuesto, Lucifer regresó a ella. La cólera que le corroía las entrañas había crecido tanto que era dos veces más alto que ella. Antes habían tenido la misma estatura.

—Ya no puedo seguir llevando este yugo. ¿Me acompañarás ante el Trono para declarar que solo eres fiel a nuestro amor?

—Lucifer, espera… —Lucinda quería hablarle de Daniel, pero sabía que él no la escucharía.

—Para mí es una farsa fingir que adoro a Dios cuando te tengo a ti y no necesito nada más. Hagamos planes, Lucinda, tú y yo. Pensemos en cómo alcanzar la gloria.

—¿Cómo es ese amor? —gritó ella—. Tú adoras tus sueños, tu ambición. Me has enseñado a amar, pero yo no puedo amar a un alma tan siniestra que devora la luz de las otras.

Lucifer no la creyó o fingió no haberla oído, porque pronto desafió al Trono para que llamara a votar a todas las almas de la Pradera. Tenía a Lucinda sujeta al plantear el desafío, pero, cuando empezó a hablar, se distrajo y ella pudo escabullirse. Se adentró en la Pradera, deambuló entre almas luminosas. Vio la que había estado buscando desde el principio.

Lucifer gritó a los ángeles:

—¡Se ha trazado la línea en el suelo de nubes de la Pradera! Ahora sois libres de elegir. Yo os ofrezco la igualdad, una existencia que no está sujeta a las leyes arbitrarias de una autoridad.

Luce sabía que se refería a que ella solo era libre de seguirlo a él. Lucifer podía creer que la amaba, pero lo que amaba era dominarla con una fascinación siniestra y destructiva. Era como si la considerara un apéndice suyo.

Lucinda se acurrucó junto a Daniel en la Pradera y se deleitó en la tibieza de un amor floreciente que era puro y la nutría. De pronto, el nombre de Daniel resonó en la Pradera. Lo habían llamado a votar. Él se alzó por encima del derroche de luz angelical y dijo, con serenidad:

—Con todos mis respetos, no haré esto. No elegiré el bando de Lucifer ni tampoco el del Cielo.

Se oyó un clamor entre la multitud de ángeles congregada en la Pradera, desde el lado del Trono y, todavía más alto, desde el lado de Lucifer. Lucinda se había quedado sin habla.

—En cambio, elijo el amor —continuó Daniel—. Elijo el amor y os dejo con vuestra guerra. Te equivocas planteándonos esto —dijo a Lucifer.

Después, se dirigió al Trono:

—Todo lo que hay de bueno en el Cielo y en la Tierra está hecho de amor. Puede que no fuera vuestra intención cuando creasteis el universo. Puede que el amor solo fuera un aspecto de un mundo complejo y cruel. Pero el amor es lo mejor que habéis creado y se ha convertido en lo único que merece la pena salvar. Esta guerra no es justa. Esta guerra no es buena. El amor es lo único por lo que merece la pena luchar.

La Pradera se quedó en silencio tras las palabras de Daniel. La mayoría de los ángeles parecían desconcertados, como si no entendieran qué había querido decir.

No era el turno de Lucinda. Los secretarios celestiales llamaban a los ángeles por orden de importancia y Lucinda era uno de los pocos ángeles que estaba por encima de Daniel. Daba igual. Eran un equipo. Se levantó y se puso junto a él en la Pradera.

—Jamás habría que tener que elegir entre el amor y Vos —declaró al Trono—. Puede que un día halléis un modo de reconciliar la adoración y el amor verdadero del que nos habéis hecho capaces. Pero, si tengo que elegir, debo quedarme junto a mi amor. Elijo a Daniel, y lo elijo para siempre.

Luce recordó entonces la cosa más difícil que había hecho nunca. Miró a Lucifer, su primer amor. Si no era sincera con él, nada de aquello contaría.

—Tú me enseñaste el poder del amor y siempre te estaré agradecida por ello. Pero, para ti, el amor está en tercer lugar, muy por detrás de tu orgullo y tu cólera. Has empezado una guerra que no puedes ganar.

—¡Hago todo esto por ti! —gritó Lucifer.

Fue su primera gran mentira, la primera gran mentira del universo.

Cogida del brazo de Daniel en el centro de la Pradera, Lucinda había tomado la única decisión posible. Su miedo palidecía comparado con su amor.

Sin embargo, jamás habría podido anticipar la maldición. Luce recordó en ese momento que el castigo había provenido de ambos bandos. Por eso era tan vinculante la maldición: tanto el Trono como Lucifer, por celos, rencor o un concepto insensible de justicia, habían sellado el destino de Daniel y Lucinda por muchos miles de años.

En el silencio de la Pradera, sucedió algo extraño: «otro» Daniel se alzó junto a Daniel y Lucinda. Era un anacronismo, el Daniel al que ella había conocido en la Escuela de la Costa, el ángel al que Luce Price conocía y amaba.

—He venido a suplicar clemencia —dijo el Daniel desdoblado—. Si debemos ser castigados, y, Maestro, no cuestiono vuestra decisión, por favor, recordad al menos que uno de vuestros grandes atributos es vuestra misericordia, que es misteriosa y grande, y una lección de humildad para todos nosotros.

En su momento, Lucinda no lo había comprendido, pero, en el recuerdo de Luce, por fin todo cobraba sentido.

Daniel le había hecho el regalo de crear una laguna en la maldición, para que algún día, en un futuro lejano, ella pudiera liberar su amor.

Lo último que recordaba era haberse agarrado a Daniel con todas sus fuerzas cuando el suelo de la Pradera se ennegreció. Después, cedió bajo sus pies y los ángeles comenzaron su caída hacia el olvido. El cuerpo se le había paralizado y Daniel se le había escapado de las manos. Lo había perdido. Había perdido todos sus recuerdos. Se había perdido a sí misma.

Hasta aquel momento.

Cuando abrió los ojos, ya era de noche. La temperatura había bajado tanto que le temblaban los brazos. Sus compañeros estaban apiñados a su alrededor, tan callados que oyó el canto de los grillos entre la hierba. No quería mirar a nadie.

—Fue culpa mía —dijo—. Hasta ahora, creía que te castigaban a ti, Daniel, pero el castigo era para mí. —Se calló—. ¿Soy yo la causa de que Lucifer se rebelara?

—No, Luce. —Cam le dirigió una sonrisa triste—. Puede que fueras su fuente de inspiración, pero la inspiración solo es una excusa para hacer lo que ya se tiene en mente. Lucifer buscaba un modo de ser malvado. Habría encontrado otra excusa.

—Pero le traicioné.

—No —dijo Daniel—. Él te traicionó a ti. Nos traicionó a todos.

—Sin su rebelión, ¿nos habríamos enamorado?

Daniel sonrió.

—Me gusta pensar que habríamos encontrado el modo. Ahora, por fin, tenemos la oportunidad de dejar todo eso atrás. Tenemos la oportunidad de detener a Lucifer, de romper la maldición y querernos como siempre hemos deseado. Podemos conseguir que todos estos años de sufrimiento tengan sentido.

—Mirad —dijo Steven al tiempo que señalaba el cielo.

Estaba cuajado de estrellas. Una, muy lejana, era más luminosa que el resto. Parpadeó y pareció apagarse por completo antes de volver a brillar incluso más que antes.

—Son ellos, ¿verdad? —preguntó Luce—. ¿La Caída?

—Sí —respondió Francesca—. Es la Caída. Es justo como la describen los textos antiguos.

—Es… —Luce arrugó la frente y entrecerró los ojos—. Solo la veo cuando me…

—Concéntrate —le ordenó Cam.

—¿Qué le está pasando? —preguntó Luce.

—Empieza a ser en este mundo —respondió Daniel—. No fue el tránsito físico del Cielo a la Tierra lo que tardó nueve días. Fue el cambio de un reino celestial a uno terrenal. Cuando caímos aquí, nuestros cuerpos eran… distintos. Nos transformamos. Eso llevó tiempo.

—El tiempo se agota —explicó Roland, que consultó el reloj dorado de bolsillo que Desi debía de haberle regalado antes de morir.

—Entonces, es hora de ir —dijo Daniel a Luce.

—¿Allí?

—Sí, debemos ir a su encuentro. Nos encumbraremos hasta los límites de la Caída y entonces tú...

—¿Tengo que detenerlo?

—Sí.

Luce cerró los ojos, recordó la mirada de Lucifer en la Pradera. Parecía que hubiera querido destruir toda la ternura que quedaba.

—Creo que sé cómo.

—¡Os he dicho que diría eso! —gritó Arriane con alegría.

Daniel abrazó a Luce.

—¿Estás segura?

Ella lo besó, más segura que nunca.

—Acabo de recuperar mis alas, Daniel. No voy a permitir que Lucifer vuelva a quitármelas.

Luce y Daniel se despidieron de sus amigos, se cogieron de la mano y alzaron el vuelo. Estuvieron ascendiendo una eternidad, atravesaron la finísima capa exterior de la atmósfera, una capa de luz al borde del espacio.

La luna se tornó inmensa, brilló como el sol a mediodía. Atravesaron nebulosas galaxias y pasaron junto a otras lunas con otras caras salpicadas de cráteres y extraños planetas rojos rebosantes de gas y circundados por anillos de luz.

Luce no se cansaba de volar. Empezó a entender que Daniel pudiera hacerlo durante días sin descansar; no tenía hambre ni sed. No tenía frío en aquella noche glacial.

Por fin, al filo de la nada, en la zona más oscura del universo, llegaron al perímetro. Vieron la telaraña negra de la Anunciadora de Lucifer, oscilando entre dimensiones. En su interior estaba la Caída.

Daniel se quedó suspendido al lado de Luce y le rozó las alas con las suyas para darle fuerzas.

—Primero tendrás que atravesar la Anunciadora. No te entretengas ahí. No te pares hasta que lo encuentres en la Caída.

—Tengo que ir sola, ¿verdad?

—Yo te seguiría hasta los confines de la Tierra, y más allá. Pero tú eres la única que puede hacerlo —respondió Daniel. Le cogió la mano y le besó los dedos, la palma. Temblaba—. Yo estaré aquí.

Sus labios se rozaron una última vez.

—Te quiero, Luce —dijo Daniel—. Te querré siempre, tanto si Lucifer lo consigue como si no…

—No, no digas eso —lo interrumpió Luce—. Él no…

—Pero, si lo consigue —continuó Daniel—, quiero que sepas que volvería a hacerlo. Volvería a elegirte todas las veces.

Luce se serenó. No iba a fallarle. No iba a fallarse.

—No tardaré.

Le apretó la mano, se apartó de él y se adentró en la oscura Anunciadora de Lucifer.

18

Atrapar una estrella fugaz

L a oscuridad era total.

Luce solo había viajado por sus propias Anunciadoras, que eran frescas y húmedas, incluso tranquilas. La entrada de la Anunciadora de Lucifer era maloliente, sofocante y ensordecedora, y estaba impregnada de un humo acre. Flemosas súplicas de misericordia y sollozos entrecortados atravesaban su pared interna.

A Luce se le erizaron las alas, una sensación que no había experimentado nunca, cuando cayó en la cuenta de que las Anunciadoras del diablo eran avanzadillas del Infierno.

«Solo es un túnel —se dijo—. Es como cualquier otra Anunciadora, una puerta para acceder a otro lugar y a otro tiempo.»

Siguió adelante mientras se atragantaba con el humo. El suelo estaba cubierto de algo puntiagudo que no reconoció hasta que tropezó, cayó de rodillas y notó esquirlas de cristal clavándosele en las manos que Daniel acababa de soltar.

«No te entretengas ahí —le había dicho él—. No te pares hasta que lo encuentres.»

Respiró hondo, se levantó, recordó quién era. Desplegó las alas y la Anunciadora se inundó de luz. Aquello le permitió ver lo horrible que era: todas las superficies humeantes estaban cubiertas de puntiagudos cristales de distintos colores, había charcos pegajosos en el suelo, repletos de formas semihumanas muertas o moribundas y, lo peor de todo, reinaba una aplastante sensación de vacío.

Luce se miró las manos ensangrentadas, en cuyas palmas tenía clavados afilados triangulitos de cristal marrón. Se le curaron casi al instante. Apretó los dientes, alzó el vuelo y atravesó la pared interna de la Anunciadora para adentrarse en la Caída secuestrada por Lucifer.

Era ingente. Eso fue lo primero que vio. Era tan grande que podía ser todo un universo, y el silencio resultaba sobrecogedor. La luz que emitían los ángeles era tan intensa que Luce apenas veía nada. De algún modo, percibía a sus hermanos alrededor de ella, más de cien millones de ángeles, decorando el ciclo como pinturas. Estaban suspendidos, detenidos en el tiempo y en el espacio, cada uno envuelto en una esfera de luz.

Ella también había caído así. En aquel momento lo recordó, dolorosamente. Aquellos nueve días habían contenido novecientas eternidades. Y, aunque los ángeles estaban inmóviles, Luce vio que no dejaban de transformarse. Sus formas habían adquirido una extraña translucidez. De vez en cuando, un destello brillaba en el dorso de un par de alas. Un brazo se perfilaba y volvía a difuminarse. Ese era el cambio al que se que había referido Daniel: las almas del reino celestial metamorfoseándose en el aspecto que adoptarían en el reino terrenal.

Los ángeles estaban despojándose de su pureza angelical, encarnándose en sus cuerpos terrenales.

Luce se acercó al ángel más próximo. Lo reconoció: Zadkiel, el ángel de la justicia divina, su hermano y su amigo. Llevaba muchísimo tiempo sin ver su alma. Él no la veía y, de haberlo hecho, no habría podido reaccionar.

Su luz interior parpadeó y su esencia brilló como una piedra preciosa en agua turbia. Se consolidó en un rostro borroso que Luce no reconoció. Era grotesco, con los ojos toscamente formados y los labios a medio modelar. No era él, pero, en cuanto los ángeles cayeran al implacable suelo de la Tierra, lo sería.

Cuanto más se adentraba en el mar de ángeles suspendidos, más pesada se sentía. Los reconocía a todos: Sariel, Alat, Muriel, Chayo. Descubrió con horror que, cuando sus alas se acercaban lo suficiente, oía sus pensamientos.

«¿Quién cuidará de nosotros? ¿A quién adoraremos?»

«No me noto las alas.»

«Echo de menos mis huertos. ¿Habrá huertos en el Infierno?»

«Lo siento. Lo siento muchísimo.»

Era demasiado doloroso quedarse cerca de cualquiera de ellos durante más de lo que duraba uno solo de sus pensamientos. Luce siguió avanzando, sin rumbo fijo, apabullada, hasta que se vio atraída por una brillante luz conocida.

«Gabbe.»

Incluso durante su transición, Gabbe era espléndida. Sus alas blancas envolvían sus facciones a medio formar como pétalos de rosa; la oscura cortina de sus pestañas le confería un aire sereno y templado.

Luce se apretó contra la esfera argéntea de luz de Gabbe. Por un momento, se planteó que la Caída de Lucifer podía tener algo positivo: Gabbe regresaría.

La luz de Gabbe titiló y Luce oyó su pensamiento.

«Sigue adelante, Lucinda. Por favor, sigue adelante. Sueña lo que ya sabes.»

Luce pensó en Daniel, que aguardaba al otro lado. Pensó en Lu Xin, la chica que fue durante el reinado de la antigua dinastía Shang en China. Había matado a un rey, se había vestido con sus ropas de general y se había aprestado para una batalla que no era la suya, todo por amor a Daniel.

Luce había reconocido su alma en Lu Xin en cuanto la había visto. También podía encontrarse a sí misma allí, aunque estuviera rodeada de almas luminosas que brillaban como las luces de una gran ciudad. Se encontraría dentro de la Caída.

De pronto, supo que allí sería donde encontraría a Lucifer.

Cerró los ojos, batió ligeramente las alas, pidió a su alma que la guiara hasta ella. Avanzó entre millones de hermanos, sorteó luminosas oleadas de ángeles. Tardó una breve eternidad. A lo largo de nueve días, sus amigos y ella habían echado una carrera al tiempo con el único objetivo de encontrar la Caída. Ahora que lo habían hecho, ¿cuánto tardaría ella en hallar el alma que necesitaba, la aguja en aquel pajar formado por ángeles en transformación? ¿Cuánto tiempo quedaba?

Entonces, en una galaxia de ángeles inmóviles, Luce se quedó inmóvil.

Alguien cantaba.

Era una canción de amor tan hermosa que le temblaron las alas.

Se posó a descansar detrás de la esfera blanca de un ángel caído llamado Ezequiel y escuchó:

—*Mi mar ha hallado un puerto... Mi ardor ha hallado una llama...*

Un antiguo recuerdo olvidado le hinchió el alma. Se asomó por un lado de Ezequiel, el ángel de las nubes, para ver quién cantaba en el calvero.

Era un chico que acunaba a una chica y le cantaba con una voz tan dulce como la miel.

El lento balanceo de sus brazos era el único movimiento en toda la Caída.

Luce advirtió que la chica no era meramente una chica. Era una esfera de luz a medio formar que envolvía a un ángel en metamorfosis. Era el alma que había sido Lucinda.

El joven levantó la vista al percibir su presencia. Tenía la cara cuadrada, el cabello ambarino ondulado y los ojos azules como el hielo, rebosantes de amor pueril.

Pero no era un chico. Era un ángel de una belleza tan devastadora que el cuerpo de Luce se puso tenso al sentir una soledad que no quería recordar.

Era Lucifer.

Aquel era el aspecto que había tenido en el Cielo. Pero aquel Lucifer se movía y estaba completamente formado, a diferencia de los millones de ángeles que le rodeaban, lo cual aseguró a Luce que se trataba del demonio del presente, el que había secuestrado la Caída en su Anunciadora para hacer tabla rasa. Su alma milenaria podía encontrarse en cualquier parte, tan paralizada como se habían quedado todas las demás cuando el Trono las había expulsado del Cielo.

Luce no se había equivocado al pensar que su alma la guiaría hasta Lucifer. Después de reiniciar la Caída, él debía de haberse desplazado hasta allí a través de su Anunciadora.

¿Qué había hecho en aquellos nueve días? ¿Cantar baladas y mecer el cuerpo mientras el mundo entero estaba en vilo y un ejército de ángeles lo recorría para detenerlo?

A Luce le quemaron las alas. Ella sabía que era todo lo que él había hecho, porque sabía que la amaba, que aún la deseaba. Su traición a Lucifer era el origen de todo.

—¿Quién anda ahí? —gritó él.

Luce avanzó. No había ido allí a esconderse. Además, él ya había percibido el brillo de su alma detrás de Ezequiel. Sabía, por la crispación de su voz, que la había reconocido.

—Oh. Eres tú. —Lucifer alzó un poco los brazos para enseñarle a su antiguo yo—. ¿Conoces a mi amada? Creo que te parecería… —Miró al infinito mientras hallaba la palabra adecuada— vivificante.

Luce se acercó más, tan atraída por el radiante ángel que le había roto el corazón como por la extraña versión a medio formar de sí misma. Aquel era el ángel que se convertiría en la joven que Luce había sido en la Tierra. Vio un destello de su propia cara dentro de la luz que Lucifer acunaba. Pero enseguida se difuminó.

Pensó en fusionarse con aquel extraño ser. Sabía que podía hacerlo: ocupar su cuerpo más antiguo, trasladarse a su pasado con un vuelco del estómago, parpadear y hallarse en los brazos de Lucifer, en la mente de la Lucinda que caía, como ya había hecho tantas otras veces.

Pero ya no necesitaba hacerlo. Bill le había enseñado a fusionarse cuando ella no conocía su verdadera identidad, cuando no podía acceder a todos sus recuerdos. Pero no le hacía falta fusionarse con su alma angelical para saber qué decir a Lucifer. Ya conocía toda la historia.

Se cruzó de brazos. Pensó en Daniel, que la esperaba fuera de la Anunciadora.

—El amor que sientes no es correspondido, Lucifer.

Él la desafió con una sonrisa radiante.

—¿Tienes idea de cuán insólito es este momento?

Luce se acercó sin pensar.

—¿Vosotras dos, juntas? La que no puede dejarme —dijo acariciando el cuerpo en metamorfosis que acunaba; levantó la vista— y la que no sabe cómo mantenerse alejada.

—Ella y yo tenemos la misma alma —dijo Luce—. Y ninguna de las dos te quiere ya.

—¡Y dicen que yo tengo el corazón endurecido! —Lucifer hizo una mueca que borró por completo su dulzura. Su voz bajó varios registros hasta ser más grave de lo que Luce creía posible—. Me decepcionaste en Egipto. No tendrías que haber actuado así, ni tendrías que estar aquí ahora. Te deposité en el reino exterior para que no pudieras intervenir.

La figura de Lucifer cambió: el rostro joven y hermoso se le resecó y profundas arrugas le surcaron el cuerpo. Un par de poderosas alas le surgieron de los omóplatos. Las uñas se le transformaron en largas garras curvas de color amarillo. Luce se estremeció cuando las clavó en el cuerpo a medio formar de la primera Lucinda.

Sus ojos celestes adquirieron el color del plomo candente y se volvió diez veces más grande. Luce sabía que eso se debía a que había cedido a la cólera que reprimía para tener el aspecto de su hermoso primer yo. Lucifer pareció llenar todo el espacio y la masa de ángeles congelados en su caída se redujo de forma instantánea.

Luce voló hasta hallarse a la altura de sus ojos y suspiró.

—No sigas con esto —dijo.

—Has desarrollado tolerancia, ¿no?

Luce negó con la cabeza y extendió las alas al máximo. Su envergadura seguía asombrándola.

—Sé quién soy, Lucifer. Sé lo que puedo hacer. Ninguno de los dos está sujeto a las limitaciones de la mortalidad. Yo también podría volverme horrorosa. Pero ¿para qué?

A Lucifer le salió humo de la cabeza mientras observaba las alas de Luce.

—Tus alas siempre fueron impresionantes —dijo—. Pero no te acostumbres a ellas. Ya casi no queda tiempo, y cuando se agote... cuando se agote...

Lucifer le escrutó el rostro en busca de alguna muestra de temor o agitación. Ella sabía qué lo movía, de dónde extraía su energía y su poder. El diablo tensó su fibrosa musculatura y Luce vio que la luz de la primera Lucinda vacilaba, nerviosa pese a su inmovilidad, indefensa en sus brazos. Era como ver a un ser querido en grave peligro, pero Luce estaba decidida a no mostrarse afectada.

—No me das miedo.

El gruñido de Lucifer fue una nube de mucosidad y humo.

—Te lo daré, como antes te lo daba, como en realidad te lo doy ahora. El miedo es el único modo de relacionarse con el diablo.

Lucifer dejó de crecer. Sus ojos volvieron a adquirir su asombroso color celeste. La musculatura se le relajó hasta que recobró la armónica figura que lo había convertido en el ángel más bello de toda la hueste celestial. Su pálida tez tenía un brillo trémulo que Luce no recordaba.

Era incluso más hermoso que Daniel.

Luce se permitió recordar. Había querido a Lucifer. Él había sido su primer amor verdadero. Ella le había entregado su corazón. Y Lucifer también la había querido.

Cuando él la miró, toda la historia de su relación se plasmó en su bello rostro: el fuego del principio, su hondo deseo de poseerla, el mal de amores que, según él, lo había impulsado a rebelarse contra el Trono.

Racionalmente, Luce sabía que aquella era la primera gran mentira del Gran Mentiroso, pero su corazón sentía otra cosa, en parte porque sabía que Lucifer había terminado por creerse su mentira, la cual tenía un poder oculto e insidioso, como una inundación que nadie veía.

No pudo evitarlo: se ablandó. Los ojos de Lucifer emanaban la misma ternura que los de Daniel cuando la miraba. Sintió que sus ojos comenzaban a devolverle aquella ternura.

Lucifer aún la amaba, y cada momento que estaba sin ella le hería en lo más hondo. Por eso se había pasado aquellos últimos nueve días con una sombra de su alma, por eso había tratado de reiniciar el universo entero para recuperarla.

—Oh, Lucifer —dijo—. Lo siento.

—¿Lo ves? —Él se rió—. Sí te doy miedo. Te doy miedo por cómo te hago sentir. No quieres recordar…

—No, no es…

De un carcaj que llevaba a la espalda, Lucifer sacó una larga flecha estelar de plata. La giró entre los dedos mientras tarareaba una melodía que Luce reconoció. Se estremeció. Era el himno que él había compuesto, el poema que los emparejaba. «Lucinda, su luz vespertina.»

Luce vio que la flecha estelar centelleaba.

—¿Qué haces?

—Tú me quisiste. Fuiste mía. Los que sabemos qué es la eternidad, conocemos el significado del amor verdadero. El amor no muere nunca. Por eso sé que, cuando terminemos de caer, cuando todo vuelva a empezar, tú tomarás la decisión correcta. Me elegirás a mí y no a él, y gobernaremos juntos. Estaremos juntos... —La miró— o si no...

Lucifer se dirigió hacia ella con la flecha estelar.

—¡Sí! —gritó Luce—. ¡Yo te quise!

Lucifer se quedó petrificado, con la mortífera flecha de punta roma suspendida sobre el pecho de Luce y la primera Lucinda colgada del pliegue del codo del otro brazo.

—Pero fue hace más tiempo de lo que tú recuerdas —continuó Luce—. Comprendes lo que es la eternidad, pero no comprendes cómo puede cambiar en un instante. Yo ya no te quería cuando caímos.

—Mentiras. —Lucifer acercó la flecha estelar a su pecho—. Tú me quisiste hace menos tiempo del que crees. Incluso la semana pasada, en tus Anunciadoras, mientras creías que amabas a otro. Estábamos muy bien juntos. ¿Te acuerdas de cuando estuvimos encaramados al árbol de Tahití? También tuvimos otros momentos no tan recientes. Espero que los hayas recordado.

Se apartó de ella y examinó su reacción.

—¡Yo te enseñé todo lo que crees saber del amor! Teníamos que gobernar juntos. Prometiste seguirme. Me engañaste. —Lucifer le suplicó con la mirada, debatiéndose entre el dolor y la cólera—. Piensa en lo solo que me sentí, en un Infierno fabricado por mí, abandonado en mi altar, el mayor necio de todos los tiempos, soportando siete mil años de tormento.

—Basta —susurró Luce—. Tienes que dejar de quererme. Porque yo he dejado de quererte.

—¿Por culpa de Daniel Grigori, que no es ni una décima parte del ángel que soy yo, ni tan siquiera en mi peor momento? ¡Es absurdo! Sabes que yo siempre he sido más radiante, más inteligente. Tú estabas presente cuando inventé el amor. Lo creé de la nada, ¡de la mera... adoración! —Lucifer frunció el entrecejo al pronunciar la palabra, como si le produjera náuseas.

»Y eso no es todo. Sin ti, inventé el mal, el otro extremo del espectro, el equilibrio necesario. ¡Inspiré a Dante! ¡A Milton! Deberías ver el Averno. Tomé las ideas del Trono y las mejoré. ¡Puedes hacer lo que quieras! Te lo has perdido todo.

—No me he perdido nada.

—Oh, cielo —Lucifer le acarició la mejilla con su suave mano—, no sabes lo que dices. Yo podría darte el reino más grande que se conoce. Después del trabajo, viene la fiesta. ¡Hasta el Trono te ofreció la paz eterna! ¿Y qué has elegido tú? A Daniel. ¿Qué ha hecho ese patán en toda su vida?

Luce le apartó la mano.

—Ha conquistado mi corazón. Me quiere por la persona que soy, no por lo que puedo darle.

Lucifer sonrió con desprecio.

—Siempre has necesitado la aprobación ajena, nena. Es tu talón de Aquiles.

Luce contempló las almas luminosas inmóviles que les rodeaban. Eran millones y estaban diseminadas a lo largo de miles de kilómetros, escuchando sin querer la verdad sobre el primer amor romántico del universo.

—Creía que lo que sentía por ti estaba bien —dijo Luce—. Te quise hasta que me hizo daño, hasta que tu orgullo y tu cólera consumieron nuestro amor. Lo que tú llamabas «amor» me anulaba. Por eso tuve que dejar de quererte. —Se quedó callada—. Nuestra adoración jamás empequeñeció al Trono, pero tu amor me empequeñecía a mí. Jamás quise hacerte daño. Solo quería que tú dejaras de hacérmelo.

—¡Pues deja de hacerme daño tú a mí! —le suplicó Lucifer mientras estiraba unos brazos en los que Luce se recordaba envuelta, sintiéndose como en casa—. Puedes aprender a quererme otra vez. Solo eso pondrá fin a mi dolor. Elígeme ahora, otra vez, para siempre.

—No —replicó Luce—. Lo nuestro ha terminado. —Señaló a los ángeles que les rodeaban—. Terminó mucho antes de que nada de esto hubiera empezado siquiera. Jamás te prometí que gobernaría contigo fuera del Cielo. Tú me atribuiste ese sueño, como si yo fuera otra de tus tablas rasas. No conseguirás nada dejando caer a esta Lucinda a la Tierra. Tu amor no se verá correspondido.

—Quizá sí. —Lucifer miró al ángel que tenía en los brazos. Trató de darle un beso, pero la luz que lo envolvía impidió que sus labios tocaran su piel.

—Siento el dolor que te he causado —dijo Luce—. Era... joven. Me... dejé llevar. Jugué con fuego. No debería haberlo hecho. Por favor, Lucifer, déjanos marchar.

—Oh. —Lucifer enterró la cabeza en el cuerpo que acunaba—. Sufro.

—Sufrirás menos si aceptas que lo que tuvimos pertenece al pasado. Las cosas no son como eran. Si me amas, debes tener valor para dejar que siga mi camino.

Lucifer la miró largamente. Su expresión se ensombreció, pero después se tornó burlona, como si considerara una idea. Apartó un momento los ojos, parpadeó y, cuando volvió a mirarla, Luce tuvo la sensación de que la veía como era de verdad, como el ángel que se había transformado en chica, que había vivido milenios, que había estado cada vez más seguro de su destino, que había hallado el modo de volver a ser un ángel.

—Mereces… más —susurró Lucifer.

—¿Más que Daniel? —Luce negó con la cabeza—. No quiero nada aparte de él.

—Me refiero a que mereces más que este sufrimiento. Sé por lo que has pasado. Te he observado. A veces, me he regocijado en tu dolor. Ya me conoces. —Lucifer sonrió con tristeza—. Pero incluso yo siento cierta culpa cuando me alegro de esa forma. Si pudiera despojarme de la culpa, entonces sí que verías algo grande.

—Líbrame de mi sufrimiento. Detén la Caída. Está en tus manos.

Lucifer se acercó a ella tambaleándose. Los ojos se le llenaron de lágrimas. Negó con la cabeza.

—Explícame cómo es posible que un buen partido como yo pierda…

—¡BASTA!

La voz lo detuvo todo. La órbita del sol, la conciencia de tres cientos dieciocho millones de ángeles, incluso la velocidad de la mismísima Caída, ¡simplemente se pararon!

Era la voz que había creado el universo: sonora y plural, como si millones de versiones de ella hablaran al unísono.

«Basta.»

La orden del Trono se propagó a través de Luce. La consumió. La luz le inundó los ojos y su brillo le ocultó a Lucifer, a la primera Lucinda, al mundo entero. El alma le zumbó con una electricidad inexplicable mientras un peso la abandonaba y se perdía en la distancia.

La Caída.

Había desaparecido. Una sola palabra y una sacudida que parecía haberla vuelto del revés la habían apartado de la Caída. Se desplazaba por un gran vacío, hacia un destino desconocido, más deprisa que la velocidad de la luz multiplicada por la velocidad del sonido.

Se desplazaba a la velocidad de Dios.

19

El precio de Lucinda

N ada salvo blancura.

    Luce presentía que Lucifer y ella habían regresado a Troya, pero no podía estar segura. El mundo era demasiado luminoso, marfil en llamas. Ardía en completo silencio.

Al principio, la luz lo fue todo. Era incandescente, cegadora.

Luego, poco a poco, su brillo comenzó a atenuarse.

Ante los ojos de Luce, una escena comenzó a perfilarse. La luz menguante permitió que el campo, los esbeltos cipreses, las cabras que comían paja, los ángeles que la rodeaban, se enfocaran. Su brillo parecía tener textura, como plumas acariciándole la piel. Luce se sentía humilde y temerosa ante su poder.

La luz siguió atenuándose, pareció encogerse, condensarse, replegarse sobre sí misma. Todo se oscureció, perdió su color conforme su brillo disminuía. La luz se concentró en una esfera, una diminuta bola luminosa, más brillante en el núcleo, que se quedó suspendida a tres metros del suelo. Vibró y parpadeó mientras sus rayos cobraban forma. Se estiraron, resplandecientes como azúcar a punto de caramelo, para modelar una cabeza, un torso, unas piernas, unos brazos, unas manos.

Una nariz.

Una boca.

Hasta que la luz se convirtió en una persona.

Una mujer.

El Trono en forma humana.

Hacía milenios, Luce había sido uno de sus ángeles preferidos. Lo supo entonces, lo supo en lo más hondo de su alma, y, no obstante, ella nunca había conocido realmente al Trono. Ningún ser era capaz de esa clase de conocimiento.

Las cosas eran así. La naturaleza de la divinidad era esa. Describirla suponía degradarla. Así pues, aunque el Trono encarnado se pareciera mucho a una reina vestida con una túnica larga y vaporosa, continuaba siendo el Trono, lo que quería decir que lo era todo. Luce no podía apartar los ojos de su encarnación.

Su hermosura era pasmosa, sus cabellos, de oro y plata. Sus ojos, tan azules como un mar de cristal, emanaban el poder de ver todas las cosas, todos los lugares. Cuando el Trono contempló los prados troyanos, Luce creyó reconocer su propio rostro en su expresión resoluta, en sus dientes apretados, como los de Luce Price cuando había tomado una decisión. Había visto aquel gesto miles de veces en su reflejo.

Y cuando el Trono volvió la cabeza para mirar a sus súbditos, su rostro expresó otro sentimiento. Parecía la devoción de Daniel; reflejaba el singular brillo de sus ojos. Asimismo, en la laxitud de sus manos abiertas, Luce reconoció la abnegación de su madre, y también vio la sonrisa altiva que solo podía ser de Penn.

Salvo que, en ese momento, vio que no era de Penn. Cualquier efímero indicio de vida se originaba en la fuerza que tenía ante ella. Comprendió que el mundo entero, mortales y ángeles por igual, había sido creado a la cambiante imagen del Trono.

Una silla de marfil apareció en el borde del prado. Estaba hecha de una sustancia etérea que Luce sabía que ya había visto: el mismo material que el cetro de plata con la punta curva que el Trono sostenía en su mano izquierda.

Cuando el Trono tomó asiento, Annabelle, Arriane y Francesca se apresuraron a arrodillarse ante ella para adorarlo. Su sonrisa bañó sus alas de luz iridiscente. Ellas entonaron su armonioso acorde angelical.

Arriane alzó su rostro resplandeciente y se levantó para dirigirse al Trono. Su voz fue un canto glorioso.

—Gabbe se ha ido.

—Sí —cantó el Trono, aunque, por supuesto, él ya lo sabía.

Era un ritual de condolencia más que un intercambio de información. Luce recordó que el Trono había creado la palabra y el canto con aquel propósito: debían ser otra forma de sentir, otra ala en la que poder apoyarse.

Luego, Arriane y Annabelle echaron a volar a ras del suelo hasta alzarse por encima del Trono. Se quedaron suspendidas sobre él, delante de Luce y el resto del grupo, mirando a su Creador con adoración. Su formación parecía extraña, incompleta, hasta que Luce lo comprendió.

Los altares.

Arriane y Annabelle habían vuelto a ocupar su antigua posición como arcángeles. En la Pradera del Cielo, los altares argénteos habían formado un semicírculo sobre la cabeza del Trono. Ellas volvían a estar en el lugar que les correspondía: Arriane a la derecha de los hombros del Trono y Annabelle a pocos centímetros del suelo cerca de su mano derecha.

Luminosos espacios vacíos brillaron alrededor del Trono. Luce recordó a qué altar solía volar Cam, cuál pertenecía a Roland y cuál a Daniel. Vislumbró destellos del lugar de Molly ante el Trono, y también del de Steven, aunque ellos no fueran arcángeles, sino ángeles que lo adoraban felizmente desde la Pradera.

Por fin, vio su altar y el de Lucifer, ambos a la izquierda del Trono. Notó un cosquilleo en las alas. Era todo tan diáfano...

Los otros ángeles caídos (Roland, Cam, Steven, Daniel y Lucifer) no se adelantaron para adorar al Trono. Luce se sintió dividida. La adoración era un impulso innato en ella; Lucinda había sido concebida para eso. Pero, por algún motivo, no podía moverse. El Trono no pareció decepcionado ni sorprendido.

—¿Dónde está la Caída, Lucifer? —Al oír su voz, Luce tuvo ganas de arrodillarse y rezar.

—Solo Dios lo sabe —gruñó Lucifer—. No importa. Puede que, después de todo, no la deseara.

El Trono giró su cetro de plata en las manos y la base abrió un agujero en el suelo embarrado. De allí brotó una mata de azucenas blancas que se enroscó alrededor de la vara. El Trono no pareció darse cuenta; clavó sus ojos azules en Lucifer hasta que él levantó los suyos para sostenerle la mirada.

—Creo las dos primeras afirmaciones —dijo el Trono— y pronto estarás convencido de la última. Ya conoces los límites de mi indulgencia.

Lucifer empezó a hablar, pero el Trono había dejado de mirarlo y él dio una patada al suelo, frustrado. La tierra se abrió bajo sus pies y la lava de su volcán particular borbotó antes de enfriarse.

Con un levísimo gesto de la mano, el Trono volvió a captar la atención de todos.

—Debemos ocuparnos de la maldición de Lucinda y Daniel —declaró.

Luce tragó saliva y el miedo le atenazó la boca del estómago.

Pero los ojos fosforescentes del Trono irradiaron bondad cuando se pasó un mechón de su pelo de oro y plata por detrás de la oreja, se recostó en su silla y miró al grupo reunido ante él.

—Como sabéis, es hora de que vuelva a hacerles la misma pregunta.

Todos se callaron, incluso el viento.

—Lucinda, empezaremos por ti.

Luce asintió. La calma de sus alas contrastaba con su corazón desbocado. Era una sensación extrañamente mortal que le recordó las veces que la habían llamado al despacho del director en la escuela. Se acercó al Trono con la cabeza gacha.

—Has saldado tu deuda sufriendo durante estos siete milenios...

—No todo ha sido sufrimiento —dijo Luce—. He vivido momentos duros, pero... —Miró a los amigos que había hecho, a Daniel, incluso a Lucifer— también he visto mucha belleza.

El Trono le sonrió de un modo extraño.

—También has sabido descubrir tu naturaleza sin ayuda, serte fiel a ti misma. ¿Dirías que conoces tu alma?

—Sí —respondió Luce—. Profundamente.

—Ahora eres tú misma más que nunca. Cualquier decisión que tomes no solo se sustentará en tus conocimientos como ángel, sino también en las lecciones que has aprendido durante tus siete mil años de vidas humanas.

—Me siento humilde ante mi responsabilidad —dijo Luce, empleando palabras que no eran nada propias de Luce Price, pero sí, advirtió, de Lucinda, su alma verdadera.

—Quizá hayas oído decir que, en esta vida, tu alma «está a disposición de cualquiera».

—Sí, lo he oído.

—Y quizá hayas oído hablar del equilibrio entre los ángeles del Cielo y el ejército de Lucifer.

Luce asintió despacio.

—Así que la pregunta vuelve a recaer en ti: ¿será el Cielo o será el Infierno? Has aprendido la lección y ahora eres cuatrocientas vidas más sabia, de modo que vuelvo a hacerte la pregunta: ¿dónde deseas pasar la eternidad? Si es en el Cielo, déjame decirte que te acogeremos en nuestro seno y nos ocuparemos de que la transición sea fácil. —El Trono miró a Lucifer, pero Luce no imitó el gesto—. Si eliges el Infierno, me atrevo a suponer que Lucifer te aceptará.

Lucifer no respondió. Luce lo oyó moverse con nerviosismo detrás de ella. Se volvió y vio que tenía las alas crispadas.

Dentro de la Caída, no le había resultado fácil decirle a Lucifer que no lo amaba, que no lo elegiría. Le parecía imposible decirle lo mismo al Trono. Muda ante la fuerza que la había creado, jamás se había sentido tan niña.

—¿Lucinda? —El Trono la atravesó con la mirada—. De ti depende inclinar la balanza.

Luce recordó la conversación que había tenido con Arriane en la cafetería de Las Vegas: al final, todo se reduciría a que un solo ángel poderoso tomara partido. Cuando eso sucediera, la balanza por fin se inclinaría.

—¿Depende de mí?

El Trono asintió como si Luce hubiera debido saberlo desde el principio.

—La última vez te negaste a elegir.

—No, eso no es cierto —dijo Luce—. ¡Elegí el amor! Ahora mismo, me habéis preguntado si conozco mi alma, y lo hago. Debo seguir fiel a quien soy y anteponer el amor a todo lo demás.

Daniel le cogió la mano.

—Elegimos el amor entonces y tomaremos la misma decisión hoy.

—Y si ahora nos maldecís por ello —añadió Luce—, el resultado será el mismo. En estos siete mil años, no hemos dejado de encontrarnos. Todos sois testigos. Volveremos a hacerlo.

—¿Lucifer? —preguntó el Trono—. ¿Qué dices a eso?

Lucifer miró a Luce con los ojos en llamas, sin ocultar su dolor.

—Diré que todos lamentaremos este momento eternamente. Es la decisión equivocada, y es egoísta.

—Siempre hay algo de lamentación cuando aceptamos que ya no nos aman. —El Trono habló sin alterar la voz—. Pero me tomaré tu respuesta como una pequeña muestra de piedad y consentimiento, lo cual da cierta esperanza al universo. Lucinda y Daniel han dejado clara su decisión y me atengo a la promesa que ambos hicimos en la votación. Su amor ya no está en nuestras manos. Que así sea. Pero habrá un precio. —Volvió a mirar a Luce y Daniel—. ¿Estáis dispuestos a hacer un último sacrificio por vuestro amor?

Daniel negó con la cabeza.

—Si tengo a Lucinda y ella me tiene a mí, nada es un sacrificio.

Lucifer soltó una risotada, alzó el vuelo y se cernió sobre Luce y Daniel.

—Así que ¿podríamos despojaros de todo, de vuestras alas, vuestra fuerza, vuestra inmortalidad? ¿Y, aun así, elegiríais el amor?

Luce vio a Arriane con el rabillo del ojo. Tenía las alas recogidas y las manos en los bolsillos del mono. Asintió con suficiencia y frunció los labios con satisfacción, como diciendo: «Pues claro, tío».

—Sí. —Luce y Daniel hablaron como si fueran una sola persona.

—Bien —respondió el Trono—. Pero sabed que hay un precio. Os tendréis el uno al otro, pero es posible que no tengáis nada más. Si elegís el amor de forma definitiva, deberéis renunciar a vuestra naturaleza angelical. Volveréis a nacer, como mortales.

¿Mortales?

¿Daniel, su ángel, renacido como mortal?

Después de todas las noches que había pasado preguntándose qué sería de ella y del amor de Daniel al final de aquellos nueve días, la decisión que había tomado el Trono le recordó la sugerencia de Bill de que matara a su alma en Egipto.

Incluso entonces, ella se había planteado vivir su vida mortal hasta el final y dejar que Daniel viviera la suya. Él ya no volvería a sufrir por perderla. Casi había sido capaz de hacerlo. Pero le había frenado la perspectiva de perderlo. Sin embargo, ahora...

Podría tenerlo, tenerlo de verdad, durante mucho tiempo. Todo sería distinto. Daniel estaría a su lado.

—Si aceptáis —la voz del Trono se impuso a la ronca risa de Lucifer—, no recordaréis lo que erais antes, y no puedo garantizaros que vayáis a conoceros durante vuestra vida en la Tierra. Viviréis y moriréis, igual que cualquier otro mortal de la creación. Las fuerzas celestiales que siempre han favorecido vuestros encuentros se retirarán. Ningún ángel se cruzará en vuestro camino. —Lanzó una mirada de advertencia a los ángeles, los amigos de Luce y Daniel—. Nadie os tenderá la mano para guiaros en la noche más oscura. Estaréis completamente solos.

A Daniel se le escapó un débil gemido. Luce lo miró y le cogió la mano. Serían mortales, y vagarían por la Tierra en busca de su media naranja, igual que el resto del mundo. Era una hermosa propuesta.

Justo detrás de ellos, Cam dijo:

—La mortalidad es la historia más romántica jamás contada. Una sola oportunidad para hacerlo todo. Y después, como por arte de magia, se pasa a otra cosa.

Pero Daniel parecía abatido.

—¿Qué pasa? —susurró Luce—. ¿No quieres?

—Acabas de recuperar tus alas.

—Por eso sé que puedo ser feliz sin ellas. Mientras te tenga a ti. De hecho, tú eres el que renunciará a ellas. ¿Estás seguro de que es lo que quieres?

Daniel acercó su cara a la de Luce, sus labios próximos, suaves.

—Siempre.

Luce notó lágrimas en los ojos. Daniel se dirigió al Trono.

—Aceptamos.

Las alas que les rodeaban comenzaron a brillar con más intensidad hasta que el prado entero se inundó de luz. Y Luce percibió que los ángeles, sus queridos y preciados amigos, pasaban de la expectación a la sorpresa.

—Muy bien —casi susurró el Trono con expresión inescrutable.

—¡Un momento! —gritó Luce. Había una cosa más—. Aceptamos… con una condición.

Daniel se removió junto a ella y la miró de soslayo, pero no la interrumpió.

—¿Qué condición? —rugió el Trono, que sin duda no estaba habituado a negociar.

—Permitid que los Proscritos vuelvan al redil del Cielo —dijo Luce antes de que su confianza flaqueara—. Han demostrado que lo merecen. Si en la Pradera hay sitio para mí, también lo hay para los Proscritos.

El Trono miró a los Proscritos, que permanecían callados y apenas emitían luz.

—Es una petición poco convencional, pero, en esencia, altruista. Te la concedo. —Despacio, extendió un brazo—. Proscritos, dad un paso hacia delante si queréis volver al Cielo.

Los cuatro Proscritos se colocaron ante el Trono con más determinación de la que Luce les había visto tener jamás. Después, con un mero asentimiento, el Trono reparó sus alas.

Las alas se alargaron.

Se tornaron más recias.

Su deslucido color marrón dio paso a un luminoso blanco.

Entonces, los Proscritos sonrieron. Luce nunca había visto sonreír a ninguno, y eran bellos.

Al final de su metamorfosis, sus ojos recobraron su turgencia y su color. Volvían a ver.

Incluso Lucifer pareció impresionado.

—Solo Lucinda podía conseguir algo así —masculló.

—¡Es un milagro! —Olianna se envolvió en sus alas para admirarlas.

—Ese es su trabajo —dijo Luce.

Los Proscritos retomaron sus antiguas posiciones alrededor del Trono.

—Sí. —El Trono cerró los ojos para aceptar su adoración—. Creo que es lo mejor.

Por último, alzó el cetro y señaló a Luce y Daniel.

—Es hora de decir adiós.

—¿Ya? —A Luce se le escapó la palabra.

—Despedíos.

Los ex Proscritos se abalanzaron sobre Luce agradecidos y la mantuvieron unida a Daniel con sus abrazos. Cuando se retiraron, Francesca y Steven se acercaron a ellos cogidos del brazo, espléndidos, con una sonrisa radiante.

—Siempre hemos sabido que lo conseguirías. —Steven guiñó un ojo a Luce—. ¿Verdad, Francesca?

Francesca asintió.

—He sido muy dura contigo, pero has demostrado ser una de las almas más impresionantes a las que he tenido el placer de enseñar. Eres un enigma, Luce. Sigue así.

Antes de retirarse, Steven estrechó la mano a Daniel y Francesca los besó a los dos en las mejillas.

—Gracias —dijo Luce—. Cuidaos. Y cuidad de Shelby y Miles.

Después, se vieron rodeados de ángeles, de la pandilla que se había formado en Espada & Cruz y, antes, en centenares de otros sitios.

Arriane, Roland, Cam y Annabelle. Habían salvado a Luce tantas veces que había perdido la cuenta.

—Esto es difícil. —Luce abrazó a Roland.

—Oh, vamos. Ya has salvado el mundo. —Él se rió—. Ahora salva tu relación.

—¡No hagas caso a don Sabihondo! —chilló Arriane—. ¡No nos dejes nunca! —Intentó reírse, pero sin éxito. Lágrimas rebeldes le surcaron las mejillas. No se las enjugó; solo siguió aferrada a la mano de Annabelle—. Vale, ¡marchaos!

—Pensaremos en vosotros —dijo Annabelle—. Siempre.

—Yo también pensaré en vosotros. —Luce necesitaba creer que era cierto. De lo contrario, si realmente iba a olvidarlo todo, no sería capaz de dejarlos.

Pero los ángeles sonrieron con tristeza, sabiendo que ella tenía que olvidarlos.

Solo quedaba Cam, que estaba con Daniel, ambos cogidos por los hombros.

—Lo has conseguido, hermano.

—Pues claro. —Daniel pretendía parecer altivo, pero su tono fue cariñoso—. Gracias.

Cam cogió la mano a Luce. Sus ojos eran verde fuerte, el primer color que había destacado para ella en el mundo lúgubre e inhóspito de Espada & Cruz.

Cam ladeó la cabeza y tragó saliva mientras pensaba qué iba a decirle.

La abrazó y, por un momento, Luce creyó que iba a besarla. El corazón le palpitó cuando sus labios casi rozaron los suyos antes de detenerse junto a su oído.

—La próxima vez, no le pases ni una —susurró.

—Sabes que no lo haré. —Luce se rió.

—Aunque Daniel tiene bien poco de chico malo. —Cam se llevó una mano al corazón y enarcó una ceja—. Asegúrate de que te trata bien. Te mereces todo lo mejor.

Por una vez, Luce no tuvo ganas de soltarle la mano.

—¿Qué harás tú?

—Cuando has tocado fondo, las posibilidades son casi infinitas. Todo se abre ante ti. —Miró las nubes lejanas—. Desempeñaré mi papel. Lo conozco bien. Estoy habituado a las despedidas.

Guiñó el ojo a Luce y volvió a despedirse de Daniel con un gesto de la cabeza. Luego, echó los hombros hacia atrás, desplegó sus espléndidas alas áureas y se perdió en el cielo tormentoso.

Todos lo miraron hasta que sus alas solo fueron una distante mota dorada. Cuando Luce bajó la vista, se topó con la mirada de Lucifer. Su tez tenía el hermoso brillo de siempre, pero sus ojos eran heladores. No decía nada, y daba la impresión de que la habría mirado eternamente si ella no hubiera apartado los ojos.

Había hecho todo lo que podía por él. Su dolor ya no era problema suyo.

—Queda una despedida —dijo el Trono con su voz resonante.

Juntos, Luce y Daniel se volvieron al reconocer la voz del Trono, pero, en cuanto lo miraron, su majestuosa figura adquirió un brillo glorioso e incandescente y tuvieron que protegerse los ojos.

El Trono volvía a ser indiscernible, una concentración de luz demasiado brillante para que los ángeles pudieran contemplarla.

—Oíd, chicos. —Arriane sorbió por la nariz—. Creo que se refería a vuestra despedida.

—Oh —dijo Luce mientras miraba a Daniel, de golpe asustada—. ¿Ahora mismo? Tenemos que…

Daniel le cogió la mano. Le rozó las alas con las suyas. La besó en las mejillas.

—Tengo miedo —susurró ella.

—¿Qué te dije?

Luce examinó los millones de conversaciones que había tenido con Daniel: las buenas, las tristes, las desagradables. Una destacó en su mente nublada.

Se puso a temblar.

—Que siempre me encontrarías.

—Sí. Siempre. Pase lo que pase.

—Daniel...

—Estoy impaciente por amarte como mortal.

—Pero no me conocerás. No te acordarás. Todo será distinto.

Daniel le enjugó una lágrima con el dedo pulgar.

—¿Y crees que eso va a detenerme?

Luce cerró los ojos.

—Te amo demasiado para despedirme de ti.

—Esto no es un adiós. —Daniel le dio su último beso angelical y la abrazó con tanta fuerza que Luce oyó sus rítmicos latidos, alternados con los suyos—. Solo es un hasta luego.

20

Perfectos desconocidos
Dieciocho años después

L uce sujetó entre los dientes la tarjeta que abría la puerta de su habitación, torció el cuello para pasarla por la cerradura, esperó a oír el débil chasquido metálico y abrió la puerta con la cadera.

Tenía las manos ocupadas: su cesta amarilla de la colada estaba hasta los topes de ropa, casi toda encogida después de su primer ciclo de secado fuera de casa. Dejó la ropa en su estrecha litera inferior, sorprendida de haber ensuciado tanta en tan poco tiempo. Su semana de orientación en Emerald College había pasado a una velocidad desconcertante.

Nora, su nueva compañera de habitación, la primera persona aparte de su familia que la había visto con la férula dental puesta (pero daba igual, porque Nora también la llevaba), estaba sentada en el alféizar, pintándose las uñas y hablando por teléfono.

Nora siempre estaba pintándose las uñas y hablando por teléfono. Tenía un estante lleno de frascos de esmalte de uñas y ya le había pintado las uñas de los pies dos veces en la semana que llevaban juntas.

—Hazme caso. Luce no es así. —Nora saludó efusivamente a Luce, que se apoyó en el armazón de la litera para escuchar—. Ni siquiera ha besado a un chico todavía. Vale, una vez... Lu, ¿cómo se llamaba ese canijo del campamento de verano, el chico del que me hablaste...?

—¿Jeremy? —Luce arrugó la nariz.

—¡Jeremy!, pero fue jugando a verdad o consecuencia, o algo parecido. Una bobada. Así que...

—Nora —dijo Luce—, ¿hace falta que le cuentes esto a...? ¿Con quién hablas?

—Solo son Jordan y Hailey. —Nora la miró—. Tengo puesto el altavoz. ¡Saluda!

Nora señaló por la ventana. Era otoño y ya empezaba a anochecer. Su residencia era un bonito edificio blanco de ladrillo en forma de herradura con un pequeño patio en el centro donde siempre había estudiantes pasando el rato. Pero Nora no señalaba hacia allí. Justo enfrente de la ventana de la tercera planta a la que ellas estaban asomadas, había otra ventana. Tenía la persiana subida. Aparecieron unas piernas bronceadas y, a continuación, los brazos de dos chicas, saludando.

—¡Hola, Luce! —gritó una de ellas.

Jordan, la atrevida rubia de Atlanta, y Hailey, menuda y sonriente, con una ondulada mata de pelo negro que casi se le comía la cara. Parecían majas, pero ¿por qué estaban hablando de todos los chicos a los que Luce nunca había besado?

La universidad era rarísima.

Antes de que sus padres y ella hubieran recorrido en coche los más de tres mil kilómetros hasta Emerald College hacía una semana, podría haber nombrado todas las veces que había salido de Texas, una vez para pasar las vacaciones con su familia en Pikes Peak, Colorado, dos veces para competir en campeonatos de natación en Tennesee y Oklahoma (el segundo año, batió su propio récord en estilo libre y se llevó a casa un trofeo para su equipo), y las visitas que hacía todos los años a sus abuelos de Baltimore en las vacaciones.

Irse a vivir a Connecticut para estudiar en la universidad era un gran paso para Luce. Casi todos sus amigos del instituto de Plano se habían quedado en Texas. Pero Luce siempre había tenido la sensación de que había algo esperándola lejos de allí, de que tenía que irse de casa para encontrarlo.

Sus padres la apoyaron, sobre todo cuando la becaron por su estilo mariposa. Había metido toda su vida en una enorme bolsa roja de lona y había llenado algunas cajas con objetos especiales de los que no podía separarse: el pisapapeles de la estatua de la Libertad que su padre le había traído de Nueva York; una fotografía de su madre con un peinado horrible cuando tenía la edad de Luce; el doguillo de peluche que le recordaba al perro de la familia, Mozart... Después, la tela que cubría los asientos traseros de su abollado Jeep, deshilachada, y con olor a polo de cereza, la había reconfortado. También lo había hecho ver las cabezas de sus padres durante los cuatro largos días que habían tardado en llegar a la Costa Este. Su padre había conducido sin bajar de la velocidad límite y deteniéndose de vez en cuando para leer inscripciones históricas y visitar una fábrica de galletas saladas en el noroeste de Dalaware.

En un momento del trayecto, Luce se había planteado dar media vuelta. Ya llevaban dos días de viaje. Estaban en alguna parte de Georgia y el «atajo» de su padre para ir del motel a la autovía los había desviado a la costa, donde la carretera se volvió pedregosa y el desagradable olor de la cebada silvestre empezó a impregnar el aire.

Apenas habían recorrido la tercera parte del trayecto y Luce ya añoraba la casa en la que se había criado. Añoraba a su perro, la cocina donde su madre hacía panecillos de levadura, y los rosales de su padre, que a finales de verano crecían alrededor de su ventana y llenaban su habitación de su suave fragancia y la promesa de ramos recién cortados.

Fue entonces cuando Luce y sus padres pasaron por delante de un camino largo y tortuoso precedido por una verja alta y siniestra que parecía electrificada, como una cárcel. En el cartel de la entrada, ponía, en letras negras, Reformatorio Espada & Cruz.

—Da un poco de miedo —gorjeó su madre desde el asiento delantero, donde hojeaba una revista de decoración del hogar—. ¡Me alegro de que no sea tu facultad, Luce!

—Sí —dijo ella—. Y yo. —Se volvió y miró por la luna trasera hasta que la verja se perdió entre los árboles del bosque.

Luego, antes de que se diera cuenta, estaban en Carolina del Sur, más cerca de Connecticut y de su nueva vida en Emerald College con cada giro de los neumáticos nuevos del Jeep.

Y después estaba allí, en su habitación de la residencia, y sus padres ya habían regresado a Texas. Luce no quería que su madre se preocupara, pero lo cierto era que añoraba mucho su hogar.

Nora era genial: no se trataba de eso. Eran amigas desde el momento en que Luce había entrado en la habitación y la había visto colgando un póster de Albert Finney y Audrey Hepburn en *Dos en la carretera*. El vínculo se había consolidado cuando trataron de hacer palomitas la primera noche en la sórdida cocina de la residencia a las dos de la madrugada y solo consiguieron que la alarma de incendios saltara y todos salieran al pasillo en pijama. Durante toda la semana de orientación, Nora se había desvivido por incluir a Luce en todos sus planes. Antes de Emerald, se había preparado en un prestigioso internado privado y ya estaba acostumbrada a vivir en una residencia de estudiantes. No le parecía raro tener a chicos como vecinos, que la emisora de radio *on line* del campus fuera la «única» forma aceptable de escuchar música, que hubiera que utilizar una tarjeta de banda magnética para todo, o que los trabajos de clase tuvieran que ser de cuatro páginas, nada menos.

Nora tenía un montón de amigas del internado de Dover y parecía que cada día hiciera diez más, como Jordan y Hailey, que seguían sentadas en la ventana, saludando. Luce no quería quedarse atrás, pero se había pasado la vida en un adormecido rincón de Texas. Allí, todo iba más lento y ahora se daba cuenta de que eso le gustaba. Descubrió que añoraba cosas de su ciudad que siempre había dicho que odiaba, como la música country y las brochetas de pollo frito de la gasolinera.

Pero había ido a estudiar allí para encontrarse a sí misma, para que su vida por fin comenzara. Se lo tenía que repetir continuamente.

—Jordan me estaba diciendo que su vecino te encuentra guapa. —Nora le tiró del pelo oscuro y ondulado, que le llegaba a la cintura—. Pero es un golfo, así que le estaba dejando claro que tú, cariño, eres una chica seria. ¿Te apetece que vayamos a su habitación para empezar la fiesta antes de ir a la que te he comentado esta noche?

—Claro. —Luce abrió la lata de Coca-Cola que había comprado en la máquina próxima al cuarto de las lavadoras cubierto de detergente en polvo.

—Pensaba que ibas a traerme una Coca-Cola baja en calorías.

—Sí. —Luce metió la mano en la cesta de la colada para sacar la lata que le había comprado—. Lo siento, debo de habérmela dejado abajo. Bajo corriendo. Vuelvo enseguida.

—*Pas de prob...* —dijo Nora, practicando su francés—. Pero date prisa. Hailey dice que tiene al equipo de fútbol infiltrado en su pasillo. A los futbolistas les va la juerga. Deberíamos ir cuanto antes. Tengo que irme —añadió al móvil—. No, llevo la camiseta negra. Luce va de amarillo, ¿o vas a cambiarte? Da igual...

Luce hizo una señal a Nora para indicarle que regresaba enseguida y salió de la habitación. Bajó las escaleras de dos en dos de una planta a la otra y se detuvo en la raída moqueta granate que había en la entrada del sótano, que todos los estudiantes llamaban la Fosa, una palabra que a ella le hacía pensar en narices.

Miró por la ventana que daba al patio. Había un coche lleno de chicos parado delante de la entrada de la residencia. Cuando bajaron, riéndose y dándose empujones, Luce vio que todos llevaban la camiseta del equipo de fútbol de Emerald College. Reconoció a uno de ellos. Se llamaba Max y había estado en un par de las sesiones de orientación de Luce. Era guapísimo: rubio, con una gran sonrisa y una dentadura perfecta. El típico alumno de colegio bien (que Luce ya reconocía después de que Nora le hubiera hecho un croquis unos días antes a la hora de comer). Nunca había hablado con Max, ni siquiera cuando los habían puesto en el mismo equipo en la búsqueda del tesoro que se organizaba para que los novatos conocieran el campus. Pero si él iba a la fiesta de esa noche, a lo mejor...

Todos los chicos que bajaban del coche eran guapísimos, lo que para Luce era sinónimo de intimidantes. No le gustaba la perspectiva de ser la única chica tímida de la habitación de Jordan y Hailey.

Pero sí le gustaba la perspectiva de ir a una fiesta. ¿Qué otra cosa se suponía que debía hacer? ¿Esconderse en su habitación porque estaba nerviosa? Estaba decidida a ir.

Bajó el último tramo de escalera corriendo. El sol ya casi se había puesto, de modo que el cuarto de las lavadoras se había vaciado y parecía abandonado. Aquella era la hora en la que los estudiantes se ponían la ropa que habían lavado y secado. Solo había una chica con unas disparatadas medias de rayas, frotando violentamente una mancha de unos vaqueros desteñidos como si todas sus esperanzas y sueños de futuro dependieran de poder quitarla. Y un chico, sentado encima de una secadora ruidosa y temblona, que arrojó una moneda al aire y la cogió en la palma.

—¿Cara o cruz? —preguntó cuando Luce entró. Tenía la cara cuadrada, el cabello ambarino y ondulado, los ojos grandes y azules. Y llevaba una cadenita de oro alrededor del cuello.

—Cara. —Luce se encogió de hombros y soltó una risita.

Él lanzó la moneda al aire, la cogió y le enseñó la palma de la mano. Luce vio que no era una moneda cualquiera. Era antigua, muy antigua, del color del oro viejo, con una inscripción casi borrada en otra lengua. El chico enarcó una ceja.

—Tú ganas. Aún no sé qué has ganado, pero imagino que eso depende de ti.

Luce miró alrededor para buscar la Coca-Cola que se había dejado. Por fin la vio, a unos centímetros de la rodilla derecha del chico.

—No es tuya, ¿verdad? —preguntó.

Él no respondió; solo la miró con sus fríos ojos celestes, en los que Luce percibió una honda tristeza que no parecía posible en una persona tan joven.

—Me la he dejado hace un rato. Es para mi amiga. Mi compañera de habitación, Nora —dijo Luce mientras cogía la lata. Aquel chico era extraño, impetuoso. La hacía parlotear—. Hasta luego.

—¿Otra vez? —preguntó él.

Ella se volvió en la puerta. Se refería a la moneda.

—Oh. Cara.

El chico lanzó la moneda, que pareció quedarse suspendida en el aire. La cogió sin mirar, la volvió, abrió la mano.

—Vuelves a ganar —dijo, con una voz que guardaba un misterioso parecido con la voz de Hank Williams, uno de los cantantes favoritos de su padre.

En la habitación, Luce lanzó la Coca-Cola a Nora.

—¿Conoces al tío raro de la moneda del cuarto de las lavadoras?

—Luce. —Nora entrecerró los ojos—. Cuando me quedo sin ropa interior, me compro más. Espero aguantar hasta el día de Acción de Gracias sin tener que hacer la colada. ¿Estás lista? Los futbolistas nos esperan, y esperan marcar. Los goles somos nosotras, pero debemos recordarles que no pueden utilizar las manos.

Cogió a Luce por el codo y la sacó de la habitación.

—Por cierto, si te presentan a un tal Max, te sugiero que lo evites. Fui al internado de Dover con él y estoy segura de que lo habrán fichado para el equipo. Te parecerá guapo y encantador. Pero tiene una novia que es una arpía. Bueno, ella se cree que es su novia —murmuró Nora con la mano ahuecada en la boca—. La rechazaron en Emerald y está amargadísima por eso. Tiene espías por todas partes.

—Entendido. —Luce se rió mientras, por dentro, fruncía el entrecejo—. Nada de acercarme a Max.

—¿Cómo te gustan, por cierto? O sea, sé que ahora no te contentarías con un chiquitín como Jeremy.

—Nora —Luce le dio un empujoncito—. Te prohíbo que lo saques a todas horas. Fue una confidencia que te hice una noche. Lo que pasa en nuestra habitación se queda en nuestra habitación.

—Tienes toda la razón. —Nora asintió y alzó las manos para rendirse—. Algunas cosas son sagradas. Lo respeto. De acuerdo. Pero si tuvieras que describir el beso de tus sueños en cinco palabras o menos...

Estaban doblando el segundo recodo de la residencia en forma de herradura. Dentro de un momento, llegarían al final de pasillo, llamado el Calabozo, donde Jordan y Hailey tenían la habitación. Luce se apoyó en la pared y suspiró.

—No me avergüenzo de no tener... ya sabes, experiencia —dijo en voz baja: las paredes hablaban—. Es solo que, ¿tienes alguna vez la sensación de que no te ha pasado nada? ¿De que sabes que tienes un destino pero, de momento, tu vida ha sido normal y corriente? Quiero que mi vida sea distinta. Quiero sentir que ha empezado. Estoy esperando ese beso. Pero, a veces, me parece que podría pasarme toda la vida esperándolo sin que nada cambiara.

—Yo también tengo prisa. —A Nora se le había nublado un poco la vista—. Sé a qué te refieres, pero, al menos, tienes un cierto control. Sobre todo si te quedas conmigo. Podemos hacer que sucedan cosas. El curso no ha hecho más que empezar, cariño.

Nora estaba impaciente por llegar a la fiesta, y Luce tenía ganas de ir. Pero ella se refería a ese algo indescifrable que era más grande que divertirse en una fiesta. Se refería a un destino que sentía que controlaba tan poco como el resultado de echar una moneda al aire, un destino que estaba y no estaba en sus manos.

—¿Te encuentras bien? —Nora ladeó la cabeza. Un corto tirabuzón caoba le cayó sobre el ojo.

—Sí. —Luce asintió con desenfado—. Me encuentro bien.

Fueron a la fiesta, que no era más que un puñado de habitaciones abiertas con estudiantes entrando y saliendo de ellas. Todos tenían vasos de plástico llenos de un ponche rojo dulcísimo que parecía regenerarse de forma automática. Jordan pinchaba la música en su iPod y gritaba «¡Eooo!» de vez en cuando. La música era buena. Su encantador vecino David Franklin encargó pizzas, que Hailey mejoró aderezándolas con el orégano fresco del jardín de hierbas aromáticas que se había llevado de casa y que había instalado en el rincón junto a la ventana. Eran personas agradables, y Luce se alegraba de conocerlas.

Luce conoció a veinte estudiantes en treinta minutos, la mayoría chicos que se acercaban mucho a ella y le ponían la mano en la rabadilla cuando se presentaba, como si no pudieran oírla de ninguna otra forma, como si tocarla le volviera la voz más diáfana. Luce se dio cuenta de que estaba pendiente de ver aparecer al chico de la moneda que había conocido en el cuarto de las lavadoras.

Después de tres vasos de ponche y dos trozos de una crujiente pizza de salchichón a la pimienta, le presentaron oficialmente a Max y ella se pasó los siguientes diez minutos tratando de evitarlo. Nora tenía razón: era guapo, pero demasiado coqueto para tener novia. Nora, Jordan y ella estaban apretujadas en la cama de Jordan, puntuando a todos los chicos de la fiesta entre ataques de risa, cuando

Luce decidió que había bebido un poco más de la cuenta de aquel ponche misterioso. Salió de la fiesta y bajó a tomar el aire.

Hacía una noche fresca y despejada, muy distinta de las de Texas. La brisa le refrescó la piel. Las estrellas ya habían comenzado a salir y había algunos estudiantes en el patio, pero ninguno al que Luce conociera, por lo que se sintió libre de sentarse en uno de los bancos de piedra entre dos frondosos arbustos de peonías. Eran sus flores preferidas. Cuando vio que abundaban en los jardines de la residencia y que seguían en flor incluso a finales de agosto, lo interpretó como un buen augurio. Toqueteó los pétalos lobulados de una de las flores blancas y lozanas y se inclinó hacia delante para oler su dulce néctar.

—Hola.

Luce se sobresaltó. Con la nariz enterrada en la flor, no lo había visto acercarse. Ahora había un par de desgastadas zapatillas de lona Converse justo delante de ella. Subió la mirada: unos vaqueros descoloridos, una camiseta negra, una fina bufanda roja alrededor del cuello. El corazón se le aceleró y no supo por qué; ni tan solo le había visto la cara: pelo rubio y corto… unos labios que parecían suavísimos… unos ojos tan bonitos que se le escapó un gritito.

—Lo siento —dijo él—. No quería asustarte.

¿De qué color tenía los ojos?

—No he gritado por eso. O sea… —La flor le resbaló de la mano y tres de sus pétalos cayeron sobre las zapatillas del chico.

«Di algo.»

«Me quiere. No me quiere. Me quiere.»

«¡Eso no!»

Se había quedado muda. Aquel joven no solo era el ser más increíble que había visto en su vida, sino que, además, se había acercado a ella y la había saludado. La miraba de una forma que la hacía sentirse como si fuera la otra única persona del patio. La única otra persona de la Tierra. Y lo estaba estropeando.

De forma instintiva, levantó la mano para tocarse el collar, pero descubrió que no lo llevaba. Se extrañó. Nunca se quitaba el guardapelo de plata que su madre le había regalado al cumplir dieciocho años. Era una reliquia de familia y contenía una vieja fotografía de su abuela, que se parecía mucho a ella. Había sido tomada más o menos en la época en la que conoció al hombre que se convertiría en el abuelo de Luce. ¿Cómo había olvidado ponérselo esa mañana?

El chico ladeó la cabeza y esbozó una sonrisa.

Oh, no. Llevaba todo aquel rato mirándolo fijamente. Él alzó la mano como si fuera a saludar. Pero no saludó. Sus dedos vacilaron en el aire. Y a Luce comenzó a palpitarle el corazón, porque, de golpe, no tenía la menor idea lo que iba a hacer aquel desconocido. Podía ser cualquier cosa. Un gesto cordial solo era una posibilidad. A lo mejor le enseñaba el dedo. Probablemente, se lo merecía, por mirarlo como una acosadora desquiciada. Estaba haciendo el ridículo.

El chico movió la mano como diciendo: «Toc, toc».

—Me llamo Daniel.

Cuando él sonrió, Luce vio que tenía los ojos de un bonito color gris con un matiz… ¿era violeta? Dios mío, iba a enamorarse de un chico con los ojos morados. ¿Qué diría Nora?

—Luce —consiguió decir por fin—. Lucinda.

—Mola. —El chico volvió a sonreír—. Como Lucinda Williams. La cantante.

—¿Cómo sabes eso? —Nadie sabía quién era Lucinda Williams—. Mis padres se conocieron en un concierto de Lucinda Williams en Austin. Texas —añadió—. Soy de allí.

—*Essence* es mi álbum preferido. Me pasé la mitad del viaje escuchándolo en el coche cuando vine de California. Texas, ¿eh? ¿Mucho cambio, venir a Emerald?

—Un choque cultural total. —A Luce le pareció la cosa más sincera que había dicho en toda la semana.

—Te acostumbras. Yo lo he hecho, después de dos años. —Daniel le tocó el brazo al ver su cara de horror—. Es una broma. Pareces mucho más adaptable que yo. Te veré la semana que viene y ya estarás integradísima, llevando una sudadera con una «E» bien grande.

Luce estaba mirando su mano apoyada en su brazo. Pero, más que eso, estaba experimentando mil diminutas explosiones internas, como un castillo de fuegos artificiales. Él se rió y ella también lo hizo, sin saber por qué.

—¿Te... —Luce no se podía creer que estuviera a punto de decirle aquello a un despampanante estudiante veterano de California— apetece sentarte?

—Sí —respondió él de inmediato. Luego, miró la ventana, donde las luces estaban encendidas y la fiesta seguía—. ¿Sabes por casualidad dónde es la fiesta de los futbolistas?

Luce señaló la ventana, un poco desanimada.

—Vengo de allí. Es al final de las escaleras.

—¿No te estabas divirtiendo?

—Sí —respondió ella—. Es solo que...

—Has pensado en salir a tomar el aire.

Ella asintió.

—Yo tenía que encontrarme con una amiga allí. —Daniel se encogió de hombros y miró la ventana, donde Nora coqueteaba con alguien a quien no veían—. Pero a lo mejor ya la he encontrado.

La miró con los ojos entrecerrados y Luce se preguntó, con horror, si no habría estado hablando con él con la nariz llena de polen. No sería la primera vez.

—¿Tienes Biología Celular este trimestre? —preguntó él.

—Qué va. Casi no salí viva de esa en el instituto. —Luce lo miró a los ojos, que sin duda tenían un matiz violeta. Le brillaron cuando añadió—: ¿Por qué lo preguntas?

Daniel negó con la cabeza, como si hubiera estado pensando en algo que no quería expresar en voz alta.

—Es solo que… me resultas muy familiar. Habría jurado que no es la primera vez que nos vemos.

Epílogo

Las estrellas de sus ojos

—¡Me encanta esta parte! —chilló Arriane.

Había tres ángeles y dos nefilim sentados en el borde anterior de una nube baja por encima de una residencia en forma de herradura de Connecticut central.

Roland le sonrió.

—No me digas que ya lo has visto.

Tenía las áureas alas jaspeadas extendidas en horizontal como una manta de picnic en un campo del cielo para que Miles y Shelby pudieran sentarse en ellas y seguir suspendidos en el aire.

Los nefilim llevaban más de doce años sin ver a los ángeles. Aunque el paso del tiempo no había dejado huella en Roland, Arriane y Annabelle, los nefilim habían envejecido. Llevaban alianzas de boda a juego y tenían patas de gallo de las risas que habían compartido durante sus años de feliz matrimonio. Bajo su descolorida gorra de béisbol azul, Miles tenía las sienes ligeramente plateadas. Su mano estaba apoyada en la abultada barriga de Shelby, que salía de cuentas el mes siguiente. La nefilim se frotó la cabeza como si se la hubiera golpeado.

—Pero Luce no come salchichón. ¡Es vegetariana!

—¿Eso es todo lo que has sacado de esta escena? —Annabelle puso los ojos en blanco—. Ahora Luce es distinta. Es la misma chica con detalles distintos. No ve Anunciadoras, y no ha visitado a todos los psiquiatras de la Costa Este. Es mucho más «normal», lo cual la aburre como una ostra, pero... —Sonrió—, creo que, a la larga, va a ser muy feliz.

—¿No os saben a quemado estas palomitas? —preguntó Miles mientras masticaba ruidosamente.

—No te comas eso —dijo Roland mientras se las quitaba de las manos—. Arriane las sacó de la basura después de que Luce incendiara la cocina de la residencia.

Sentado en el ala de Roland, Miles se inclinó hacia delante y se puso a escupir como un loco.

—Fue mi forma de conectarme con Luce. —Arriane se encogió de hombros—. Pero, si no puedes aguantar, aquí tenemos chocolatinas.

—¿No os parece raro que les estemos viendo como en una película? —preguntó Shelby—. Deberíamos imaginárnoslos como los personajes de una novela, o de un poema o una canción. A veces, el reduccionismo del cine me deprime.

—Oíd, Roland no tenía ninguna necesidad de traeros aquí. Así que no os paséis de listos y limitaos a mirar. Fijaos. —Arriane aplaudió—. Él no puede dejar de mirarle el pelo. Seguro que esta noche lo dibuja cuando llegue a casa. ¡Qué mooono!

—Arriane, te has vuelto demasiado adolescente, ¿no te parece? —dijo Roland—. ¿Cuánto tiempo vamos a quedarnos mirando? ¿No crees que se merecen un poco de intimidad?

—Tiene razón —dijo Arriane—. Tenemos muchas otras cosas que hacer. Por ejemplo... —La sonrisa de satisfacción se le borró cuando no pareció ocurrírsele nada.

—Y vosotros, ¿os seguís viendo? —preguntó Miles a Arriane, Annabelle y Roland—. Dado que Roland es, ya sabéis...

—Claro que lo vemos. —Annabelle sonrió a Roland—. Porque seguimos tratando de convencerlo. Incluso después de tantos años. El Trono inventó el perdón, ¿sabes?

Roland negó con la cabeza.

—No creo que mi redención ocurra en mucho tiempo. Ahí arriba todo es demasiado «blanco».

—Nunca se sabe —opinó Arriane—. A veces, podemos ser increíblemente abiertos. Pásate a saludar. Recuerda que Daniel y Luce se están conociendo ahora mismo gracias al Trono.

Roland se puso serio. Apartó la vista de la escena que se desarrollaba abajo y la clavó en los nubarrones distantes.

—El Cielo y el Infierno estaban en perfecto equilibrio la última vez que lo comprobé. No necesitáis que yo incline la balanza.

—Al menos, siempre cabe la esperanza de que todos volvamos a estar juntos —dijo Annabelle—. Luce y Daniel son un ejemplo de eso: ningún castigo dura siempre. Quizá ni tan siquiera el de Lucifer.

—¿Alguien sabe algo de Cam? —preguntó Shelby. Por un momento, hubo silencio en las nubes. Luego, la nefilim se aclaró la garganta y miró a Miles—. A propósito de cosas que no duran siempre: el turno de nuestra niñera está a punto de terminar. La semana pasada nos cobró de más cuando el partido de los Dodgers se alargó.

—¿Queréis que os avisemos cuando Luce y Daniel tengan su primera cita? —preguntó Annabelle.

Miles señaló la Tierra.

—¿No deberíamos dejarlos en paz?

—Allí estaremos —dijo Shelby—. No le hagas caso. —Se volvió hacia Miles y añadió—: No repliques.

Roland cogió a un nefilim en cada brazo y se preparó para alzar el vuelo.

Entonces, los ángeles, el demonio y los nefilim partieron hacia rincones distantes del cielo, donde dejaron un breve destello de luz mientras, abajo, Luce y Daniel se enamoraban por primera, y última, vez.

Agradecimientos

Es maravilloso descubrir que mis agradecimientos aumentan libro a libro. Muchas gracias a Michael Stearns y Ted Malawer por creer en mí, por consentirme, por obligarme a trabajar tanto. A Wendy Loggia, Beverly Horowitz, Krista Vitola y el excelente equipo de Delacorte Press: vosotros habéis hecho que Oscuros sea un éxito de principio a fin. A Angela Carlino, Barbara Perris, Chip Gibson, Judith Haut, Noreen Herits (¡ya os echo de menos!), Roshan Norazi y Dominique Cimina por vuestra habilidad para transformar mi historia en un libro.

A Sandra van Mook y mis amigos de Holanda; a Gabriella Ambrosini y Beatrice Masini de Italia; a Shirley Ng y el grupo de la librería MPH de Kuala Lumpur; a Rino Balatbat, Karla, Chad, la maravillosa familia Ramos y mis estupendos seguidores filipinos; a Dorothy Tonkin, Justin Ratcliffe y el brillante grupo de Random House, Australia; a Rebecca Simpson de Nueva Zelanda; a Ana Lima y Cecilia Brandi y Record por mi maravillosa estancia en Brasil; a Lauren Kate Bennett y las encantadoras chicas de Random House, Reino Unido;

a Amy Fisher e Iris Barazani por inspirarme en Jerusalén. Qué año tan maravilloso he pasado con todos vosotros: ¡brindo por que haya más!

A mis lectores, que me alegran la vida todos los días. Gracias.

A mi familia, por vuestra paciencia, confianza y sentido del humor. A mis amigos, que me convencen para que salga de mi cueva de escritora. Y, siempre, a Jason, que se atreve a entrar en la cueva cuando no me dejo convencer. Soy afortunada de teneros a todos en mi vida.

Índice

OSCUROS

Hay algo dolorosamente familiar en Daniel Grigori. Misterioso y reservado, capta la atención de Luce Price desde el mismo momento que lo ve en su primer día en el internado Espada y Cruz en Savannah. Él es lo único que la alegra en un sitio donde los móviles están prohibidos y las cámaras de seguridad te siguen a cada paso. Sólo hay un problema: Daniel no quiere tener nada que ver con ella —y así se lo ha hecho entender. Pero Luce no lo puede dejar ir. Irremediablemente atraída, está empeñada en averiguar qué secretos guarda Daniel tan desesperadamente... aunque le cueste la vida. En el proceso, Luce descubrirá que esta historia de amor aparentemente nueva tiene un origen que, en realidad, se remonta miles de años atrás —un origen más trágico y formidable de lo que nunca podría haber imaginado.

Ficción/Juvenil

TORMENTO

Aunque ella lo ignore, Luce es una pieza clave en la lucha entre el bien y el mal. Por eso los Proscritos, ángeles caídos condenados al exilio, quieren secuestrarla, para extorsionar a ángeles y demonios a cambio de ganarse un nuevo acceso al Cielo. Daniel y Cam son conscientes del peligro que corre Luce y pactan una tregua para trabajar juntos y poder dar caza a los Proscritos. Durante este tiempo, los dos quieren mantener a Luce lejos del peligro y la esconden en la Escuela de la Costa, un exclusivo colegio en la que conviven humanos y nefilim, los hijos de humanos y ángeles caídos que la protegerán. Allí aprenderá que las sombras que la acechan, las Anunciadoras, pueden mostrarle imágenes de sus múltiples pasados. Gracias a ello, Luce pronto entenderá muchas de las cosas que Daniel no ha querido contarle y empezará a sospechar que su relación está motivada por intereses ocultos.

Ficción/Juvenil

Luce moriría por Daniel. Y lo ha hecho una y otra vez. En cada una de sus diferentes vidas, Daniel y ella se han encontrado y se han enamorado, sólo para ser separados trágicamente poco después. Pero ¿y si no tuviera por qué ser siempre así? Luce está segura de que algo —o alguien— de su pasado puede cambiar su futuro. Decidida a entender qué función desempeña en la lucha entre ángeles, demonios e inmortales, viajará a los múltiples momentos y lugares en los que su vida se ha cruzado con la de Daniel, intentando encontrar la clave para que su amor dure para siempre.

Ficción/Juvenil

VINTAGE ESPAÑOL
Disponibles en su librería favorita.
www.vintageespanol.com